古典文獻研究輯刊

五 編

曾 永 義 主編

第 2 冊

文姬歸漢之離散精神原型的跨藝術論述

蔡 明 玲 著

國家圖書館出版品預行編目資料

文姬歸漢之離散精神原型的跨藝術論述／蔡明玲 著 — 初版
— 新北市：花木蘭文化出版社，2012〔民 101〕
序 24+ 目 2+218 面；19×26 公分
（古典文學研究輯刊 五編；第 2 冊）
ISBN：978-986-254-923-0（精裝）
1. 文學理論 2. 文藝評論
820.8 　　　　　　　　　　　　　　　　101014708

ISBN-978-986-254-923-0

9 789862 549230

古典文學研究輯刊
五 編 第 二 冊 　　　　　ISBN：978-986-254-923-0

文姬歸漢之離散精神原型的跨藝術論述

作　　者　蔡明玲
主　　編　曾永義
總 編 輯　杜潔祥
出　　版　花木蘭文化出版社
發 行 所　花木蘭文化出版社
發 行 人　高小娟
聯 絡 地 址　新北市永和區中正路五九五號七樓
　　　　　　電話：02-2923-1455／傳真：02-2923-1452
網　　址　http://www.huamulan.tw 信箱 sut81518@gmail.com
印　　刷　普羅文化出版廣告事業
初　　版　2012 年 9 月
定　　價　五編 20 冊（精裝）新台幣 33,000 元

文姬歸漢之離散精神原型的跨藝術論述

蔡明玲　著

作者簡介

蔡明玲，高雄市人，國立政治大學中國文學系畢業，國立臺灣師範大學音樂研究所碩士，私立輔仁大學比較文學博士，現任長庚科技大學通識教育中心人文社會學科專任副教授。學術研究項目：音樂與文學、跨藝術研究、中國文學、音樂學、主題學。授課科目：音樂、國文、音樂與文學、藝術與人生。鋼琴師事汪多惠老師、孫適老師、張彩湘老師，1977 年起擔任政大校友合唱團鋼琴伴奏。

提　　要

　　文姬歸漢是發生在東漢末年（約西元 192 ～ 203 年）的史實，此一史實最早見載於《蔡琰別傳》和《後漢書・列女傳》，迄今一千八百多年以來，文姬歸漢的史實被後來歷代的文學家和藝術家看視為一個主題，不斷地被攝入詩歌、小說、音樂、繪畫和戲曲五種藝術表現形式中反覆地呈現。本文的寫作即是在材料與理論整合的思考中回答此一史實反覆呈現的藝術現象，並且把此一藝術現象在本文的寫作中還原於歷史，同時還原於華夏文明的集體無意識之心理結構中，從中總納出積澱於中華民族文化心理結構中的一個原型，即本文集中討論的問題：離散精神原型。

　　本文將這個離散精神原型做為文姬歸漢系列作品的意義整體（meaningful whole），這個意義整體是指在「離鄉、別子、歸漢」的敘事模子之中承載了情感張力，這份情感張力指向擺盪在「離」與「歸」之間的心靈原鄉追尋。不同時代的創作者在凝視這個意義整體而進行文姬歸漢歷史事件的詮釋過程中，創作者開顯了自身當下的心靈原鄉或生存意義，換言之，創作者和作品共享此一意義整體的同時，不同時代的創作給出了文姬歸漢歷史事件的眾聲化意義。

　　以文姬歸漢做為題材所創作的各式文類作品都不能逸開離散精神原型這個意義整體，也無法迴避不同時代的創作給出了文姬歸漢歷史事件的意義眾聲化現象。因此，本文將離散精神原型置回作品的結構形式中，通過文學作品和音樂相關作品的分析，論證結構形式和離散情感的異質同構現象，也就是「回到自己」這樣的離散情感的終極思考內化在不同文類和不同時代的敘事結構中。

　　進行分析不同文類和不同時代的敘事結構的過程中，本文發掘古琴聲情以直指知識份子追尋心靈家園的音響特質，無一例外地被安置在所有作品的結構織體中，然而，文姬歸漢題材中的標的物「胡笳」此一樂器並沒有因為「笳聲入琴」的現象而在離散聲情裡絕響，本文因此論述笳聲入琴的脈絡，並且揭示古琴和胡笳能夠外象離散精神原型的緣由。

　　本文做為主題研究的成果，在於提取原型理論做為有效的研究透鏡，以此分析和研究文姬歸漢史實與諸種門類的材料，讓原型的「不變的本質」和「再現時的變形」兩大特色可以充分說明文姬歸漢系列作品中關於「離鄉、別子、歸漢」敘事模子的不可抗拒性，以及合理解釋這個敘事模子之中蠢動的情感張力與歷代不同形式作品之間的關係。

謝　辭

　　重新回到校園攻讀博士學位，距離碩士畢業已經將近廿個年頭，學術界的快速積累與拓展令我目不暇給，每天在躍入眼簾的新穎辭彙之間渴求新知、整理思緒、解決窒礙，然後又是遭逢新的問題，讀書這件事，鎮日裡沒完沒了。這段為期五年的讀書歲月，從比較文學的門外漢，到成為比較文學這個豐盛殿堂裡的一份子，首要感謝康士林老師和楊乃喬老師兩位論文指導教授，各自從西方語境和漢語語境為論文寫作清理思考路徑，精準的提問和耐心的指導讓我濡沐大師風采。

　　同時，感謝曾永義教授、張漢良教授、張雙英教授和王安祈教授，在口試會議上為論文改進的方向提供了寶貴的意見。經過論文的答辯過程，深深體會學海無涯，也領受到四位老師們的學養風範。

　　此外，衷心感謝陳萬鼐老師，我的碩士論文指導教授，雖然已屆八十華齡，但是每次拜訪恩師的時候，總是關心博士論文的寫作進度。萬鼐老師是《清史·禮樂志·樂篇》的撰寫人，學識豐厚，至今依然夜讀寫作到午夜所奉獻出來的學術研究成果，多元跨界，啟蒙了我對文學與音樂關係研究的興趣。

　　當然，做為博士生並不是我唯一的生活角色，家人朋友的鼓勵，自是不能忘，尤其外子對我疏於家務的無限包容，最是感念在心。

　　眼前完成的博士論文期盼方家指正，因為這是另一段問學的開始。

蔡明玲　書於貓空月下
2008 年 5 月 20 日

代　序

「文姬歸漢」的個人歷史與華夏民族的「離散精神原型」——兼論比較文學研究的可比性

復旦大學　楊乃喬教授

　　2003 年，佳亞特裏・C・斯皮瓦克（Gayatri Chakravorty Spivak）在《一門學科的死亡》（*Death of A Discipline*）長文中陳述了比較文學在這一歷史時期的轉型，她認爲 21 世紀的比較文學正在經歷的轉型呈現爲區域研究（area studies）的比較社會科學研究（comparative social studies），〔註 1〕這種現象最爲恰切地呈現在福特基金專案官員 Toby Volkman 所撰寫的一本現下流行的小冊子中，佳亞特裏・C・斯皮瓦克曾爲這個小冊撰寫了一個章節，其就是「Crossing Borders」（跨界）。Toby Volkman 在這個小冊子中具體描述了 6 個標題下的規定研究計畫，其中第二個規定研究計畫就是「Borders and Diasporas」（邊界與離散）。〔註 2〕

〔註 1〕　按：「comparative social studies」是佳亞特裏・C・斯皮瓦克在《一門學科的死亡》中所提出的一個重要的概念，從這個概念的提出與使用，我們可以見出本世紀以來比較文學研究的轉型，因此這一現象應該引起國內比較文學研究者的關注，並且學界不能把這個概念翻譯爲「比較社會學研究」，應該被翻譯爲「比較社會科學研究」。

〔註 2〕　按：在福特基金項目這個小冊子中，Toby Volkman 在 6 個標題下設計了規定的研究計畫，從中我們也可以見出比較文學研究走向比較社會科學研究的傾向性：「Reconceptualization of 'Area'（區域的重新概念化）；Borders and Diasporas（邊界與離散）；Border-Crossing Seminars and Workshops（跨界研討會與工作坊）；Curricular Transformation and Integration（課程的改革與整合）；Collaborations with Nongovernmental Organizations, Activists, and the Media（與無政府組織、激進主義者與媒體的協作）；and Rethinking Scientific Areas（科

　　的確，在當下學術邊界無際的研究視域下，比較文學的跨界性質適應了全球化時代對人文學科研究提出的前沿性要求，所以佳亞特裏・C・斯皮瓦克認爲比較文學研究在敞開中最終走向了比較社會科學研究。但是，比較文學在研究的多元文化選擇中也給自身帶來了諸種困惑，其中一個重要的困惑就是由於研究視域在跨界中的敞開，從而導致比較文學學科邊界的消失，比較文學在一種佯謬的姿態下走向學科的「死亡」，關於這一點佳亞特裏・C・斯皮瓦克在《一門學科的死亡》長文中曾給予了詳盡的論述。

　　於此，我們在邏輯上希望遞進一步言說的是，學科邊界的消失的確又爲比較文學研究的選題定位帶來了困惑與焦慮。可以說，這種選題的困惑與焦慮長久以來直接困擾著比較文學專業博士的培養及學位論文的寫作，同時，也成爲比較文學研究方向下的指導教授們不得不思考的問題。

　　在科研與博士培養兩個方面，臺灣輔仁大學外國語學院比較文學研究所是一個讓學界所矚目的學科點，這裏曾培養出一批優秀的比較文學博士；我們注意到，這裏己往培養的比較文學博士其選題絕大多數是定位於西方文學藝術思潮或日本文學藝術研究的方向，顯而易見，這些選題方向與輔仁大學比較文學研究所設定在外國語學院有著直接的學緣關係。作爲這個學術群體中的博士，蔡明玲卻把自己博士論文的選題定位於中國傳統文化，把「文姬歸漢」及後世文學藝術以諸種不同審美編碼對這一主題的呈現作爲自己的研究物件；〔註3〕這實際上是對比較文學博士論文研究的選題提出了挑戰，而《文

學領域的再思考）.」關於比較文學被區域研究與文化研究所取代，其最終被佳亞特裏・C・斯皮瓦克稱之爲比較社會科學研究的論述參見〔美〕　佳亞特裏・C・斯皮瓦克著：《一門學科的死亡》（Gayatri Chakravorty Spivak, Death of A Discipline, Columbia University Press, New York, 2003. p.7.）

〔註3〕　按：在這裏我們有必要談一點比較文學研究的學科理論。蔡明玲把「離散精神原型」溯源到先秦時代《詩經》與《楚辭》的詩性書寫中，「文姬歸漢」是以一個歷史事件對先秦詩性書寫中潛在的離散情結的呈現與擔當；因此，從比較文學主題學研究的面向上來評判，「文姬歸漢」是一個主題而不是一個母題，因爲「文姬歸漢」己經成爲一個具有價值判斷的敘事表達了。在《比較文學概論》的《主題學與流變》一章中，南開大學比較文學研究者王志耕曾對母題與主題的區分給出過一個嚴格的界定：「母題是對事件的最簡單歸納，主題則是一種價值判斷；母題具有客觀性，主題具有主觀性；母題是一個基本敘事句，主題是一個複雜句式；主題是在母題的歸納之上進行的價值判斷，因此，一般說來，母題是一種常項，主題則是變數。」（楊乃喬主編：《比較文學概論》，北京：北京大學出版社 2011 年版，第 229 頁。）

姬歸漢離散精神原型的跨藝術論述》就是蔡明玲在這樣一個跨界立場上書寫成功的比較文學博士論文。

眾所周知，蔡文姬是一代大儒蔡邕之女，她博學多才且妙於音律。在東漢末年的社會動盪與戰亂中，文姬遭遇了多舛的命運：夫亡守寡、擄掠離散、異族迫婚、邊荒思鄉、別子歸漢、再嫁董祀及爲董祀死罪蓬首跣足哭請赦免等，她個人飽經離亂的憂傷經歷在生存的境遇中本身就是一段哀怨惆悵、感傷悲涼的歷史敘事，而才女文姬又把這種憂傷寄託於文學書寫，她以兩篇五言、騷體《悲憤詩》及一篇《胡笳十八拍》，在歷史上收攬了後世文人與民間讀者關於離散與歸漢主題的全部情思。

從東漢末年以來到當下後現代文化構建的全球化時代，以「文姬歸漢」爲敘事主題的個人歷史，在漢語本土及外域的世界漢語文化圈被淒婉地講唱了 1700 多年；的確，「文姬歸漢」是個人歷史，而這一個人歷史被本土與海外文學家、藝術家所先後接受，他們借助於文學、音樂、繪畫與戲劇四種審美編碼在跨界中不斷地呈現這一主題，在思念中以追懷悲憤來表達他們對「文姬歸漢」的歷史記憶，同時，他們也以此歷史記憶呈現了對自身所處境遇的慨歎，也書寫了對自身人格的期許。

從中國文學藝術發展史的維度提及「文姬歸漢」的敘事主題，我們自然會聯想到中國古代文學史上的四大民間傳說：《牛郎織女》、《孟姜女哭長城》、《梁山伯與祝英台》與《白蛇傳》，這四大民間傳說故事作爲四個敘事主題也曾被歷代文學家與藝術家所敷衍、講唱，並以此表現了草根族群用民間敘事的姿態所呈現的自我心理期許。然而，不同於中國四大民間傳說的是，「文姬歸漢」不是從民族遠古文化心理積澱下來的傳說，其不是神話，也更不是巫術與原始宗教儀式，「文姬歸漢」原是見載於《後漢書‧列女傳‧董祀妻》的正史：「陳留董祀妻者，同郡蔡邕之女也。名琰，字文姬。博學有才辯，又妙於音律。適河東衛仲道。夫亡無子，歸寧於家。興平中，天下喪亂，文姬爲胡騎所獲，沒於南匈奴左賢王，在胡中十二年，生二子。曹操素與邕善，痛其無嗣，乃遣使者以金璧贖之，而重嫁於祀。祀爲屯田都尉，犯法當死，文姬詣曹操請之。……操感其言，乃追原祀罪。……操因問曰：『聞夫人家先多墳籍，猶能憶識之不？』文姬曰：『昔亡父賜書四千許卷，流離塗炭，罔有存者。今所誦憶，裁四百餘篇耳。』操曰：『今當使十吏就夫人寫之。』文姬曰：『妾聞男女之別，禮不親授。乞給紙筆，眞草唯命。』於是繕書送之，文無

遺誤。後感傷亂離，追懷悲憤，作詩二章。」〔註4〕當然，關於「文姬歸漢」史料記載也見於殘本《蔡琰別傳》。

我們知道，在中國學術史上，關於「文姬歸漢」及相關歷史與文學史問題的研究，主要是集中在歷史學與中國古代文學史料學方面。蘇軾曾在北宋時期就文姬五言《悲憤詩》的作者身份提出過質疑，宋代學者車若水在《腳氣集》對此曾有所著錄，並且認爲《胡笳十八拍》也非蔡琰所撰：「東坡說：『蔡琰《悲憤詩》非眞，』極看得好。然《胡笳十八拍》乃隋唐衰世之人爲之，其文辭甚可見。晦菴乃以爲琰作也，載之楚詞。」〔註5〕關於騷體《悲憤詩》與《胡笳十八拍》作者身份眞僞的問題，一直是通貫中國學術史到當下被討論的重要學案，可以說，關於文姬三部作品作者身份眞僞的問題之質疑與考據曾吸引且成就了一批優秀的學者。

在這裏，我們爲了闡明蔡明玲這部比較文學博士論文當時在選題方面所遭遇的困惑與焦慮，我們願意就《胡笳十八拍》作者身份眞僞的質疑與考據羅列一個清單，展示一下在中國學術史上究竟有那些學者曾經參與過這一問題的質疑與討論。如參與和認同《胡笳十八拍》爲文姬所作的學者，有唐代詩人李頎、劉長卿，宋代學者王安石、郭茂倩、朱熹、王成麟，明代文人楊維楨、梅鼎祚，清代儒士沈用濟、惠棟等；時至現代，文豪郭沫若曾連續發表 7 篇文章論證《胡笳十八拍》爲文姬所寫，企圖爲自己在 7 天內創作完畢的大型歷史劇《蔡文姬》力證一個歷史的眞實性。又如參與否認《胡笳十八拍》爲文姬所作的學者，從北宋朱長文的《琴史》以來，明代學者王世貞、胡應麟，清代大儒沈德潛都曾給予過質疑；現代學者胡適、鄭振鐸、羅根澤、劉大杰等都曾撰寫了詳盡的文章說明自己的質疑理由。關於五言與騷體《悲憤詩》作者身份的眞僞問題，現代史學家範文瀾與文史學家卞孝萱也參加了質疑性討論。實際上，參與上述這些問題質疑與討論的學者還遠遠不止如此。

我們把這個清單陳設在這裏是想告訴大家，關於「文姬歸漢」及其作家作品身份的研究，其最有學術價值的討論是集中在歷史學界與中國古代文學史料學研究界的，而那種把「文姬歸漢」的歷史降解爲文學性故事的分析，

〔註4〕〔南朝宋〕範曄撰、〔唐〕李賢注：《後漢書·列女傳·董祀妻》，見於《二十五史》，上海：上海古籍出版社、上海書店 1992 年據乾隆四年武英殿本影印，第 2 冊，第 1046 頁第 4 欄。

〔註5〕〔宋〕車若水撰：《腳氣集》，民國景明寶顏堂秘笈本，第 1 頁。

對文姬三部詩作給予閱讀者抒發個人才情的賞析性讀解，其因缺憾學術價值且不足以作爲博士論文研究的選題而成立。一部博士論文的寫作首先必須要對其所選題的學科發展史進行瞭解與反思。的確，從唐代以來，關於「文姬歸漢」及其作家作品身份眞僞的文史研究已經積累了諸多的學術成果，並且我們已經看到，介入這些問題研究的學者都是中國學術史上極具份量的著名詩人與優秀學者。可以說，如果執守一個傳統的研究路數，「文姬歸漢」作爲一個學術選題實在沒有給現下學者留下多少可以撰寫博士論文的空間。再並且，關於「文姬歸漢」一直是歷史學界與中國古代文學史料學研究的重點，而學界都知道，博士論文的寫作絕對要規避那種對作家作品進行平面化的抒發閱讀者個人才情的賞析性讀解。也就是說，如果在文獻的考據方面與出土文物方面沒有重大的突破，「文姬歸漢」在歷史學與中國古代文學史料學研究方面是一個無法出彩且被終結了的選題。

那麼，我們把「文姬歸漢」帶入於比較文學研究的領域，作爲比較文學博士論文的選題來認定，研究者又應該以怎樣的視域切入，給予怎樣的思考與研究，並期待給出怎樣的結論呢？

蔡明玲的這部比較文學博士論文是在美國學者 Nicholas Koss（康士林）教授和我的共同指導下完成的，當時 Nicholas Koss 任臺灣輔仁大學外國語學院院長及比較文學研究所長。我們多次與蔡明玲就她的博士論文選題、材料準備、理論使用、基本思路的初步構成及傾向性結論等諸種問題進行過討論，我們共同經歷了一個較長的相互砥礪、啓示與磨合的過程，最終，我們就比較文學博士論文寫作是否可定位於這樣一個選題，獲取了一個初步的可操性的學術感覺。毋庸置疑，學術感覺是非常重要的，它是一位成熟的學者在若干年或幾十年學術經歷中所沉澱下來的一種學術潛意識，這種學術潛意識也是一種學養，其中潛含著關於學術指向性的正誤判斷。

這部比較文學博士論文把「文姬歸漢」的個人歷史作爲自己選題的學術背景，立足於歷史學與中國古代文學史料學對「文姬歸漢」進行研究所積累的成果上，把歷代文學、音樂、繪畫與戲劇對「文姬歸漢」主題的敷衍與期許帶入自己的研究視域中；也就是說，這部比較文學博士論文是站在歷史學與中國古代文學史料學的研究成果上，定位於歷史上本土與海外文學家、藝術家以不同的審美編碼所表現的「文姬歸漢」主題，對其進行一個世界範圍內華夏民族文化心理的追蹤，操用從審美現象到歷史本質的心理還原方法，

以追問一種對華夏民族文化回歸的「離散精神原型」，並且，深化地討論積澱於華夏民族文化心理那種因離散而歸宗的血親文化意識。

從中國古代文學史料學的角度來檢視，歷史上最早對「文姬歸漢」在審美編碼中進行敷衍的是東漢末年建安時期的《蔡伯喈女賦》及《蔡伯喈女賦序》兩部作品，據說前者是建安中爲黃門侍郎的丁廙所撰，後者是曹丕爲前者所撰寫的「序」；而「文姬歸漢」究竟是否是銘刻於歷史本體的一件不可撼動的史實，這的確在學術界有著一定的爭議，但是持否定立場的學者至今也沒有給出不可撼動的充足理由；當然，爭議鑄就了學術之間的質疑性張力，且推動了學術的前行。其實，《蔡伯喈女賦》是否爲丁廙所撰，《蔡伯喈女賦序》是否爲曹丕所撰，這兩部作品還是六朝文人的託名僞作，這在中國古代文學史料學研究界也都是有質疑的。丁廙及其兄丁儀包括楊脩都是曹植的羽翼，在曹植與曹丕的「繼嗣之爭」中，丁儀與丁廙是曹丕的政敵，曹魏高祖文皇帝曹丕繼王位後即誅殺了丁儀、丁廙及其家族男丁。關於這一史實，見載於《三國志・卷十九・魏書十九》：「植既以才見異，而丁儀、丁廙、楊脩等爲之羽翼。太祖狐疑，幾爲太子者數矣。而植任性而行，不自彫勵，飲酒不節。文帝禦之以術，矯情自飾，宮人左右，並爲之說，故遂定爲嗣。二十二年，增植邑五千，並前萬戶。植嘗乘車行馳道中，開司馬門出。太祖大怒，公車令坐死。由是重諸侯科禁，而植寵日衰。二十四年，曹仁爲關羽所圍。太祖以植爲南中郎將，行征虜將軍。欲遣救仁，呼有所敕戒。植醉不能受命，於是悔而罷之。文帝即王位，誅丁儀、丁廙並其男口。」〔註6〕那麼，無論是從政治邏輯還是從情感邏輯上講，文帝曹丕是否可能爲其政敵丁廙的《蔡伯喈女賦》作「序」？這是史學界一直有所爭議的學案。但無論如何，「文姬歸漢」依然是見載於《後漢書・列女傳・董祀妻》的正史。

在我們看來，文學藝術與歷史的差異性在於，文學藝術這種審美編碼的形式在虛構的敷衍中可以對歷史進行再詮釋，甚至是過度詮釋（over interpretation），即歷史脫離本體在文學藝術體驗中走向審美化。這種歷史的審美化可以投影出一個民族文化的歷史記憶，呈現出歷代文學藝術家駐足於不同的時期與角度，面對同一件歷史事件所完成的自我心理期許，這種歷史審

〔註6〕〔晉〕陳壽撰、〔宋〕裴松之注：《三國志・卷十九・魏書十九》，見於《二十五史》，上海：上海古籍出版社、上海書店 1992 年據乾隆四年武英殿本影印，第 2 冊，第 1133 頁第 3 欄至第 1134 頁第 1 欄。

美化的再詮釋、過度詮釋與心理期許正是一個民族文化心理情結（complex）的集體呈現。

從丁廙的《蔡伯喈女賦》及曹丕的《蔡伯喈女賦序》以來，無論怎樣，1700多年來，「文姬歸漢」已經敷衍爲漢民族文化心理結構中因離散而歸宗的故事。從曹魏以來，文學藝術對「文姬歸漢」這一主題已經構鑄成多種審美編碼形式，這無疑是文學家與藝術家寫就的歷史審美化的文學藝術發展史。這裏有一個非常啓智的理論思考，「文姬歸漢」越不是本體意義上史實，越是一種依憑審美編碼講唱、敷衍及虛構的文學藝術現象，其越能夠證明在華夏民族文化心理結構中沉積著一種因離散而歸漢的血親宗法意識。因爲，成功的歷史本體考證在某種程度上是爲了讓後來學者面對著歷史不可給予誤讀性、過渡性與創造性詮釋。也就是說，在本體論的層面上可能有爭議的歷史事件，當人們借助於文學藝術在審美的價值期許中表達出來後，那就構成另外一種形式的價值判斷了，即歷史在本體論的眞實上不可再度言說的價值判斷，文學藝術可以借助於審美編碼來坦然地呈現與擴張。文學藝術的敷衍、虛構與期許，無疑讓歷史現象在遠離眞實的本體距離中美麗且燦爛了起來。這是歷史與文學藝術的差異性所在，這也是文學藝術的魅力所在。

需要強調的是，這部比較文學博士論文展開研究的一個重要定位，就是作者把思考沉放在文姬三首詩作，及其以後所有對「文姬歸漢」進行審美編碼的文學藝術作品所表達的一個共同主題上。在這部博士論文的「附錄一」、「附錄二」、「附錄三」、「附錄四」及「附錄五」中，作者著錄了歷史上關於敷衍「文姬歸漢」主題的絕大部份文學藝術作品。胡笳原本是匈奴胡族的樂器，因匈奴文化與中原文化在漢代的接觸與碰撞，胡笳進入中原；在文姬的作品中，在後世敷衍「文姬歸漢」主題的文學藝術作品中，胡笳因其本來蒼茫淒清的音色，被抽象爲一種悲情的符號，並生成了一種笳聲和琴曲共鳴的悲涼審美意象，其絕然不再僅是一種從異域傳遞過來作爲器物意義上的具有吹奏形制的樂器了。蔡明玲抓住了「胡笳悲涼」的意象，這在此部比較文學博士論文中有著重要的學理通貫意義。

關於胡笳的資料，作者統計了臺灣中央研究院漢籍電子文獻資料庫，在《樂府詩集》項下所收錄的關於胡笳的條目有 55 個，在《二十五史》項下所收錄的關於胡笳的條目有 105 個，在「小說戲曲」項下所收錄的關於胡笳的條目有 3 個，在「經史子集」項下所收錄的關於胡笳的條目有 946 個。從作

者所陳列的文獻材料統計中，有理論素養的學者不難看出，在作者統計的相關文獻材料中的確沉澱著一種理論言說的可能性。什麼是理論？理論是對歷史文獻中反復遞進的同一材料或同一現象所給出的一種邏輯性提升與思辨性總結，理論是我們通過集納性的抽象思考所給出一個歸總性的分析、指稱或定義。在博士論文的研究與寫作過程中，倘若博士候選人無法在其所掌握的豐厚文獻材料中洞視出思想，無法從材料的思想中提取有效的理論總納，那麼其所掌握的文獻材料無論是怎樣的豐厚，在本質上，那依然是一堆處在死亡中靜默的書寫；不錯，歷史是依憑書寫在銘刻中而保持對文化與文明的記憶，但是，逝去的歷史在書寫的靜默中永遠是一種不可言說的缺席者，歷史自身不可能自律性言說，歷史必須被現下學者的閱讀性思考所啟動，才可以成為一種鮮活的在場（present）。

除去繪畫之外，關於敷衍「文姬歸漢」的主題見諸文學、音樂與戲劇三類審美編碼形態。在建安的丁廙及曹丕之後，學界一般都知道有唐代李頎的七言古詩《聽董大彈胡笳弄》、元代金志甫的雜劇《蔡琰還漢》，有明代黃粹吾的傳奇《胡笳記》、陳與郊的雜劇《文姬入塞》、南山逸叟的雜劇《中郎女》，有清代尤侗的雜劇《吊琵琶》，有 1925 年陳墨香編劇、程豔秋主演的《文姬歸漢》，還有 1959 年郭沫若完稿、焦菊隱導演、朱琳、刁光覃、藍天野主演的五幕歷史話劇《蔡文姬》；1949 年以來，「文姬歸漢」的主題也曾被京劇、崑劇、呂劇、評劇、越劇、徽劇、粵劇及河北梆子等劇種移植而在中國本土頻繁地演出過。

上述資訊是學界眾所周知的事蹟。我們想陳述的是，時值 20 世紀 70 年代，「文姬歸漢」的歷史跨出了中國本土，被收穫於美籍華裔作家湯婷婷（Maxine Hong Kingston）的英語小說寫作中，這一主題在她的小說《女勇士：生長在怪魔之中一個女孩的回憶》（*The Warrior：A Girl』s Memorials Among the Ghosts*）中被再度詮釋，並且這是一次在異域文化語境下的過度詮釋，也是一次極富異域想像性的文化誤讀（cultural misreading）。湯婷婷是美籍華裔女性主義作家，她在這部小說中關於「文姬歸漢」的敷衍，是把這一主題從歷史降解到神話故事或民間傳說的層面上完成的，因此，這部小說在最可能的虛構中表達了離散於故土的異域華人在文化心理上渴望歸宗——歸漢的心理期許。讓人哭笑不得的是，湯婷婷這部依憑於「文姬歸漢」主題的小說是如此的虛構，卻榮獲美國國家圖書批評獎非虛構類（nonfiction）最佳作品的榮譽。

我們必須承認，跨界所遭遇的文化誤讀恰恰爲比較文學研究提供了更爲寬闊的思考空間。

在全球化時代，多元文化在碰撞與匯通中生成了民族文化之間與地域文化之間的雜混（hibridity）現象，這一現象逼迫著國別文學研究向比較文學研究轉型，也逼迫著比較文學研究向比較社會科學研究再度轉型，跨界成爲當下文學研究者所必須持有的立場。

從湯婷婷這部小說的個案，我們不難見出，一個主題從本土向異質文化語境傳遞時，這個主題在本土獲有的歷史性可能會降解爲異域讀者的誤讀性與獵奇性。的確，兩個以上的民族文化與文學在碰撞、交流、對話與匯通中所產生的影響、接受、過濾與重構，這的確應該是比較文學研究所要解決的問題。

到了 21 世紀，「文姬歸漢」的主題被室內歌劇的綜合藝術形式敷衍而再一次徹底國際化了。這就是中國著名編劇徐瑛、著名華裔女音樂家林品晶與美國導演 Rinde Echert 三人合作的室內歌劇《文姬——胡笳十八拍》（Wengji: Eighteen Songs of a Nomad Flute, 2001），這是一次讓國際文學藝術界不可忘卻的重大事件。這部作品曾於 2001 年在美國紐約首演，「中文的戲曲唱腔融合英文的西方歌劇演唱方式，中西樂器並置，讓西方歌劇演員在具有中國戲曲身段和虛擬性空間的舞臺上表演，編劇徐瑛是中國人，林品晶是生活在紐約和巴黎兩地的華裔作曲家，導演則是美國人 Rinde Echert，這三人的合作本身就是身份流動張力的實踐。」〔註7〕的確，「文姬歸漢」這個主題在全球化時代的文學藝術審美編碼呈現中，不可遏制地走向了進一步的國際化。

我們想言說的是，1700 多年前，「文姬歸漢」是在胡漢兩種文化碰撞與衝突之間所生成的一個歷史事件；1700 多年以來至當下，「文姬歸漢」這個歷史事件被文學藝術的審美編碼形塑爲一個主題，在漢語本土、外域的世界漢語文化圈淒婉地講唱，以此在民族文化的心理上鑄就了一種因離散於故土而渴望歸宗——歸漢的思維慣性，並且引起了海內外學者的關注與研究；那麼，追問這個主題背後的「離散精神原型」及其背後的因離散而歸宗的血親文化情結，這必然在最爲恰切的學科邏輯上成爲比較文學研究的物件。這就是此部比較文學博士論文選題的可比性（comparability）所在。

〔註7〕 蔡明玲著：《文姬歸漢之離散精神原型的跨藝術論述》，臺灣輔仁大學外國語學院比較文學研究所博士論文 2008 年定稿本，第 49 頁。

　　從這一選題的研究定位來看，其本然就涉及了跨語言、跨民族、跨文化與跨學科的無邊界性，所以我們也沒有理由要求比較文學這個學科爲自己的研究圈定一個有限的學科邊界，把自己規避在一方狹隘的佔領地中躊躇滿志。爲一個學科圈定有限的研究邊界，這大概是中世紀、古典時代或前全球化（pre-globalization）時期的思維路數了。

　　當然，一部比較文學博士論文選題具有可比性，這也要求我們能夠給出其選題可比性的一個學理性解釋。不同於其他國別文學研究在學科上所表現出的相對穩定性，由於比較文學研究的跨語際性、跨界性、匯通性、雜混性等，因此這個備受爭議的學科特別需要學科理論來論述自己。也可以說，關於這一主題研究的確立，作者的研究視域與跨界立場讓一度在學界沉寂的「文姬歸漢」研究，重新獲取了嶄新的學術生命力；這也正是比較文學研究所執守的比較視域及跨界立場，同時，也以此規避了國別文學據守於本土及以往的路數對這一主題進行研究所遭遇的不可能性。

　　我們知道，蔡明玲把「文姬歸漢」的主題研究置放在「跨藝術論述」下展開，[註8] 並且最終爲華夏民族文化心理追問與尋找一個「離散精神原型」，這種研究視域及其內在的理論動力把比較文學不可遏制地導向了比較詩學。同時，我們也可以見出這部比較文學博士論文在選題與結論上所構鑄的宏大性，即爲華夏民族文化傳統及其源頭追問與尋找一個「離散精神原型」。

　　在這裏，我們願意引用蔡明玲在這部比較文學博士論文中的一個表述：「我們揭示離散精神原型是文姬歸漢歷史事件的意義整體，離散精神原型這個意義整體讓文姬歸漢主題系列作品能夠在歷史傳統的傳承意義中被視爲藝術作品，正是因爲離散精神原型是一種理念性的意義，它向著創作者開放，觸動創作者，讓創作者在文學的語言和藝術的語言中說出他們所瞭解的文姬歸漢歷史事件的意義，說出意義即是詮釋。不同時代的文姬歸漢主題系列作品的創作者在詮釋文姬歸漢這個歷史事件的過程中，不能離開文姬歸漢歷史事件的意義整體，否則就不成爲文姬歸漢主題的創作。」[註9] 蔡明玲是言說漢語的臺灣學者，她把自己的研究部分地定位於西方原型理論及相關詩學的立場上，把西方理論作爲一種研究視域，來透視與分析華夏文化傳統中因「文

[註8] 按：這裏的「跨藝術論述」就是比較文學的跨學科（inter discipline）研究。
[註9] 蔡明玲著：《文姬歸漢之離散精神原型的跨藝術論述》，臺灣輔仁大學外國語學院比較文學研究所博士論文 2008 年定稿本，第 79 頁。

姬歸漢」所引發的「離散精神原型」，這還是順沿比較文學研究領域中由臺灣學者首先操用與論證的闡發研究方法論。但是，這種闡發研究絕然不是一種單向度的闡發與被闡發，而是一種具有跨界立場的互文性（intertextuality）雙向闡發。

在這裏需要提及的是，「離散精神原型」是在漢語本土的比較文學博士論文寫作中所提出的一個源語概念（concept of source language）。這個源語概念可以有兩種方法翻譯爲英語目的語，第一種可以翻譯爲「the archetype of diaspora」，第二種可以在字面上直譯爲「the archetype of the spirit of diaspora」。在這裏，我們必須把用漢語表述的「離散精神原型」認同爲一個源語概念，〔註10〕這關涉到比較文學研究者的文化身份與文化立場問題。從學科理論上評判，無論比較文學研究可以在國際學界的平臺上走向怎樣的多元開放，但最終跌向了學科邊界的無際，然而，我們必須界分出一位眞正的比較文學研究者所據守的話語權力、文化身份及文化立場，我們是漢語語境下的比較文學研究者，而宇文所安（Stephen Owen）、大衛・達莫羅什（David Damrosch）等是美國學界英語語境下的比較文學研究者，漢語比較文學研究者與英語比較文學研究者的知識結構、語言持有條件與研究視域等是不盡相同的，一方對另一方以自己本土化的知識結構與語言能力給予苛求均是違背情理的。〔註

〔註10〕 按：在這裏，我們刻意強調蔡明玲用漢語提出的「離散精神原型」是一個源語概念；在這種強調中，我們是在堅持一個重要的學術立場。近一個世紀以來，中國學者在從事文學批評與文學理論研究時，所操用的概念幾乎都是從西方學界翻譯爲漢語的目的語。在比較文學的翻譯研究方面，我們把自己所操用的理論概念界分爲源語與目的語時，本質上，已經凸現出我們在學術身份上屈就於學術從屬地位的差異性了，即在學術研究的理論概念操用層面，中國學者永遠是目的語概念的使用者，而不是源語概念的構建者。在《翻譯、重寫、文學名聲的操縱》（Translation, Rewriting, Manipulation of The Literary Fame）一書中，英國學者安德列・勒菲弗爾（Andre Lefvere）曾討論了翻譯是重寫的問題，認爲翻譯在本質上是譯者被他所生存境遇的主流意識形態與詩學給予的操控（manipulate）。我們的觀點是，無論安德列・勒菲弗爾是在怎樣的理論力度上把翻譯認同爲重寫（rewriting），西方理論的源語概念在學理的邏輯上對譯入中國本土的目的語概念有著極爲强制的操控性。因此，我們在這裏强調蔡明玲用漢語提出的「離散精神原型」是一個源語概念，這是在學術身份上凸顯了中國學者在漢語本土構建理論的自主性與獨立性。

〔註11〕 按：但是，我們還是需要指出的是，中國學者在西方本土學界操用英語、法語或德語以陳述自己的學術思想，比歐美學者在中國本土學界操用漢語以陳述自己的學術思想，在能力上不知道要强到那裏去了。當然，從這一點也可以見出中國學者在國際學界依然屬於弱式族群，他們必須操用較爲流利的西

11〕所以對於英美學界來說，第二種翻譯作爲目的語概念（concept of target language）是在異化翻譯（foreignizing translation）的層面上完成的，因爲，「離散」本身就是一種「精神」，「spirit」不必硬譯出來。既然如此，離散——「diaspora」與原型——「archetype」這兩個概念及在背後支撐這兩個概念的整體理論體系，構成了作者透視「文姬歸漢」及其後世文學藝術以諸種不同審美編碼對這一主題呈現的研究視域，西方理論與中國歷史文學在這一選題的研究中遭遇了，並且形成了雙向闡發的互文性思考及互文性研究。

　　思考到這裏，還是讓我們來閱讀佳亞特裏‧C‧斯皮瓦克在《一門學科的死亡》中所給出的一段陳述：「麻煩的是，霸權的歐洲語言（hegemonic European languages）只有幾種，而南半球語言卻不可勝數。惟一具有原則性的回答那就是『太糟糕了。』老的比較文學不要求學生學習每一種霸權語言；而新的比較文學將也不要求她或他學習全部的下屬語言（subaltern language）。」〔註12〕儘管當下比較文學走向學科邊界的無際，但佳亞特裏‧C‧斯皮瓦克一如既往地擁有自己的比較文學學科意識，她把歐洲的法語、英語等看視爲幾種具有霸權性的主流語言，把除此之外的其他非主流語言稱之爲下屬語言。眾所周知，比較文學是源起於法國的一門學科，英文「subaltern」的語源即來自

方學界本土語言與西方學者對話，以便擠入國際學界。我們應該有理由要求西方學者操用起碼的漢語與中國學者對話，國際學界的話語權力不應該僅由西方語言來決定。在這個意義上，中國學者在國際學界發言時，他們的英語越流利，越說明他們是來自於邊緣地帶的少數族裔學者。讓我們最爲欣賞的是康士林教授作爲輔仁大學外國語學院院長及比較文學研究所所長，他始終保持操用較爲流利的漢語與中國學者交流。一位西方學者能夠操用流利的漢語與中國學者進行學術對話，這不僅說明他獲有一門熟練的外語能力，這也說明他在學術姿態上的謙卑。在國際化的時代，語言不僅只是一種跨界交際的能力，而也是一種在處世姿態上讓學者呈現出傲慢與謙卑的界標：那些在國際學界能夠以一點較爲流利的外語在西方學者面前顯擺自己的學者，往往歸國後對自己故土的學者充滿了傲慢，端出一幅「學術買辦」的架把式，仿佛他就是西方學者的代言人，甚至仿佛他就是西方學者。其實，從上個世紀80 年代以來，中國的「學術洋務運動」現象的確是值得討論的。

〔註12〕〔美〕　　佳亞特裏‧C‧斯皮瓦克著，《一門學科的死亡》（Gayatri Chakravorty Spivak, Death of A Discipline, Columbia University Press, New York, 2003. p.10.）按：當然，這幾門歐洲霸權語言對於西方本土從事比較文學研究的學者來說，本來就是他們的母語，所以用不著要求他們再學。從斯皮瓦克的表述中，我們也可以見出她是一位徹底的女權主義者，在「新的比較文學將也不要求她或他學習全部的下屬語言」的表述中，她用人稱代詞指稱上一句的「學生」時，刻意把「her」（她）強調出來，把「him」（他）放在後面。

於法語「subalterne」及後期拉丁語「subalternus」，〔註13〕「下屬語言」這概念在修辭上本身就有著貶損性。佳亞特裏‧C‧斯皮瓦克在這裏的表述是一個隱喻，也就是說，新老比較文學都是仗恃歐洲幾種霸權語言而成立，且構建這一學科的研究領地，所以，非歐洲國家從事比較文學研究也必須操用這幾種霸權的歐洲語言。我們擔心的是，如果國際學界在這個意義上認同了比較文學，比較文學這個學科本身就是一種霸權。因此，我們在這裏必須強調，我們從事的是漢語語境下的比較文學研究，我們使用的學術漢語是我們在國際學界的文化身份所屬，其絕然不是下屬語言。其實上，法語與英語等對於中國比較文學研究來說，應該是「下屬語言」。

佳亞特裏‧C‧斯皮瓦克認為比較文學研究因學科邊界的擴張而走向了文化研究與區域研究等，宗主國的文化研究與區域研究的確獲有極強的不穩定性與衝突性，這是因為他們總是為了自己本土的利益與宗主國移民的文化主張而表現出巨大的排斥性。

眾所周知，「diaspora」是描述離散於巴勒斯坦故土在異域流亡與漂泊的猶太人族群，「diaspora」在修辭上沉澱著歷史在記憶中描述猶太人離散於故土所遭遇的那些悲情，在《舊約》（*Old Testament*）的《申命記》（Deuteronomy）中，我們就可以提取到摩西告誡子民如果悖逆上帝即遭受離散之咒詛（Curses for Disobedience）的諸種相關修辭，我們在這裏僅著錄《申命記》第 20 節的書寫內容，就可以見出這是一些怎樣的離散性咒詛：「The LORD will plague you with diseases until he has destroyed you from the land you are entering to possess. The LORD will strike you with wasting disease, with fever and inflammation, with scorching heat and drought, with blight and mildew, which will plague you until you perish. The sky over your head will be bronze, the ground beneath you iron. The LORD will turn the rain of your country into skies until you are destroyed.」〔註14〕的確，僅在這一節的書寫中沉積著太多的咒詛性修辭表

〔註13〕按：「sub-」是拉丁語的首碼，表示 「在…之下」。
〔註14〕《聖經》（和合本‧新國際版），香港：國際聖經協會有限公司 1996 年第一版，第 334 頁。按：此段英語引文的漢譯如下：「耶和華因你行惡離棄他，必在你手裏所辦的一切事上，使咒詛、擾亂，責罰臨到你，直到你被毀滅，速速地滅亡。耶和華必使瘟疫貼在你的身上，直到他將你從所進去得為業的地上滅絕。耶和華要用癆病、熱病、火症、瘧疾、刀劍、旱風、黴爛攻擊你，這都要追趕你，直到你滅亡。你頭上的天要變為銅，腳下的地要變為鐵。耶和華要使那降在你地上的雨變為塵沙，從天臨在你身上，直到你滅亡。」同上，

達。把「diaspora」翻譯爲漢語「離散」之後，在漢語書寫的字面上，一般漢語讀者極少能夠直接從這個漢語概念的字面上提取其源語背後的全部修辭性感情，而比較文學研究的要求在於，研究者在使用與閱讀翻譯爲漢語的概念時，必須要把這個漢語書寫的目的語概念在思考上回譯於源語，以此提取源語概念背後全部的歷史本質意義，否則對於那些從西方拼音語言翻譯爲漢語的理論概念，我們僅從漢語字面上提取意義，往往獲取的是隔膜且無效的誤讀。所以我們在使用「離散」這個術語時，在學理的指涉上必然要回譯於「diaspora」，用研究的比較視域網起沉積在源語概念背後猶太民族的全部流亡歷史及苦難情愫。

蔡明玲正是在這個意義的維度上啓用「diaspora」這一術語透視、思考與詮釋「文姬歸漢」的，一部比較文學博士論文的研究與書寫是否能夠在比較視域的通透性中獲取研究的可比性，內行是一眼可以識透的。

在這裏，作者不僅僅是使用這個概念所潛含的修辭情愫與全部歷史意義來研究文姬因離散於故土而歸漢的遭遇，使「文姬歸漢」及其文學藝術主題的研究獲取了一個嶄新的思考維度（dimensionality），從而給出一位比較文學研究者更爲豐富的詮釋，同時，作者也更是以漢語語境中「文姬歸漢」及其相關的文學藝術發展史來重新修訂、改寫與豐富「diaspora」這個概念的學理內涵。正如作者在論文《蔡琰的離散經驗與離散論述研究》一節中所言：「目前，diaspora 已經成爲普通名詞，泛指不住在自己的故鄉，卻仍然保有傳統文化和宗教信仰的人」，〔註15〕「然而，離散論述的研究範圍和研究態度並沒有影響離散一詞所指涉的基本概念，從猶太人歷史上的離散研究開始，離散一詞所指涉的基本概念必須涵蓋『返鄉願望和欲念的行動表現』這一層次的思考，因此凡以離散之名所進行的各個藝術人文層面的研究，離不開追尋『家』、『家園』、『故鄉』，甚至是『心靈終極家園』的思考，文姬歸漢歷史事件中的『歸漢』正是這種返鄉願望和欲念的實證。從這一層意義上來看，華夏民族自詩騷文本中鉤掘的離散情緒和屬於廣土眾民的離散經驗，一如猶太民族的離散遭遇，但是在文姬個人身上，以其自述生平的悲憤詩歌爲整個民族所承

---

334 頁。在這裏我們引用英語是爲了請讀者直接閱讀英語在這段書寫中所使用的那些咒詛性修辭，這樣可以獲取不同的閱讀感受。

〔註15〕 蔡明玲著：《文姬歸漢之離散精神原型的跨藝術論述》，臺灣輔仁大學外國語學院比較文學研究所博士論文 2008 年定稿本，第 34 頁。

受的離散情緒給出了自覺性的書寫。」〔註16〕的確,「diaspora」在漢語語境下被翻譯爲「離散」,由於漢語比較文學研究者的使用,這不再是一個研究猶太文化的專有概念了,而是一個既具有世界性又具有中國性的「離散」概念了。也就是說,「離散」成爲一個獲有統攝世界性文學思潮的總體文學(general literature)概念了。〔註17〕

特別值得我們關注的是,在「文姬歸漢」及其後世文學藝術以諸種不同審美編碼對這一主題的呈現中,我們怎樣追問一個通貫華夏民族文化歷史的「離散精神原型」呢?〔註18〕思考在一種追問的邏輯力量中必然把我們的設問與關注從「離散」導向於「原型」這個概念上來了。

依然是眾所周知,「archetype」這個概念是由希臘文「arche」與「type」兩個詞構成的。「arche」的原初意義是「first」(第一),我們還可以把「arche」討源到它的動詞形態「archein」那裏。《西方哲學英漢對照辭典》關於「archein」的釋義是:「from Greek: *archein*, to start, hence the starting point or beginning, first principle or origin」。〔註19〕這部辭典的英語釋義告訴我們,「開始」、「起始點」、「開端」,「第一原理」與「起源」是「arche」這個概念存有的全部內涵,學界一般認爲,是希臘智者阿那克西曼德(Anaximander)最早起用這個概念把宇宙的終極命名爲原初實體(first entity)。此後,從泰勒斯(Thales)等到柏拉圖(Plato)、亞里斯多德(Aristotle),希臘哲人依憑這個概念的操用在哲學本體論上完成了對宇宙終極的猜想,並構建了各自的哲學宇宙論

〔註16〕 蔡明玲著:《文姬歸漢之離散精神原型的跨藝術論述》,臺灣輔仁大學外國語學院比較文學研究所博士論文 2008 年定稿本,第 34 頁。

〔註17〕 按:在國際學界,「總體文學」是一個經常使用的重要概念,但是這個概念卻很少被中國學者帶入使用,實際上,中國學界一直被總體文學現象所操控,因此我們在這裏願意自覺地使用這樣一個概念。我們曾在《比較文學概論》一書中曾對總體文學給出過一個界定:「總體文學是以三種以上的民族文學或國別文學爲研究客體,並且這一研究客體在歷史短期的共時性上表現爲在多種民族與多種國家所形成的共同文學思潮與共同文學流派,這些共同的文學思潮與共同的文學流派隨著在空間上的伸展、在地理上的擴張,已從純粹的文學作品層面整合、昇華到文學理論、文學批評、詩學與美學的高度被研究,這就是總體文學。」(楊乃喬主編:《比較文學概論》,北京:北京大學出版社 2011 年版,第 93 頁。)

〔註18〕 按:嚴格地講,我們在這裏使用「漢民族文化」與「華夏民族文化」這兩個概念,可以呈現出我們在研究中所表達的不同文化立場。

〔註19〕 〔英〕尼古拉斯·布寧著,余紀元編著:《西方哲學英漢對照辭典》,北京:人民出版社 2001 年版,第 68 頁。

（cosmology）體系。在學理上，哲學宇宙論是以思辨理性猜想宇宙的本原，企圖爲人類尋找一個安身立命的終極，因此，哲學宇宙論也被定義爲理性宇宙論（rational cosmology）。

讓我們的思考邏輯再度追問下去，把「type」這個概念討源到希臘文「typos」那裏。「typos」的原初意義是「pattern」（形式）或「stamp」（印記），當我們在詞源的追溯上行走到這裏時，「archetype」這個概念的原初意義清晰地出場了：「From Greek: *arche*, first + *typos*, pattern or stamp, the original model or pattern from which things are formed or from which they become copies.」〔註20〕非常值得提及的是，英文的源語解釋比漢語的譯入語要容易理解得多：「指事物據以形成或變成複本時所出自的原始模型或形式。」〔註21〕在柏拉圖的哲學本體論體系構建中，理念即是被可感知的現象界所模仿並決定現象界生成的原型，即「ideas」就是「archetypes」。〔註22〕

據我們對相關文獻的檢索，至少由喬納森‧巴恩斯（Jonathan Barnes）主編、普林斯頓大學出版社 1991 年出版的英語版《亞里斯多德全集》（*The Complete Works of Aristotle*）沒有使用過「archetype」這個術語，但是其中英譯本亞里斯多德的《形而上學》（*Metaphysics*）在第五章討論「origin」（起源）的問題時，譯者曾給出一個重要的語言還原性注釋，以此把「origin」的釋義追源到希臘文「arche」那裏去：「『Origin』 translates 『*arche*』, elsewhere often 『source』 or 『(first) principle』. In Greek 『*arche*』 also means 『rule』 or 『office』, whence the illustration under (5).」〔註23〕從西方哲學與文藝理論的

〔註20〕 〔英〕尼古拉斯‧布甯著，余紀元編著：《西方哲學英漢對照辭典》，北京：人民出版社 2001 年版，第 69 頁。

〔註21〕 〔英〕尼古拉斯‧布甯著，余紀元編著：《西方哲學英漢對照辭典》，北京：人民出版社 2001 年版，第 69 頁。

〔註22〕 按：這裏的「ideas」與「archetypes」應該使用複數，是指現象界諸種存在對本體界各自原型的模仿。

〔註23〕 〔古希臘〕亞里斯多德：《形而上學》，見於《亞里斯多德全集》（Aristotle, Metaphysics, see The Complete Works of Aristotle, Jonathan Barnes, Princeton University Press, Princeton, N.J. 1991. p.60.）按：《形而上學》第五章關於「origin」（起源）的討論，是從六個層面展開的，從我們引用的英語原文中不難見出「arche」在亞里斯多德本體論思考中的終極指向性：「We call an origin (1) that part of a thing from which one would start first, e.g. a line or a road has an origin in either of the contrary directions. (2) That from which each thing would best be originated, e.g. we must sometimes begin to learn not from the first point and the origin of the thing, but from the point from which we should learn most easily. (3)

發展邏輯上考查，從柏拉圖歷經亞里斯多德到 G. W. F. 黑格爾（Georg Wilhelm Friedrich Hegel），西方的古典哲學始終是在「archetype」所成就的柏拉圖主義（Platonism）思路上構建形而上學本體論的，因此，從「archetype」這個概念的詞源本質及其學理性來看，在相當的程度上，黑格爾的本體論哲學承繼的必然還是柏拉圖主義。其實，我們在言說黑格爾於哲學本體論的思考上依然是一位柏拉圖主義者時，言下之意的隱喻是：我們全然不應該忘卻「archetype」這個終極概念的邏輯力量是怎樣的強大，其推動著西方古典形而上學在一種不變的思維「原型」慣性中生成與發展。

我們在詞源上回溯「archetype」的原初意義，是為了進一步說明 C. G. 榮格（Carl Gustav Jung）及原型理論。C. G. 榮格在他的分析心理學構建原型理論時，是從哲學那裏借用這個概念及其相關理論而獲得啓示的。上個世紀 80 年代中期，國內學界在譯介與使用原型理論時，缺少更多的學者把 C. G. 榮格分析心理學的「archetype」這個概念在詞源上追問到希臘哲人的本體論那裏去，以至國內學者在操用這個概念對巫術、原始宗教儀式、神話、民間傳說及文學藝術的某些現象及主題進行追問時，缺失了這個概念於詞源上在古希臘哲學本體論那裏對終極追問的學理性感受。這是非常可惜的。

因為我們知道，在這部比較文學博士論文中，蔡明玲討論「文姬歸漢」就是為了給華夏民族文化傳統追溯一個「離散精神原型」，從學理上判定，這一「離散精神原型」必須是在華夏民族文化心理結構中積澱的一種集體無意識（the collective unconscious）。蔡明玲把西方的原型理論帶入自己的研究中

That from which (as an immanent part) a thing first arises, e.g. as the keel of a ship and the foundation of a house, while in animals some suppose the heart, others the brain, others some other part, to be of this nature. (4) That from which (not as an immanent part) a thing first arises, and from which the movement or the change naturally first proceeds, as a child comes from the father and the mother, and a fight from abusive language. (5) That by whose choice that which is moved is moved and that which changes changes, e.g. the magistracies in cities, and oligarchies and monarchies and tyrannies, are called origins, and so are the arts, and of these especially the architectonic arts. (6) That from which a thing can first be known; for this also is called the origin of the thing, e.g. the hypotheses are the origins of demonstrations. (Causes are spoken of in an equal number of senses; for all causes are origins.) It is common, then, to all to be the first point from which a thing either is or comes to be or is known; but of these some are immanent in the thing and others are outside. Therefore the nature of a thing is an origin, and so are the elements of a thing, and thought and choice, and substance, and that for the sake of which—for the good and the beautiful are the origin both of the knowledge and of the movement of many things.」

作爲一個透鏡，準確地講，是把原型理論及其相關背景學理與「文姬歸漢」及海內外文學藝術對這一主題的敷衍整合在一起，最終給出一個嶄新的結論性判斷。我們在這裏極度感興趣且希望遞進一步言說的問題是，C. G. 榮格從古希臘哲學的宇宙論那裏承繼「archetype」這個概念，以構建了自己的分析心理學的原型理論，他的原型理論構建是把「archetype」關於終極的思考從哲學帶入心理學，以分析心理學（analytic psychology）的研究姿態把自己的研究視域投向巫術、原始宗教儀式、神話、民間傳說及文學藝術，企圖在其中追問一個民族原始文化心理的一種終極，這個終極從遠古的荒蠻時代在邏輯上鏈結於現代人的心理文化，並成爲一種在歷史中複踏回環的心理記憶，當然，我們知道這種複踏回環的心理記憶就是原型——集體無意識。

我們也知道，歐美心理學研究界更注重於實驗心理學，他們對 S.弗洛依德（Sigmund Freud）的精神分析學派與榮格的分析心理學以缺憾實驗的可能性持有質疑的態度；但是，這兩位心理學巨匠恰恰以思想爲文學藝術批評及文化研究提供了具有哲學分析性的心理學基礎。在我們看來，這種學術跨界的交集性研究當然可以成爲蔡明玲以「文姬歸漢」爲中心，而追問「離散精神原型」的理論分析依據了。

其實，西方哲學理論與文學藝術理論在其本土學術語境下的使用也特別注重在詞源上的考據，以便把一個個古典、現代或後現代理論概念在詞源上邏輯地鏈結到古希臘的歷史語境中去，西方學者一定不是阻斷歷史而在當下憑空捏造一個概念，在學術的歷史語境缺席狀態下虛構一套理論。如馬丁·海德格爾（Martin Heidegger）的存在論詮釋學在詞源上把「Dasein」（此在）追問到古典語言那裏，雅克·德里達（Jacques Derrida）的解構主義哲學把「logos」（邏各斯）與「difference」（差異）等概念在詞源上也追問到古典語言那裏，然後，馬丁·海德格爾與雅克·德里達再於語言交織於歷史的發展脈絡上邏輯地使用這些概念。當西方理論從本土源語譯入漢語目的語時，中國學者往往習慣於望文生義地從漢語字面上提取意義，而忽視了這些譯入語概念背後的源語詞源邏輯系統，這是非常遺憾的。

原型理論在 C. G. 榮格的分析心理學理論體系構建那裏，在學科發展史上經歷了從哲學的終極追問到巫術、原始宗教儀式、神話與民間傳說的一個個終極原型的追問，〔註 24〕以此構建了分析心理學的理論體系，這顯然已經是

〔註 24〕按：這裏的「終極原型」在語言的表述上是同義重複的，「原型」就是「終極」，但是一般學者無法從漢語書寫的「原型」這一概念的字面上看視出它的終極

一種在哲學、心理學與神話等多種交集空間所完成的跨界思考與跨界研究了。實際上，在 C. G. 榮格之前，英國劍橋人類學派代表人物弗雷澤（Sir James George Frazer）在他的《金技》（*The Golden Bough*）一書中已經有類似的學理性研究，值得我們提及的是，弗雷澤也的確是把自己的研究定位在巫術、原始宗教儀式、神話與民間傳說這些空間中，因為，這些空間是更具有原始性、感性、想像性與虛構性的文化形態。在這裏我們必須指出的是，C. G. 榮格的分析心理學把「archetype」帶入上述空間中追問一個個「原型」，是把理性宇宙論的思辨邏輯在巫術、原始宗教儀式、神話與民間傳說空間中擴大化使用了，因為巫術、原始宗教儀式、神話與民間傳說是從史前原始氏族依憑口耳相傳積澱而來的原始文化形態，其具有感性、想像性與虛構性，所以，巫術、原始宗教儀式、神話與民間傳說為 C. G. 榮格及其理論的追隨者在原型的研究上提供了最大的可能性與假設性。

　　榮格把這個本體論的哲學概念帶入自己的分析心理學研究中，重新賦予了這個概念嶄新的學理意義，使這個哲學本體論的概念轉型為一個分析心理學、文學藝術批評及文化研究共用的重要術語。為什麼榮格的分析心理學如此晦澀？因為榮格是把哲學本體論關於終極猜想的概念帶入心理學體系的構建中，讓一貫崇尚實驗性的心理學塗染上了哲學的思辨色彩，同時，這也使榮格的分析心理學以抽象的理性追問一個民族巫術、原始宗教儀式、神話與民間傳說中的原型成為可能。一如我們在前面所言，在中國學術史上，關於「文姬歸漢」研究的重要成果主要是集中在歷史學與中國古代文學史料學的文獻辯偽方面，而蔡明玲把分析心理學的原型理論帶入，推使「文姬歸漢」的研究在實證與考據的基礎上介入了理論分析。

　　但是問題並不是這麼簡單。我們特別想指出的是，蔡明玲把原型理論帶入漢語學界，以「文姬歸漢」為中心，為華夏民族文化追問一個「離散精神原型」時，「文姬歸漢」恰恰不是神話與民間傳說而是歷史，當然其更不是巫術和原始宗教儀式了。這就是我們為什麼在這篇書寫的開始處即強調：提及「文姬歸漢」的敘事主題，我們自然會聯想到中國古代文學史上的四大民間傳說；四大民間傳說被後世文學藝術在審美的編碼上敷衍與講唱為敘事主題，與歷史事件的「文姬歸漢」被敷衍與講唱為敘事主題，兩者在文化形態

性意義，所以在此我們於漢語表述上強調性地使用一次「終極原型」這個表達。

的本質上完全是不一樣的，正如上述我們所言，無論如何，「文姬歸漢」是見載於《後漢書・列女傳・董祀妻》的正史。的確，巫術、原始宗教儀式、神話與民間傳說的存在形態絕然不同於歷史，巫術、原始宗教儀式、神話與民間傳說的原始性、感性、想像性與虛構性為哲學或分析心理學的原型理論帶入提供了更為廣闊的猜想空間。

當我們陳述到這裏時，可以顯而易見地看出這部論文選題在研究中所指向的一個難點及突破點。也正是在這一點上，這部比較文學博士論文關於「離散精神原型」的研究，把自己的思考與上個世紀 80 年後期以來中國學界關於「神話與原型」的研究在本質上區別開來了。

我們能否以一個歷史事件為中心以此追問一個民族文化心理的原型？我們注意到蔡明玲的博士論文寫作為此在研究思路與技術上做了相當重要的調整。從理論上評判，「離散精神原型」的提出是可以成立的，但是，這一觀點的提出把集體無意識的追問從人類童年時期的原始文化心理推衍到人類文化的自覺時代，無疑，兩漢是華夏民族文化定型的自覺時代，以至於華夏民族文化可以在這個歷史時期被稱之為漢民族文化。如果說，文姬離散與歸漢的歷史事實被後世諸種文學藝術及民間敘事在複踏回環中進行審美編碼，從而形成一種不可抵擋的主題陳述，並且最終走向外域，這也證明從歷史的源頭或早期以來，在華夏民族文化心理中的確潛在地存有這樣一個情結，這個情結作為原型一直期待著能夠顯現它的一個歷史事件或一個敘事主題的發生與到來。非常有幸的是，或者說，非常不幸的是，歷史選擇了蔡文姬，蔡文姬以她孱弱的女性身體擔當了這一切。我們是否可以這樣說，文姬的離散與歸漢作為一個歷史事件是在恰當的時間、恰當的地點與恰當的歷史人物譜系中，恰當地成為「離散精神原型」的恰當顯現，同時，也成為一個恰當的「離散精神原型」的敘事主題。

理解了這一點，也就理解了蔡明玲在她的博士論文中的陳述：「離散精神原型是我們在討論文姬歸漢主題系列作品中的創作思維時所設定的一個概念。離散的終極意涵指向生命主體在身體遠離原鄉的表像之下凝練在心底深層處的原鄉想望，在這樣的命意之下，離散精神原型作為華夏民族文化始態中的一種情結，普遍存在於生命主體追尋原鄉的歷史場景之中，而在東漢末年文姬歸漢的歷史事件裏，藉由史官的書寫策略，這個離散精神原型開始以具備『離鄉、別子、歸漢』三段式的情感張力，廣被知識份子自覺地複踏在

歷代的文姬歸漢主題系列作品中。原型作爲一種沉澱在華夏民族文化深層心理結構中的集體無意識，推動著後代的知識份子以不同的藝術形式來呈現原型自己。」〔註 25〕其實，即便「文姬歸漢」是一段有爭議的歷史，但是，後世的文學藝術在審美創作的編碼上需要這樣一個主題，因爲，在民族文化心理中積澱著對這樣一種原型表達的期待。

當我們的思考行走到這裏後，我們再來閱讀 C.G.榮格在《精神病學研究》（*Psychiatric Studies*）一書中關於無意識心理情結的一段論述，或許會有著更爲啓發性的理解：「主體是一個確切的原動類型（motor type），通過對主體進行的試驗，越發明確原動知覺（motor perception）顯然控制著其他諸種感覺。原動傾向也是通過強大的運動活力而外在地呈現出來的，同時也呈現爲一種強大的原動表現的發展力。在這裏必須強調的是，這樣的具有能動性的自動力（active motility）顯然超越了意識運動感覺的界限，在原動的自動作用（motor automatisms）中傳遞，而原動的自動作用是通過諸種無意識的心理情結（unconscious psychological complexes）而促使活動的。在正常狀態的反應中，存在著兩種語言的自動作用，它們可以證明與無意識情結有著聯繫。這個情結與一個過去的約定有著緊密的影響關係。」〔註 26〕 C.G.榮格在這裏所論述的主體的原動類型及其無意識心理情結指涉的就是原型。

我們注意到，蔡明玲對「離散精神原型」的追問並沒有止限於「文姬歸漢」這一歷史事件，而是把追問的思路延伸到中國古典文學在先秦時代的早期詩性書寫那裏，在《詩經》與《楚辭》的文本中尋找更爲古樸的離散精神情結，從而爲華夏民族文化心理追問一個通貫先秦與當下後現代時期的「離散精神原型」，在此我們可以見出，從西方學界譯入的原型理論在東方華夏民族文化心理中獲有一種終極追問的邏輯力量。當然，「文姬歸漢」的「漢」，不應該狹義地理解爲僅僅是「漢民族文化」，應該是在一種更爲寬闊的視域上理解爲具有宗法血親意識的華夏民族文化，只是在文姬離散與歸漢的那個特定時代，華夏民族文化被稱之爲「漢民族文化」而已；時值全球化時代的當下，「文姬歸漢」之「漢」被棲居於海外的華裔在他們的異域創作中敷衍與尊

〔註 25〕 蔡明玲著：《文姬歸漢之離散精神原型的跨藝術論述》，臺灣輔仁大學外國語學院比較文學研究所博士論文 2008 年定稿本，第 17 頁。

〔註 26〕 〔瑞士〕C.G.榮格：《精神病學研究》（C. G. Jung, Psychiatric Studies, Translated from the German by R.F.C. Hull, Second Edition, Princeton University Press, 1970.p.55. ）

崇爲中華母語文化的原鄉情結。

在上個世紀 80 年代，國內學者曾把西方分析心理學及原型理論譯介到國內學界，他們的努力曾對國內學界接受西方文學批評的前瞻性理論產生過重要的影響。但實際上，國內學者成功地操用原型理論透視中國傳統文化，在體系的構建上給出一個完整且自恰的原型個案研究並不多見。從一定的程度上講，蔡明玲以「文姬歸漢」爲中心關於「離散精神原型」的跨界研究，是把西方的原型理論與中國傳統文化中的原型追問整合得相當自恰的一個研究個案，這一個案讓作者在西方理論與中國文化傳統的交集之間爲比較文學研究拓展出一方嶄新的空間。

法國學者莫里斯・哈布瓦赫（Maurice Halbwachs）曾在《論集體記憶》（*On Collective Memory*）一書中構建了歷史記憶（historical memory）的理論，文學藝術是一方公眾審美空間，歷代文學藝術對「文姬歸漢」這一主題在敘事中的複踏回環，使「文姬歸漢」的個人經驗在歷史的地圖上必然放大爲整個民族所儲存的集體記憶（collective memory），這種集體記憶也必然是集體無意識的另外一種學理性表達，當然「文姬歸漢」的歷史記憶也是在一個面向上對沉睡於華夏民族文化心理的血親中心意識的喚醒。

莫里斯・哈布瓦赫在他的理論中強調了歷史記憶的當下性，作者在歷史記憶中借此對自身的期許實際上介入了對當下社會的期待與評價。公眾都是依憑自身的價值評判在選擇自己對歷史的記憶，同時，國家意識形態也依憑政治權力迫使公眾選擇歷史記憶，這必然導致公眾以反記憶來抵抗國家意識形態的強迫性歷史記憶。曹操以君主的權力使用重金把蔡文姬從左賢王那裏贖買回來後，她個人的經歷卻爲我們這個民族的公眾在離散中期待回歸故土的心理訴求提供了歷史記憶，這種個人經歷超越了政治與權力昇華爲一個民族公眾的歷史記憶，這在中國歷史的圖景上是爲數不多的。從這一點，我們也可以見出這一課題研究的價值。

由於比較文學不可遏制地呈現出研究的跨界性，在全球化的多元文化主義時代，其必然成爲一門全球國族文化、區域文化及國際政治批判的前沿學科。理解了這一點，我們就不難理解爲什麼佳亞特裏・C・斯皮瓦克在其比較文學學科論述中總是充溢一種國際文化的政治批判之偏激，如她的長文《一個學科的死亡》是從柏林牆的垮塌來論及比較文學對一個多元文化主義時代到來的適應性：「從 1992 年以來，在柏林牆垮塌後的 3 年，比較文學作爲一

門學科似乎一直在對自己進行改革。這大概是在回應崛起的多元文化主義（multiculturalism）與文化研究（cultural studies）的大潮。」〔註27〕我們最後想說的是，蔡明玲的比較文學博士論文接受了多元文化研究的學科意識，但又沒有像佳亞特裏・C・斯皮瓦克那樣過多且敏感地把比較文學研究推到國際區域文化的政治批判中去，這部博士論文更多的是從純粹文學藝術的學理角度完成作者的思考與寫作，這恰恰滿足了比較文學博士論文寫作的規範要求。

最後我們想說的是，蔡明玲在臺灣輔仁大學比較文學研究所潛心寫完這部比較文學博士論文後，於 2010 年，臺灣輔仁大學對其外國語學院的比較文學研究所、翻譯研究所與語言研究所進行了三所整合，成立了「跨文化研究所」。臺灣曾是比較文學研究之中國學派提出與討論的發祥地，隨著比較文學的學科邊界在擴張中逐漸消失，輔仁大學還遺存著臺灣學界的最後一個具有比較文學博士授予權的比較文學研究所；然而，隨著輔仁大學比較文學研究所的解體與整合，臺灣比較文學終於悲壯地迎來了跨文化研究的時代：一門學科在走向死亡中涅槃了。

〔註27〕 〔美〕佳亞特裏・C・斯皮瓦克著，《一門學科的死亡》（Gayatri Chakravorty Spivak, Death of A Discipline, Columbia University Press, New York, 2003. p.1.）

目

次

第一章　緒　論

第一節　研究動機與研究目的

　　發生在東漢末年的文姬歸漢史實（約西元 192 至 203 年），〔註1〕最早見載於《蔡琰別傳》〔註2〕和《後漢書‧列女傳》，迄今長達一千八百餘年以來，文學與不同藝術形式的創作者據以做爲題材，透過諸種藝術手法將其敷衍成詩歌、小說、音樂、繪畫與戲曲等不同文類的作品。〔註3〕這一題材在不斷地敷衍的過程中，流露出每一位創作者對其自身人格的期許，也折射出不同歷史時段文化生態的景觀，同時，不同的創作者棲居於不同的歷史時段在經營作品本身的結構中獲致了同通的審美空間。

　　本文寫作的初衷是探索文姬歸漢系列作品若是見存的現象，則這些作品的意義正如其自身所展現的。那麼，它們如其自身所展現的是什麼？這樣的想法和提問是想要探究文學作品和藝術作品的創作被置放在同一個主題之下

〔註1〕 文姬歸漢的「文姬」是指東漢末年的一位才女，本名蔡琰，東漢名儒蔡邕的女兒，本文視論述之所需，以「文姬」稱之，間或使用「蔡文姬」和「蔡琰」兩個名字。戲曲小說作品中偶稱「中郎女」。

〔註2〕 已佚，見錄於《樂府詩集》卷五九蔡琰〈胡笳十八拍〉解題。

〔註3〕 以文姬歸漢的題材所創作的作品，本文稱爲「文姬歸漢系列作品」，目前筆者蒐集的文本詳如附錄一。另外，文姬歸漢題材中的具體標的物「胡笳」，在文學作品中用之起興的情形非常普遍，據中央研究院漢籍電子文獻「樂府詩集」項下所收錄的胡笳資料有 55 個條目；中央研究院人文資料庫所收錄的胡笳資料，在「廿五史」項下有 105 個條目、「小說戲曲」項下有 3 個條目、「經史子集」項下有 946 個條目。

時，作品本身呈現了文姬歸漢中的什麼特質，因而使得這些作品可以被名為文姬歸漢系列作品？同時，不同時代的創作者以其不同的處境凝視了文姬歸漢中的什麼特質，從而把凝視的內容呈現在不同的藝術結構形式之中？這裡所說的文姬歸漢中的特質，筆者名其為「離散精神原型」，說它被凝視，是因為離散精神原型在人的存有之中，所以，不同歷史時段的創作者才有可能在經營作品本身的結構中分享同通的審美空間。

本文寫作的第二層思考是如何在文姬歸漢這一個題材之下進行文學作品和藝術作品之間的跨藝術關係研究，其中的藝術作品主要限定在音樂作品和戲曲作品，換言之，文學與音樂的關係研究被置放在主題學的框架之中為之。那麼，以文姬歸漢之名所創作的文學作品和音樂作品，通過各吹各調的文學和藝術結構形式，實則圍繞著離散精神原型而起舞。在這裡，文姬歸漢歷史事件的內容如何聯繫到文學和音樂二者的結構形式？這個問題的解決，將不是內容和形式二者對立關係的討論，而是從離散精神原型的本體高度檢視內容和形式二者的同構關係。

基於上述的研究動機，本文的寫作擬達到以下四個研究目的。

一、揭示「離散精神原型」以深化探討文姬歸漢歷史事件的意義

就歷代以來擷取文姬歸漢做為題材的創作者而言，他們同時也是聆賞者，這個題材的某種基質喚起他們創作和聆賞的信念（belief），透過不同藝術形式選擇和同一內容的藝術創作敷衍行為來完成對於這個基質的「期待」（Expectation）。〔註 4〕期待是主體在欣賞審美對象的過程中在心理上被激活的一種傾向，期待的常態確定（norm, confirmation）或偏離挫敗（deviations, frustrations），可以造成張力的生成、持續和最後的被解決，這些現象是感情

〔註 4〕 期待（Expectation）一詞，出自倫納德邁爾（Leonard Bunce Meyer, 1918～）討論音樂如何喚起人們情感反應的問題時所論述的期待理論，邁爾從欣賞者的審美經驗角度來探討音樂的情感和意義問題，他認為音樂的意義產生於作曲者、演奏者和欣賞者的交流過程，特別重視音樂對於欣賞者主體心理所起的作用，這些心理作用包括欣賞過程中的知覺、注意、想像和期待等，邁爾雖然強調欣賞者的參與，但卻認為音樂作品本身才是整個審美過程的關鍵角色，換言之，邁爾主張若沒有音樂作品則沒有審美經驗。（Leonard Bunce Meyer, *Emotion and Meaning in Music*, Chicago and London: The University of Chicago Press, 1956, pp. 43-82）。本文藉「期待」的心理過程來討論歷代不同的創作者如何不同地詮釋了文姬歸漢歷史事件的意義。

（affection）產生的來源。藉由文姬歸漢某種基質的期待過程所產生的感情，是藝術創作的心靈資源，完成期待的過程也是創作者呈顯對於這個基質意義的認知。這個喚起創作者和聆賞者信念的文姬歸漢題材的基質，是一個「藝術中的共通的對話領域」（common universe of discourse in art），〔註5〕它讓創作者和聆賞者之間在文姬歸漢歷史事件上面有了情感的共同依託，也讓文學和音樂的文本在這個領域有了對話的交集，文姬歸漢歷史事件的意義也在創作者和聆賞者成就他們各自「期待」的過程中得以彰顯，而因著創作者和聆賞者的時空差異衍生出文姬歸漢歷史事件的多樣意義，則是必然的結果和事實。本文把這個基質名為「離散精神原型」。

論述離散精神原型和文姬歸漢歷史事件意義二者之間的關係，我們有兩個思考方向。

第一個思考的方向，從文本所呈現的文姬歸漢內容和採用的藝術形式二者之間的辯證關係來看，在內容的敷衍改寫與藝術形式的發展互相影響的情形之下，一方面，內容的敷衍或改寫受到藝術形式的規範，我們可以在南唐時期蔡翼加工完成的附辭琴譜〈胡笳十八拍〉中看到這個現象，這首〈胡笳十八拍〉在唱辭方面呈現長篇十八段的完整具體故事內容，即是順應當時音樂形式大曲化的結果。另一方面，藝術形式的選擇也考慮到是否具有深刻表現主題內容的能力，如同黃友棣以合唱曲的形式來述說文姬歸漢的故實，透過多聲對話的形式特質讓人物、笳聲、歷史環境、意識形態等表演因素都有出場對話的機會。這些形式與內容的互倚現象呈現為一種變動追逐的姿態，每個以文姬歸漢做為題材所創作的文本，正是這些持續變動追逐的千姿百態所展示的繁花勝景，創作者即是耕耘這片繁花勝景的園丁。

但是，內容與形式的關係除了表象所見到的互為變動追逐的姿態之外，在這一片孕育繁花勝景的沃土裡，實則存在著一個有待發掘的、能夠做為不同文類進行對話的對象，一個不變的本質，它除了是創作者和聆賞者審美的對象，而能夠引起他們在情感方面的知覺同構，它又是人的存有，它在文姬歸漢做為題材的創作中，以擁有重覆性和變異性的基質模式存在，它創造了一種凝聚力，並且建構了作品的統一性。

在這裡，我們進入第二個方向的思考。

蘇珊朗格（Susanne Katherina Langer, 1895～1982）和倫納德邁爾（Leonard

〔註5〕 Leonard Bunce Meyer, *Emotion and Meaning in Music*, p.42.

Bunce Meyer, 1918～）的研究，幫助我們理解這項發掘不變本質的可能性。朗格在 1953 年《情感與形式》（*Feeling and Form*）一書中，論述情感是各種藝術形式的基質（matrix），其中引用泰德斯考（Mario Castelnuovo-Tedesco, 1895～1968）在〈音樂與詩：一個歌曲作者的疑問〉一文中討論音樂與詩歌的關係時所提到的「有表現力的內核」（expressive core），這個「內核」正是能夠使詩歌變成音樂思維的藝術機轉，「每一首準備譜曲的詩，首先必須有一個有表現力的內核……，一個能為詩本身提供基調的核心。」〔註6〕蘇珊朗格與泰德斯考主張的這個「有表現力的內核」，指向凝聚在人們內心深處的情感，放在文姬歸漢的創作思考上，它是一種歷史文化積澱下來的民族性，即是榮格（Carl Gustav Jung, 1875～1961）所謂的「集體無意識」（Collective Unconscious），亦即「原型」（Archetype）。邁爾在《音樂的情感與意義》（*Emotion and Meaning in Music*）一書的 1990 年中文版序中，修正自己在六〇年代所寫的這一本書在文化和意識形態影響音樂風格程度上的輕估，也對於文化信念的力量影響人們審美反應的看法更加確信不移，尤其在情感反應方面質疑沒有標題的絕對音樂如何解釋感情（或內涵、心境）連續的基礎，進而指向音樂的絕對意義（absolute meanings）和參照意義（referential meanings）〔註7〕

〔註6〕 Susanne Katherina Langer, *Feeling and Form*, New York: Charles Scribner's Sons, 1953, pp.156-157. 朗格引用泰德斯考的這篇文章 "Music and Poetry: Problems of a Song Writer" 刊載於 *Musical Quarterly*, XXX, no. 1（January, 1944）, pp. 102-111. 泰德斯考認為，對人們而言，音樂上的第一種表現是「歌曲」（song），歌曲也將是人們最後一種能在音樂上的表現，而歌曲所牽涉的問題，首先是如何選擇詩歌做為歌詞，關於選擇詩歌的問題，泰德斯考說明了不同語言的特性，以及這些不同語言在他譜曲時所帶來的不同感受，因此，泰德斯考提出「有表現力的內核」（expressive core）的概念，所謂有表現力的內核是指一種能夠表現心靈的狀態（state of soul），它能喚起作曲家心靈的共鳴，然後作曲家通過完美的、簡單的、直接的、清晰的與和諧的形式，以及豐富但不需要太多文字的形式來表現這個「內核」，換言之，對泰德斯考來說，語言不是問題，而是不同的語言能夠帶給作曲家的「音樂性」（musicality）是什麼。泰德斯考不否認語言所能給出的音樂性是和作曲家所熟悉的文化脈絡有密切關係的，所以，泰德斯考每當被問起會選擇哪一種語言的詩歌做為歌曲的歌詞時，他總是不猶豫地回答「義大利文」，這是他的母語，然而，泰德斯考勇於擷取不同語言的詩歌進行歌曲的創作，包括德文、法文、英文、拉丁文和希伯來文。

〔註7〕 絕對意義（absolute meangins）指按照對音樂藝術作品內部所表述的關係的知覺來說，音樂的意義唯一存在於作品自身的上下文之中。參照意義（referential meanings）指音樂的意義以某種方式歸之於音樂之外的概念、行動、感情狀態和性格領域。（Leonard Bunce Meyer, *Emotion and Meaning in Music*, p.1）

並存的必要性，也就是把關於音樂意義的探討歸於形式和內容如何高度統一的問題。誠如福比尼（Enrico Fubini, 1935～）所認爲的，邁爾關心的是內容和形式之間的一種凝聚力，它是文化上的問題，而邁爾也已察覺到作品的統一性不只是一種單一旋律或是主題的規範，而是一整套非常接近於作品創作時期和當時文化的脈絡。〔註8〕

　　在此第二個方向的思考中所關注的原型和文化脈絡問題，原型是從文姬歸漢系列作品中擷取到的藝術共性，它的源生則須回溯到這個歷史事件原始生成的東漢末年的文化脈絡，當我們觀察文姬一生中遭遇的離鄉、別子、歸漢的三個階段時，發現華夷之辨的文化情結主導了情感張力的生成和解決。文姬北擄離鄉之後，在思鄉却歸國無望和胡地荒蠻却必須求存二者之間掙扎，在已爲人母却又別子的親情考驗之間煎熬，即使歸漢還鄉之後，也常在思念愛兒却只能登高北望和中原景物依舊却人事已非的時空錯愕之間游離。這些掙扎、煎熬與游離，莫不是文化情結使然，終至自成一個張力生成和解決張力的循環過程，這個過程標識了一個具備離散情結跌宕起伏的形式，本文所謂的離散精神原型即是用來指涉這個具備離散情結內容的形式，依蘇珊朗格的說法，離散精神原型是一個「表義的形式」（Significant Form），〔註9〕指情感張力所呈現的內容意義和文本的結構形式具有同構（formal analogy）〔註10〕的現象。

　　做爲主題學的研究，第二個方向的思考顯得重要。因爲以文姬歸漢做爲題材所創作的文本雖然以具有多樣的藝術形式和故實內容而呈現爲多變的姿態，但是，「變」是事實的存在，「不變」却是這些事實存在的本質。所以，這些文本只能是原型或展現文化脈絡的載體，載體的結構和內容組織可以在

〔註8〕　福比尼（Enrico Fubini, 1935～）是義大利的音樂美學學者，這裡關於邁爾的評論參見 Fubini 著，修子建譯，《西方音樂美學史》，長沙：湖南文藝，2005，頁416。

〔註9〕　「表義的形式」（Significant Form）是蘇珊朗格引用貝爾（Clive Bell, 1881～1964）在視覺藝術上的說法，藉以說明音樂是表義的形式，所表達的意義是隱含的，且不是固定的（Susanne Katherina Langer, *Feeling and Form*, p. 32; Susanne Katherina Langer, *Philosophy in a New Key*, pp. 204～246）。本文藉此討論文姬歸漢題材中的基質或原型具有隱喻性和意義的不固定性。

〔註10〕　「同構」（formal analogy）意指人類的情感形式，如增強與減弱、流動與休止、衝突與解決，以及加速、抑制、極度興奮、平緩和微妙的啓動、夢的消失等等形式，在邏輯上與音樂的音結構（tonal structures）有著深刻程度上的一致（Susanne Katherina Langer, *Feeling and Form*, p.27）。

原型的型塑過程中看到同構的現象。換言之，我們看到以文姬歸漢做為題材所創作的文本中，有一個不變的、重覆出現的、做為被知覺和投以期待的對象，而在調整期待以獲致文本意義的過程中，這些文本藉由不同的藝術手段展現出不同的姿態，並且賦予文本多樣的意義。

二、原型概念的強調使文化脈絡方向的思考不會在主題研究中缺席

　　文姬歸漢的史實發生在西元第二世紀，從此它被當做創作的題材，系列作品散佈在不同時代與不同文類，至今依然創作不輟，〔註 11〕其中隱然存在的創作思維，如此自然地滿心而發、肆口而成，此時，為這樣的創作思維萃取一個「離散精神原型」的做法，應是適切的時機。

　　因此，原型概念從原本只是化約式的主題研究，進一步地，扮演起主題研究中涉及跨藝術文本分析時的橋樑。

　　回顧主題研究的成果，如 1924 年顧頡剛對孟姜女故事的研究〔註 12〕、1980年以來陳鵬翔在理論與實踐上的成就〔註 13〕、潘江東對白蛇故事的研究，〔註 14〕以及曾師永義關於梁祝、楊妃與西施的研究〔註 15〕等，在探討主題本事與人物的歷史沿革方面，皆卓然有成。另外，大約同時引進華人學術界的原型理論及其在文學批評中的應用，則是強調追溯文學作品中重覆出現的質素，將這些重覆出現的質素視為一種形式，而且是一個有內容的形式，內容強調事情發展的過程與再現時的可變異性，如 1973 年水晶對張愛玲小說的分析〔註 16〕、1985年張漢良對楊林故事系列的原型結構分析〔註 17〕、侯健關於三寶太監的原型解析，〔註 18〕以及葉舒憲在理論的譯介與實踐上的成果〔註 19〕等。這些早期看似

〔註 11〕 以文姬歸漢做為題材的創作，新近的作品有中國大陸在 2007 年春節推出的電
　　　　視劇《胡笳漢月》，以及戲曲學者王安祈於 2006 年底創作的京戲實驗劇《青
　　　　塚前的對話》。
〔註 12〕 顧頡剛，《孟姜女故事研究》，臺北：東方文化供應社，1970。
〔註 13〕 陳鵬翔從 1980 年開始積極引介主題學理論，並有兩本專著：《主題學理論與
　　　　實踐》，臺北：萬卷樓，2001；《主題學研究論文集》，臺北：東大，2004（1983）。
〔註 14〕 潘江東，《白蛇故事研究》，臺北：學生，1981。
〔註 15〕 曾永義，《說俗文學》。臺北：聯經，1984（1980）。
〔註 16〕 水晶，《張愛玲的小說藝術》，臺北：大地，1974。
〔註 17〕 張漢良，〈「楊林」故事系列的原型結構〉，《比較文學的墾拓在台灣》，臺北：
　　　　東大，頁 216～234。
〔註 18〕 侯健，〈三寶太監西洋記通俗演義：一個方法的實驗〉，《比較文學的墾拓在台
　　　　灣》，臺北：東大，頁 148～170。

分流的主題研究與原型研究，事實上是相輔相成的，意即，主題研究的學者諄諄提醒的在「知其然」之餘還必須「知其所以然」的主題與文化脈絡關係的研究，已是原型研究學者用心探究的課題。

　　從文姬歸漢系列作品析出離散精神原型的做法，在於突顯原型的本體性與先在性，這樣把原型提昇到本體高度的可能性是緣於離散情結可以在華夏文化的脈絡中得到做為集體無意識的解釋，因此，藉由原型的強調，可以讓文化脈絡方面的思考不會在主題學的研究中缺席或沈寂。哈瑞李文（Harry Tuchman Levin, 1912～1994）曾在解釋「母題」（motif）條目時，討論主題學研究中關於母題、象徵（symbol）、原型（archetype）和意象（image）的意義，說道：「榮格自己實質上把母題（即單一的象徵，single symbols）視同原型（即原始的意象，primordial images），並且主張母題或原型具有兩方面的特色，一是不變的本質，一是再現時的變型。……意象取代主題並且精心安排了具有張力的行動。」〔註20〕原型在主題研究中的重要性，即哈瑞李文所指明的原型概括了「不變的本質」和「再現時的變形」兩大特色，由於主題學的研究往往關注主題內容流變的現象，較少顧及本體精神面貌，因此，原型的概念以其強調變形的過程所倚賴的不變本質，除了藉以理解主題內容流變過程的變型現象，更在發掘主題隱含的不變本質上提供明確的思考方向。主題學的研究已經可以在原型的觀念基礎上開展更為貼近文化脈絡的思考。

三、論定胡笳在文姬歸漢歷史事件中是離散精神原型的外象化

　　前引哈瑞李文關於意象取代主題的說法，是哈瑞李文在研究學者們對於莎士比亞作品的分析時所提出來的，在文姬歸漢歷史事件中也能印證這樣的說法。文姬歸漢的歷史事件中，胡笳的意象是離散精神原型的外象化（projectionize），〔註21〕它在漢匈文化交流的背景之下有一段文人化的過程。

〔註19〕葉舒憲從1980年開始將原型理論譯介到中國大陸，並先後寫成三本專著：《神話——原型批評》，西安市：陝西師範大學，1987；《探索非理性的世界》，成都：四川人民出版社，1988；《原型與跨文化闡釋》，廣州：暨南大學出版社，2002。

〔註20〕Philip P. Wiener, ed., *Dictionary of the History of Ideas*, New York: Charles Scribner's Sons, 1973, Vol. III, pp. 235～243 "Motif".

〔註21〕依據榮格的原型理論，原型內容與原型形式二者存在著相互混淆的情形，他甚至說原型是「沒有內容的形式（forms without content）」（Jung CW9[1]:48）。榮格曾經把原型的形式比喻為一種猶如水晶中的中軸系統（axial system），這

　　胡笳是外族傳入中原的樂器，在漢朝與匈奴胡族之間的異文化交流中，展演成為一個意蘊豐富的意象。審視這一段四百年的漢匈文化交流過程，主要以「和親政策」與「貢納制度」所建構的國際關係來展開異族之間的對話，基於漢朝與匈奴關係的非穩定性，漢朝為了取得控制匈奴的主導權，發展出征服西域以「斷匈奴右臂」的配套政策，無論是反擊匈奴或是安撫西域，這些政治上的圖謀也成就了文化上的交流與融合。胡笳在文化交流之下傳入中原，成為行軍狩獵與宮廷典禮中的響器，然而，隨著兩漢政局多變與藝術人文精神的自覺，文人士大夫關注主體自身的生命體驗，在社會氛圍與思想潮流的當下完成對己身存在的思考，其間胡笳扮演了維繫文人士大夫心靈家園的角色，轉型成為一個能指，指向「笳聲悲涼」的抽象感情。於是，胡笳在漢文化意識中，已不僅止於具體的樂器之形，其功用也不限於軍樂和宴會的吹奏樂器而已，隱含的所指意義已經超越了原始的樂器形象，在跳開實用價值的層次之後，更深化為文人士大夫託附特殊情懷的意象。文人化的胡笳又與古琴合流，笳聲入琴取決於古琴樂器在文人撫捻的過程中所開創的聽覺音響空間，這樣的聽覺音響空間在文姬歸漢系列作品中，見證了離散遭遇的情感張力。

四、說明離散精神原型做為連結不同藝術敘事話語的可能性

　　見存的文姬歸漢系列作品中，音樂作品和文學作品在同一主題的基礎上提供我們探討文學與音樂關係的機會，這一層跨藝術關係的討論是在離散精神原型成為一種意義整體（meaningful whole）的情形之下展開的。藉由現象學的時間性（temporality）概念，本文將論述離散精神原型是文姬歸漢系列作品的意義整體。同時，若將離散精神原型這個意義整體置入作品的結構形式中，尤其是放置在敘事話語的層次中，檢視離散精神原型和結構形式之間的同構現象，則文學與音樂的跨藝術關係將可以在同構現象中找到它們的對話

個中軸系統預先決定了結晶的形式，本身卻不具備任何可見的物質形態，所以原型利用各種象徵、符號或形象將自己「外象化」（projectionize），例如：陰影（Shadow）、阿尼瑪（Anima）、母親（Mother）、聖童（Puer）、貞女（Kore）、英雄（Hero）、智慧老人（Wise Old Man）、惡精靈（Trickster）等。這些象徵、符號或形象被視為原型的內容時，它們可以在不同的時空背景中反覆出現，並且置入變異的形貌，換言之，原型具有連續性（continuities）與變換性（modulation）。例如阿尼瑪原型在神話、傳說或歷史文獻中的形貌即包括：娃娃魚、海妖、美人魚、變成樹木的森林仙子、優雅女神、迷惑男子的女魔，或是特洛伊城的海倫。

平台。

　　說到文學與音樂的跨藝術關係，在比較文學研究的領域中，跨藝術研究一直到 1968 年韋斯坦因（Ulrich Weisstein）的《比較文學與文學理論》（*Comparative Literature and Literary Theory*）一書才闢有專章討論文學與其他藝術之間的關係，並以「相互闡釋」（mutual illumination）做為研究的基調。〔註22〕 在此之前，跨越學科的研究只見吉光片羽，例如 1948 年卡爾文布朗（Calvin Smith Brown, 1909～）的《音樂與文學》一書，以結構分析的方法進行文學與音樂作品的模仿或變奏的比較；〔註23〕1948 年海倫嘉德娜（Dame Helen Louise Gardner, 1908

〔註22〕韋斯坦因（Ulrich Weisstein）於 1968 年出版《比較文學與文學理論》（*Comparative Literature and Literary Theory*, 台北：書林，1988）一書，關於跨越學科的研究，韋斯坦因（Ulrich Weisstein）在書中曾有這樣的質疑：「把研究領域擴展得如此之大，無異於消耗掉需要鞏固現有領域的力量。因為做為比較學者，我們現有的領域不是不夠，而是太大了，以至於面臨一種精神上的廣場恐懼症（intellectual agoraphobia）。」（p. 27），雖然韋斯坦因對於跨越學科的研究抱持保守態度，但是他還是在此書的第七章，以「藝術之間的相互闡釋」為題，展開跨藝術研究的討論。他提到卡爾文布朗（Calvin Smith Brown）是少數響應跨藝術研究的學者之一，也指出藝術之間的研究仍然只被視為美學的附加品，或是屬於藝術史與音樂學範圍的一部分，指出長久以來有關「音樂文學」（musico-literary）的批評討論，一直陷於混沌狀態，直到一些作品的問世，才使得跨藝術的研究有了眉目，他提到這些作品包括克爾曼（Joseph Kerman）的 *Opera as Drama*, 以及他自己的論著 *The Essence of Opera* 等。話雖如此，韋斯坦因在 1979 年的一次國際比較文學會議中卻指出「藝術之間的相互闡釋」是個錯誤的用辭，他認為跨學科的研究仍應以文學為中心，李有成稱此心態是文學中心主義的排他與蠶食的殖民心態（參考李有成〈重讀《拉奧孔》〉一文）。

〔註23〕卡爾文布朗（Calvin Smith Brown, 1909～）於 1948 年出版《音樂與文學》（*Music and Literature*, Athens: Georgia UP, 1948）一書，認為文學與其他藝術學科之間的研究成果，應當被視為比較文學研究中的一門學科，而他自己對於比較文學的定義是：「關涉至少兩種不同的表現媒介的文學研究（any study of literature involving at least two different media of expression.）。」（Calvin Brown, *Music and Literature*, p. xiii），這個定義也獲得日後韋斯坦因的認同（Ulrich Weisstein, *Comparative Literature and Literary Theory*, p. 157）。書中討論文學與音樂的內在構成要素，以及彼此之間的影響。這些內在構成要素包括：節奏（rhythm）、音高（pitch）、音色（timbre）、和聲（harmony）與對位（counterpoint），而這些因素在音樂與文學的關係研究上所呈現的相互影響，主要表現為主題與形式的模仿或變奏。他特別提出這樣的思考方向：音樂的內容已存在於它的形式中，因此他質疑音樂從抽象發展到標題的歷史過程，是否為了讓文字加強它的內容，是否要讓文字為音樂說些什麼（Calvin Brown, *Music and Literature*, p. 270）。

～1986）的〈“四個四重奏”中的音樂〉（"The Music of 'Four Quartets'"）一文，分析艾略特（Thomas Stearns Eliot, 1888～1965）詩歌〈四個四重奏〉的結構形式與奏鳴曲式的關係；〔註24〕1982 年薛爾（Steven Paul Scher, 1937～2004）的專文中，將音樂與文學的關係研究分爲三個領域，分別是「音樂與文學」、「音樂中的文學」以及「文學中的音樂」；〔註25〕這些屬於作品細部結構分析的研究，

〔註24〕 據嘉德娜的分析，艾略特〈四個四重奏〉這部作品包括四首詩歌，每首詩歌分爲五段，這五段就像音樂的五個樂章：第一段包含 statement 與 counter-statement，像是奏鳴曲式一個樂章中的第一與第二主題。第二段採用兩個不同的方式處理單一主題，像是聆聽同一個旋律表現在不同的樂器、不同的和聲、切分音，或是變奏的效果。第三段沒有那麼多的音樂類比。第四段看起來像是一個簡短的抒情樂章。第五段突顯詩歌的主題，並且歸結到與第一段的和諧。參見 Helen Gardner, "The Music of 'Four Quartets'", *The Art of E. S. Eliot*, London: Faber and Faber Ltd., 1949, pp. 36～56.

〔註25〕 薛爾（Steven Paul Scher）以「文字所描述的音樂」（verbal music）爲研究主軸，探討德國文學中的音樂與文學關係。在 1982 年發表的〈文學與音樂〉（"Literature and Music", *Interrelations of Literature,* New York: The Modern Language Association of America, 1982, pp.225～250）一文中，針對文學與音樂兩者之間的關係，提出兩個研究重點：一是，文學與音樂兩者之間的相似特點（parallels）；一是，從歷史的縱軸面檢視音樂文學研究（musico-literary study）中的美學發展。關於第一個研究重點所指的「相似特點」，在卡爾文布朗 1948 年出版的《音樂與文學》一書中已經有所討論，薛爾更加具體地把這些討論分成三個領域：音樂與文學、音樂中的文學、文學中的音樂。「音樂與文學」的研究對象是聲樂曲，「音樂中的文學」研究的對象是標題音樂，而「文學中的音樂」則研究音樂的文學性處理技巧，包括擬聲詞（word music）、文學作品中的音樂性結構和手法、以文述樂（verbal music，即文字所描述的音樂）三種形態。（「以文述樂」這個中文譯名取自羅基敏〈以文述樂──白居易的《琵琶行》與劉鶚《老殘遊記》的〈明湖居聽書〉〉一文，見《文話／文化音樂》，台北：高談，1999，頁 55～76）
至於第二點的美學問題，薛爾以歷史回顧的方式，介紹重要的音樂學家與文學批評家，特別重視絕對音樂者與標題音樂者的主張，這一方面的考慮實與中國韻文系統中關於「以樂從詩」、「采詩入樂」與「倚聲填詞」乃至「詩樂分離」的思考類似，考慮的都是不同文類之間的消長。薛爾並且提出一些未來的思考，顯示了他對音樂與文學關係研究的憂慮，這些思考包括：一、在明白音樂與文學兩者不可避免的重疊性之下，該如何把音樂文學的比較學者（musico-literary comparatists）從音樂學者（musicologists）的領域中劃分出來？二、音樂文學研究需要什麼樣最低限度的音樂知識要求？三、在文學批評中，音樂性有何意義？這些思考有它的合理性，它提醒比較文學學者如何符合不同領域中的專業要求，以及思考音樂對於文學批評的必要性。事實上，沒有音樂因子的借用，文學批評並不殘缺，但是有了音樂因子的借用，文學批評又有何突破。例如，詩歌本身即有音韻美的考量，毋需借用音樂的節奏

深受當時結構主義基本概念的影響，也正是比較文學的美國學派所抱持的以作品研究爲主、略過作品外緣研究的治學態度。當我們以西方傳入的比較文學理論與方法回顧東方漢語語境之中的文學與音樂的關係研究時，卡爾文布朗與薛爾主張的音樂與文學作品在內部結構上的彼此模仿與變奏情形，實際上自古以來在詩樂遞嬗的問題上已見討論，〔註 26〕也就是詩歌先於音樂或音樂先於詩歌、聲樂先於器樂或器樂先於聲樂、言之樂與無言之樂、聲情與詞情，甚至是蘇軾所言「絲不如竹，竹不如肉」等等相關問題的探討。

　　詩樂遞嬗在文姬歸漢系列作品中的存在，確實提供了文字與聲音競逐的藍本。當笳聲入琴之後，琴曲《大胡笳》、《小胡笳》與《胡笳十八拍》等作品，以琴音做爲第一人稱的敘述者，琴音摹寫了笳聲之悲涼。而在唐代李頎的詩歌〈聽董大彈胡笳弄〉中，琴音變成被摹寫的對象，詩人以文字敘述自身宦海的離散悲涼，琴音的幻化多變，已被文字符號同化。〔註 27〕而當黃友棣的合唱曲《聽董大彈胡笳弄》以鋼琴重現古琴音韻的時候，聲音又成爲第一人稱的敘述者，它烘托悲涼的氣氛，扮演集體記憶的角色，鋼琴雖然做爲合唱的伴奏，實則主控全曲，它把呈顯離散精神原型的主導權爭回到音樂的語境上。事實上，詩樂在聲情與詞情方面的彼消我長，於戲曲的曲牌系格律中可以見到圓滿的融合，文姬歸漢系列作品中以戲曲作品的數量最多，或許

概念來完成它的批評。所以，薛爾的提問應是引導比較文學學者謹慎思考文學與音樂關係的可能性或可述性。

〔註 26〕關於詩樂遞嬗的討論，首先，宋代王灼《碧雞漫志》書中記載（頁 1～2），勾勒詩歌與音樂之間的關係變化有三個階段：上古至漢的「以樂從詩」、漢至六朝的「采詩入樂」、隋唐以來的「倚聲填詞」。詩歌與音樂的關係，從「詩先於樂」，到「樂先於詩」，再到宋詞之後的詩歌音樂分離，其間的離合變化，多與文詞能否合樂的需求有關。相關的討論亦見於劉堯民《詞與音樂》及施議對《詞與音樂關係研究》二書。其次，錢鍾書於 1948 年出版《談藝錄》一書，第四節「詩樂離合，文體遞變」，駁斥焦循「不能弦誦者，即非詩」的說法，認爲歷代作家「文字弦歌，各擅其絕。藝之材職，既有偏至；心之思力，亦難廣施。強欲並合，未能兼美，或且兩傷，不克各盡其性，每致互掩所長。」因此，在詩樂文體的遞變關係上，錢鍾書主張「夫文體遞變，非必如物體之有新陳代謝，後繼則須前撲」，也就是詩與樂兩種文體不存在「詩亡而樂興」，或是「樂亡而詩起」的情形，二者可以並存，其間只有互爲消長而沒有消失的問題。

〔註 27〕蘇珊朗格（Susanne Katherina Langer）曾經強調音樂的同化原則，以藝術歌曲爲例，她認爲作曲家在歌曲創作過程中是將語言轉化爲音樂形式，當詩歌或散文被譜成歌曲的歌詞之後，就已不再是詩歌或散文，而是音樂，曲吞沒了詞，詩歌被音樂同化（*Feeling and Form*, p. 187）。在這裡，本文借蘇珊朗格的思考，反過來討論做爲可聽的音樂符號被做爲閱讀觀看的文字符號取代的情形。

正是這個原因。

　　文姬歸漢是歷史上的一個實在事件，經由文學作品與音樂作品的敘事話語得到再現，文學作品的敘事性雖然異於音樂作品的敘事性，但是它們都在說故事的形式上取得一致（formal coherency of a story），這個形式上的一致性是「一種幻想（fantasy），這種幻想是以什麼樣的心願（wish）來再現呢？它又滿足了哪一種欲求（desire）呢？在這種心願和欲求之謎中，我們瞥見了一般敘事化話語的文化功能，一種心理衝動的暗示（an intimation of the psychological impulse）」，〔註28〕它隱匿在敘事的背後。海登懷特（Hayden White, 1928～）關於敘事話語和歷史再現的研究所指出的這個「一致性」、「心願」或「欲求」，就文姬歸漢的歷史實在而言，必須從文化脈絡和民族文化心理層面上尋求，本質上它貼近本文所謂的離散精神原型。換言之，離散精神原型的發掘讓文姬歸漢歷史事件在文學作品和音樂作品的再現過程依附於一種說故事的一致性形式。

　　綜合以上敘述的研究動機和研究目的，本文將從積澱在華夏文化心理底層的離散情結和文姬歸漢的歷史敘事中，論證離散精神原型的存在，並且把離散精神原型置放在文本結構形式和離散情感內容二者的同構關係上論其價值。這裡所說的價值，是指離散精神原型可以做為跨藝術研究時的連結紐帶，為同一主題之下的各種不同藝術形式的作品指出某種藝術共性，而在現階段的文姬歸漢主題研究中，尚未見到類此的相關論述。

第二節　研究現況

　　目前研究文姬歸漢系列作品的情形，以文類的個別作品研究為主。文學方面，集中在蔡琰詩歌作品真偽問題的考證與詩歌風格的分析；音樂方面，著重在探討琴歌與琴曲系統的詩樂相生情形；繪畫方面，主要是鑒清作品的斷代問題；戲曲和戲劇方面，以曲牌排場的程式研究為主，單一作品的研究則集中在郭沫若歷史話劇《蔡文姬》的時代性。

　　以下分別從蔡琰詩歌、琴曲與琴歌、繪畫、戲曲與戲劇、近代音樂作品這五個各自獨步不同歷史階段的不同文類，回顧學者們的研究成果。

〔註28〕Hayden White, *The Content of the Form: Narrative Discourse and Historical Representation*, Baltimore: John Hopkins UP, c1987, p. 4.

一、蔡琰詩歌的研究

　　文姬歸漢系列作品最早出現的是東漢末年蔡琰創作的兩首詩歌，一為五言，一為騷體，均收錄在《後漢書·列女傳》。另有一首據稱是蔡琰所作的七言詩〈胡笳十八拍〉，收錄在《樂府詩集》。1959 年中國大陸舉行的「胡笳十八拍」討論會上，針對這三首詩歌的真偽、風格與結構分析進行熱烈的討論，之所以熱烈討論，也恰好是郭沫若據此題材新創話劇而引發熱點的。這場討論的內容，尤其針對《樂府詩集》所收的〈胡笳十八拍〉是否偽作這個問題上，引起了激烈的論戰，各方意見與論作後來收錄在《胡笳十八拍討論集》一書中。這場論戰的結果，門戶各見，沒有具體的結論。〔註29〕直到 1987 年，王小盾從唐代大曲的音樂結構切入，釐清琴曲與琴歌的關係之後，才解釋了〈胡笳十八拍〉託古偽造的情況及原因。爾後的研究則逐漸跳開真偽的爭論，有與當代的女性主義思潮結合者，從女性身分的角度詮釋作品，以 1997 年蔡瑜的〈離亂經歷與身分認同～蔡琰的悲憤交響曲〉一文〔註30〕為代表。

二、琴曲與琴歌的研究

　　賦詠文姬歸漢歷史事件的六朝琴賦與唐宋詩歌，以及同期琴師托古附曲的琴曲與琴歌，〔註31〕呈現出詩歌與音樂之間詩樂遞嬗的關係。這個階段的詩歌景觀緣自琴曲系統的音樂影響，例如晚唐詩人劉商為董庭蘭編曲的琴曲《大胡笳》所填寫的七言古詩〈胡笳十八拍〉，以及五代時人為南唐蔡翼編曲

〔註29〕關於〈胡笳十八拍〉的問題，中國大陸在 1959 年初興起討論熱潮，多位學者撰文爭論真偽，這些期刊論文後來由《文學遺產》編輯部結集成《胡笳十八拍討論集》，共收錄二十九篇論文，並且根據《後漢書》、宋代朱熹編次的《楚辭後語》及宋代郭茂倩編次的《樂府詩集》，將蔡琰的兩篇〈悲憤詩〉和〈胡笳十八拍〉的原文，以及唐代詩人劉商所作的〈胡笳十八拍〉附錄在書末。二十九篇論文之中，肯定〈胡笳十八拍〉為蔡琰所作的有十四篇，以郭沫若為代表；否定為蔡琰所作的有十二篇，以劉大杰為代表；不屬於這兩方而又與〈胡笳十八拍〉有關的文章有三篇。
〔註30〕蔡瑜，〈離亂經歷與身分認同——蔡琰的悲憤交響曲〉，《婦女與兩性學刊》，第 8 期，1997，頁 29～54。
〔註31〕六朝到唐宋時期的文姬歸漢系列作品，有：唐代李頎的七言古詩〈聽董大彈胡笳弄〉、唐代高適的〈贈董大〉、唐代杜甫的組詩〈乾元中寓居同穀具作歌七首〉、唐代劉商的七言古詩〈胡笳十八拍〉、北宋王安石的組詩〈胡笳十八拍〉、唐代董庭蘭編曲的附辭琴曲〈大胡笳〉、五代蔡翼編曲的附辭琴曲〈小胡笳〉。

的琴曲《小胡笳》所填寫的騷體詩《胡笳十八拍》（此詩傳為蔡琰所作），這兩首詩歌俱收錄在《樂府詩集》，其中劉商的詩作在敦煌寫本中亦見著錄。關於這一階段詩樂相生的研究，主要的研究成果見於王小盾的專文〈琴曲歌辭《胡笳十八拍》新考〉，〔註32〕另外，唐翠蓉的碩士論文在琴曲音樂方面也有具體的研究成績。〔註33〕

這些研究的具體結論是，六朝至唐宋時期以樂曲形式存在的〈大胡笳〉、〈小胡笳〉與〈胡笳十八拍〉，漸漸受到大曲化的影響，曲式結體龐大，而為這樣曲式龐大的樂曲填入唱詞，直接影響了唱詞內容在故事情節與人物塑造方面的加工與孳乳，顯見文姬歸漢內容的豐富化與音樂形式的發展有著密切的關係。

同時，從曲目與賦詠的內容觀之，在文姬歸漢系列作品中的標的物「胡笳」，從軍樂器展演成為悲涼聲情的符號，這個轉變與笳聲入琴的脈絡有密切關係，吳葉〈從琴曲《大胡笳》《小胡笳》試探漢唐時期北方少數民族音調〉一文〔註34〕對胡笳聲情略有掌握，但是欠缺笳聲入琴的脈絡梳理。

三、繪畫的研究

以繪畫的藝術符號來表現文姬歸漢歷史事件的畫作，歷代單幅的作品很多，但是在跨藝術研究的視域中，則以研究大型長卷的畫作為主。南宋以後的《文姬歸漢》長卷繪畫創作，分為兩個圖像系統，分別與兩首詩歌作品形成絞合的關係。唐宋時代兩首組詩《胡笳十八拍》的問世，牽動了兩組《文姬歸漢》長卷繪畫創作的脈絡。一是南宋以降，以劉商的詩歌〈胡笳十八拍〉內容做為構圖線索的圖像系統。一是元明之後，以南唐騷體詩〈胡笳十八拍〉的內容做為構圖線索的圖像系統。目前，美術史方面的研究，〔註35〕展現出

〔註32〕 王小盾，〈琴曲歌辭《胡笳十八拍》新考〉，復旦學報（社會科學版），1987年第四期，頁 23～29。

〔註33〕 唐翠蓉，〈琴歌《胡笳十八拍》音樂之研究〉，國立臺北藝術大學碩士論文，2002。

〔註34〕 吳葉，〈從琴曲《大胡笳》《小胡笳》試探漢唐時期北方少數民族音調〉，《中國音樂學季刊》，2004 年第 1 期，頁 32～42。

〔註35〕 美術史方面的研究成果，以 Rorex 的論文堪稱廣泛深入的研究：Robert Rorex, *Eighteen Songs of A Nomad Flute: The Story of Ts'ai Wen-chi*, Ph.D. Diss., Princeton University, 1975。另有邵彥的研究：〈《文姬歸漢》圖像新探〉，中央美術學院博士論文，2004。以及黃秀蘭的研究：黃秀蘭，〈宮素然《明妃出塞

來的成果集中在版本的斷代、圖卷的創稿時機與作品的流傳狀況，大致上各家研究的共識多於爭論。其中，邵彥的研究，更在共識之上透過檢視這兩個圖像系統在構圖上擷取不同詩歌內容的手法，指出畫者本身展現的敘事權力，除了對既有詩歌文字的理解之外，同時為了磨合創作當下的民眾集體記憶與意識形態，畫布上的文姬歸漢歷史事件可以閃爍著北宋靖康之難韋太后的身影，創作者的意圖在蔡琰與韋太后兩者形象之間擺盪。邵彥的研究雖以繪畫作品為主，卻點明不可忽視音樂史方面的影響，也在追究文化心理的深層原因方面，重視到作品外緣的文化生態。

四、戲曲與戲劇的研究

元明以降，據文姬歸漢歷史事件所創作的戲曲作品，以及近年的歷史話劇、室內歌劇和京劇實驗劇的作品，展現出詩歌與戲曲關係的音樂文學景觀。相關劇作見存最早的劇本是明代陳與郊的《文姬入塞》，這是一齣南雜劇的體裁。明代雜劇創作的旨趣，案頭清賞多於舞臺展演，然而，在此之前如今已佚的元代金志甫《蔡琰還漢》雜劇，應是瓦舍勾欄上演的劇目。以腔系或唱腔做為演繹文姬歸漢歷史事件的各式載體，自元明以還，劇目不斷，〔註 36〕目前，相關劇作的研究，有曾師永義針對明代陳與郊《文姬入塞》劇本所作的分析，〔註 37〕在曲牌格律與排場方面俱見嚴謹的考證與見解，特別在襯字的標示上，精緻有工，有助於音樂聲情的理解。關於郭沫若話劇《蔡文姬》的研究，有黃侯興的《郭沫若歷史劇研究》，重在歷史情境的梳理。〔註 38〕針對室內歌劇《文姬：胡笳十八拍》的研究，只有周龍以該劇演員的身分所發表的一篇關於排場分析的文章。〔註 39〕至於京戲實驗劇《青塚前的對話》則

圖》與張瑀《文姬歸漢圖》析辨——金元時期昭君故事畫研究〉，國立台灣大學碩士論文，1998。而將圖像系統與文學關係並置處理，則以李德瑞（Dore Levy）為代表：李德瑞撰，吳伏生譯，〈蔡琰藝術原型在詩畫中的轉換〉，《中外文學》，22:11，1994 年 4 月，頁 108～124。其原文為 Dore Levy, "Transforming Archetypes in Chinese Poetry and Painting: The Case of Ts'ai Yen", Princeton: *Asia Major*, 3rd Ser., Vol. 6, Pt. 2, 1993, pp. 147～168.

〔註 36〕 相關的劇作請參見附錄一。
〔註 37〕 曾永義的分析參見《中國古典戲劇選注》，台北：國家，2004，頁 468～480。
〔註 38〕 黃侯興，《郭沫若歷史劇研究》，湖北：長江文藝，1983。
〔註 39〕 周龍，〈名副其實的中西合璧——談歌劇《文姬：胡笳十八拍》的創作演出〉，《中國戲曲學院學報》，27:4，2006 年 11 月，頁 31～34。

有創作者王安祈出書詳述創作動機。〔註40〕

五、近代音樂作品的研究

廿世紀後半葉以西方和聲概念創作的兩首合唱曲：黃友棣作曲的〈聽董大彈胡笳弄〉，以及李煥之譜曲的〈胡笳吟〉，它們提供了在東西方融合的視域中梳理詩歌與音樂關係的可能性。以合唱形式詮釋古琴意韻是兩位作曲家共同的嘗試，黃友棣的合唱曲有他本人專文的分析，〔註41〕李煥之的合唱曲則有靳學東的專文分析，〔註42〕兩篇文章不約而同地強調了兩個研究取向：一是古曲新唱的民族文化意識，一是以西方調性和聲的概念來分析曲式。

綜觀以上研究的現況，文姬歸漢歷史事件內容的敷衍，最初展現在詩歌與音樂的相生關係中，然後播散到詩歌與繪畫、詩歌與戲曲的關係討論，其間文類的選擇有其形式本身的意義，任何一種文類做為再現文姬歸漢歷史事件的載體，都考慮到這些文類在形式上的格律特質，它們主要決定了題材本身能夠被再現的規模與程度，除非創作者為了內容的理由有魄力地開創新的形式。

觀察這些不同文類與不同歷史階段的學者研究成果，尚未及於跨學科與藝術共性的揭示。至於文姬歸漢系列作品的研究中，就原型一詞的使用，只有一例，即邵彥的論文提到「蔡琰原型」的人物形象，〔註43〕但是尚侷限在靜態的特質表述，沒有進入文化脈絡中思考原型的生成動態過程，也忽略了原型在不同文類之間做為連結不同藝術敘事話語的可能性。

第三節　研究方法與研究範圍

本文首先將從積澱在華夏文化心理底層的離散情結和文姬歸漢的歷史敘事中論證離散精神原型的存在，論證這個離散精神原型的過程主要依循兩個步驟。

第一個步驟是從認識論的觀點來說明離散精神原型在創作心理和創作行為中的作用。依據原型理論中關於形式重覆性和內容變異性的說法，本文將

〔註40〕王安祈，《絳唇珠袖兩寂寞》，台北：印刻，2008。
〔註41〕黃友棣，〈聽董大彈胡笳弄〉，《琴臺碎語》，臺北：東大，1977，頁243～246。
〔註42〕靳學東，〈李煥之和他的合唱套曲《胡笳吟》〉，星海音樂學院學報，1997年第4期，頁23～28。
〔註43〕邵彥，《《文姬歸漢》圖像新探》，中央美術學院博士論文，2004。

說明離散精神原型本有的重覆性和變異性，本質上，文姬歸漢此一題材中的離散精神原型是一個具備「離鄉、別子、歸漢」三段內容的表義形式。同時，根據倫納德邁爾（Leonard Bunce Meyer, 1918～）在探討文本意義時提出的主體期待心理的說法，本文將闡述創作者面對離散精神原型時的心理結構，而由於期待心理的常態確定或偏離挫敗是情感張力之源，主體在處理期待心理的常態確定或偏離挫敗的過程，將會影響文姬歸漢意義的詮釋，因此，本文將通過離散精神原型的揭示為文姬歸漢意義的眾聲化給出適當的解釋，尤其，把期待心理的常態確定或偏離挫敗的現象放在文化脈絡中加以審視，將是必要的觀照。本文的第二章是關於以上第一個步驟的思考和論述。

第二個步驟的思考是從存有學的觀點來論定離散精神原型在人們的存有之中，因此，依據時間性的概念，本文將論述離散精神原型可以成為文姬歸漢系列作品的意義整體，並且進一步指出這個離散精神原型體現在文本的結構形式和離散情結的情感張力之中，這是結構形式和情感內容之間的同構現象。論及文姬歸漢系列作品的情感張力與所創作的作品在形式上的同構現象，本文將從黑格爾（Georg Wilhelm Friedrich Hegel，1770～1831）和漢斯利克（Eduard Hanslick, 1825～1904）關於形式與內容關係的辯證觀點，引渡到蘇珊朗格（Susanne Katherina Langer, 1895～1982）關於情感和形式的同構討論，然而，當我們說情感張力的生成、延續和解決三部曲能夠和作品的形式產生同構時，我們所說的作品形式究竟何指？這個問題的思考指向歷史再現時的敘事一致性，離散精神原型的「離鄉、別子、歸漢」三段式敘事程式是文姬歸漢歷史再現時的敘事一致性，這個敘事程式為文姬歸漢系列作品給出了結構形式上的一致性，無論是文學作品的敘事結構，或是音樂作品的曲式結構，都指向這個一致性。其中，音樂作品不同於文學作品之處還在於音樂作品必須透過演奏者的詮釋才算是完成了創作的行為，因此，做為視覺閱讀藝術的文學作品和做為聽覺藝術的音樂作品在敘事層次上是有差異的，但是在回應離散精神原型的同構現象上則是二者一致的。同時，就離散精神原型在原鄉追尋的情感內容這個層面上來看，原鄉追尋的情感內容通過結構形式得到兌現，此即結構形式和情感內容同構之意。本文的第三章是關於以上第二個步驟的思考和論述。

本文的第四章是梳理胡笳的文人化，以及笳聲入琴的脈絡。凡是以笳起興的文學作品或音樂作品，無不見證了離散遭遇的情感張力，而胡笳的離散

聲情轉入古琴音樂之後，古琴以文人琴之名，更進一步地，把離散情結張揚在文人騷客對於心靈原鄉的追尋之中。

本文選取文學、音樂、戲曲與戲劇的作品共計 20 個文本做為研究範圍，這些作品表列如下：

	時 代〔註44〕	創 作 者	作 品	出 處
1	東漢末年	蔡琰	〈悲憤詩〉五言詩	《後漢書·列女傳》
2	東漢末年	蔡琰	〈悲憤詩〉騷體詩	《後漢書·列女傳》
3	唐代	董庭蘭編曲	《大胡笳》琴曲	《神奇秘譜》
4	唐代（746）〔註45〕	李頎	〈聽董大彈胡笳弄〉七言古詩	《全唐詩》
5	唐代（769 或 770）〔註46〕	劉商	〈胡笳十八拍〉七言詩	《樂府詩集》
6	唐代	董庭蘭編曲，劉商填詞	《胡笳十八拍》琴歌	《澄鑒堂琴譜》
7	宋代	王安石	〈胡笳十八拍〉集句詩	《王安石詩集》
8	宋代	李綱	〈胡笳十八拍〉七言詩	《梁谿先生全集》
9	宋代（1280）〔註47〕	文天祥	〈胡笳曲（十八拍）〉集句詩	《文山先生全集》
10	南唐	蔡翼編曲	《小胡笳》琴曲	《神奇秘譜》
11	五代	疑蔡琰作	〈胡笳十八拍〉騷體詩	《楚辭後語》
12	五代	蔡翼編曲，疑蔡琰詞	《胡笳十八拍》琴歌	《綠綺新聲》

〔註44〕作品的創作時代以西元標示為主，或出自原創者的說明，或出自學者的考證。若無法確定創作年代，則以時代標示之。

〔註45〕據陳鐵民、彭慶生主編的增訂注釋的《全唐詩》，謂李頎〈聽董大彈胡笳弄〉「此詩作于天寶五載」，即西元 746 年。參見《全唐詩》第一冊，北京：文化藝術出版社，2001，頁 985。

〔註46〕據王勛成的考證，劉商〈胡笳十八拍〉此詩約作於唐代大曆四年或五年，即西元 769 年或 770 年，詳見王勛成，〈從敦煌唐卷看劉商《胡笳十八拍》的寫作年代〉，《敦煌研究》，2003 年第 4 期，頁 61～63。

〔註47〕文天祥〈胡笳曲（十八拍）〉一詩的寫作年代，據文天祥《文山先生全集》卷十四《指南後錄》卷之三，〈胡笳曲（十八拍）〉并序，序謂：「庚辰中秋日，水雲慰予因所，……索予賦胡笳詩……是歲十月……予因集老杜句成拍。」考庚辰年是元世祖忽必烈至元十七年，即西元 1280 年。參見文天祥《文山先生全集》，台北：清流，1976。

13	1602 年之前	陳與郊	《文姬入塞》雜劇	《全明雜劇》
14	1959	郭沫若	《蔡文姬》歷史話劇	《中國歷史劇選》
15	1967	黃友棣	《聽董大彈胡笳弄》合唱曲	《黃友棣作品專輯【樂譜】》
16	1976	Maxine Hong Kingston（湯婷婷）	〈胡笳十八拍〉小說	*The Warrior*（《女勇士》）
17	1980 年代初	李煥之	《胡笳吟》合唱套曲	《古琴弦歌合唱套曲〈胡笳吟〉鋼琴伴奏譜》
18	1982	陳慶煌	〈新胡笳十八拍〉驪栝詩	《心月樓詩文集》
19	2002	林品晶作曲，徐瑛編劇	《文姬——胡笳十八拍》室內歌劇	未刊手稿劇本
20	2006	王安祈	《青塚前的對話》京劇實驗劇	《絳唇珠袖兩寂寞》

　　這些實存的文姬歸漢系列作品做為本文研究的範圍，具有重要的實驗性，從論證離散精神原型的存在，到闡明作品中的情感內容和結構形式二者的同構現象，這是在材料實存的基礎上，帶入理論的思考和應用。

第二章　離散精神原型的名義考述

　　文姬歸漢是歷史事件，這個事件被記錄在《後漢書》並且被理解爲一個事件，記錄的過程是史官范曄對於這個歷史事件的敘事化，而基於「奉敕撰」的正史性格，范曄讓這個被認爲是事實的歷史事件具有令當權者稱心如意的意義。史官敘事話語中的這種權威在場，究竟讓這個被記錄下來的歷史事件是否足以成爲一個事實，確實可疑，然而，正是這樣的懷疑才使得在不同時空和不同文類之中呈現文姬歸漢歷史事件的敘事有了追尋意義的機會。換言之，沒有敘事就沒有意義，不需要意義的存在也就沒有敘事的必要，當我們網羅散佈在不同時空和不同文類的文姬歸漢系列作品時，我們看到追求這個歷史事件意義的欲望是那麼令人讚嘆。在這裡，我們看到敘事和事實之間的縫隙成爲文姬歸漢系列作品的創作者擺盪創作思維的空間，他們藉由創作技巧想要呈現文姬歸漢的歷史事實到多大的程度才算是滿足對於意義的探求，這樣的創作思維，讓文姬歸漢歷史事件的意義擁有眾聲化的機會。

　　離散精神原型是我們在討論文姬歸漢系列作品中的創作思維時所設定的一個概念。離散的終極意涵指向生命主體在軀體遠離原鄉的表象之下凝鍊在心靈底層深處的原鄉想望，在這樣的命意之下，離散精神原型做爲華夏民族文化始態中的一種情結，普遍存在於生命主體追尋原鄉的歷史場景之中，而在東漢末年文姬歸漢的歷史事件裡，藉由史官的書寫策略，這個離散精神原型開始以具備「離鄉、別子、歸漢」三段式的情感張力，廣被知識份子自覺地複踏在歷代的文姬歸漢系列作品中。原型做爲一種沈澱在華夏民族文化深層心理結構中的集體無意識，推動著後代的知識份子以不同的藝術形式來呈現原型自己。

　　本章將從積澱在華夏民族文化深層心理結構中的離散情結和文姬歸漢的歷史敘事，闡述離散精神原型的名義，闡述的過程包含三個思考層面的梳理：第一，勾勒生命主體追尋原鄉的歷史場景以證醞釀離散精神原型的能見度。第二，針對離散精神原型進行名義的考述。第三，說明離散精神原型和文姬歸漢歷史事件意義眾聲化的關係。

第一節　華夏離散精神原型的追尋

　　離散精神原型做爲華夏民族文化始態中的一種情結，普遍存在於生命主體追尋原鄉的歷史場景之中，這些歷史的場景做爲沈澱離散精神原型的文化舞台是早在文姬歸漢歷史事件之前已經燦然存在的。在文姬歸漢的歷史事件中，離散精神原型推動著文人士大夫無意識地以歷史敘事的方式型塑出「離鄉、別子、歸漢」的敘事模子，並且隨著時代遷移在文姬歸漢本事有所孳乳、緣飾和附會〔註1〕的情形之下，離散精神原型於是成爲文姬歸漢系列作品的創作者無法迴避的一個不變的敘事模子。

一、追尋沈澱在文姬歸漢歷史事件之前的離散精神原型

　　《詩經》的悲劇詩歌做爲思索生命主體追尋原鄉的平台，它首度確立了離散意識和時代氛圍的因果關係。

　　《詩經》代表廣土眾民的哀樂，申述苦難的詩作以哀怨的詞情訴說了飄泊無依的憂思。西周中葉以後，獫狁（北方外族之一，殷周之際稱鬼方，秦漢時稱匈奴）在北方形成威脅中原的勢力，華夷的和戰關係從此揭開序幕，征夫戍卒也因此不絕於途，〈小雅・采薇〉寫出了北國異域的凄冷，以及無人理解的傷悲：

〔註1〕關於文姬歸漢本事的「孳乳」、「緣飾」、「附會」的說法，源自曾師永義研究中國民間故事中的牛郎織女、孟姜女、梁祝、白蛇、西施、王昭君、楊妃、關公與包公九個故事，所提出的「民族故事」此一概念，意指「凡能夠傳達一個民族所具有的共同思想、情感、意識、文化，而其流播空間遍及全國，時間逾千年的民間故事，就是民族故事」，並且指出「民族故事的發展，不外乎有個根源，由此而生枝長葉，而蔚成大樹，這就是『基型』、『發展』、『成熟』的三個過程」，其中的基型，「都含藏著易於聯想的『基因』，這種『基因』，經由人們的『觸發』，便會孳乳，由是再『緣飾』、再『附會』，便會更滋長、更蔓延」。參見曾永義，《俗文學概論》，台北：三民，2003，頁414～415。

昔我往矣，楊柳依依。今我來思，雨雪霏霏。行道遲遲，載渴載飢。

我心傷悲，莫知我哀。

征人離鄉時，楊柳婀娜多姿，如此美好的景象，教人不忍遠行。征人返鄉歸來時，雨雪紛飛，如此難行之歸途，讓返鄉之路格外漫長。離鄉是不捨的，返鄉是漫長的，不捨的是故鄉的美好，漫長的歸途也還是保有對故鄉美好的記憶，只是歸途漫漫的悲傷有誰能知？如若思念的家園已是朝政不修、民人怨聲載道，那麼，離鄉的征人又將情何以堪，〈王風·黍離〉記下了王畿政綱的滄海桑田：

彼黍離兮，彼稷之苗。行邁靡靡，中心搖搖。知我者，謂我心憂。

不知我者，謂我何求？悠悠蒼天，此何人哉。

黍稷繁盛的農野，原是故國宗廟宮室，如今只剩得供人徘徊憑弔，是什麼人造成的悲劇！離鄉赴北的征夫戍卒對家園的思念，以及國勢陵夷之下的民人百姓對安居樂土的渴望，都在知識份子的心中逐漸凝鍊成深重的憂思，看到〈王風·兔爰〉則是消極的悲歌了：

我生之初尚無為，我生之後，逢此百罹，尚寐無吪。

這是生逢亂世、寧寐不醒的悲吟。但是，知識份子對此離亂場景的憂思更有「耿耿不寐」的清醒神貌，〈邶風·柏舟〉描繪出這種耿耿的風采：

汎彼柏舟，亦汎其流，耿耿不寐，如有隱憂。微我無酒，以敖以遊。

（首章）

我心匪石，不可轉也。我心非席，不可卷也。威儀棣棣，不可選也。

（三章）

堅實的柏木船，竟然任它漂浮於河流之中而不用，有如賢者被棄，所謂繞樹三匝，何枝可依，即使借酒暢遊心志，却難解內心憂思。然而知識份子的用心不像石頭那樣隨意轉動，知識份子的心志也不像蓆子那樣任意捲縮，知識份子追尋心靈棲居之所的態度是光明正直的，無可挑剔。

的確，因著時代喪亂而起的悲唱，在《詩經》的篇章裡俯拾即得，隱於溫柔敦厚的詩教背後自成一闋離散的獨吟。悲唱獨吟的詩篇，信筆拈來：

〈周南·卷耳〉：「采采卷耳，不盈頃筐，嗟我懷人，寘彼周行」寫征夫設想家鄉的親人懷念自己風塵僕僕於行役征途（寘彼周行）。〈召南·殷其靁〉：「何斯違斯，莫敢或遑。振振君子，歸哉歸哉」寫婦人盼望離家久遠而不敢稍有閒暇（莫敢或遑）的征夫快快早歸。〈召南·小星〉：「肅肅宵征，夙夜在

公」寫征夫傷歎夜夜急行而且從早到晚忙於征事。〈邶風‧擊鼓〉:「不我以歸,憂心有忡」寫衛卒久役於外不得歸家的憂心。〈邶風‧雄雉〉:「展矣君子,實勞我心」寫婦人思念仕宦在外的誠實夫君(展矣君子)。〈邶風‧泉水〉:「毖彼泉水,亦流於淇,有懷於衛,靡日不思」寫衛女嫁到他國的思念故鄉。〈王風‧揚之水〉:「懷哉懷哉,曷月予還歸哉」寫周卒久戍於外的思念家室。〈魏風‧陟岵〉:「陟彼岵兮,瞻望父兮」寫行役之人想念家人。〈唐風‧鴇羽〉:「王事靡盬,不能藝稷黍,父母何怙」寫行役者久役於外不得耕作以養父母之怨。〈小雅‧四牡〉:「四牡騑騑,周道倭遲,豈不懷歸」是出使在外者久不得歸的怨詩。〈小雅‧黃鳥〉:「此邦之人,不我肯穀,言旋言歸,復我邦族」寫民適異國,不得友善而思歸。〈小雅‧小明〉:「心之憂矣,其毒大苦,念彼共人,涕零如雨」寫行役者思念妻子(共人)。〈小雅‧漸漸之石〉:「山川悠遠,維其勞矣,武人東征,不皇朝矣」寫東征之士怨行役之苦,沒有一日片刻的閒暇(不皇朝矣,皇通「遑」,閒暇之意)。〈小雅‧何草不黃〉:「匪兕匪虎,率彼曠野,哀我征夫,朝夕不暇」寫行役者埋怨自己並非兕虎卻奔波於曠野之中而不得片刻的休息。

　　這些暴露戰爭中人民離散痛苦的詩篇,是西周到春秋戰國整體社會結構變革的明鑒,這些詩篇充滿了暴露現實的悲劇思想,悲劇體現在詩句中「不但很多命題是新的,而且很多批判是大膽的,它指出社會的危機只有導向沒落或顛覆」,〔註2〕「氏族貴族統治階級的一切行為都和人民的利益相反」,悲劇也彰顯在詩句中「暴露了社會矛盾,攻擊了奴隸制度,懷疑了宗教與道德,在主觀上雖然對於古代表示念念不忘,但在客觀上卻把古代制度描寫成一幅沒落的圖景。這詩歌是歷史的證件。」追溯離散精神原型做為華夏民族心理情結的歷史場景,在這裡,我們首度具體看到時代氛圍與人民離散意識的因果關係,爾後關於離散的思索即建立在這樣的個人主體生命與他者(社會結構、意識形態、際遇變遷等)關係的討論上。《詩經》做為廣土眾民的生命之歌,這些書寫離散的詩篇是弱水三千僅取一瓢的光景,從此以後,屬於追尋心靈原鄉的離散命題繼續被書寫不斷。

　　在這裡,讓我們觀察沈澱離散精神原型的《詩經》和文姬歸漢離散精神原型之間的共同閃光點。

〔註2〕　此處和以下的引文摘自侯外廬、趙紀彬、杜國庠著,《中國思想通史》,北京:人民出版社,1995(1957),第一卷,頁109～122。

　　《詩經》的時空是沈澱離散精神原型的歷史舞台，《詩經》的這些書寫離散的悲劇詩歌以其揭櫫思想上的「變」爲戰國諸子給出了百家爭鳴的空間，從這一層意義上來看，沈澱離散精神原型的《詩經》對文姬歸漢離散精神原型中意義眾聲化的激活是值得觀察的。侯外廬等人從《詩經》的悲劇詩歌裡整理出一個影響後世思想發展的因素：「悲劇儘管有各種形式，其共同特點，在於具有社會的矛盾根源；而悲劇思想却主觀上企圖從命運中解救自己。從這意義講來，變風、變雅無疑是先驅的悲劇詩歌。雖然思想爲官府之學所獨占，然而作歌者却離心於官府之學」。〔註3〕侯外廬等人的這項觀點主要的體察是悲劇力量經常自外於中心主流，並且在離心邊緣之處解救了主體心靈深處在生存定位上的失落感，也是在這一層意義上，指出《詩經》的這些悲劇詩歌傳達了悲劇思想的訊息，這個訊息指的是一種思想上的「變」，「這悲劇思想的『變』，支配了西周至春秋之交的思想潮流，先秦諸子就是從這裡來發揚光大的」，悲劇詩歌在「變」的思想縫隙上讓出了先秦諸子百家爭鳴的空間。同樣地，觀察文姬歸漢歷史事件中離散精神原型的「離鄉、別子、歸漢」敘事模子，這個敘事模子透露出歸漢之後的身分矛盾和情感掙扎，理由是歸漢之後的文姬已不是初始離鄉的文姬，這一層矛盾的悲劇讓歷代文姬歸漢系列作品的創作者捕獲了詮釋文姬歸漢歷史意義的機會，創作者在歷史敘事和眞實情感之間的矛盾上藉由藝術文學的技巧表現出他們對於文姬歸漢歷史意義的認知和詮釋，於是，文姬歸漢歷史意義有了眾聲化的機會。離散精神原型承攬的正是在「離鄉、別子、歸漢」這個不變的敘事模子裡存在的一個歸漢命題之下情感和身分方面「變」的魅力，這個魅力吸引東漢之後所有文姬歸漢系列作品的創作者投入藝術與文學技巧而張揚了離散精神原型的悲劇動力。換言之，離散精神原型以其不變的敘事模子，在「變」的情感和身分詮譯上讓出了文姬歸漢歷史意義眾聲化的展演空間。

　　如果說《詩經》裡寫實的悲劇詩歌是普羅大眾渴求心靈家園的表述，那麼，承攬神話瑰彩的〈天問〉〈九歌〉，則是屈原個人在刻骨銘心的流放苦澀中尋覓安身立命之道的直接傾訴了。

　　〈天問〉全篇374句，1553個字，從頭至尾，一口氣提出一百七十多個問題，是王逸以來楚辭注家所謂的「問天」，也是游承澤所解的「天的問題」，

〔註3〕侯外廬、趙紀彬、杜國庠著，《中國思想通史》，北京：人民出版社，1995（1957），第一卷，頁110。

〔註4〕屈原向上天提出關於天地萬物的問題，他問天地從何而生，萬物從何而來（「遂古之初，誰傳道之？上下未形，何由考之？」），他還問太陽從早上到晚上所走的路程有多遠（「出自湯谷，次於蒙汜。自明及晦，所行幾里？」），月亮為什麼會有陰晴圓缺的現象（「夜光何德，死則又育？」），有誰知道百川東流而海水不滿的原因（「東流不溢，孰知其故？」），吞象的蛇有多大（「一蛇吞象，厥大何如？」），哪個地方多暖夏涼（「何所冬暖，何所夏寒？」）。屈原的問題無所不問，但是，最後他問「薄暮雷電，歸何憂」、「伏匿穴處，爰何云」、「悟過改更，我又何言」，屈原關於天地問題的提問，最終回到了自己安身立命的思索，換言之，屈原通過奇譎設問的繁瑣過程實際上是他的主觀意識對於生命本體的關心。

屈原對於生命本體所關心的是固有信念產生動搖的痛苦，神話是人世的夢，它依憑在人世的真實上，通過想像而創造人們詮釋和寄情宇宙萬物的幻象，人們在這個神話的幻象世界裡獲致了人世歡愉的肯定和憾恨的補償。然而，屈原在〈天問〉裡運用神話素材卻設下問號，顛覆了神話能夠圓夢的單純面貌，以對於神話的設問表達了對於創造神話的人世的不信任，在〈天問〉裡，神話的締造和幻滅是屈原安身立命的澈底質問。體察〈天問〉中屈原對既有信念產生動搖的痛苦，沈德潛的說詞直指了屈原的無可奈何：

> 天問一篇，雜舉古今來不可解事問之，若己之忠而見疑，亦天實為之。思而不得，轉而為怨；怨而不得，轉而為問；問君問他人不得，不容不問之天也。此是屈大夫無可奈何處。〔註5〕

先民創造神話所張揚的人世信念和安慰，在遭逢離散命運的屈原面前，雖然「它們無力安慰詩人，只是一縷縷薄弱易散的輕煙」，〔註6〕但是，屈賦大量借用神話以抒懷的作為，正是因為離散的意識早已刻鑄在神話裡，悲憤的詩人可以在積澱了離散情結的神話裡捕捉些許慰藉。〈九歌〉亦是如此。

〈九歌〉篇章裡俯拾皆是的挫折，從湘君和湘夫人的互相追尋而徒勞（「采薜荔兮水中，搴芙蓉兮木末」），到山鬼的思公子而不得（「風颯颯兮木蕭蕭，思公子兮徒離憂」），再到〈國殤〉中未及成年而為國捐軀的輓歌，祭祀眾神的頌

〔註4〕游澤承著，《楚辭論文集》，台北：九思，1977，頁260。
〔註5〕沈德潛著，《說詩晬語》，四部備要，集部，中華書局聚珍倣宋版校刊，台北：台灣中華書局，1970，頁五。
〔註6〕曹淑娟著，《詩歌》，台北：幼獅文化，1985，頁38。

詩宛如屈原人生挫折的禱歌，一切的挫折都在山水有情的蘭芷杜若中回報一個
要眇宜修的顧影自憐，就如林懷民的雲門舞集為《九歌》舞劇在台上置放的一
池荷花，扮演眾神的舞者都要在激情舞動之後輕沾荷池之水，聊慰受挫疲憊的
心靈。〔註7〕林懷民創作《九歌》舞劇時，他體認到屈原筆下眾神的挫折正是
凡人的挫折，於是，荷池之水安慰的是人們受挫的心靈，林懷民這麼說：

> 我知道九歌中的芳蘭芷草裡並未包括荷花。
> 然則，九歌原來的面目不可考，也不重要，
> 重要的是它作為文化原型的意義。
> 對美的追尋，對大自然的敬重與珍惜。
> 劇院裡一方泛著水光的荷池，也許可以為
> 現代都市人帶來一絲安慰。
>
> 女巫在荷池畔狂舞。然後呢？
>
> 我無意呈現一場復古式的九歌。那麼甚麼是
> 舊瓶裡的新酒呢？我停止幻想，回到原文裡找答案。
> 我赫然發現，美麗繽紛的曼妙歌舞之後隱藏著
> 碩大無朋的挫折：神祇從未降臨楚地的祭典，
> 湘君湘夫人捉迷藏似的無法晤面，山鬼始終沒等到
> 他所等候的人。正因為人世間的種種遺憾，人們不得不祭祀不斷，
> 祈神不斷。⋯⋯
>
> 祭壇要美，起舞的巫覡要有力。重述「九歌」詩篇
> 要使人看到原作的影子。然而，「挫折」才是真正的主題。
> 於是，東皇太乙狂暴對待迎神的女巫，
> 「司命」一節是重要的操控與撥弄，
> 湘夫人江邊的苦候原來是日日進行的埋葬青春的儀式，
> 雲中君**恆**遠踩在「人民頭上」遨遊四海，山鬼則是
> 「一張淒慘的無言的嘴」⋯⋯至於「國殤」，
> 那曾仆倒，曾經中斷的生命應重新站起。

〔註7〕　《九歌》，林懷民編舞，雲門舞集演出，DVD，中和市：金革唱片，2003。

> 生生不息的荷池畔，站起的應該是青春的生命吧！〔註8〕

> 最近我問自己《九歌》這齣舞劇要說些什麼？我想《九歌》要說的
> 是「死亡與新生」，而「荷花」正代表這個意念，因為她就是每年經
> 歷一次生死的植物，她總是在綻放後快速凋謝，變成一堆爛泥，然
> 後明年再生一次，她的生態就是時光的流動，生命的再生。〔註9〕

屈原行吟江畔，葬身魚腹的不止是肉身之軀，更是受挫疲憊的心靈。受挫疲
憊的心靈，何處新生？

　　屈原的離散情結在神話的幻象中得到慰藉，受挫疲憊的心靈在山川繚繞
的神話國度裡得到昇華再生，時空推移，〈哀郢〉中「民離散而相失兮，方仲
春而東遷」的江夏流亡場景，化做二十世紀沈從文《邊城》小說中的湘西世
界，在這片瀟湘水雲的舞台上，沈從文訴說一個湖南茶峒的小鎮故事，劇中
人翠翠為追尋夢中教她魂牽的歌聲，在親人離散的等待歲月裡，依舊執守那
一份追尋的想望，如同小說的結局：

> 可是到了冬天，那個坍坍了的白塔，又重新修好了，那個在月下唱
> 歌，使翠翠在睡夢裡為歌聲把靈魂輕輕浮起的青年人還不曾回到茶
> 峒來。……
>
> 這個人也許永遠不回來了，也許「明天」回來！〔註10〕

在鄉土的素材上，編織一個夢的追尋，在這片屈原曾經喟嘆的山川繚繞之地，
雲夢大澤在歷史歲月中所背負的離散情結到了二十世紀沈從文的筆下，依然
生發曠古的悲情，曠古悲情的力量來自寧知無望中的執著追尋——也許「明
天」回來！屈原和沈從文同在雲夢大澤的湘西世界裡攬盡了離散的生命意
涵：心靈家園的原鄉想望。

　　離散於人群而索居的百般無奈，渴望楚王見知而頻頻回首的萬分徘徊，
從此以降，屈原的身影凝聚了華夏民族文化中積累的離散能量，從而召喚無
數後代相知相惜的心靈。誠如曹淑娟所云：

> 戰國時代，知識份子投身於紛擾的政治舞台，抱持的理想與原則，在
> 現實的挫撓中，激發出鬱迴憤怒的悲歌。……瀟湘水雲、洞庭風波，

〔註8〕摘自林懷民，〈禱歌——寫在《九歌》首演前〉，聯合報，1993年8月8日。
〔註9〕林懷民，《喧蟬鬧荷說九歌》，台北：聯經，1993，頁19。
〔註10〕摘自沈從文，《邊城》，台北：台灣商務，1998，頁134。

彷彿若夢，而人生不就是一場可眞可幻的夢嗎？在這古名「雲夢」的大澤上，有多少我們未曾參透的訊息？有多少我們無法自主的命運？看看那日月山川的形貌，聽聽那生喜死悲的聲音，怎不既惆悵於人生有盡，又珍悅這天地的美好？……持一枝芬芳的菊芭，隨著漸急的鼓樂，扮做神媒的巫，妙舞一段迴旋的曼姿，而美麗的神靈們，便紛紛來降人間，華采的衣服在風中翻飛起飄逸的弧紋，種種香草芳華正可供作美麗的眾神棲止的處所，可是，爲什麼有那猶豫的身影，有那憂傷的眼神？飄動的衣袂不全因風波外拂，也是心魂的有所期望與不安？張望的眼神不只爲觀覽草木風月，也是爲尋索那中心思慕的佳人？這份柔婉美麗的思慕與徘徊，旣是九歌中神人戀愛的情懷，也是楚辭作品中普遍潛湧的思慕君國的情懷。〔註11〕

的確如此，屈原筆下的荒忽、太息、容與、嬋媛、逍遙、絓結、蹇產……等等這些語辭的所指，全都指向「張望的眼神」、「猶豫的身影」和「心魂的有所期望與不安」，而此番放目追尋的標靶正是心靈深處依託的「鳥飛返故鄉兮，狐死必首丘」和「靈魂之欲歸」〔註12〕的終極家園。

　　離散精神原型在先秦北南兩種最具代表性的文學現象《詩經》與《楚辭》中初見端倪，而到漢代文姬歸漢的史實中成爲一種穩定的漢文化心理情結。《詩經》的產生年代在《楚辭》之前，《詩經》是一種古樸的文學現象，其中積澱著零散的離散精神和原鄉情結，到了《楚辭》的〈離騷〉、〈天問〉，文學現象比較個人化了，所以，離散精神和原鄉情結比較集中在屈原的個體人格上，實際上歷史發展到漢代，在文姬這裡完全個人化和成熟化，呈現爲漢民族心理結構中以個人爲表徵的完善的離散精神原型，尤其，在文姬身上，跨文化的、流落異域的離散精神和原鄉情結已然具體成形。

　　說到跨文化的、流落異域的離散精神和原鄉情結，我們把離散的歷史場景從屈原遭遇的煙雨江南拉回到漠北邊關，讓我們回顧更貼近於文姬女性身分的西漢和親公主們的際遇上。

　　漢代朝廷採行聯合西域以抗匈奴的政策，漢武帝依張騫的建言，與烏孫和親，元封六年（西元前105年），封江都王劉建的女兒細君爲公主，嫁與王號昆莫的烏孫王，名字叫做獵驕靡，遣嫁排場盛大豪華，然而，昆莫年老，

〔註11〕曹淑娟，《詩歌》，台北：幼獅文化，1985，頁30～31和自序。
〔註12〕屈原〈哀郢〉詩句。

細君公主年紀尚輕，居住的宮室且另築之，只在歲時年節方與昆莫相會，加以身處異域，語言不通，因此寫下〈悲愁歌〉以解憂懷，此詩即一般所稱的〈烏孫公主歌〉。〔註13〕這是一首騷體式的詩歌：

> 吾家嫁我兮天一方，遠託異國兮烏孫王。穹廬爲室兮氈爲牆，以肉爲食兮酪爲漿。居常土思兮心內傷，願爲黃鵠兮歸故鄉。〔註14〕

「遠託異國兮烏孫王」一句的「遠」和「異」，牽動著離散身分的不確定，「願爲黃鵠兮歸故鄉」的歸鄉欲念是在異文化的身分檢視過程中爲確認自身的存在從而回歸漢文化的當然之舉。文姬歸漢系列作品之一的唐代李頎七言古詩〈聽董大彈胡笳弄〉中，「烏珠部落家鄉遠」一句正是借烏孫公主們的遠嫁唏噓以襯文姬的哀愁。

漢元帝竟寧元年（西元前33年）昭君和番，遣嫁呼韓邪，這已是家喻戶曉的民族故事，同樣是文姬歸漢系列作品之一的清代尤侗雜劇《弔琵琶》，描寫昭君和番以及文姬祭拜昭君青塚的故事，昭君的和親身分豈是文姬俘虜之身所能企及，面對昭君的青塚，當下的文姬和昭君在心靈深處迴盪翻攪的是同樣的離散情結。

細君、解憂、相夫和昭君這些遣嫁異域的女子，她們的悲喜一如文姬被凝聚在離散精神原型中。

從國風之中普世承攬的離散意識，到楚騷之中濃郁的個人遭憂，乃至於和親公主獨自啜飲的悲苦，文人士大夫們面對這些離散的歷史場景時，以知識份子的教化涵養所承攬的理解，除了「詩言志」、香草美人以喻懷才不遇，以及歌頌和親公主的任重道遠之外，文人士大夫們在文姬這裡攫獲了一個自覺的離散精神原型。文姬以一女子的形象以及歸漢的行動告白，外顯了積澱在華夏民族文化傳統心理底層的離散情結，這個離散精神原型在凝定於文姬歸漢歷史事件的當下，隨即昇華成爲華夏民族文化向心力的動力情結，直接吸引了流離在中華漢文化之外的以離散做爲一種詩意的苦澀的生存方式的從藝者，這些從藝者藉由複踏文姬歸漢歷史事件的方式不斷觸發離散精神原型

〔註13〕烏孫公主非指特定一人，而是泛指埋骨於烏孫國的細君公主（江都王劉建之女，於漢武帝元封六年遣嫁烏孫）、際遇曲折而老年得以返鄉的解憂公主（楚王劉戊的孫女，於漢昭帝時遣嫁烏孫），以及原擬遠嫁烏孫卻中途折返的相夫公主（解憂公主的姪女，原擬於漢宣帝時遣嫁烏孫）。

〔註14〕錄自《評選古詩源箋註》，沈德潛選，王蓴父箋註，劉鐵冷校刊，台北：華正書局，1983，頁二十一至二十二。

成爲展演多義的敍事模子。

於是，離散精神不再隸屬於任何一位做爲個體的離散者的價值判斷，「而是一種抽象精神的整體聚合，在這一整體聚合的思想意識形態中抽象地濃縮了以往離散者（此處引文的原文作「隱者」）的全部價值觀念和全部價值取向」。〔註15〕就文姬歸漢系列作品而言，離散精神原型是在文姬歸漢這裡走向借助文學藝術呈現的自覺。

二、文姬歸漢歷史事件中自覺的離散精神原型

討論文姬歸漢歷史事件中被文人士大夫自覺地提取的離散精神原型之前，先敍述文姬歸漢的本事，以及文獻記載的相關事蹟。

文姬歸漢是關於東漢末年蔡琰的歷史事件。蔡琰一生三嫁，憂患相隨，悲憤以終，多識詩書，通曉音律，留有題爲蔡琰所作的詩歌作品三篇。〔註16〕

蔡琰，字文姬，約生於東漢靈帝熹平六至七年（西元 177〜178 年）間，

〔註15〕楊乃喬，《悖立與整合》，北京：文化藝術，1998，頁 453。

〔註16〕題爲蔡琰所作的詩歌作品三篇是：錄於《後漢書・列女傳》的五言和騷體〈悲憤詩〉各一章，以及見載宋代朱熹《楚辭後語》和宋代郭茂倩《樂府詩集》的琴曲歌辭〈胡笳十八拍〉，這三首詩歌作品雖然都是題名蔡琰所作，也都是自述生平的自傳體形式，但是，是否確爲蔡琰所作，自北宋蘇軾開始即爭議不斷。

蘇軾以「東京無此格」爲主要理由否認五言〈悲憤詩〉是蔡琰之作，然而清代吳闓生卻認爲「爲文姬肺腑中言，非他人之所能代也」，迄今爲止，學界基本上已經肯定五言〈悲憤詩〉是蔡琰所作，而騷體〈悲憤詩〉的內容因與蔡琰身世多有不合，所以認爲是後人僞托。

至於〈胡笳十八拍〉的作者眞僞，則一直衆說紛紜，尤以 1959 年的論戰，最具激烈，其中郭沫若主張此詩爲蔡琰所作無疑，認爲沒有親身經歷的人是寫不出來的，並且說它是繼〈離騷〉之後最好的抒情詩，但是主張此詩不是蔡琰之作的學者所持的理由是：〈胡笳十八拍〉的內容與蔡琰身世不符，此詩自東漢末年到唐代數百年之間未見著錄和徵引，風格不合漢末文風。這一次的論戰沒有獲致具體的結論，直到 1987 年，王小盾從唐代大曲的音樂結構深入探討，在釐清琴曲與琴歌的關係之後，才解釋了〈胡笳十八拍〉託古僞造的情況及原因，確定此詩是五代南唐時人爲蔡翼所編琴曲《小胡笳》填寫的騷體詩〈胡笳十八拍〉。

筆者認爲釐清作者眞僞的問題在詩歌作品細讀研究方面具有重要的意義，然而，歷代以來關於文姬歸漢系列作品的創作，主要依據這三首題爲蔡琰所作詩歌的內容進行了本事的孳乳、緣飾或附會，創作者展演的是自身對於文姬歸漢歷史事件中離散經驗的心靈對話，因此在探究作者眞僞問題的同時，也不必刻意忽略這些詩歌作品既存的藝術性。

原籍陳留（今河南杞縣）。她的父親蔡邕（字伯喈）曾拜左中郎將，史稱「蔡中郎」。據《後漢書‧蔡邕列傳》的記載，東漢靈帝光和元年（西元178年）七月，蔡邕任議郎，應密詔，因譏刺宦官及其親屬而獲「仇怨奉公，議害大臣，大不敬」的罪名，皇帝下詔「減死一等，與家屬髡鉗徙朔方」，當時蔡琰才一歲左右。

蔡邕貶徙朔方九個月，於西元179年4月被赦，但是不久又得罪宦官集團，在江浙一帶渡過了十二年「亡命江海」的生活，蔡琰跟隨父親亡命的歲月直到大約十五歲。

西元192年，蔡琰約十六歲，嫁給河東人衛仲道，在這之前不久，發生外戚和宦官爭權以及董卓率領西涼兵團進入洛陽作亂的事件，蔡邕因為曾經仕宦董卓麾下，所以董卓在西元192年被誅時，蔡邕也連坐入獄，於這一年的夏天死在長安獄中。蔡琰嫁入衛氏兩年之後，因為夫死無子，回到陳留娘家居住。

興平年間（西元194～195年），亂軍攻入陳留，蔡琰被亂軍擄至南匈奴，據傳為妻左賢王，居胡中十二年，生二子。建安十三年（西元208年），曹操遣使贖回蔡琰，蔡琰回到中原之後，再嫁屯田都尉董祀。

以上是文姬歸漢的本事。

檢視文獻記載的蔡琰事蹟主要見載於正史和《蔡琰別傳》，以及相關作品的詩序中，共計八則，依時代先後錄其內容如下。

（一）南朝范曄《後漢書‧列女傳‧董祀妻》：〔註17〕

> 陳留董祀妻者，同郡蔡邕之女也，名琰，字文姬。博學有才辯，又妙於音律。適河東衛仲道。夫亡無子，歸寧于家。興平中，天下喪亂，文姬為胡騎所獲，沒於南匈奴左賢王，在胡中十二年，生二子。曹操素與邕善，痛其無嗣，乃遣使者以金璧贖之，而重嫁於祀。
>
> 祀為屯田都尉，犯法當死，文姬詣曹操請之。時公卿名士及遠方使驛坐者滿堂，操謂賓客曰：「蔡伯喈女在外，今為諸君見之。」及文姬進，蓬首徒行，叩頭請罪，音辭清辯，旨甚酸哀，眾皆為改容。操曰：「誠實相矜，然文狀已去，奈何？」文姬曰：「明公廄馬萬匹，

〔註17〕錄自（劉宋）范曄，《後漢書》，正史全文標校讀本，卷八十四，台北：鼎文書局，1975，頁2800～2803。

虎士成林，何惜疾足一騎，而不濟垂死之命乎！」操感其言，乃追
原祀罪。時且寒，賜以頭巾履襪。操因問曰：「聞夫人家先多墳籍，
猶能憶識之不？」文姬曰：「昔亡父賜書四千許卷，流離塗炭，罔有
存者。今所誦憶，裁四百餘篇耳。」操曰：「今當使十吏就夫人寫之。」
文姬曰：「妾聞男女之別，禮不親授。乞給紙筆，真草唯命。」於是
繕書送之，文無遺誤。

後感傷亂離，追懷悲憤，作詩二章。其辭曰：

漢季失權柄，董卓亂天常。志欲圖篡弒，先害諸賢良。
逼迫遷舊邦，擁主以自彊。海內興義師，欲共討不祥。
卓眾來東下，金甲耀日光。平土人脆弱，來兵皆胡羌。
獵野圍城邑，所向悉破亡。斬截無孑遺，尸骸相撐拒。
馬邊縣男頭，馬後載婦女。長驅西入關，迴路險且阻。
還顧邈冥冥，肝脾為爛腐。所略有萬計，不得令屯聚。
或有骨肉俱，欲言不敢語。失意幾微間，輒言斃降虜。
要當以亭刃，我曹不活汝。豈復惜性命，不堪其詈罵。
或便加棰杖，毒痛參并下。旦則號泣行，夜則悲吟坐。
欲死不能得，欲生無一可。彼蒼者何辜，乃遭此戹禍！
邊荒與華異，人俗少義理。處所多霜雪，胡風春夏起。
翩翩吹我衣，肅肅入我耳。感時念父母，哀歎無窮已。
有客從外來，聞之常歡喜。迎問其消息，輒復非鄉里。
邂逅徼時願，骨肉來迎己。己得自解免，當復棄兒子。
天屬綴人心，念別無會期。存亡永乖隔，不忍與之辭。
兒前抱我頸，問母欲何之。「人言母當去，豈復有還時。
阿母常仁惻，今何更不慈？我尚未成人，奈何不顧思！」
見此崩五內，恍惚生狂癡。號泣手撫摩，當發復回疑。
兼有同時輩，相送告離別。慕我獨得歸，哀叫聲摧裂。
馬為立踟躕，車為不轉轍。觀者皆歔欷，行路亦嗚咽。
去去割情戀，遄征日遐邁。悠悠三千里，何時復交會？
念我出腹子，匈臆為摧敗。既至家人盡，又復無中外。
城郭為山林，庭宇生荊艾。白骨不知誰，從橫莫覆蓋。
出門無人聲，豺狼號且吠。煢煢對孤景，怛咤糜肝肺。

登高遠眺望，魂神忽飛逝。奄若壽命盡，旁人相寬大。

爲復彊視息，雖生何聊賴！託命於新人，竭心自勗厲。

流離成鄙賤，常恐復捐廢。人生幾何時，懷憂終年歲！

其二章曰：

嗟薄（祐）〔祜〕兮遭世患，宗族殄兮門戶單。

身執略兮入西關，歷險阻兮之羌蠻。

山谷眇兮路曼曼，眷東顧兮但悲歎。

冥當寢兮不能安，飢當食兮不能餐，

常流涕兮皆不乾，薄志節兮念死難，雖苟活兮無形顏。

惟彼方兮遠陽精，陰氣凝兮雪夏零。

沙漠壅兮塵冥冥，有草木兮春不榮。

人似禽兮食臭腥，言兜離兮狀窈停。

歲聿暮兮時邁征，夜悠長兮禁門扃。

不能寐兮起屏營，登胡殿兮臨廣庭。

玄雲合兮翳月星，北風屬兮肅泠泠。

胡笳動兮邊馬鳴，孤雁歸兮聲嚶嚶。

樂人興兮彈琴箏，音相和兮悲且清。

心吐思兮匈憤盈，欲舒氣兮恐彼驚，含哀咽兮涕沾頸。

家既迎兮當歸寧，臨長路兮捐所生。

兒呼母兮號失聲，我掩耳兮不忍聽。

追持我兮走煢煢，頓復起兮毀顏形。

還顧之兮破人情，心怛絕兮死復生。

贊曰：端操有蹤，幽閑有容。區明風烈，昭我管彤。

（二）敦煌遺書編號 P2555 引唐代劉商〈胡笳十八拍〉序：[註18]

《胡笳曲》，蔡琰所造。琰字文姬，漢中郎蔡邕女。漢末爲胡虜所掠，
至胡中十二年，生子二人。魏武帝與邕有舊，以金帛贖之歸國。因

〔註18〕錄自徐俊纂輯，《敦煌詩集殘卷輯考》，P2555，北京：中華書局，2000，頁
719。〈胡笳十八拍〉此詩在敦煌遺書中已發現三個寫本，除本文抄錄的 P2555
之外，還有 P3812（簡稱甲卷）和 P2845（簡稱乙卷）。甲卷題作〈胡笳詞十
八拍〉。乙卷無題，詩的內容抄在《太玄眞一本際經》卷第七〈譬喻品〉背。
徐俊纂輯的《敦煌詩集殘卷輯考》將這三個寫本進行了校錄，校錄的內容主
要是脫字或訛字的互校，參看該書第 720 頁到第 730 頁。

爲琴曲，遂寫幽怨之詞。曲有十八拍，今每拍爲詞，敘當時之事。
承議郎、前盧洲（盧州）合肥縣令劉商。

（三）唐代虞世南《北堂書鈔·笳》注引《蔡琰別傳》：〔註19〕

琰字文姬，後漢末大亂，爲胡騎所獲，登胡殿，感胡 笳 之音，懷凱
風之思，作詩言志，曰：「胡 笳 動兮邊馬鳴，孤雁歸兮聲嚶嚶。」

（四）唐代歐陽詢《藝文類聚·笳》引《蔡琰別傳》：〔註20〕

琰字文姬，先適河東衞仲道，夫亡無子，歸寧于家。漢末大亂，爲
胡騎所獲，在左賢王部伍中。春月登胡殿，感笳之音，作詩言志，
曰：「胡笳動兮邊馬鳴，孤鴈歸兮聲嚶嚶。」

（五）宋代李昉《太平御覽·笳》引《蔡琰別傳》：〔註21〕

琰字文姬，先適河東衞仲道，夫亡無子，歸寧於家。漢末亂，爲胡
騎所獲，在左賢王部伍中。春月登胡殿，感笳之音，作十八拍。

（六）宋代李昉《太平御覽·璧》引魏文帝曹丕〈蔡伯喈女賦〉序：

〔註22〕

家公與蔡伯喈有管鮑之好，乃命使者周近持玄璧，於匈奴贖其女還，
以妻屯田郡都命使者。

（七）宋代郭茂倩《樂府詩集·胡笳十八拍》詩序引《蔡琰別傳》：

〔註23〕

漢末大亂，琰爲胡騎所獲，在右賢王部伍中。春月登胡殿，感笳之
音，作詩言志，曰：「胡笳動兮邊馬鳴，孤雁歸兮聲嚶嚶」。

〔註19〕 錄自（唐）虞世南，《北堂書鈔》，卷一百一十一，〈笳〉。董治安主編《唐代
四大類書》，第一卷，北京：清華大學出版社，2003，頁468。笳字在原文中
的字形是從竹叚聲。

〔註20〕 錄自（唐）歐陽詢，《藝文類聚》，卷四十四，〈笳〉。董治安主編《唐代四大
類書》，第二卷，北京：清華大學出版社，2003，頁1063。

〔註21〕 錄自〔宋〕李昉，《太平御覽》，卷五八一，樂部十九，〈笳〉。景印文淵閣四
庫全書第八九八冊，台北：臺灣商務印書館，1983，頁898之392。

〔註22〕 錄自〔宋〕李昉，《太平御覽》，卷八○六，珍寶部五，〈璧〉。景印文淵閣四庫
全書第九○○冊，台北：臺灣商務印書館，1983，頁900之209。

〔註23〕 錄自〔宋〕郭茂倩，《樂府詩集》，卷五十九，蔡琰〈胡笳十八拍〉詩序。中
華書局據汲古閣本校刊《四部備要》集部，台北：臺灣中華書局，1970，頁
五。

（八）宋代郭茂倩《樂府詩集》引唐代劉商〈胡笳曲〉序：〔註24〕

> 蔡文姬善琴，能爲離鸞別鶴之操。胡虜犯中原，爲胡人所掠，入番爲王后，王甚重之。武帝與邕有舊，敕大將軍贖以歸漢。胡人思慕文姬，乃捲蘆葉爲吹笳，奏哀樂之音。後董生以琴寫胡笳聲爲十八拍，今之胡笳弄是也。

以上關於文姬歸漢歷史事件最早的文獻記載是魏晉時期的《蔡琰別傳》，已佚，見錄於《北堂詩鈔》、《藝文類聚》、《太平御覽》和《樂府詩集》四書，內容文字相近，都提到蔡琰被擄離鄉，身在胡地，因爲感笳之音而作詩。《蔡琰別傳》中的蔡琰形象僅止於被擄而聞笳思鄉。

至曹丕序〈蔡伯喈女賦〉和南朝史官范曄的《後漢書》中，增加蔡琰歸漢的記載，尤其正史中特別詳述蔡琰歸返中原之後的事蹟，突出蔡琰顧念再嫁夫婿董祀之情義和強化蔡琰飽讀詩書的仕女形象。史官范曄雖然也收錄蔡琰因「感傷亂離、追懷悲憤」所作的詩歌二章，卻以「端操有蹤，幽閒有容。區明風烈，昭我管彤」爲贊，明示范曄對於文姬歸漢歷史事件的敘事權力張揚在敘述蔡琰還漢、再嫁救夫和繕書墳籍的過程中，其間略於蔡琰居住胡地的記述，透露了傾向肯定回歸漢族文化正統和華夷之辨觀的欲念。此時的蔡琰儼然是南朝文人士大夫在面對北朝外族干戈時心所想望的君子美人形象：勇於拒斥異族、慨然歸漢、稟賦書香，直是屈原託懷美人香草的投影。

從此，蔡琰的歸漢成爲必然，「離鄉、別子、歸漢」的情感張力於焉存在，即使敦煌寫本首見有關琴曲在情感張力上的描寫「因爲琴曲，遂寫幽怨之詞。曲有十八拍，今每拍爲詞，敘當時之事」，以及《樂府詩集》引文的唐代劉商詩序中，爲進一步見證情感張力而將蔡琰與匈奴王寫爲夫妻的做法「入番爲王后，王甚重之」，這些晚於蔡琰事蹟五百年的文獻記載，也是在民族故事的孳乳、緣飾和附會的基礎上，依然遵循了「離鄉、別子、歸漢」的情感張力結構。

文姬歸漢系列作品的創作者據以創作的題材是史官敘事化之後的一個歷史紀錄，歷史敘事本身所呈現的事實在述說自身的過程中，以一種只有故事才具有的「形式一致性」召喚文姬歸漢系列作品的創作者，這個具有一致性的形式

〔註24〕錄自〔宋〕郭茂倩，《樂府詩集》，卷五十九，蔡琰〈胡笳十八拍〉詩序。中華書局據汲古閣本校刊《四部備要》集部，台北：臺灣中華書局，1970，頁五。

是一種內在於文姬歸漢歷史事件之中的結構，這個結構「具有中心主題、適當的開場、中段和尾聲的一致性，這個一致性使我們在每一個開場都能看出結局」，〔註25〕這個給定的敘述形式是文姬歸漢系列作品的創作者無法視而不見的，然而，他們試圖在敘事和事實的縫隙之間追尋文姬歸漢歷史事件的意義，這個追尋意義的過程所獲致的具體成果即是敷演成各式文類的文姬歸漢題材的虛構作品，換言之，這些各自展開在不同文類的敘事性讓文姬歸漢歷史事件的意義得以多樣化。這個具有故事首尾一致性的、能夠召喚創作者的、內在於文姬歸漢歷史事件之中的形式，即是本文主張的離散精神原型。

這個「離鄉、別子、歸漢」的敘述具有故事首尾一致的形式：從原鄉出發再回到原鄉，這份情感張力召喚了文姬歸漢系列作品的創作者，讓創作者在敘事和事實的差異之間，闡釋文姬歸漢歷史事件的意義。敘事和事實的差異，存在於「離鄉、別子、歸漢」敘事模子的無法迴避和情感張力的無限想像，而創作者闡釋文姬歸漢歷史事件意義的作為則表現在是否顛覆敘事模子的猶豫，以及如何生發情感張力的努力上。

就文姬歸漢系列作品而言，若無法迴避「離鄉、別子、歸漢」的敘事模子，則離散精神原型所指涉的心靈原鄉追尋，將可以通過情感張力的無限想像而獲致些許成果，所謂離散精神原型能夠成為說故事的形式一致性，即是這份心靈原鄉的追尋內化在敘事模子之中的緣故。

離散精神原型指涉的正是「離鄉、別子、歸漢」的敘事模子以及內化其中的情感張力。以下考述離散精神原型的名義。

第二節　離散精神原型的名義

離散精神原型的命名植基於以下三個辭語的理解：離散（diaspora）、離散精神（the spirit of diaspora）、原型（archetype）。本節因此探討以下四個層面的問題：第一，蔡琰一生的離散經驗做為當前離散論述研究的實踐；第二，離散精神積澱在民族集體無意識中是緣自心靈對位的作用；第三，西方關於原型的討論做為離散精神原型的思考背景；第四，華夷之辨的觀念是型塑離散精神原型的推手。

〔註25〕 Hayden White. *The Content of the Form: Narrative Discourse and Historical Representation*. Baltimore: John Hopkins UP, c1987, p. 32.

一、蔡琰的離散經驗與離散論述研究

　　蔡琰的離散經驗始自離開故鄉，以俘虜的身分「沒於」匈奴的部伍中，十二年之後曹操以金幣贖回中原。據正史、《蔡琰別傳》和正史收錄的兩首蔡琰詩歌的記載，檢視這一段離散的經驗關涉到以下議題：從中心散到邊緣（「在胡中十二年」〔註26〕）、在異域的疏離（「邊荒與華異，人俗少義理」〔註27〕）、對故鄉的記憶（「感時念父母，哀嘆無窮已」）、渴望返鄉（「邂逅徼時願，骨肉來迎己」），以及因這些因素所衍生的認同感（「流離成鄙賤，常恐復捐廢」），這些議題在晚近離散論述研究的領域中被視爲離散（diaspora）一詞所指涉的基本主要特質。

　　"diaspora" 一詞見於希臘文《舊約聖經》（Septuagint）中的〈申命記〉（Deuteronomy）第 28 章第 25 節的英譯，這一節記錄摩西告誡子民若不依耶和華的旨意行事將遭到離散的詛咒。《舊約聖經》以希伯來文寫成，關於這個離散的詛咒，在各種英譯的版本中有著大同小異的表述，茲整理《舊約聖經》中〈申命記〉（Deuteronomy）的第 28 章第 25 節的英譯和中譯如下（與離散一詞相關的術語以粗體字標示）：

1. *New Revised Standard Version*（NRSV）：

The Lord will cause you to be defeated before your enemies; you shall go out against them one way and flee before them seven ways. You shall become an object of **horror** to all the kingdoms of the earth.

2. *King James Version*（KJV）：

The LORD shall cause thee to be smitten before thine enemies: thou shalt go out one way against them, and flee seven ways before them: and shalt be **removed** into all the kingdoms of the earth.

3. *American Standard Version*（ASV）：

Jehovah will cause thee to be smitten before thine enemies; thou shalt go out one way against them, and shalt flee seven ways before them: and thou shalt be **tossed** to and from among all the kingdoms of the earth.

〔註26〕（劉宋）范曄，《後漢書・列女傳》，正史全文標校讀本，卷八十四，台北：鼎文書局，1975，頁 2800。

〔註27〕蔡琰〈悲憤詩〉原文引自《後漢書・列女傳》，下面引文同，不另出註。

4. *The Bible in Basic English Version*（BBE）：

The Lord will let you be overcome by your haters: you will go out against them one way, and you will go in flight before them seven ways: you will be the cause of **fear** among all the kingdoms of the earth.

5. *John Darby Bible Version*（DBY）：

Jehovah will give thee up smitten before thine enemies; thou shalt go out against them one way, and by seven ways shalt thou flee before them; and thou shalt **be driven hither and thither** into all the kingdoms of the earth.

6. *World English Bible Version*（WEB）：

Yahweh will cause you to be struck before your enemies; you shall go out one way against them, and shall flee seven ways before them: and you shall be **tossed** back and forth among all the kingdoms of the earth.

7. *Young's Literal Translation*（YLT）：

'Jehovah giveth thee smitten before thine enemies; in one way thou goest out unto them, and in seven ways dost flee before them, and thou hast been for a **trembling** to all kingdoms of the earth;

8. *English Standard Version*（ESV）：

"The Lord will cause you to be defeated before your enemies. You shall go out one way against them and flee seven ways before them. And you shall be a **horror** to all the kingdoms of the earth.

9. *New International Version*（NIV）：

The LORD will cause you to be defeated before your enemies. You will come at them from one direction but flee from them in seven, and you will become a thing of **horror** to all the kingdoms on earth.

10. *The Apostles's Bible*（a modern English Translation of the Greek Septuagint）：

The Lord shall give you up for slaughter before your enemies; you shall go out against them one way, and flee from their face seven ways; and you shall be a **dispersion** in all the kingdoms of the earth.

11. *Navigating the BIBLE® II written and developed by World ORT*：

God will make you panic before your enemies. You will march out in one column, but flee from them in seven. You will become a **terrifying example** to all the world's kingdoms.

12. 繁體中文和合本：

耶和華必使你敗在仇敵面前，你從一條路去攻擊他們、必從七條路逃跑，你必在天下萬國中拋來拋去。

這些表述的內容把猶太民族的離散和下列這些特質聯結在一起：恐怖（horror）、遷移（remove）、拋擲（toss）、恐懼（fear）、被帶往各處（be driven hither and thither）、顫抖（trembling）、離散（dispersion）、驚嚇（terrify），這些特質應驗在猶太人成為巴比倫俘虜的史實中。西元前 585 年，位在巴勒斯坦的猶大國（Judah Kingdom）被北方的巴比倫帝國征服，猶大國的子民被逐出故鄉，離開巴勒斯坦和耶路撒冷，但是巴比倫帝國把一部分的猶太人囚禁在巴比倫城成為奴隸，這些巴比倫俘虜（Babylonian Captivity）成為離開故鄉的流亡者，時間長達數十年之久。直到西元前 529 年，波斯王居魯士（Cyrus the Great）征服巴比倫帝國，同意這些流亡在巴比倫的猶太人返鄉，然而，其中有一些沒有返鄉的猶太人繼續居留在巴比倫，成為一種「外來的」、「不歸屬的」猶太文化人口聚落，稱作 Diaspora。日後歷史的演變，Diaspora 一詞從指涉居留在巴比倫的猶太人此一特定族群，被擴大用來形容類似處境的其他猶太人，即指離開巴勒斯坦土地，但是仍然保留猶太宗教信仰和文化的外移人口。根據許多以色列學者擁護的「拒斥流亡理論」（the theory of *shelilat ha-galut* 〔"denial of the exile"〕），認為猶太人的生活和文化將在離散的情況之下因被他者同化而瀕臨滅絕，所以主張只有回到以色列才能實現聖經預言的彌賽亞時代的來臨，這些主張促成 1937 年的 Central Conference of American Rabbis 宣告猶太人的復國運動。離散的意識對猶太人來說，除了銘刻漫長歷史歲月中的流離失所，更在民族同化的危機中激起復國的強烈使命感。目前，diaspora 已經成為普通名詞，泛指不住在自己的故鄉，卻仍然保有傳統文化和宗教信仰的人。〔註28〕

〔註28〕以上關於 diaspora 一詞的本義和衍生義，參考 *The New Encyclopædia Britannica*. Chicago: Encyclopædia Britannica, Inc., 15th ed., 1990, Vol. 4, p.68〜69 和中央研究院社會所研究員張茂桂的整理：張茂桂，〈Diaspora 與「想往家」——關於

　　晚近學界進行的離散論述研究，是以猶太人歷史上的離散經驗做為認識的起點所展開的，但是，近來學者所關注的焦點在於各種越境的現象，也就是跳開經典的猶太人歷史研究，而將研究範圍伸入二次大戰之後因帝國與殖民的關係所衍生的跨國旅途的敘事和論述，尤其深化了國族、性別、社群和認同等相關議題的研究，研究態度也擺脫了初始的歐洲世界觀。

　　然而，離散論述的研究範圍和研究態度的改變並沒有影響離散一詞所指涉的基本概念，從猶太人歷史上的離散研究開始，離散一詞所指涉的基本概念必須涵蓋「返鄉願望和欲念的行動表現」這一層次的思考，因此，凡以離散之名所進行的各個藝術人文層面的研究，離不開對追尋「家」、「家園」、「家國」、「故鄉」，甚至是「心靈終極家園」的思考，文姬歸漢歷史事件中的「歸漢」正是這種返鄉願望和欲念的實證。從這一層意義上來看，華夏民族自詩騷文本中鉤掘的離散情結和屬於廣土眾民的離散經驗，一如猶太民族的離散遭遇，但是在文姬個人身上，以其自述生平的悲憤詩歌為整個民族所承受的離散情結給出了自覺性的書寫。離散一詞所關涉的恐怖、遷移、拋擲、恐懼、被帶往各處、顫抖、離散和驚嚇的特質，以及對於「家」、「家園」、「家國」、「故鄉」，甚至是「心靈終極家園」的追尋，在此已不必做出離散是屬於整個民族抑或屬於文姬個人的區別。

　　對於「心靈終極家園」的思考，在當前的語境中，確實已能擺脫放逐與被迫遷徙的悲情意識，進而轉向全球化時代之下在異域景觀中有關拒絕與接受之間張力的研究，誠如周蕾（Chow Rey）認為 diaspora 一詞翻譯成「華僑」的「僑」最為傳神，〔註 29〕意思是指華僑對於異域景觀的拒絕與接受，也就是落葉歸根與落地生根之間的張力平衡，即是一種追尋心靈終極家園的過程，而文姬歸漢歷史事件中的離散經驗「生仍冀得兮歸桑梓，死當埋骨兮長已矣」〔註 30〕正是擺盪在落葉歸根與落地生根之間的思索，蔡琰只能從「雲山萬重兮歸路遐，疾風千里兮揚塵沙」〔註 31〕的異域景觀中去透視文化中國

「大陳人」生命經歷的研究〉，2006 台灣社會學會年會暨國科會成果發表會，東海大學，2006.11.26～27。

〔註 29〕周蕾，〈不懂中文（代序）〉，《寫在家國以外》，香港：牛津大學出版社，1995，頁 xiv。

〔註 30〕錄自蔡琰，〈胡笳十八拍〉，第十一拍，郭茂倩編次《樂府詩集》卷五十九，四部備要集部，台北：台灣中華書局，據汲古閣本校刊，1988，頁七。

〔註 31〕〈胡笳十八拍〉，第二拍，同上註，頁六。

的想像。華裔美籍女作家湯婷婷（Maxine Hong Kingston, 1940～）的英文小說
《女勇士》（*The Woman Warrior: Memories of a Girlhood among Ghosts*, 1976）
的「胡笳十八拍」（"Song for a Barbarian Reed Pipe"）一章，描述作者這一代
在美國成長的孩子們型塑身分的過程，並且透過「說故事」的方式——說文
姬歸漢的故事，揭發了文化中國的想像。

　　湯婷婷的文姬歸漢故事是這樣寫的。在《女勇士》一書的最後一章「胡
笳十八拍」結尾部分，湯婷婷描寫在中國故鄉的祖母和母親去看野台戲的往
事回憶，依湯婷婷的回憶，那時全家出動去看野台戲，留下空蕩無人看守的
宅子，土匪強盜常常趁此打家刼舍。老祖母堅持全家人陪她一起看戲，為了
不想讓家人擔心土匪強盜的洗刼，甚至吩咐把煮好的菜飯帶到戲棚裡去，而
且故意敞開宅子的門窗以示不畏洗刼，誰想土匪強盜沒有上當，反而攻進戲
棚搶人掠財了，但是因此自家宅子反倒是免於一刼，此後，祖母和母親這些
老一輩的親人們，照樣去看了許多戲。作者描寫到這裡，筆鋒一轉，思緒飄
盪在老祖母和母親這些老一輩的中國人這麼沈醉在看戲這件事上面，湯婷婷
在此寫道：「我想，在某些那樣的野台演出時刻，她們聽見了蔡琰的歌聲。」
接著湯婷婷仔細描寫蔡琰的故事，描寫蔡琰聽到胡人用蘆桿做成的響箭發出
嚇阻敵軍的響亮聲音，蔡琰以為這是胡人唯一的音樂，直到有一天晚上，在
月光下，她聽到一種顫抖而高揚、像沙漠中的風聲一般的音樂，是上百胡人
坐在金閃的沙地上吹奏胡笳的聲音，在夜空中，這些聲音漸次拉高最後如同
懸凝在大漠之中的冰柱一般嗚咽，這個凄楚冷絕的聲音困惑著蔡琰的思緒，
無論她走過多少沙丘，這個聲音總是縈繞耳際，夜夜無法入眠。不久之後，
胡人聽到在蔡琰的帳中傳出合於胡笳的歌聲，像是唱給孩子聽的既高亢又清
晰的歌聲，這是蔡琰思鄉的歌聲，似乎是用漢語唱的，但是胡人聽得出歌聲
中的哀傷和悲憤，恰似胡人自身逐水草而居的流浪人生。蔡琰把這些曲調帶
回中原之後，被人用古琴繼續傳唱成為〈胡笳十八拍〉。〔註32〕

　　湯婷婷以傳唱這首〈胡笳十八拍〉做為這本小說的結束，祖母和母親這
些老一輩的婦道人家在土匪強盜打家刼舍的陰影之下，在戲棚裡聽見了寬慰
人心的聲音，猶如當年的蔡琰在大漠戰亂的生活中，從胡人吹奏蘆笛的聲音
裡找到了思鄉的心靈倚靠，然後唱出聊以解愁的故國之音。這些長輩們看戲

〔註32〕這一段說故事的內容，筆者譯自 Maxine Hung Kingston. *The Woman Warrior*.
　　　　N.Y.: Vintage International, 1989（1976），p.206～209.

的經驗被當做故事一樣由湯婷婷的母親說給下一代的孩子們聽，湯婷婷再把它們寫下來傳給眾多在美國的華僑子弟們閱讀，蔡琰的離散經驗於是熨妥了華僑心靈對於文化中國的想望。

近代作曲家黃友棣（1912～2010）〔註33〕的合唱作品《聽董大彈胡笳弄》（Op. 41, 1967）也藉由呈現蔡琰的離散經驗，透視了自身心靈終極家園的追尋，其中，採用唐代詩人李頎的七言古詩〈聽董大彈胡笳弄〉做為歌詞，無疑更是蔡琰、李頎、黃友棣自己三人書寫離散的三重奏。黃友棣身受學堂樂歌和五四新音樂運動的啟發，以西方音樂手法表現古典詩詞意蘊的創作，實則展現了黃友棣接受西學洗禮又能觀照傳統文化的襟懷，而其一生與民國同齡，隨著紛擾動盪的時局邁開了離鄉的步伐，從廣東到香江，再從香江到台灣，離散的遭遇是近代中國人的宿命，而黃友棣熱衷於將古典詩詞譜成旋律的欲念，實乃做為一個飽嚐動亂又身在邊緣的知識份子迴向文化傳統以求安身立命的一種作為。

說到做為一個知識份子，黃友棣飽讀詩書，鑽研古代的音樂文獻，在所著《中國音樂思想批判》一書中對中國的音樂思想既提出批判，又有所肯定。他批判古籍之中以占卜鬼神說樂，以陰陽五行說樂，以政治興衰說樂，反對「亡國之音」之說，也反對「候氣應律」之論，主張音樂來自民間，認為「俗樂」是音樂的源泉，對於歷代儒者為追求雅樂的權威性而爭辯雅樂俗樂之間的孰優孰劣，深為政治力干預音樂發展而感到失望悲哀。他尤其贊成《禮記‧樂記》裡的說法：唯樂不可以為偽、大樂與天地同和、黃鐘大呂……樂之末節也、大樂必易，這些儒家音樂的美學思想都落實在黃友棣的音樂創作之中，他的作品正是順著時勢傾訴抗日愛國、思鄉念親的自然感情，樂曲本身也淺近易懂、和諧單純。時代環境的劇變，使得像黃友棣這樣的許多知識份子，離鄉背井，流亡海外，他們對於隔絕的中國故土，聊借歌聲，抒寫衷懷。與民國同庚的黃友棣更在風雨飄搖的時局中，隨著離鄉腳步的越走越遠，凝鍊出「邊陲性」的個性。

黃友棣個性上的「邊陲性」，據為他立傳的沈冬所述：

> 他的一生，幾乎一直帶有邊緣性格；他苦學音樂，多半靠自修，相
> 對於正統學院派的音樂家，他就是邊陲；他年輕時一直生活在廣州，
> 沒有去北京、上海這兩個主要的音樂中心參與活動，這也是一種邊

〔註33〕黃友棣的生平與創作，參閱附錄二。

陲性：即使抗戰時候，無可否認，重慶才是大後方的音樂中心，但他還是遠離了中心，在邊陲的廣東鄉下默默耕耘。

一九四九年以後，他移居香港，香港是個國際化的大都市，但在國共對峙的兩岸架構裡，香港依舊是屬於邊陲的；晚年他回台定居（案：1987 年，76 歲），因爲健康的因素，他選擇了高雄，依舊遠離了政治文化中心的台北。〔註34〕

離散的經驗，不只是空間遷移所帶來的跋涉之苦，更多的是心靈上漂泊無依的彷徨，此時，複踏蔡琰離散的悲歌，正是「古道照顏色」，〔註35〕千古得知音，百年不孤獨。

身爲知識份子的唐代詩人李頎，〔註36〕一日受邀前往房琯門下做客（房琯是詩人，官至給事中，相當於宰相位階）。席間琴師董庭蘭〔註37〕彈奏古琴〈胡笳弄〉一曲，李頎有感而發，寫成〈聽董大彈胡笳弄，兼寄語房給事〉

〔註34〕 沈冬，《黃友棣：不能遺忘的杜鵑花》，台北：時報文化，2002，頁 147～148。

〔註35〕 此句是文天祥〈正氣歌〉的最後一句，抒寫文天祥在元蒙大都的牢獄之中，秉持浩然正氣得以在惡劣的環境之中不至成爲「溝中瘠」，而且這樣的養氣修爲早有前賢爲鑑，所謂「典型在宿昔」，文天祥自認與這些賢哲們同輝。參見文天祥，〈正氣歌〉，《文文山全集》卷十四《指南後錄》，台北：世界，1962，頁 375～376。

〔註36〕 李頎（690？～751？），趙郡（今河北趙縣）人，長期居潁水之陰的東川別業（今河南登封）。偶爾出遊東西兩京，結交當代文士。開元二十三年進士及第，不久任新鄉尉。經五次考績，未得遷調，因辭官歸東川。其詩以邊塞詩著稱，可與高適、岑參、王昌齡等互相頡頏。李頎的〈聽董大彈胡笳弄，兼寄語房給事〉堪稱中國較早以文字描寫音樂的詩篇。

〔註37〕 董庭蘭（約 695～765，隴西人），唐代琴師，古琴演奏家兼作曲家，享譽當代，唐代高適詩句「莫愁前路無知己，天下誰人不識君」，指的就是董庭蘭。董庭蘭曾隨陳懷古學習當時流行的「沈家聲」和「祝家聲」，並且據此創作古琴曲〈胡笳十八拍〉。據《樂府詩集》引唐代劉商〈胡笳曲〉序：「蔡文姬善琴，能爲離鸞別鶴之操。胡虜犯中原，爲胡人所掠，入番爲王后，王甚重之。武帝與邕有舊，敕大將軍贖以歸漢。胡人思慕文姬，乃捲蘆葉爲吹笳，奏哀樂之音。後董生以琴寫胡笳聲爲十八拍，今之胡笳弄是也。」董生即董庭蘭，胡笳弄即古琴曲〈胡笳十八拍〉，也是李頎詩中所指的「胡笳聲」。所以，祝家聲、沈家聲、胡笳曲、胡笳聲、胡笳弄、胡笳十八拍都指涉蔡琰創作胡笳曲的典故。這些流傳下來的古琴曲，有時伴以歌詞，則稱爲琴歌。琴曲和琴歌的發展，漸成獨立的兩支系統，二者彼此或有消長，或共存共榮，然而無論是琴曲的系統，或是琴歌的系統，都可見到蔡琰創作胡笳曲的典故。關於蔡琰創作胡笳曲的典故在琴曲系統和琴歌系統的傳譜情形，參見唐翠蓉碩士論文〈琴歌《胡笳十八拍》音樂之研究〉，頁 60～95。

一詩，董大即董庭蘭，「弄」是段落的意思。詩歌內容如下：

〈聽董大彈胡笳弄兼寄語房給事〉〔註38〕李頎

> 蔡女昔造胡笳聲，一彈一十有八拍。
> 胡人落淚沾邊草，漢使斷腸對歸客。
> 古戍蒼蒼烽火寒，大荒陰沉飛雪白。
> 先拂商弦後角羽，四郊秋葉驚慽慽。
> 董夫子，通神明，深松竊聽來妖精。
> 言遲更速皆應手，將往復旋如有情。
> 空山百鳥散還合，萬里浮雲陰且晴。
>
> 嘶酸雛雁失群夜，斷絕胡兒戀母聲。
> 川為靜其波，鳥亦罷其鳴。
> 烏珠部落家鄉遠，邏娑沙塵哀怨生。
> 幽音變調忽飄灑，長風吹林雨墮瓦，
> 迸泉颯颯飛木末，野鹿呦呦走堂下。
> 長安城連東掖垣，鳳凰池對青鎖門。
> 高才脫略名與利，日夕望君抱琴至。

詩中首先寫到蔡琰創作〈胡笳十八拍〉的歷史場景（「蔡女昔造胡笳聲，一彈一十有八拍」），其次描繪董大的琴音曼妙（「幽音變調忽飄灑，長風吹林雨墮瓦」），最後讚美主人房琯的人品高潔及其禮遇琴家的襟度（「高才脫略名與利，日夕望君抱琴至」），李頎為董大的得遇知音，隱約表露了羨慕之情。

　　董庭蘭琴藝不凡，琴聲揚起宛如可以「驚」秋葉、「通神明」，就連深山的妖精也來「竊聽」，古琴的聲情更是跌宕起伏，如同空山百鳥的忽聚忽散（「空山百鳥散還合」），又像浮雲蔽日或是雲過天青（「萬里浮雲陰且晴」），然而，更令人銷魂的是琴聲描摹蔡琰捨離愛子時的「嘶酸」，竟讓河川為之靜流、百鳥為之罷鳴（「川為靜其波，鳥亦罷其鳴」），這等扣人心弦的聲情在李頎心中激活了仕宦不如意的孤獨悲涼，也牽動了黃友棣「邊陲」個性的隱痛，離散的經驗在蔡琰、李頎、黃友棣三人的生命中成為對話的主旋律。

〔註38〕這首詩歌錄自陳鐵民、彭慶生主編，增訂注釋《全唐詩》，卷122，北京：文化藝術，2001，頁985。原題〈聽董大彈胡笳聲兼寄語弄房給事〉，「聲」字蓋涉本詩首句而誤衍。弄，當移至「笳」字下。

二、離散精神是文學與藝術創作者的心靈對位旋律

歷代以來文姬歸漢系列作品的創作者們，以離散做為彼此心靈之間的對話主旋律，這個主旋律在呈示（expose）之後，以對位的方式發展（develop），成為華夏民族文化中的離散精神。

離散精神的存在，就中國歷史上的情形來看，文人士大夫的貶謫、災異的人口遷徙，以及興圖換稿的族群易位，尤其到今天這個人口大量轉移的時代，難民、流放者、旅居國外者以及各國之間的移民，不絕於途，其間積累的離散、遊離、懸而未決的生存思索在文姬歸漢的歷史事件中找到了「心靈對位」（psychic contrapuntral）的生命旋律。克里斯多夫•波勒士（Christopher Bollas）曾經在主持一次演講時，[註39] 引用一段薩依德（Edward William Said, 1935～2003）書寫流放者在多元視角上的對位情形，並且啓用「心靈對位」的概念，用以說明薩依德的流放命運中所揭示的一種心靈活動。

薩依德出生在耶路撒冷，以遊歷多種文化的姿態，却自認為是各種文化之外的局外人，從而藉著書寫《東方主義》（*Orientalism*, 1978）和《文化與帝國主義》（*Culture and Imperialism*, 1993）等書向世人揭示文化的多樣本質，並且透過回憶錄《鄉關何處》（*Out of Place,* 1999）向世人傾訴一種「格格不入」的悲情：地理上的流離失所在精神上所承受的無所適從的文化衝突。薩依德在格格不入的文化衝突中找不到精神家園，却在他自己的書寫中找到了歸宿。波勒士所引薩依德的這一段書寫，內容如下：

> 大部分的人大抵意識到一種文化，一個環境，一處家：流亡者（exiles）則至少覺察到兩種，而此多元的視野引起一種關於並時領域（simultaneous dimensions）的理解，借用音樂術語，這種理解是對位的（contrapuntal）。對於流亡者而言，生活習慣、經驗的表達或在新環境中的作為，不可避免地與另一環境裏的這些事物的記憶相對應。[註40]

[註39] 克里斯多夫•波勒士（Christopher Bollas）是英國精神分析會的成員，2001年12月6日在倫敦佛洛伊德博物館的聚會上，薩依德受邀演講〈佛洛伊德與非歐裔〉一題，會中波勒士擔任主持暨引言人，負責介紹薩依德。

[註40] 引文譯自 Edward William Said. *Freud and the Non-European*. New York: Verso, 2003, p. 8. 流亡（excile）和離散（diaspora）二詞在大英百科全書"diaspora"條目中，流放一詞的使用偏向普通名詞的用法，指猶太民族的流亡狀態，如 the Babylonian Exile, denial of the exile。離散一詞的使用則偏向專有名詞的用法，

波勒士藉薩依德將音樂對位運用在文化論述的做法，提出「心靈對位」之說，意指流亡的意識深隱人心，並且在經驗中可以尋到相互對應的情感張力，他說：

> 它（案：指心靈對位）體認到離開原初位置，移動到一個新位置的優點，從這個移動的過程，自我及其他者（self and its others）接受到不同觀點的看視。從母親秩序（maternal order）移動到父親秩序（paternal order），從嬰幼位置的影像——感官（image-sense）世界移到語言的象徵秩序，也許是我們初嚐的流放滋味，也似乎是這個滋味縈繞在普魯斯特（案：指 Valentin Louis Georges Eugène Marcel Proust, 1871～1922）心中並且激活了普魯斯特的大部分作品。以此觀之，我們可說是某種的流放者——也許這是為什麼即便是我們之中的一些人沒有遭受被驅離家園的悲慘命運，但依然可以心有感感焉地領悟他們的命運。〔註41〕

所謂「我們可說是某種的流放者……我們之中的一些人沒有遭受被驅離家園的悲慘命運，但依然可以心有感感焉地領悟他們的命運。」此說指向一種集體無意識的欲望在薩依德的流放經驗中得到現實化的過程。就文姬歸漢的歷史事件而言，蔡琰的離散經驗提供了人們心靈對位的旋律，讓人們在無意識中將異域體驗對位於蔡琰的離散經驗，於是在薩依德所謂的並時領域之外，蔡琰的離散經驗「以無從預見的方式行旅穿過時間的、文化的與意識形態的疆界，伴隨在後代歷史與後續藝術中，展現為一個嶄新團體（ensemble）的一部分」，〔註42〕這個後代的嶄新團體是文姬歸漢系列作品的創作者和欣賞者共同完成的一個對話場域，在這個場域裡，人們獲取了某種心靈交響的滿足，於是，一種對於命運的建立、形態、詮釋和化解的理解過程，逐漸積澱成為「離散精神」。

離散精神是文學與藝術創作中的一種「有表現力的內核（expressive core）」，蘇珊朗格（Susanne Katherina Langer, 1895～1982）在《情感與形式》

指特定族群或因流放而起的特定情愫，如 the first significant Juwish Diaspora, Diaspora Jewry, the Diaspora in the United States。參見 *The New Encyclopædia Britannica*. Chicago: Encyclopædia Britannica, Inc., 15th ed., 1990, pp. 68～69.

〔註41〕 Edward William Said. *Freud and Non-European*. London & N.Y.: Verso, 2003, p.8.

〔註42〕 Ibid., p.24.

（*Feeling and Form*）一書中，論述情感是各種藝術形式的基質時，其中引用泰德斯考（Mario Castelnuovo-Tedesco）在〈音樂與詩：一個歌曲作者的疑問〉一文中討論音樂與詩歌的關係時，提到「有表現力的內核」，這個「內核」正是能夠使詩句變成音樂思維的基本藝術原理，「每一首準備譜曲的詩，首先必須有一個有表現力的內核……一個能爲詩本身提供基調的核心。」〔註 43〕蘇珊朗格與泰德斯考主張的這個「有表現力的內核」，指的正是凝聚在人們內心深處的情感，放在文姬歸漢的創作思考上，它是一種歷史文化積澱下來的民族性。離散精神以「有表現力的內核」的姿態，爲文姬歸漢系列作品在不同文類與不同時空的創作中給出了異中求同的可能。

於是，就文姬歸漢系列作品而言，離散精神棲居在所有將異域體驗對位於蔡琰離散經驗的創作者和欣賞者的心靈之中，這些以文姬歸漢歷史事件做爲題材的不同時代和不同文類的創作，也成爲展演離散精神的文本場域，離散精神因此具備了複踏性。而離散精神的本質中存有的一種對於離散命運的建立、形態、詮釋和化解過程的理解，也在相關作品的創作中藉由創作者不同的理解過程以及不同創作技巧的運用而展現出多樣變異的特色。在這裡，我們將離散精神的這種複踏性和變異性與西方關於原型的概念結合，名爲「離散精神原型」，即指涉本文前述的「離鄉、別子、歸漢」的敘事模子和其間的情感張力，模子本身是可以不斷被拓印的，依循這個敘事模子所展開的創作行爲，讓創作者在敘事權力和情感想像的差異之間，給出了文姬歸漢歷史事件意義的不同闡釋，此即所謂重覆性和變異性的特色。

三、離散精神做爲原型的理由

借用西方關於原型（archetype）的說法來討論離散精神原型的特質，乃是著眼於西方原型概念中的原型具有兩項明顯本質：重覆性和變異性。

西方關於原型的研究，二十世紀初以弗雷澤（Sir James George Frazer, 1854～1941）爲代表的英國劍橋人類學派曾經探討神話、儀式崇拜、巫術與人類原始文明的源流關係，其中弗雷澤的代表作《金枝》（*The Golden Bough*, 1890～1915）研究世界各地以巫術爲特徵的原始宗教儀式、民間神話和民間習俗，揭示各時各地人類主要需求的根本相似之處，特別是這些需求反映在古代神

〔註 43〕Susanne Katherina Langer. *Feeling and Form*. New York: Charles Scribner's sons, 1953, p. 157.

話中的情形，這種相似之處即弗雷澤所說的原型。〔註44〕

其次，榮格（Carl Gustav Jung, 1875～1961）的分析心理學揭示了神話對於意識所具有的認識、敘述和渲洩的功能，尤其在榮格論述集體無意識（the Collective Unconscious）的假說中為神話超越時空的普遍性提供了合理的解釋。集體無意識是榮格將弗雷澤關於神話與原型的敘述從遠古歷史連結到現代人心理層面的基礎，榮格認為原型是一種集體無意識，這些原型是做為人類一份子所共同具有的心理認知與理解的模式，猶如一個個的心理模子，它們積澱著整個人類自史前時代以來的所有精神生活內容，它所啟動的本能衝動（libido）不僅會引發個人的精神症狀，而且還能導致社會的精神症狀，換言之，一個偉大民族的命運只不過是「個人心理變化的總合」（a summation of the psychic changes in individuals）。〔註45〕在這裡，我們看到榮格將原型的論述與整個民族文化的關係建構了可以討論的空間。同時，榮格認為原型利用各種象徵、符號或形象將自己「外象化」（projection），這些象徵、符號或形象被視為原型的內容時，它們可以在不同的時空背景中反覆出現，並且置入變異的形貌，具有重覆性與變異性。〔註46〕

〔註44〕 弗雷澤的代表作《金枝》這本書的內容始自尋求內米祭司職位承襲制度的解釋，內米（Nemi）是位在羅馬東南十六英里阿爾巴（Alban）群山中的火山湖，周圍是阿里奇亞（Aricia）森林，湖的東北岸，古時是戴安娜（Diana）的聖地，戴安娜是羅馬神話中的女神，是森林與自然之神，也是繁殖女神，因此內米湖被稱為「戴安娜的明鏡」。內米聖地附近有一棵特殊的樹，它的樹枝是不許砍折的，只有逃亡的奴隸可以折斷它的樹枝，並獲得與戴安娜的祭司單獨決鬥的資格，如果他能殺死祭司，則可以接替祭司的職位並且獲得「林中之王」的稱號，這棵樹的樹枝就是「金枝」。神王被殺的犧牲儀式，與阿里奇亞林中之王的決鬥，都以被殺的受難代價，使王國或森林得到復活重生的機會，如此受難與復活的過程即是弗雷澤基本概念中的原型。關於原型的討論，弗雷澤所處理的命題主要是受難與復活的原型，神話中的「神王被殺」（The Killing of the Divine King）即是受難與復活過程的必要安排，被殺是一種犧牲儀式，演變成後來的「代罪羔羊」（Scapegoat）。

〔註45〕 Carl Gustav Jung. *The Archetypes and the Collective Unconscious*. Collective Works, Vol. 9[1], New Jersey: Princeton UP, 1990（1968[2nd]），p. 47.

〔註46〕 原型利用各種象徵、符號或形象將自己外象化（projectionize）的說法，參閱本文第一章註21。所有的原型都有肯定的一面與否定的一面，這兩個對立面彼此相互依存。榮格論述的原型多以人的形象或與人格相關的特質來加以命名，但是，榮格也提到有些原型的內容不那麼人格化，它可以指向一種精神狀態，或是某種文化中的意象，他稱之為「轉化的原型」（archetypes of transformation），當人們試圖將這樣的原型內容引入意識之中，並且在個人的

此外，卡西爾（Ernst Cassirer, 1874～1945）在《人論》（*An Essay on Man*, 1944）一書中主張神話思維是一種隱喻思維，這個隱喻的思維方式是原始初民用以認識世界的方式。卡西爾這一層關於隱喻思維的討論，為原型可能具有的隱喻性提供了思考的基礎。

弗雷澤、榮格和卡西爾三人的論述為原型主要的性質奠定基調：各時各地人類主要需求的根本相似之處、一種積澱著整個人類自史前時代以來的所有精神生活內容的集體無意識、具有重覆性與變異性、含有隱喻的功能。這樣的論述成果不妨稱為「『文化考古』研究：從神話這塊積澱了遠古文明的化石中破譯出歷史文明的意義」，但是「這種研究還沒有來得及深入到文學本身的語言、意象、結構、體裁、敘述程式、以及這些文學素質之間內在關係方面的研究」，〔註47〕這些原型論述的成果和缺失，在弗萊（Northrop Frye, 1912～1991）的原型批評理論中得到了發展和補足。

弗萊在文學批評方面所提出的原型批評理論，是從神話的遞嬗和文學敘述程式的循環這兩個維度上，研究文學結構、意象、體裁、以及種種闡釋的可能性，弗萊所論的原型即指涉這些結構、意象、體裁及其相互之間的關係。弗萊在《批評的剖析》（*Anatomy of Criticism*, 1957）一書的結論中說道：

> 在文學批評中，神話基本上意指敘述程式（mythos），即文學形式的組織結構原則。〔註48〕

又在《批評之路》（*The Critical Path*, 1971）一書中說道：

> 我想要一種歷史的研究方法來研究文學，但是這種研究方法應該是

實際生存環境得到印證之後，它才會在人們心理上日漸成熟，而在人類整個神話與文學作品之中都可見到這些原型的象徵投影（symbolic projection）。關於榮格所謂原型是「沒有內容的形式」一說，楊乃喬討論「隱逸精神原型」在宇宙本體論與形式本體論之間的關係時，曾經深化梳理榮格此說的模糊點，認為榮格主張的原型及原型精神的形式表達是「象徵」，同時認為榮格「主要強調原型的形式，但是，無論 C.G.榮格怎樣把原型視為 "沒有內容的形式"，也無法抹殺原型是人類先祖集體生存體驗的積澱。因此，原型是無法拋棄其內容作為一個純粹空洞的原始形式而為象徵所呈現，因為象徵在作品文本中呈現一個原型時，其首先是為了呈現原型所負載的內容與精神，而不是 C.G.榮格所強調的那個作為純粹空洞形式的原型本身。」參見楊乃喬著，《悖立與整合》，北京：文化藝術，1998，頁 457。

〔註47〕盛寧著，《二十世紀美國文論》，台北：淑馨，1994，頁 127。

〔註48〕Northrop Frye. *Anatomy of Criticism*. New Jersey: Princeton UP, 1987（1957），p.341.

一部或包含一部真正的文學史，而不只是把文學比做某種其他的歷史。正是在這一點上，我強烈體會到文學傳統中的特定結構因素極其重要，例如程式（conventions）、文類（genres）以及反復出現的特定意象或意象群（images or image-clusters），這些是我稱之爲原型（archetype）的東西。〔註49〕

弗萊認爲文學涉及的是人類集體，而不是自我個體，尤其神話這一類的文學作品含有人類集體意識或無意識中的主要象徵，這些象徵成爲其他文學類型作品如浪漫故事、高模仿、低模仿和反諷作品中的語辭結構，並且以具有隱喻思維功能的面貌在各個不同文類的作品中發展不同的意義。於是，弗萊追溯文學源於幾種分類的可能，其中神話這一類的作品是其他四種類型（浪漫故事、高模仿、低模仿、反諷）的原型，爾後的文學即依此分類逐漸發展成爲複雜的局面。而弗萊所謂的原型指向一些「文學傳統中的特定結構因素」，確切地說，弗萊從神話中發現的敘述程式即是文學形式的結構組織原則。茨維坦・托多洛夫（Tzvetan Todorov, 1939～）也曾在討論弗萊的「文學內在（internal）研究」時說明了弗萊關於原型的看法，托多洛夫說：

> （文學的內在研究是）把作品放到它自身的背景——即文學傳統（對我們來說，就是西方的傳統）以及它的多種習俗中去探討。這些文學習俗包括它的屬類形式（generic forms）、敘述模式（narrative schemas）、表達方法（ways of signifying）及固定形式的意象（stereotyped images）。所有這些從作品到作品一直保持不變的東西，弗萊稱之爲原型（archetypes）並同時在普遍意義及純文學意義上使用它。……（《批評的剖析》一書是把）西方傳統中最常用的隱喻進行彙編、對歐洲兩千年來最常用的情節進行收集和分類。〔註50〕

〔註49〕 Northrop Frye. *The Critical Path: An Essay on the Social Context of Literary Criticism.* Bloomington and London: Indiana UP, 1971, p.23.

〔註50〕 托多洛夫指出弗萊的文學研究強調兩個重點：文學應該既是系統化的（systematic）又是內在化的（internal）。弗萊所謂的文學系統化是針對當時在北美占主導地位的文學研究思潮「新批評」（New Criticism）而提出的建言，弗萊認爲新批評在作品內在研究上欠缺作品的總體觀念，如文類的觀念，新批評也沒有獲致一種可以運用在多首詩歌或多篇小說之中的結構原則。此外，弗萊所謂的文學內在化則是針對把文學的研究依附在某些社會學科（如哲學、心理學或人類學）的現象而提出的建議，弗萊認爲依附在社會學科的文學研究只做到文學的外部研究，忽略了文學本身的特性。弗萊關於文學研究的系統化和內在化這兩項主張，主要是針對文學作品來提示某些程式存在

　　弗萊的原型觀點假設了文學世界裡存在一種不變的形式，它是一種歸向神話敘述程式的文學象徵，弗萊稱這些相關的文學批評研究是「對藝術形式因素的系統研究」（the systematic study of the formal causes of art），〔註51〕弗萊的研究強調了形式對內容所擁有的先制作用。雖然，如此強調文學形式的特殊性，「無疑與物理學上尋求永動機一樣十分荒唐可笑」，〔註52〕但是，托多洛夫在全面觀照弗萊的著述後，却點出了弗萊的文學批評實際上「還有對藝術的社會效果的隨想」，弗萊自己的說法是：

> 批評總是有兩個面相，一個朝向文學的結構，另一個朝向其他的文化現象，這些文化現象形構了文學的社會環境。這兩個面相是相互平衡的，一旦我們研究其中的一面而排斥另一面，批評的方向就失焦了。〔註53〕

托多洛夫也感性地表述：

> 為什麼我不去欣賞諾思若普‧弗萊的才華呢？他會告訴我作品中的形象是屬於哪一個文學傳統（diachronic context）的。〔註54〕

原型的討論在弗萊這裡已經從弗雷澤、榮格和卡西爾三人所論述的基礎上，指向文學形式的組織結構原則，也就是弗萊所說的敘述程式（mythos），同時，弗萊也意識到必須考慮型構這些敘述程式的外在文化現象。弗萊對於原型的看法較多地把它當成一種文類交流的共同點，而較少強調它是一種先驗的知

的可能性，但是，托多洛夫評其欠缺價值判斷。托多洛夫說弗萊的《批評的剖析》一書中展現的「是一門百科全書式的學問，……只是一種分類，也就是說它是思想的工具而不是思想本身。」並且認為弗萊在文學研究領域中一個明顯的結論是「排斥價值判斷」。參考茨維坦‧托多洛夫著，王東亮、王晨陽譯，《批評的批評》（*Critique de la Critique*），台北：桂冠，1997（1990），頁103～105。

〔註51〕Northrop Frye. *Anatomy of Criticism*. p.29.

〔註52〕盛寧：「把文學禁錮在一個人為的封閉體系之中，並幻想從中發現其運動發展的動因，這無疑與物理學上尋求永動機一樣十分荒唐可笑」，但是，「關於形式和內容的關係，我們似乎總是糾纏在"先有雞還是先有蛋"的爭論上。如果承認形式對內容有反作用，我們何不再往前邁一步，切實研究一下形式究竟如何對內容產生反作用的。在這方面，弗萊或許能給我們不少有益的啟示。」參考盛寧著，《二十世紀美國文論》，台北：淑馨，1994，頁136～137。

〔註53〕Northrop Frye. *The Critical Path: An Essay on the Social Context of Literary Criticism*. p.25.

〔註54〕茨維坦‧托多洛夫著，王東亮、王晨陽譯，《批評的批評》（Critique de la Critique），台北：桂冠，1997（1990），頁186。

識，〔註55〕換言之，弗萊較少從榮格集體無意識的觀點來討論原型，較多地從亞里士多德《詩學》（*Poetics*）一書汲取思考和研究的依據，這是指弗萊主張文學批評是一種敘述程式（mythos）的概念，也就是一種文學形式的結構組織原則。在亞里士多德術語（Aristotelian term）中的 mythos 是指動作或情節之意，所以在弗萊的批評概念裡，原型的概念非常接近文類的概念，反之亦然。〔註56〕在文類交流的共同點這個方向下的思考，弗萊並無意讓文化背景的因素缺席。

　　本文在此強調弗萊的原型概念並不忽略文化背景的考量，那是因爲學者們關切弗萊的原型批評時，多把重心放在原型批評帶來的批評偏失，這是指借助原型批評從事作品批評時，經常只論文類而輕忽內容，以致出現沒有生命且沒有價值的文獻資料（the inert and valueless "document"）和一篇有價值的詩歌（a valuable poem）並置在弗萊所構建的作品分類過程中被一起討論的現象，也導致文學批評怯於做出價值評估，〔註57〕即使托多洛夫認爲弗萊並未放棄評價（judgment）這件事，但是也指出弗萊在批評的實際作爲上卻沒能做到。〔註58〕弗萊把原型概念帶入文學批評領域的做法，緣於弗萊認爲文學現象可以藉由某些單純的公式來加以解釋，後世複雜的文學現象即是從這些單純的公式發展而來。弗萊認爲這些單純的公式可以從原始文化中探究出來，所謂單純的公式是指某些原始類型，例如古代祭禮、神話或民間故事中的人物類型、敘述形式和意象結構等等，弗萊想要探討這些出現在文學之前的祭禮、神話或民間故事，提供了什麼樣的養份而孳育了文學的成長。

　　據弗萊自己的說法，「（文學）批評是整個與文學有關的學問和藝術趣味」，「批評可以說話，而所有的藝術都是沈默的」，〔註59〕因此，文學的批評必須從它自己的領域中自行產生出批評的規則，而無法仰賴其他學科的領

〔註55〕 Richard Harland. *Literary Theory from Plato to Barthes*. London: Palgrave MacMillan Ltd., 1999, p. 195～196.

〔註56〕 弗萊的說法是："In literary criticism myth means ultimately mythos, a structual organizing principle of literary form."（Northrop Frye, *Anatomy of Criticism*, p. 341）.

〔註57〕 William K. Wimsatt and Cleanth Brooks. *Literary Criticism: A Short History*. New York: Alfred A. Knopf, 1962, p. 711.

〔註58〕 Tzvetan Todorov. *Literature and Its Theorists: A Personal View of Twentieth-Century Criticism*. trans. by Catherine Porter. New York: Cornell University Press, 1987, p. 95.

〔註59〕 Northrop Frye. *Anatomy of Criticism*. pp.3～4.

域，具體的做法是從閱讀文學的實踐中，對文學領域得出一個歸納性的規則，而弗萊關於這些規則的思考即是聚焦在原型上。推論弗萊追尋的原型概念，指向文學作品共有的性質，它可以指敘述程式（mythos），或是人物性格（ethos），或是思想觀念（dianoia）。弗萊說：「我用原型一詞表示把一首詩與其他的詩聯繫起來並因此有助於統合文學經驗的象徵。」〔註 60〕統合文學經驗並歸納出各種原型，這是文學批評從歷史的視野試圖為文學尋找共性，據此共性而讓作品有所依歸並得以進行比較與評價。

在這裡，我們記取學者們的提醒：原型批評家容易忘記文學作品不只是原型和宗教模式的載體（vehicle），文學作品最重要的是藝術，我們必須在得到作品的結構和作品的可能意義的支持下，才可以採用原型批評的觀點。〔註 61〕基於此，本文採用原型概念用以說明離散精神原型是一個敘述模子時，除了指出這個離散精神原型重覆出現在歷代的文姬歸漢系列作品之中，而每一次的出現同時帶有意義上的變異性之外，本文也從作品結構的層面觀照了這個離散精神原型（詳本文第三章的論述）。

此外，鮑德金（Maud Bodkin, 1875～1967）這位首先將原型理論應用在文學作品分析的學者，在原型和文學創作的關係研究上提出「原型攸關種族經驗（race experience）和社會性繼承（social inheritance）」的見解，這項見解同時呼應了榮格的集體無意識之說和弗萊關於文化現象的思考。

鮑德金所寫的《詩歌中的原型模式：想像的心理學研究》（*Archetypal Patterns in Poetry: Psychological Studies of Imagination*, 1934），以墨瑞（Gilbert Murray）的文章〈哈姆雷特與俄瑞斯特斯〉（"Hamlet and Orestes"）做為例證，試圖解答與悲劇形式相對應的決定性的感情模式是什麼。他注意到墨瑞在比較〈哈姆雷特〉和〈俄瑞斯特斯〉這兩齣悲劇時所觀察到的共同點，是一種「近於永恆的持續性」，亦即在這兩部作品之中所觀察到的共同點在爾後的文學創作中持續不斷地反覆出現，鮑德金採用「原型模式」（Archetypal Patterns）一詞指涉這個概念。鮑德金還認為這樣的模式之所以能夠被接觸這些作品的人瞭解與吸收，並不是倚賴這些人接觸到創作者所表達的思想，而是他們本身內在因素的協助，這個內在因素的運作如同啟動感覺系統、記憶系統、思想系統與願望系統等等

〔註 60〕 Northrop Frye. *Anatomy of Criticism*. p.99.
〔註 61〕 Wilfred L. Guerin, Earle Labor, Lee Morgan and John R. Willingham, ed. *A Handbook of Critical Approaches to Literature*. New York: Harper & Row, Publishers, 1979, p. 191～192.

前理解。因此，兩部作品之中那些近於永恆的持續性的共同點，鮑德金將它指向了「種族經驗」以及因語言而理解意義的「社會性繼承」。

鮑德金通過李爾王和哈姆雷特這類文學作品中的悲劇人物的際遇分析，〔註62〕指出悲劇人物最終的死亡或瘋狂是一種犧牲，這個犧牲散發出生命的力量，鮑德金並且把這股生命的力量連結到原始社會的犧牲儀式：以動物或人做為犧牲時，人們通過分享這些動物或人所流的血而感到生命力被強化，生命受到洗禮而得到淨化（purgation）和贖罪（atonement）。因此，觀眾在觀看《李爾王》或《哈姆雷特》時，能夠對這些悲劇人物的死亡或瘋狂感到悲劇性的欣喜（the tragic exultation），那是因為這樣的欣喜和先民們在犧牲儀式中感受到的淨化和贖罪之後的宗教性欣喜（the religious exultation）是一脈相承的。鮑德金說觀戲的悲劇性欣喜和原始犧牲所散播的宗教性欣喜是一脈相承的理由，在於原始社會的宗教性欣喜以集體無意識的樣式遺留繼承在後世人們的心理底層。所以，原始社會中的犧牲品雖然軀體亡去，卻留給人們新的生命力量，如同這些犧牲品依然活在人們的心中一樣，李爾王或哈姆雷特這類悲劇人物的情形也是如此，他們雖然死了，但是在觀眾心中是不朽的。鮑德金強調，劇作家和觀眾共同運用了悲劇性的欣喜這個情感模式（emotional patterns）去詮釋和理解悲劇作品的藝術。鮑德金不但考慮到觀眾的這種想像反應（imaginative response），也考慮到劇作家在創作過程中的類似體會，並且將這些想像反應和創作過程中的體會歸源於種族經驗，而語言正是種族經驗之一，若將語言中所保存的意義（meanings stored in language）視為一種社會性的繼承，則我們經由對這些「社會性的繼承」也就是對於語言的理解而享有（enjoy）了種族經驗。

綜合以上西方學者的說法，原型具有這樣的本質：從一個民族上古神話積澱而來的一種民族集體無意識，是具有事件發展過程的一種形式，而且以「先在形式」（pre-existent form）持續不斷地反覆出現在神話與文學作品之中，反覆出現的時候伴以原型的隱喻性而使創作獲致歧義的空間，特別是榮格提到的「轉化的原型」（archetypes of transformation），可以指向抽象的精神狀態或文化上的意象。而在鮑德金的研究中，除了從作品的分析指出原型的存在，更進一步思索閱讀作品的人如何受動於這些原型，而將原型之所以能夠被理

〔註62〕 Maud Bodkin. "Archetypal Patterns in Tragic Poetry."*Archetypal Patterns in Poetry*. New York: Vintage Books, 1958, pp. 1～24.

解，指向了一種「種族經驗」與「社會性繼承」。原型至此可以說是從上古存在的遙遠記憶，被拉開到歷代以來能夠本能地回應這些原型的所有心靈之中，因而文學與藝術的創作者領洗這種原型的呼喚，再以藝術的符號操作在創作之中呈顯這些原型，自然是原型可以不斷地複踏在作品之中的合理緣由，從創作者的角度觀之，原型的呼喚力道更甚於它是否存在於遠古。

蔡琰的生命歷程：從「連根拔起」、「異地重生」、「對故鄉的嚮往」到「過去、現在、未來」的串連，在這個歷程之中，我們看到蔡琰經歷了一個她本身無法駕御、無法逃避的政治經濟結構，這個結構包括「人口結構的，文化語言資本的，經濟與實際壓力的，國族政治的，性別政治的」等環環相叩的結構因子，從這個結構「進而理解她身心感知的形成、變化與複雜的作用」，〔註63〕離散精神因此和這樣的結構共生，成就了做為心靈對位所依憑的引導動機：離散精神原型。文姬歸漢系列作品的創作者以心靈對位的過程引發創意，創意的實踐自然無法擺脫這個離散精神原型的內在結構張力：離鄉、別子、歸漢。

離散精神是離散經驗積澱在民族文化中的集體無意識，在這裡，還必須認識到離散的意識最終指向原鄉或心靈家園的追尋，那麼，文姬究竟「歸」於「漢」之何處呢？「漢」裡有什麼是她的心靈故鄉呢？

四、型塑離散精神原型的推手：華夷之辨觀

蔡琰在流放與歸屬兩難的定位中，一個不斷糾纏不清的元素正是華夷之辨，這個觀念不斷提醒任何考量蔡琰身分議題的人們一項事實：文化情結勝過血親情結。華夷之辨的觀念始自華夏諸族對於自身民族特徵有別於四方夷狄這樣的認識基礎上，就華夏諸族和四方夷狄在民族稱謂、所在方位、飲食習慣、服飾居住等方面的區別，《禮記・王制》有載：

> 中國戎夷，五方之民，皆有性也，不可推移。東方曰夷，被髮文身，有不火食者矣。南方曰蠻，雕題交趾，有不火食者矣。西方曰戎，被髮衣皮，有不粒食者矣。北方曰狄，衣羽毛穴居，有不粒食者矣。中國夷蠻戎狄，皆有安居，和味，宜服，利用，備器。五方之民，言語不通，嗜欲不同。〔註64〕

〔註63〕 張茂桂，〈Diaspora 與「想往家」——關於「大陳人」生命經歷的研究〉，2006台灣社會學會年會暨國科會成果發表會，東海大學，2006.11.26～27。
〔註64〕 孫希旦撰，《禮記集解》，台北：文史哲，1976，頁326～327。

以這些文化上最基本的區別做爲認識國際關係（包括民族、部族之間的關係）的起點，在建構「天下」這個最大空間單位的過程中，體現了天下之內的中原華夏和邊疆的蠻夷戎狄之間的優劣之分，優劣之分和華夷之辨的聯繫主要見諸二端：其一，華夏和四夷在方位和空間的固定化，「夷」、「蠻」、「戎」、「狄」分屬東、南、西、北四個方位的思維，即指涉了華夏中心觀念的存在，；其二，畿服理論〔註65〕確立的「中心」和「邊疆」的親疏關係，呈現一個「同心圓」的世界等級圖譜，圓心是天子，天子之外是諸侯管轄的城邦，城邦之外是士大夫治理的家，家之外則是四夷，距離圓心愈遠，則文明程度愈低。以此空間概念和畿服理論二者「所建構的中國式的、具有一元等級世界秩序特徵的天下觀」，〔註66〕實則在「天下一家」的理念中存有尊卑之分，而所謂的「四海之內皆兄弟」的兄弟也須有長幼之別，加上歷代以來四夷因覬覦中原物資而興起的異族交戰，在強化華夏的民族意識和民族認同的效果之下，華夷之辨的國際關係認識論更形鞏固，相關的外交政策即圍繞著華夷之辨的觀念一一出爐，無論是《論語‧季氏》中所載「遠人不服，則修文德以來之，既來之，則安之」的德化政策，或是秦漢以降「治邊」觀念之下的朝貢制度與和親政策，華夏總以位於世界中心的「中國」自居、以自認權力源自上天的天子統領天底下的所有土地——天下，以華夏文明和道德的優越性試圖感化邊遠地區，從此型塑了以擴張文化爲外交目的的民族性格。

　　如此自視優越的中原華夏文化，挾著春秋時代管仲和齊桓公率先主張「尊王攘夷」和孔子提倡「華夷之辨」之後儒家經典的著重發揚之勢，華夏文化

〔註65〕畿服理論的内容主要見載《國語‧周語上》、《尚書‧禹貢》和《周禮》，依序由簡入繁地建構了先秦以降的中國邊疆觀。其中在《周語》和《禹貢》中記載華夏中心與邊疆四夷的關係有五種，即「五服」：甸服、侯服、綏服（《國語‧周語上》作賓服）、要服、荒服。在《周禮》中載有九種或七種關係，九種關係是〈夏官‧職方氏〉所載的「九服」：侯服、甸服、男服、采服、衛服、蠻服、夷服、鎮服、藩服，此九服在〈夏官‧大司馬〉稱爲「九畿」；另外，七種關係是〈秋官‧大行人〉所載的「六服一藩」：侯服、甸服、男服、采服、衛服、要服、番國。這種以地理空間建立的邊疆觀，除了表現華夏中心和邊疆四夷在距離遠近上的親疏關係，以及在親疏關係中所確定的貢期和貢物所傳達的權利義務觀念之外，也顯現了中國古代人文與政治上的一種「貴華賤夷」、「用夏變夷」和「尊王攘夷」的華夷之辨觀。

〔註66〕何新華，〈「天下觀」：一種建構世界秩序的區域性經驗〉，《二十一世紀》網絡版（http://www.cuhk.edu.hk/ics/21c）第 32 期，香港中文大學，2004 年 11 月 30 日檢閱。

以意識形態的身姿潛移默化在文人士大夫的價值觀念之中。蔡琰飽讀詩書，曹操曾經問起文姬「聞夫人家先多墳籍，猶能憶識之不？」文姬回答「昔亡父賜書四千許卷，流離塗炭，罔有存者。今所誦憶，裁四百餘篇耳」，〔註67〕蔡琰耳濡目染於華夏文化，自不待言。

蔡琰在身分認同上深受華夷之辨觀念的操控，更重要的是，史官范曄身為知識份子也在接納華夷之辨觀的思考中，將文姬事蹟載入歷史的時候，必然張揚了歸漢的無悔和略於胡地生活描述的不作為。因此，文姬歸漢歷史敘事中的離散精神原型以其「離鄉、別子、歸漢」的內在結構張力，讓文姬歸漢歷史事件在真實、呈現和闡釋之間都歸向了漢族的文化正統。

歸於漢之文化正統是知識份子無可迴避的抉擇，但是，歸漢之後的文姬已經不是初始離鄉的文姬。呈現文姬歸漢這段歷史時，闡釋的歧義性是對華夷之辨觀的抗拒，也騰出了文姬女性心理想像的空間，抗拒表示華夷之辨觀的牢不可破，女性心理的想像坐實了男性主流中心的習以為常。

澳門出生的作曲家兼指揮家林品晶（Bun-Ching Lam, 1954～）〔註68〕譜曲的室內歌劇《文姬——胡笳十八拍》（*Wenji: Eighteen Songs of a Nomad Flute*, 2001）在美國紐約首演，中文的戲曲唱腔融合英文的西方歌劇演唱方式，中西樂器並置，讓西方歌劇演員在具有中國戲曲身段和虛擬性空間的舞台上表演，編劇徐瑛是中國人，林品晶是生活在紐約和巴黎兩地的華裔作曲家，導演則是美國人 Rinde Eckert，這三人的合作本身就是身分流動張力的實踐，全劇最後一幕：文姬在左賢王和孩子們，以及返回中原二者之間躊躇難決，飾演文姬的女高音（劉秀英女士）以中音音色悲傷輕聲地演唱，並以無聲似的帶入古琴尾奏作結，這樣的音樂尾聲留下多義的（ambiguous）想像空間，文姬似乎徘徊在歸與不歸的抉擇，「但是無論她的決定是什麼，很清楚地，她必將失去一部分的自己」。〔註69〕歸漢之後的蔡琰已經不是當初離鄉的蔡琰，這是隱於歸漢抉擇背後的人生現實。

這一份隱於歸漢抉擇背後的人生現實，指的是，蔡琰的歸漢形同回到最熟悉的家園祖國和熟悉的事物中，卻遇到了最陌生與令人不安的身分認同秘密，

〔註67〕 見《後漢書·列女傳》。
〔註68〕 林品晶的生平與創作，參見附錄三。
〔註69〕 筆者譯自 Anne Midgette 發表在《文姬——胡笳十八拍》一劇首演之後的評論:" A Heartstrings Tug of War: Husband vs. Homeland." Opera Review, *The New York Times* on the web. Feb. 2, 2002.

這份陌生與不安只能在蔡琰的詩歌創作之中得到解決，也留給後世的文姬歸漢系列作品的創作者據以詮釋意義的空間。

執筆劇本創作兼具戲曲表演行政經驗的學者王安祈，於 2006 年新編《青塚前的對話》京劇實驗劇，這是把京劇置放在現代小劇場的嘗試，此劇描寫文姬歸漢途中在昭君青塚前展開的一場昭君文姬跨越時空的對話。女性身分的流動，在昭君和文姬的對話中，一覽無遺，通過對話所引逗出來的愛欲想望，爲呈現文姬歸漢歷史事件時的意義迸發了精彩的歧義性。

文姬和昭君的對話，掙脫了歷代文人士大夫的失意寄託，她們說：

> 文姬：……出塞之後，漢王定是日夜思念。人生在世，若能得一人
> 　　　鎮日思念，也就不枉了。
>
> 昭君：思念，〔苦笑〕是啊，世人都說漢王何等思念於我，說得來
> 　　　呦，竟跟真的似的，聽，來，我們一塊兒聽，聽「我」的愛
> 　　　情，聽別人怎麼說「我」的愛情。

〔漢王上〕

> 漢王：昭君，昭君，妳這就去了，撇下孤王一人，妳就逕自去了，
> 　　　從今往後，這漫漫長夜，叫孤王如何得捱呦？

〔唱崑曲、梅花酒〕

> 呀！俺向著這迴野悲涼，
>
> 她、她、她傷心辭漢主，我、我、我攜手上河梁。
>
> 她部從入窮荒，我鑾輿返咸陽。
>
> 返咸陽，過宮牆；
>
> 過宮牆，繞迴廊；
>
> 繞迴廊，近椒房；
>
> 近椒房，月昏黃；
>
> 月昏黃，夜生涼；
>
> 夜生涼，泣寒螿，
>
> 綠紗窗，不思量。

〔漢王下〕

> 文姬：這般深情，眞乃千古絕唱。
>
> 昭君：千古絕唱？是啊，文詞美、聲律諧、意境高，這就叫千古絕
> 　　　唱？

文姬：且不論聲情詞韻，我只聽到他攜手步步相送、獨自踏月回宮，不像我文姬，歸漢之時，左賢王不曾出帳，是我進得氈幕，向他深深一拜，抬起頭來，妳可知他眼中的怨怒，我竟不忍再看，轉身上馬，不敢回頭。歸漢、回家，竟是這般窘迫，我怎不羨慕妳、擁有這段深情相送的千古絕唱。

昭君：是啊，千古絕唱，是那文人自作多情的千古絕唱，不是我的。那些騷人墨客，以我為題，寫了許多我的愛情，愛情？畫像的愛情？美色的愛情？我要的是一茶一飯、一几一坐，共同的生活。左賢王的怨怒，只因難捨妳與他的一茶一飯、一几一坐，我呢？誰會為我怨怒？那漢王也曾怒斬毛延壽，但那畫工的生死禍福與我何干？我這一生終是飄零。分別之時，妳有人可以深深一拜，我竟不知一拜要拜向何人？

……

昭君：那些文人，怎會歌詠在胡地快樂逍遙的昭君？歷代文人，非但要把自己弄得窘迫不堪，凡被他們選中入詩的，也俱都是些苦命之人。他們要昭君一路哀傷，他們說「千載琵琶作胡語，分明怨恨曲中論」；他們要昭君一過疆界立即自盡，他們說這叫全節盡忠、民族典範；他們還要昭君「環珮空歸月夜魂」，進入漢王夢境，成就個多情的君王。昭君若是歡喜留胡，那些失意不遇的文人，又怎能藉古論今呢？我不稀罕什麼留名千載，只是若無有這些篇章、便無有昭君；而篇章越多，昭君越是四分五裂。〔註70〕

想像女性內心深處的幽微心思，王安祈讓她們說：

昭君：好一個千秋大業、文化使命！

文姬：好一個文人想像、民族典範！

昭君：分明是掩飾妳拋夫別子的惡毒心腸！

文姬：分明是虛晃一招、遮蓋妳甘留胡地的醜陋事實！

昭君：妳藉胡笳十八拍，自我開脫！

文姬：妳藉歷代文人之筆，粉飾自身！

〔註70〕劇本內容摘自王安祈，〈青塚前的對話〉，《絳唇珠袖兩寂寞》，台北：印刻，2008，頁 292～296。

> 昭君：惺惺作態，故意來弔我一弔，藉琵琶增添幾許飄零！
>
> 文姬：我自有胡笳，何需借妳琵琶？
>
> 昭君：分明妳吃喝拉撒、生活不慣，一心想回長安吃精緻的、穿乾淨的！
>
> 文姬：分明妳口味羶腥、重鹹重辣，一心想留在胡地吃一輩子生鮮牛羊！
>
> 昭君：入境原本要隨俗，隨遇而安是英雄！
>
> 文姬：餐飯之間顯性情，飲食品味見文化，妳這沒文化的失節不倫！
>
> 昭君：與其冷宮孤單一世，不如胡地兩度春風！什麼失節不倫？
>
> 文姬：你嫁的是父子兩代，這叫父死子續、前仆後繼！
>
> 昭君：你歸漢後再嫁董家，這叫穿梭兩地、胡漢通吃！
>
> 文姬：我入胡之前原有丈夫，歸漢之後再嫁一夫，前後三屆，單就數量來論，妳就要瞠乎其後！
>
> 昭君：前後兩屆不關我事，我兩任丈夫俱是匈奴單于，專管妳那中間一任的左賢王！單就官位來論，妳就得甘拜下風！〔註71〕

向來歷史文獻的敘事把離散情結隱忍在昭君的豐容靚飾之中，將離散情結埋困在文姬的史書大業之下，從文獻記載昭君和文姬兩人溫柔端莊的外表，「鉤掘隱微，引逗出恍惚難言的幽約怨悱」，〔註72〕這正是王安祈《青塚前的對話》為離散情結所觀照的原鄉追尋補上了女性性別意識的思維。

　　頂戴文化光環而歸漢的蔡琰終究是回不到初始離鄉時的蔡琰身分，身分一旦流動，難以返回原貌，在這裡，歸漢的行動意義即是意圖找到原貌，離散精神原型的內在結構張力「離鄉、別子、歸漢」正是在這一層意義上確立了它的敘事權力。歷史敘事給了文姬歸漢歷史事件一個「離鄉、別子、歸漢」的敘述框架，卻把一個屬於女性流動身分的書寫留在正史本傳最後的蔡琰自述生平的五言體〈悲憤詩〉中，這是有心的試圖為情感的真實留下同情的書寫，抑或僅止於無意的作品登錄，恐在正史本傳最後的「贊」曰「端操有蹤，幽閑有容。區明風烈，昭我管彤」這樣的論定中，把那若隱若現的同情書寫又否定了。正史的歸漢敘事留給後人讚歎華夷之辨的正當性，卻在載錄蔡琰

〔註71〕劇本內容摘自王安祈，〈青塚前的對話〉，《絳唇珠袖兩寂寞》，台北：印刻，2008，頁298～299。

〔註72〕王安祈，《絳唇珠袖兩寂寞》，台北：印刻，2008，頁17。

詩歌的舉措和形式中洩露了正史敘事對於觀照身分流動的無力感，這個無力感的縫隙賜予文姬歸漢歷史事件的意義詮釋擁有了「眾聲」的機會。

第三節　離散精神原型和文姬歸漢意義眾聲化的關係

　　史官在發現了文姬歸漢歷史事件的真實故事並且通過敘事把它儘可能精確呈現出來之後，事實上，他已經開始根據自己的聲音在說故事，他開始「以做為一個人類事務研究者來表達他深思熟慮的意見，詳細論述其故事所表示的有關時期、地點、行動者、行為和過程（社會的、政治的、文化的等）這些他所研究的要素的性質」，[註73] 范曄把呈現文姬歸漢歷史事件的敘事轉向了闡釋他認為是真實故事的論說，從敘事轉向論說，從呈現轉向闡釋，這種轉變正是文姬歸漢系列作品的創作者能夠以各種藝術技巧賦予闡釋意義的道理。

　　本節先論文姬歸漢歷史敘事的話語權力和人類真實情感之間存在縫隙的情形，次論這個縫隙提供創作者闡釋意義的行為是發生在心理期待的過程中，再論文姬歸漢歷史事件的意義在這個縫隙和心理期待的基礎上「眾聲化」的現象。

一、文姬歸漢歷史敘事和人類情感認知的縫隙

　　文姬歸漢歷史事件的敘事話語權力，是史官范曄在秉持漢族文化正統和華夷之辨的觀念之下所展現出來的。史官范曄在面對蔡琰和胡兒的母子親情甚或是蔡琰和左賢王的夫妻之情的事實揣測時，有意無意地略於書寫這一段存在於胡地的人類真實情感經驗，不論是否基於蔡琰不是以和親政策之名出塞的身分，[註74] 或是基於蔡琰的俘虜階級而不堪將其胡地遭遇載之青史，這些理由讓史官以某種尷尬或補償的心態，將蔡琰自述生平、真情流露的兩首詩歌全文抄錄在正史蔡琰傳之後，此舉一則保存了創作，一則更為後代的文姬歸漢系列作品的創作者開啟了想像的窗口，這些想像來自敘事話語和真實情感之間的縫隙。

〔註73〕Hayden White. *The Content of the Form: Narrative Discourse and Historical Representation*. Baltimore: John Hopkins UP, c1987, p. 36.

〔註74〕民族史家林干認為蔡琰是奴隸或姬妾，阿爾丁夫則認為蔡琰是被配給了地位低下的匈奴人。參見阿爾丁夫，〈蔡文姬是左賢王的"姬妾"嗎？〉，《黑龍江民族叢刊》，1995 年第 4 期，頁 47～53；阿爾丁夫，〈蔡文姬在匈奴的身分是"奴隸"嗎？〉，《蒙古大學學報》，哲學社會科學版，1995 年第 3 期，頁 72～78。

　　當蔡琰詩歌充分流露的母愛親情和生存無奈被創作者做爲事實揣測的依據時，這些被創作者認知爲更加磨合於事實的情感占據在敘事話語的前緣，使得歷史敘事在眞實的人性情感面前被模糊掉了，歷史敘事的話語權力隱身在眞實的人性情感的背後。

　　模糊是意義爭執出現的地方。

　　前節所述的離散精神原型正是在歷史敘事和眞實情感之間存有縫隙和模糊這樣的思考上，被賦予了「離鄉、別子、歸漢」的情感張力。離散精神原型具有的情感張力給出了文姬歸漢系列作品的創作者得以揮灑藝術技巧的空間，在不同創作者的不同文化脈絡中藉由對張力的理解和處理而呈顯不同的文姬歸漢歷史事件的意義。張力的理解和處理傳達出創作者在文姬歸漢的歷史事件中追求事實的努力和信念，其間所呈顯的文姬歸漢歷史事件的意義卻也在自覺或不自覺中展示出來的是創作者當下的事實。

　　文姬歸漢離散精神原型中的情感張力訴諸於這樣的眞實情感揣測：文姬北擄離鄉之後，在思鄉卻歸國無望和胡地荒蠻卻必須求存二者之間掙扎，在已爲人母卻又別子的親情考驗之間煎熬，即使歸漢還鄉之後，也常在思念愛兒只能登高北望和中原景物依舊卻人事已非的時空錯愕之間游離。掙扎、煎熬、游離，莫不是文化情結使然，終至自成一個張力生成和解決張力的循環過程，這個過程建構了一個具備表達離散情懷起伏跌宕的形式。在這裡，我們已把這個具備表達離散情懷起伏跌宕的形式名爲離散精神原型，它喚起創作的信念（belief），文姬歸漢系列作品的創作者透過藝術形式選擇和同一題材內容敷衍的闡釋行爲，試圖追尋文姬歸漢歷史事件的眞實意義，闡釋行爲發生在創作者調整和完成心理「期待」（Expectation）的過程中。

二、離散精神原型和創作者的心理期待

　　倫納德邁爾（Leonard Bunce Meyer, 1918～）從心理學和欣賞者審美經驗的角度，闡述心理「期待」在獲致音樂情感和意義的過程中所發揮的功能。基於文姬歸漢系列作品的創作者本身即是這個離散精神原型的認知者和欣賞者，因此本文擷取邁爾有關心理期待過程的審美研究，藉以探討創作者通過凝視（moment of vision）離散精神原型而完成心理期待的過程時，創作者詮釋的或表達的情感張力如何與形式結構磨合。

　　邁爾以格式塔心理學（Gestalt Psychology）在視知覺研究上得出的「簡潔法

則」（the law of Prägnanz）（又譯作完形趨向律），〔註75〕主張人類心理的組織是缺乏滿足的，而人類的心靈（mind）却總是堅定地力求形態的完整和穩定，心靈的趨向總是嚮往組織的規律和簡明。因此，邁爾認為心靈能夠區別哪些是令人滿意的心理組織狀態，哪些是需要改進的心理組織狀態，心靈將會著手改進心理的組織狀態，心理的組織狀態愈好，喚起期待的可能就愈少。邁爾的這項研究，最重要的貢獻在於剖析音樂欣賞者聆聽音樂時的心理狀態，並且從中證得心理組織磨合於樂曲形式時的期待過程是獲取音樂意義和審美情感的途徑。

邁爾這項心理期待的研究，強調兩個重點：一是指出欣賞者對於審美對象（即音樂作品）形式結構上的認知，一是說明欣賞者的心理結構朝向音樂作品形式結構靠攏的磨合過程是如何發生的。

欣賞者的心理結構朝向樂曲形式結構靠攏的過程，即是趨向簡潔（Prägnanz）的過程，這個過程並不是順利完成的，邁爾曾說音樂的聆賞者藉著習慣（habit）或一套預備（a preparatory set）的認知，在聆賞音樂之前已帶著某種「期待」的心理組織來欣賞音樂的進行和結束，如果音樂進行和結束的方式不同於預備的心理組織，那麼心理的期待遇到了挫敗（frustrations），因而產生了偏離（deviation）的現象。如果音樂的進行和結束方式一如預期，那麼，心理期待所得到是一種常態（norm）的確定（confirmation）現象。在常態和偏離之間，這些心理期待的確定和挫敗可以造成張力的生成、延宕，以及最後的被解決，而解決偏離和挫敗的現象即是一個審美的過程，這也正是感情（affection）產生的來源。〔註76〕期待是主體在欣賞審美對象的過程中在心理上被激活的一種傾向，邁爾同時

〔註75〕坊間多將「簡潔法則」譯作「完形趨向律」，這是格式塔心理學家在視知覺的研究上，對於「形」（Gestalt）的本質和「形」的知覺效果所提出的論點，此項論點的內容是：簡潔完美的「形」給人舒服的感覺，同時又會造成一種對此「完形」依賴的惰性；非簡潔規則的「形」會造成緊張，雖然不太愉悅，但會引起進取追求的一種內在張力。倫納德邁爾藉此惰性和進取的心理組織活動，說明音樂欣賞者的心理結構趨向樂曲形式結構的「期待」過程，以惰性方面來說，例如調性和聲的終止式給予聆賞者平穩踏實的結束感，調性旋律的主音概念也提供聆賞者預期中的旋律優美感，此時聆賞者的心理是舒服愉悅的，反之，以進取張力方面來說，例如終止式不是主調的和絃，或是旋律結束在七度音的非主音概念，此時聆賞者的心理是緊張疑惑的，他會在緊張疑惑的心理張力之間尋找可能的合理解釋，亦即調整心理的期待過程以試圖欣賞音樂，這就是把格式塔在視知覺上的討論延伸到欣賞者的聽知覺上。

〔註76〕Leonard Bunce Meyer. *Emotion and Meaning in Music*. Chicago: The University of Chicago Press, 1956, pp.60～73.

強調心理期待的調整和完成與文化脈絡息息相關，〔註77〕換言之，各個歷史文化階段的音樂形式和樂曲風格影響了期待心理的系統建構，因此，我們可以從檢視音樂本身的形式或風格來研究情感結構的張力。

邁爾的研究將視知覺的完形趨向律，延伸到音樂欣賞者的聽知覺和心理期待的討論，據此，文姬歸漢系列作品的創作者對於離散精神原型的凝視，也可以從心理期待過程中出現的偏離挫敗或常態確定來說明創作者如何獲取文姬歸漢歷史事件的審美感情和意義。再者，邁爾取樣的音樂欣賞者對文姬歸漢系列作品的創作者而言，不會有主體異位的問題，事實上，文姬歸漢系列作品的創作者是以做為凝視離散精神原型的欣賞者角色開始他的創作思維的。

文姬歸漢系列作品的創作者凝視離散精神原型時，心理上對於離散精神原型的期待過程，依邁爾的說法，可以有兩種現象：一是對於離散精神原型的認同，也就是邁爾所說的常態確定；一是對於離散精神原型的質疑，也就是邁爾所說的偏離挫敗，這兩種心理期待過程都以離散精神原型的「離鄉、別子、歸漢」敘事模子做為調整心理期待的指標。依著創作者主體對於文姬歸漢史實的期待視野，雖然創作者們認同「離鄉、別子、歸漢」敘事模子的不可改變，但也質疑隱藏在這個敘事模子背後的情感真實，於是創作者們以詮釋文姬歸漢歷史事件開始展開創作時，實際上展開的是擺盪在史實結構和真實情感之間的認同和質疑，而創作出來的作品即是創作者調整擺盪的成果。

離散精神原型以華夏民族集體無意識的心理結構存在於文姬歸漢系列作品的創作者的期待視野，當創作者選取文姬歸漢歷史事件做為創作題材時，創作者一方面將這個歷史事件的「離鄉、別子、歸漢」敘事模子納入既定的心理活動的圖式之中，在心理上已經預期這樣的敘事模子符合主體自身對於心靈原鄉追尋的模式，另一方面，在情感真實的揣摩和想像中，創作者在心理上又不能完全同化這個歷史事件的正史記載，因而引起創作者心理上的自我調節，調節的手段是藉著張揚「離鄉、別子、歸漢」敘事模子中隱藏的情感張力來創新自己的期待視野。換言之，歷代的創作者在心理期待的偏離和確定過程中，從離散精神原型的結構裡攝取了詮釋文姬歸漢歷史事件的新視

〔註77〕邁爾批評格式塔心理學在視覺上和聽覺上的研究所提出的感知法則雖然可以為我們指出理解心理期待的樣式（modes），但是，邁爾主張這些樣式必須置放在文化的脈絡中來觀察它的作用。（Leonard Bunce Meyer. *Emotion and Meaning in Music*. p. 86.）

野，因此，不同時代和不同文類的文姬歸漢系列作品，在創作者不斷更新自己的期待視野的情形之下，這些作品所呈現出來的文姬歸漢歷史事件的意義從而形成豐富而眾聲的現象，這可以說是文姬歸漢歷史事件在不斷反覆被詮釋和創作的事實中所呈現出來的一種質變的現象。

內在於離散精神原型的情感張力，諸如：不情願的離鄉所助長的胡地適應困難度、別子的抉擇對母愛堅持程度的考驗、胡虜之身重歸漢室所引發的價值歸位問題，這些情感張力提供文姬歸漢系列作品的創作者在心理上一個「離鄉、別子、歸漢」的認知對象，依邁爾的說法，也就是一個簡潔的「形」（完形），〔註78〕創作者的心理組織結構如果在輕重緩急的步調上和離散精神原型一致，表示創作者的心理期待得到了常態和確定，反之，創作者的心理組織結構對於離散精神原型的情感張力有不同的理解和認知，創作者的心理期待受到了干擾，依邁爾的說法，此時創作者的心靈能夠在心理上產生一種追求完形的趨向，並且調整心理期待的偏離和挫敗現象，這項調整心理期待的過程即是透過藝術創作的技巧來完成對於離散精神原型的完形趨向。換言之，無論創作者在心理上完成期待的過程中遭遇到的是常態確定或是偏離挫敗，最終還是能夠調整和完成心理期待的整體過程，創作者的心理組織結構最終可以磨合於離散精神原型的「離鄉、別子、歸漢」情感張力。

在這裡，完形指向歸漢的必然，而且邁爾強調心理期待的調整和完成的過程，必須置放在文化脈絡中加以思考，這個說法也爲前述第二節的華夷之辨觀念造成必然歸漢的思考背景提供了註腳。更重要的是，在調整和完成心理期待的過程中，創作者爲文姬歸漢歷史事件的意義給出了「眾聲」的闡釋機會。眾聲化的闡釋，即是邁爾所謂的調整偏離挫敗的過程。

文姬歸漢的離散精神原型喚起創作的信念，並且在調整完成期待的整體過程中產生了感情，感情正是藝術創作的心靈資源。這個喚起創作者信念的離散精神原型是一個「藝術中的共通的對話領域」（common universe of discourse in

---

〔註78〕 從「形」到「型」，我們注意到德文的 Gestalt（形）和英文的 archetype（原型），在漢譯的過程中，出現「形」和「型」的漢譯區別，這個區別值得深思。日本學者山口修探討聲音的表象文化時，提出聲音的「形」展演成爲具有文化色彩的「型」的變換過程，這是立足於文化脈絡中思考「形」和「型」在漢字領域使用上的差別。山口修的討論提醒我們注意思考離散精神原型之所以成爲「型」的文化因素。參考山口修著，趙維平譯，〈從“形”到“型”——音的表象文化論〉，《文學》，岩波書店，1989，57/10: 109～116。

art），〔註79〕它讓創作者和聆賞者之間在文姬歸漢歷史事件上有了情感的共同依託，也讓文學和音樂的文本在這個領域有了對話的平台，因此，文姬歸漢歷史事件的意義在創作者和聆賞者各自成就他們心理期待的過程中得到了彰顯，因著創作者和聆賞者的時空差異衍生出歷史事件的多樣意義，這是必然的結果和事實。

　　下一步，我們將指出文姬歸漢的歷史敘事和情感張力之間的縫隙，在唐代劉商的〈胡笳十八拍〉詩中首度明朗化。在劉商的詩作和序文中，我們看到了文姬歸漢系列作品的創作者呈現心理期待過程的藝術手段。

三、文姬歸漢歷史事件意義眾聲化的關鍵之作：劉商〈胡笳十八拍〉

　　提取晚唐詩人劉商的〈胡笳十八拍〉詩作做為文姬歸漢歷史事件意義眾聲化的關鍵轉折之作，有兩個時代背景上的理由：一是，古琴音樂的大曲化現象，二是，唐宋時局讓文人士大夫走入個體內在世界。

　　以蔡琰和南匈奴左賢王的關係做為說明，前述第一節所引的八個文獻中，時代最早的《蔡琰別傳》記作「在右賢王部伍中」或「在左賢王部伍中」，這樣的記載可以理解為蔡琰被納入俘虜和部隊的行列之中，她的遭遇和當下其他的女性俘虜沒有區別，在這裡也沒有關於蔡琰和南匈奴王的關係描寫。

　　到了南朝范曄的《後漢書》中，蔡琰的遭遇被記作「沒於南匈奴左賢王」，這樣的記載暗示蔡琰和南匈奴左賢王之間可能存在親近的關係，所謂「沒於」即是辱沒或下嫁之意。

　　唐代敦煌寫本的劉商〈胡笳十八拍〉詩序引文中，關於蔡琰遭遇的記載是「琰字文姬，漢中郎蔡邕女。漢末為胡虜所掠，至胡中十二年，生子二人」，這段詩序在宋代郭茂倩《樂府詩集》所錄的內容則記作「蔡文姬……為胡人所掠，入番為王后，王甚重之。……胡人思慕文姬，乃捲蘆葉為吹笳奏哀樂之音。」這兩則劉商詩序的內容很不一樣，敦煌寫本只有記載蔡琰在「漢末為胡虜所掠，至胡中十二年，生子二人」，未見蔡琰和南匈奴左賢王的關係記載，但是在宋代《樂府詩集》所錄的劉商詩序中，則見蔡琰「入番為王后，王甚重之」的描述，宋人已把蔡琰和南匈奴左賢王處理成為王和王后的關係，「胡人思慕文姬，乃捲蘆葉為吹笳奏哀樂之音」也主動美化了胡人情感的書

〔註79〕Leonard Bunce Meyer. *Emotion and Meaning in Music*. p.42.

寫，「王甚重之」四字更是首度呈現南匈奴左賢王的感情色彩。

以上文獻記載的差異可以看出蔡琰和南匈奴左賢王的關係變化，蔡琰和左賢王兩人的關係從正史中的不見著錄，到《樂府詩集》所錄劉商詩序中記作夫妻關係，這段將近五百年時間裡對於兩人關係的孳乳、緣飾或附會的情形，即是文姬歸漢歷史事件獲致意義眾聲化的基礎，劉商詩作〈胡笳十八拍〉的出現是意義眾聲化的轉折關鍵。劉商詩作完成於晚唐，當時古琴音樂大曲化的現象以及唐宋時局這兩大因素，讓文人士大夫遁入個體內心世界時追尋了蔡琰歸漢的足跡，使得文姬歸漢從一個歷史事件轉向民族故事，蔡琰也從一個歷史人物轉型成為一個藝術形象。

劉商的七言古詩〈胡笳十八拍〉寫於唐代宗李豫大曆四年或五年（即西元 769 或 770），為劉商罷盧州合肥縣令後所作，當時的古琴曲〈大胡笳〉已由盛唐琴師董庭蘭（約 695～765）發展成為具有十八段規模的大曲化風格，劉商為此曲填寫歌詞是古琴曲〈大胡笳〉第一次配上唱辭，歌詞為了符合大曲化的音樂形式而在蔡琰故事上有所孳乳或附會乃是必要的手段。被孳乳或附會的情節主要是塞外風光和胡地生活的描寫，以及思鄉戀子之情的細膩刻畫，全詩 1024 字，內容如下：

胡笳十八拍〔註80〕　　**劉商**

第一拍

漢室將衰兮四夷不賓，動干戈兮征戰頻。

哀哀父母生育我，見離亂兮當此辰。紗窗對鏡未經事，

將謂珠簾能蔽身。一朝虜騎入中國，蒼黃處處逢胡人。

忽將命薄委鋒鏑，可惜紅顏隨虜塵。

第二拍

馬上將余向絕域，厭生求死死不得。戎羯腥羶豈是人，

豺狼喜怒難姑息。行盡天山足霜霰，風土蕭條近胡國。

萬里重陰鳥不飛，寒沙莽莽無南北。

第三拍

如羈囚兮在縲紲，憂慮萬端無處說。使余力兮翦余髮，

〔註80〕錄自〔宋〕郭茂倩編次《樂府詩集》卷五十九，四部備要集部，台北：台灣
　　　　中華書局，據汲古閣本校刊，1988，頁九至十一。

食余肉兮飲余血。誠知殺身願如此，以余爲妻不如死。
早被蛾眉累此身，空悲弱質柔如水。

第四拍

山川路長誰記得，何處天涯是鄉國。自從驚怖少精神，
不覺風霜損顏色。夜中歸夢來又去，朦朧豈解傳消息。
漫漫胡天叫不聞，明明漢月應相識。

第五拍

水頭宿兮草頭坐，風吹漢地衣裳破。羊脂沐髮長不梳，
羔子皮裘領仍左。狐襟狢袖腥復膻，晝披行兮夜披臥。
氈帳時移無定居，日月長兮不可過。

第六拍

怪得春光不來久，胡中風土無花柳。天翻地覆誰得知，
如今正南看北斗。姓名音信兩不通，終日經年常閉口。
是非取與在指撝，言語傳情不如手。

第七拍

男兒婦人帶弓箭，塞馬蕃羊臥霜霰。寸步東西豈自由，
偷生乞死非情願。龜茲觱篥愁中聽，碎葉琵琶夜深怨。
竟夕無雲月上天，故鄉應得重相見。

第八拍

憶昔私家恣嬌小，遠取珍禽學馴擾。如今淪棄念故鄉，
悔不當初放林表。朔風蕭蕭寒日莫，星河寥落胡天曉。
旦夕思歸不得歸，愁心想似籠中鳥。

第九拍

當日蘇武單于問，道是賓鴻解傳信。學他刺血寫得書，
書上千重萬重恨。髯胡少年能走馬，彎弓射飛無遠近。
遂令邊雁轉怕人，絕域何由達方寸。

第十拍

恨凌辱兮惡腥羶，憎胡地兮怨胡天。生得胡兒欲棄捐，
及生母子情宛然。貌殊語異憎還愛，心中不覺常相牽。
朝朝莫莫在眼前，腹生手養寧不憐。

第十一拍

日來月往相催遷，迢迢星歲欲周天。無冬無夏臥霜霰，
水凍草枯爲一年。漢家甲子有正朔，絕域三光空自懸。
幾回鴻雁來又去，腸斷蟾蜍虧復圓。

第十二拍

破瓶落井空永沈，故鄉望斷無歸心。寧知遠使問姓名，
漢語泠泠傳好音。夢魂幾度到鄉國，覺後翻成哀怨深。
如今果是夢中事，喜過悲來情不任。

第十三拍

童稚牽衣雙在側，將來不可留又憶。還鄉惜別兩難分，
寧棄胡兒歸舊國。山川萬里復邊戍，背面無由得消息。
淚痕滿面對殘陽，終日依依向南北。

第十四拍

莫以胡兒可羞恥，恩情亦各言其子。手中十指有長短，
截之痛惜皆相似。還鄉豈不見親族，念此飄零隔生死。
南風萬里吹我心，心亦隨風渡遼水。

第十五拍

歎息襟懷無定分，當時怨來歸又恨。不知愁怨情若何，
似有鋒鋩擾方寸。悲歡並行情未快，心意相尤自相問。
不緣生得天屬親，豈向仇讎結恩信。

第十六拍

去時只覺天蒼蒼，歸日始知胡地長。重陰白日落何處，
秋雁所向應南方。平沙四顧自迷惑，遠近悠悠隨雁行。
征途未盡馬蹄盡，不見行人邊草黃。

第十七拍

行盡胡天千萬里，唯見黃沙白雲起。馬饑跑雪銜草根，
人渴敲冰飲流水。燕山髣髴辨烽戍，羯鼓如聞漢家壘。
努力前程是帝鄉，生前免向胡中死。

第十八拍

歸來故鄉見親族，田園半蕪春草綠。明燭重燃煨爐灰，

寒泉更洗沈泥玉。載持巾櫛禮儀好，一弄絲桐生死足。

出入關山十二年，哀情盡在胡笳曲。

劉商曾經到過北方，實地勘察當年蔡琰行旅之地，〔註81〕因此在這首詩中對於北國大地的描寫顯得深刻有緻，對於蔡琰的遭遇「忽將薄命委鋒鏑」、「以余爲妻不如死」、「生得胡兒欲棄捐，及生母子情宛然」，雖未明言蔡琰是否成爲南匈奴左賢王的妻子，但是在委身生子的事實基礎上，極力抒寫無奈之情，並且雕塑蔡琰成爲能屈能伸（「明燭重然煨燼灰，寒泉更洗沈泥玉」）、矢志歸漢（「努力前程是帝鄉，生前免向胡中死」）的女子，經過情感上的想像和鋪陳所完成的十八段情節，填實了離散精神原型的「離鄉、別子、歸漢」敘事模子中隱然在場的眞實情感，於是，文姬歸漢從歷史事件轉型成爲家喻戶曉的民族故事在唐末劉商詩作這裡得到具體的成果，稍後，南唐時人爲琴曲《小胡笳》填寫的騷體詩〈胡笳十八拍〉（此詩原來傳爲蔡琰所作，此曲是南唐蔡翼的編曲），也同樣在離散精神原型的敘事模子和情感張力的視野中更加肯定文姬歸漢民族故事的成形。

騷體詩〈胡笳十八拍〉共計 1298 字，內容如下：

胡笳十八拍〔註82〕（疑蔡琰作）

第一拍

我生之初尚無爲，我生之後漢祚衰。

天不仁兮降亂離，地不仁兮使我逢此時。

干戈日尋兮道路危，民卒流亡兮共哀悲。

煙塵蔽野兮胡虜盛，志意乖兮節義虧。

對殊俗兮非我宜，遭惡辱兮當告誰？

笳一會兮琴一拍，心潰死兮無人知。

第二拍

戎羯逼我兮爲室家，將我行兮向天涯。

雲山萬重兮歸路遐，疾風千里兮揚塵沙。

人多暴猛兮如蟲蛇，控弦被甲兮爲驕奢。

〔註81〕王勛成，〈從敦煌唐卷看劉商《胡笳十八拍》的寫作年代〉，《敦煌研究》，2003年第 4 期，頁 61～63。

〔註82〕錄自〔宋〕郭茂倩編次《樂府詩集》卷五十九，四部備要集部，台北：台灣中華書局，據汲古閣本校刊，1988，頁六至九。

兩拍張懸兮弦欲絕，志摧心折兮自悲嗟。

第三拍

越漢國兮入胡城，亡家失身兮不如無生。

氈裘為裳兮骨肉震驚，羯羶為味兮枉遏我情。

鞞鼓喧兮從夜達，胡風浩浩兮暗塞昏營。

今感昔兮三拍成，銜悲畜恨兮何時平？

第四拍

無日無夜兮不思我鄉土，稟氣含生兮莫過我最苦。

天災國亂兮人無主，唯我薄命兮沒戎虜。

俗殊心異兮身難處，嗜慾不同兮誰可與語。

尋思涉歷兮何艱阻，四拍成兮益悽楚。

第五拍

雁南征兮欲寄邊心，雁北歸兮為得漢音。

雁飛高兮邈難尋，空腸斷兮思憒憒。

攢眉向月兮撫雅琴，五拍泠泠兮意彌深。

第六拍

冰霜凜凜兮身苦寒，飢對肉酪兮不能餐。

夜聞隴水兮聲嗚咽，朝見長城兮路杳漫。

追思往日兮行李難，六拍悲來兮欲罷彈。

第七拍

日暮風悲兮邊聲四起，不知愁心兮說向誰是。

原野蕭條兮烽戌萬里，俗賤老弱兮少壯為美。

逐有水草兮安家茸壘，牛羊滿地（一作野）兮聚如蜂蟻。

草盡水竭兮羊馬皆徙，七拍流恨兮惡居於此。

第八拍

為天有眼兮何不見我獨漂流，為神有靈兮何事處我天南海北頭？

我不負天兮天何配我殊匹，我不負神兮神何殛我越荒州？

製茲八拍兮擬排憂，何知曲成兮轉悲愁。

第九拍

天無涯兮地無邊，我心愁兮亦復然。

人生倏忽兮如白駒之過隙，然不得歡樂兮當我之盛年。

怨兮欲問天，天蒼蒼兮上無緣。

舉頭仰望兮空雲煙，九拍懷情兮誰為傳。

第十拍

城頭烽火不曾滅，疆場征戰何時歇。

殺氣朝朝衝塞門，胡風夜夜吹邊月。

故鄉隔兮音塵絕，哭無聲兮氣將咽。

一生辛苦兮緣別離，十拍悲深兮淚代血。

第十一拍

我非貪生而惡死，不能捐身兮心有以。

生乃既得兮歸桑梓，恐當埋骨兮長已矣。

日居月諸兮在我壘，胡人寵我兮有二子。

鞠之育之不羞恥，愍之念之兮生長邊鄙。

十有一拍兮因茲起，哀響兮徹心髓。

第十二拍

東風應律兮暖氣多，漢家天子兮布陽和。

羌胡踏舞兮共謳歌，兩國交歡兮罷兵戈。

忽逢漢使兮稱近詔，遣千金兮贖妾身。

喜得生還兮逢聖君，嗟別二子兮會無因。

十有二拍兮哀樂均，去住兩情兮誰具陳。

第十三拍

不謂殘生兮却得旋歸，撫抱胡兒兮泣下霑衣。

漢使迎我兮四牡騑騑，胡兒號兮誰得知。

與我生死兮逢此時，愁為子兮日無光輝，焉得羽翼兮將汝歸。

一步一遠兮足難移，魂消影絕兮恩愛遺。

十有三拍兮弦急調悲，肝腸攪刺兮人莫我知。

第十四拍

身歸國兮兒莫知隨，心懸懸兮長如飢。

四時萬物兮有盛衰，唯有愁苦兮不暫移。

山高地闊兮見汝無期，更深夜闌兮夢汝來斯。

夢中執手兮一喜一悲，覺後痛吾心兮無休歇時。

十有四拍兮涕淚交垂，河水東流兮心是思。

第十五拍

十五拍兮節調促，氣填胸兮誰識曲。

處穹廬兮偶殊俗，願歸來兮天從欲。

再還漢國兮歡心，心有憶兮愁轉深。

日月無私兮曾不照臨，子母分離兮意難任。

同天隔越兮如商參，生死不相知兮何處尋。

第十六拍

十六拍兮思茫茫，我與兒兮各一方。

日東月西兮徒相望，不得相隨兮空斷腸。

對萱草兮徒想憂忘，彈鳴琴兮情何傷。

今別子兮歸故鄉，舊怨平兮新怨長。

泣血仰頭兮訴蒼蒼，生我兮獨罹此殃。

第十七拍

十七拍兮心鼻酸，關山阻脩兮行路難。

去時懷土兮枝枯葉乾，沙場白首兮刀痕箭瘢。

風霜凜凜兮春夏寒，人馬飢豗兮骨肉單。

豈知重得兮入長安，歎息欲絕兮淚闌干。

第十八拍

胡笳本自出胡中，緣琴翻出音律同。

十八拍兮曲雖終，響有餘兮思未窮。

是知絲竹微妙兮均造化之功，哀樂各隨人心兮有變則通。

胡與漢兮異域殊風，天與地隔兮子西母東。

苦我怨氣兮浩於長空，六合離兮受之應不容。

這首騷體式的〈胡笳十八拍〉以第一人稱「我」展開思鄉與別子的敘述，前錄劉商所寫的七言體〈胡笳十八拍〉以第一人稱「余」展開敘述，較之蔡琰所作的〈悲憤詩〉，這兩首詩作雖然欠缺詩歌的抒情本質和沈鍊遣辭，但是在擴大胡地的書寫和敷衍思念之情方面，則呈現出故事化的敘事傾向。

　　至此，晚唐五代古琴音樂的大曲化和故事化確實為文姬歸漢孳乳成為一

個民族故事起到推手的作用。或說，人們情感上想望蔡琰的母子親情和夫妻恩情以致傳唱這則歷史的過程中有意主動地添枝增葉，讓這則歷史故事以豐蔭的大樹之姿回過頭來促使了古琴音樂的大曲化。二說其實指向相同的事實，即是文姬歸漢歷史事件發展到晚唐五代已經具備完整的「離鄉、別子、歸漢」三段式結構，並且這個結構的情感張力已臻鋪陳細緻的程度，爲離散精神原型成爲後人凝視的對象時提供了後人在心理期待過程中一個更爲貼近人心的情感呼喚，也因爲如此，文姬歸漢歷史事件的意義在晚唐五代以後能與知識份子借文姬歸漢之題以抒一己離散之懷的時代意識契合。

　　知識份子借文姬歸漢之題以抒一己離散之懷的時代背景，自安史亂後觀之，文人士大夫們對於權力的分享程度日漸下降，劉子健討論宋代新儒家哲學時，即指出唐宋以來的文人士大夫走向個體內心世界的事實：

> 新儒家哲學傾向於強調儒家道德思想中內向的一面，強調內省的訓練，強調深植於個體人心當中的內在化的道德觀念，而非社會模式的或政治秩序架構當中的道德觀念。……宋代的保守主義者和新儒家學者在本質內省的學說當中浸潤的時間越長，對形而上學和宇宙論課題的思量越深刻，就越發難以轉向平淡而客觀的社會現實，難以將哲學理論與同樣「近」的實際聯繫起來去求驗證。〔註83〕

> 士大夫是否可能團結起來讓自己的意見在實際上得到聽從呢？幾乎不可能，因爲專制政體從不允許他們組織起來。結黨是要受懲罰的。他們也沒有一個論壇來討論共同關心的問題、推進彼此間的共識。國家壟斷了政治交流，它甚至不能接受家族組織以外的社會組織。……士大夫群體在實質上還是一個一個分散的、各自爲政的精英分子，就像在他們之下的農民分散在支離破碎的小塊土地上一樣。〔註84〕

劉子健對於這些唐宋以來的文人士大夫們寫下了感性的結語：

> 他們存在於體系之外，分散而無組織，除了服務，別無選擇。在痛苦中，他們同樣應當受到同情。〔註85〕

〔註83〕劉子健著，趙冬梅譯，《中國轉向內在——兩宋之際的文化內向》，南京：江蘇人民出版社，2001，頁141。
〔註84〕同上註，頁143。
〔註85〕同上註，頁144。

劉子健認為，這樣的文人士大夫正是延伸到今天受過教育的中國人——科學家、技術專家、官僚、知識份子、作家、藝術家等等，這些人都是唐宋文人士大夫們的現代繼承人。

尤其自宋代以來，文姬的形象已不僅止於女性的角色，她的形象不同於其他婦女同胞，文姬已經從性別的侷限超脫出來，成為文人士大夫的抽象代表，邵彥即指出劉商的詩作〈胡笳十八拍〉之所以能夠成為文姬歸漢圖像畫作在情節構圖上的依據，正是因為此詩改造了文姬的形象和心態，知識份子在文姬的身上找到對於己身人格上的期許。文姬超脫性別侷限的原因，還見證在文化傳承的地位中，唐代張彥遠的《法書要錄》和元代王惲的《書畫目錄》均記載文姬的文化地位是由正統延續觀念得到確定的：

> 蔡邕受於神人而傳之崔瑗及女文姬，文姬傳之鍾繇，鍾繇傳之衛夫人，衛夫人傳之王羲之，王羲之傳之王獻之。……凡二十有三人，文傳終於此矣。〔註86〕

> 宋少卿弘道說嘗見李德新所藏碑本云，書學之傳，蔡邕得之于神人，邕傳女文姬，文姬傳鍾繇，鍾繇傳衛夫人，夫人傳羲之，羲之傳獻之，……〔註87〕

文姬在筆法傳承的序列中佔有一蓆之位，自然已無性別上的障礙，同時，自宋代以來儒家以人倫建構的社會倫常，強調婦女的三從四德觀念，但是知識份子們卻例外地給了文姬回歸娘家的默許、再嫁匈奴王的同情以及歸漢的肯定，這些異於當下倫常觀念的情形，應是華夷之辨觀念之下漢民族文化優越感的折射光景，也坐實了文人士大夫們將文姬信手拈來以暗合自身際遇的做法。

走向個體內心世界，追尋心靈棲居的終極家園，正是這些文人士大夫在文姬歸漢的離散精神原型中聆聽到的心靈交響。當這些知識份子創作文姬歸漢系列作品時，文姬歸漢歷史事件已經承載了這些創作者當下的時代意義。

古琴音樂大曲化的現象和唐宋以降的時局為文姬歸漢的歷史事件提供了意義再造的機會，再造出來的意義正是磨合於唐宋時代的文化氛圍，文姬歸漢歷史事件的意義在這樣的再造機會中得到了眾聲化的結果。宋代王安石的

〔註86〕（唐）張彥遠撰，《法書要錄》，卷一，〈傳授筆法人名〉條，台北：藝文印書館，原刻景印百部叢書集成，第46冊，第58本，1965，頁十三。

〔註87〕（元）王惲撰，《書畫目錄》，收在黃賓虹、鄧實編，《美術叢書》第18，台北：藝文印書館，1975，頁三二。

〈胡笳十八拍〉、李綱的〈胡笳十八拍〉和文天祥的〈胡笳曲（十八拍)〉，創作這些詩歌的知識份子感時憂國而以詩歌擬作劉商〈胡笳十八拍〉的風氣也是在這樣的層面上被理解的，他們的擬作〈胡笳十八拍〉把文姬歸漢歷史事件的意義翻唱成了自己精神困境的曲調。

誠然，自郭茂倩《樂府詩集》所錄的劉商詩序開始，繼之以王安石、李綱和文天祥的擬作〈胡笳十八拍〉，他們都在宋代文人士大夫們轉向個體內心世界的時代氛圍下，集中選取蔡琰遭遇中「文化優越感與地位屈辱感的矛盾」，〔註88〕在附會蔡琰左賢王夫妻關係和美化匈奴以加重蔡琰歸漢難度的過程中，把文姬歸漢歷史事件的意義凝鍊成爲時代痛苦的宣言。〔註89〕

四、從四部劇作見證文姬歸漢意義眾聲化的實踐

明清以來，文姬歸漢歷史事件的意義眾聲化，見證在陳與郊《文姬入塞》、郭沫若《蔡文姬》、徐瑛〔註90〕《胡笳十八拍》和王安祈《青塚前的對話》四劇中。

明代陳與郊創作的《文姬入塞》是一齣晚明雜劇，屬短劇的性質。〔註91〕本事重點有三：其一，強調蔡文姬乃漢家才女之尊，不應屈居胡地；其二，蔡文姬在歸鄉與別子之間，兩難的抉擇之情；其三，母子離別的場景。陳與郊的闡釋雖把蔡琰和左賢王的關係處理爲夫妻關係，但是夫妻感情是好是壞則未見描述。劇中，文姬將要返回中原時，寫道：

〔註88〕 邵彥，〈《文姬歸漢》圖像新探〉，中央美術學院博士論文，2004，頁80。
〔註89〕 劉商詩作〈胡笳十八拍〉成爲宋代以來繪畫的直接文本，但是，考察《文姬歸漢／胡笳十八拍圖》在表現劉詩文字意象時，卻呈現構圖與劉詩內容大相逕庭的現象。南宋繪製文姬歸漢故事的過程中，畫家有意無意地展現在畫面上的是時人集體記憶中的高宗生母被擄和南歸的遭遇，雖然畫面上仍舊冠以劉商〈胡笳十八拍〉的詩句。南宋時人對於徽欽二宗和后妃北擄的集體創傷記憶，在繪畫作品中見證了文姬歸漢歷史事件意義眾聲化的現象。
〔註90〕 徐瑛的生平與創作，參見附錄五。
〔註91〕 陳師萬鼐將元人雜劇餘流與傳奇同時並行的劇曲稱爲「短劇」，陳與郊的《文姬入塞》即屬短劇。這類短劇不限於四折，長短較自由，曲調也不限於北曲，南曲也可用，唱法更是活潑，而且在劇中普遍搬演各種「曲藝」的表演藝術。這種一折式的短劇，大概是受傳奇作家沈彩《四節記》的影響而形成，這類型雜劇一直延綿到清朝（參見陳萬鼐，《中國古代音樂研究》，台北：文史哲，2000，頁299〜300）。沈彩的《四節記》以春夏秋冬四季配合四個人的故事和景致描寫，春季是《杜子美曲江記》、夏季是《謝安石東山記》、秋季是《蘇子瞻赤壁記》、冬季是《陶秀實郵亭記》。

> 大王爺傳令，漢天子有詔，不敢不從。今日恰好是大單于誕日，隨
> 班進賀，不得親送娘娘。著把都兒護送到關！

左賢王接過漢使送來的贖禮之後，以大單于生日爲由，沒有親自送別文姬，
只交待當時匈奴的勇士（把都兒）護送文姬離去，左賢王在陳與郊的筆下是
淡化處理的，是一個對漢朝詔令「不敢不從」的被動身影，並沒有離別情緒
的渲染。陳與郊是明代萬曆年間的劇作家，官至太常寺卿，以讀書人的身分
從事戲曲的寫作，不只是填詞自娛而已，往往心有寄託，意到筆隨，多是藉
歷史劇以抒發劇作家對時事的感觸。因此，陳與郊《文姬入塞》的主體精神
集中在文姬離亂心情的描寫，而離亂來自時局的動盪，正是直指明代末年滿
漢民族的政權爭奪危機與國內黨禍所造成的社會不安，如此藉歷史的酒杯，
以澆劇作家胸中塊壘的影射寫法，陳與郊《文姬入塞》做爲一齣歷史劇在本
事敷衍與人物性格著墨方面，俱見劇作家的剪裁與點染功力。陳與郊追尋文
姬歸漢歷史事件的眞實意義却以展現自身當下的事實出場，看似力圖證明文
姬的愛子親情和毅然歸漢的情感張力，實則揭露了明代末年因時局動盪而不
吐不快的士子憂心，然而，陳與郊所展開的闡釋文姬歸漢歷史事件的話語，
仍然無法跳脫隱然存在的「離鄉、別子、歸漢」的敘事模子，在這裡，離散
精神原型承載了劇作家心靈的寄託，在明代末年內亂外患的時代氛圍中，通
過劇作的意有所指，文姬歸漢歷史事件的意義呈現爲借古喻今的面貌。

　　1959 年郭沫若創作《蔡文姬》，也展現了創作意圖和時代氛圍互相磨合的
關係。

　　從藝術表現論郭沫若《蔡文姬》一劇在戲曲與話劇的視域中的磨合，是
近來檢視該劇的理性角度，然而，郭沫若創作的意圖與時代精神密合的事實，
也不容忽視。就本事敷衍來看，劇中的左賢王，初時爲了不讓文姬帶走孩子，
甚至威脅殺死全家，後來偷聽到文姬歸漢是爲了續修《後漢書》，則又表現出
愛惜文才的儒雅姿態，郭沫若在這齣話劇中形塑了左賢王豪爽的性格。但是
郭沫若著墨更多的腳色是曹操，尤其翻轉了歷來一代梟雄的白臉形象，重塑
爲平定外患與內憂、尊重文才、勤儉治國、與民生息的聖君腳色。郭沫若對
曹操的創意刻劃，引發學界與劇界的激烈討論，〔註92〕多數認爲郭沫若對曹

〔註92〕這些討論陸續發表在 1959 年的北京《光明日報》、上海《文滙報》與《解放
　　　　日報》，並在當年的《學術月刊》第 4 期與第 7 期，統整爲〈關於曹操評價問
　　　　題的討論綜述〉一文。

操的翻案寫法，不外是將他自己愛戴毛澤東的主觀意識投射在戲劇腳色的美化上。1959 年 1 月到 3 月郭沫若曾撰文七篇說明創作話劇《蔡文姬》的理念，表明此劇是隨著當時中共政權左翼文藝路線而起舞的創作，劇作主題與時代氛圍密合。雖然此劇意在為曹操翻案，「從文姬的一生來看曹操的偉大」，但是文姬在歸漢之前的矛盾掙扎：拋夫別子的不捨與思鄉修史的圓夢，依舊寫得令人動容，可以想見郭沫若的親身經歷滲透在劇作之中，〔註 93〕這種有意或無意的移情，正是郭沫若闡釋文姬歸漢歷史事件時，透過「離鄉、別子、歸漢」模子中的情感張力試圖追尋歷史事件中的真實人性感情，美化曹操不只為歸漢提供更為正當的理由，實際上，展示了郭沫若自己的時代情懷。

在郭沫若的歷史劇《蔡文姬》中，離散精神原型依附在話劇民族化運動的框架內，歸漢是必然的、毋須選擇的，甚至為了說明這個必然的正確性，郭沫若更讓文姬兒女南歸中原，以一家團圓的情節做為結局，並且將功勞歸諸曹操一人，這種「失事求似」的歷史劇寫作手法，讓文姬歸漢歷史事件的意義完全服務於革命政治。

2001 年徐瑛編寫的《文姬：胡笳十八拍》，則是挑動「不歸漢」的另類思維。

徐瑛編劇的《文姬：胡笳十八拍》配有作曲家林品晶的歌劇總譜，徐瑛所形塑的左賢王在文姬歸漢系列作品中，是最直接被賦予正面形象意義的，得到最多的美化，他不但是一位民族英雄，更是一位溫柔體貼、略識音律的文姬知己。在得知曹操派遣漢使帶來文姬的贖身錢時，唱「我笑你坐井觀天把我看得賤，便是你大漢江山也不值甚錢。問天下無價，我妻蔡琰！」當他感動於文姬的失琴之痛時，劇情在這裡安排一支笛子的出場，這是左賢王吹奏的樂器，它的旋律與序幕中代表文姬的胡笳旋律是相似的，隱喻左賢王的心志與文姬一同。為了博得文姬歡心，左賢王不惜發兵漢界，只為了向漢室尋得一支上好的古琴，左賢王唱道：「興師動眾非為兵，不遠萬里求古琴。若得琴中上上品，從此兩國永和平。」

值得一提的是，劇中有一場左賢王一家三人的天倫之樂，透過孩子天真無邪的語言（劇中胡兒說的是英語），以及左賢王呵護孩子的赤子之情，試圖建構一個溫暖的家庭，但是文姬的心事在這兩句唱詞中表露無遺：「親子張嘴

〔註 93〕郭沫若在 1923 年離開日本，返回中國，當時選擇在妻兒睡夢之中離開，拋妻離子的不捨與愛國抗日理想二者之間的抉擇，不啻文姬當年的處境。

胡人語,何處覓我鄉音?」聽著自己的下一代說的不是故鄉的話,文姬不禁感嘆何處是家?落葉歸根與落地生根的矛盾掙扎是飄泊海外的遊子難以抉擇之痛。徐瑛的語言運用,考慮到這一齣室內歌劇的演出地點與觀眾。因為首演在紐約,觀眾是旅居美國的華人或是在地的美國人,所以文姬孩子的台詞寫成英語,左賢王的唱詞也以英語演唱,而文姬的唱詞則是漢語為主但是偶用英語,通過漢語和英語融合的說話方式,突顯異族文化在文流的過程中必然面臨的語言問題:何種語言才是生存的語言?

　　徐瑛的編劇題材與史實相去不遠,但是對於人物性情的刻劃卻增添了濃厚的個人色彩,左賢王的民族英雄與溫柔多情,文姬的愁思與抉擇,尤其異域的北國風光美不勝收,這些本事上的濃淡取捨,皆緣於此劇的首演是在紐約,觀眾群是與文姬有類似離散經驗的美國華人。對此,徐瑛談到《胡笳十八拍》的創作理念。〔註94〕首先,徐瑛認為全劇語言使用中文與英文,這是考慮到當初的創作所設定的觀眾群是在美國的華人與當地紐約的美國人,所以混用兩種語言,也藉以突顯不同文化在文流過程中的語言現象,尤其是華人身在異族文化中,對語言總是特別敏感的。其次,把文姬歸漢這樣一個古老的題材,編成室內歌劇的創新形式,其實重要的是精彩感人的內容,至於形式則可以不拘,徐瑛認為室內歌劇的形式只是一個嘗試。再者,徐瑛曾經將此題材編成徽劇,徽劇的戲曲程式與室內歌劇截然不同,各有各的美學表現,兩劇最大的不同在於故事情節的安排。徽劇忠於傳統的本事精神,以漢族文化中心做為審視文姬歸漢的必然,雖然也有母子訣別時的矛盾與猶豫不決,但是「歸漢」是很自然的結果,沒有心理上太多的掙扎,國仇家恨輕易凌駕在兒女親情之上。但是,室內歌劇的本事精神,則強調文姬的選擇性,選擇的對象已經拉高到文化的層次,非僅侷限在個人親情的問題。華人移民美國的辛酸史,在這裡起著發酵作用,當初遠走他鄉來到美國的驅動力,與今日落地生根融入美國文化社會的安身立命,讓這些華人心中翻滾著五味雜陳的思緒,而徐瑛編劇的結局依然是歸漢,逼著觀眾必須重新思索,什麼樣的因素可以抗拒當初前來美國的驅動力與眼前的安身立命?徐先生說這個因素應是民族性,也正是文姬必然歸漢的相同理由。

　　而劇中對於北國風光的諸多美化,筆者以為過去以漢族文化為意識中心

―――――――――――――――

〔註94〕2005 年 7 月筆者託外子邱坤玄教授訪問北京之際,代為邀約徐瑛先生進行口頭專訪。

的情況，在語言文字之間動輒「南蠻」「北夷」的本位心態，面臨了挑戰。西方自解構思想興起以來，破除中心本位的迷思，讓世人重視過去在地理上或文化上位處邊緣的國家民族，再加上當前全球化與地球村的論調高熾之際，劇作家自然無法置身於思想潮流之外，美化的處理也可以說是對過去歷史「偏見」的略施平衡。再從另一個維度思考，美化的匈奴正是美國文化的隱喻，對文姬來說，她的異域是匈奴，而對在美國的華人來說，他們的異域是美國。美化匈奴，正是美化美國。

徐瑛在歌劇院裡觀戲的美國華人心中種下矛盾與抉擇的種子，離散精神原型的「離鄉、別子、歸漢」敘事模子隱然在場，然而，文姬歸漢歷史事件的意義落實在移民文化中對落地生根，抑或落葉歸根的沈思。

2006 年王安祈的京劇實驗劇《青塚前的對話》推敲女性意識的情感想像，從文姬歸漢歷史事件的意義眾聲化這層現象上來看，誠屬顛覆傳統之作。

《青塚前的對話》作於 2006 年，是一齣京劇小劇場的實驗，副題是「王昭君與蔡文姬的心靈私語，美麗而蒼涼的異境詩篇」，劇作家王安祈為文說明編劇理念時，寫了一段偈語般的前言：

> 「文姬，妳自有彩筆寫自身，昭君卻任由歷代文人形塑，生也飄零、死也飄零！」
>
> 「昭君，我們都是文史書上的幾許光華，何為真？何為假？」
>
> 青塚的對話，出自漁婦的幻聽，
>
> 歷史的成敗興衰、文學的喜怒哀樂，不也是一場幻象？
>
> 人生空漠、虛實難辨，
>
> 而　漁婦仍在傾聽！
>
> 文心、詩韻、彩筆、琴音，
>
> 永不退場。〔註95〕

《青塚前的對話》是王昭君和蔡文姬的心靈原鄉探索，在「文學是矯飾的」〔註96〕創作思維中試圖讓女性意識出場，文姬和昭君的心聲不再任由歷代文人騷客揣摩利用，王安祈讓她們自己說話。文姬的女性意識在這部劇作中得

〔註95〕王安祈，〈昭君與文姬的心靈私語〉，《絳唇珠袖兩寂寞》，台北：印刻，2008，頁 45～49。

〔註96〕王安祈在筆者的博士論文口試會議中，說明其創作動機之一是要批判歷代以男性作者為中心所創作的關於文姬和昭君的詩文作品，這些作品張揚的是作者們自身遭遇的投射或時代意識，王安祈對此提出「文學是矯飾的」的觀點。

到自覺的展現，而能夠做到鉤掘女性意識此一層次的情感想像，王安祈認爲必須從京劇戲曲舞台表演藝術無法兌現女性意識自覺的事實，來重新思考回歸劇本創作的重要性，換言之，京劇戲曲舞台的「演員劇場」概念若能導向「編劇劇場」的概念，則文姬的女性意識始能自由張揚。

依京劇戲曲舞台的傳統表演程式，文姬對於自身心靈家園的追尋和思索，向來在表演舞台上欠缺關注和討論，此乃腳色程式化之故。傳統的京劇舞台上，文姬的女性身份隱沒在男演員（乾旦）的身段穿關裡，即使改以女演員（坤伶）串演，文姬的女性意識依舊隱沒不彰。乾旦的腳色是男演員飾演劇中的女性人物，在唱唸做打的程式規範中，男演員自始即接受女性身段唱腔的旦行訓練，京戲穿關中的貼片子、踩蹻和線尾子等穿戴上的特色，正是爲了修飾男演員的面容和身材，使其更具有女性的婀娜身姿，尤以假聲（小嗓）的運用，更是意在表現女性的聲腔。男演員在梅蘭芳之後的乾旦表演逐漸形成流派特色，觀戲者爲了唱腔和身段而聽戲，男演員個人的表演成爲舞台上的焦點，文姬歸漢系列作品中的多齣京戲表演，只見演員劇場的強勢，至於文姬的女性意識則全然隱沒在乾旦的唱腔和穿關身段之中，縱然編劇依然謹守了離散精神原型中的原鄉追尋，但是這份原鄉追尋的情感內容卻和表演程式截然區分了。到了坤伶腳色的出現，以女演員飾演劇中的女性人物，但是女性自覺依然付之闕如，原因即在於坤伶的女人演女人，仍舊沒有依著女性自身的特質去表演，而是以學習前輩乾旦的男性詮釋女性做爲典範，始終無法掙脫演員流派的桎梏。〔註97〕從京劇舞台表演的這種乾旦或坤伶的表演現象觀之，王安祈直接從劇本編寫來改變女性意識不彰的缺憾，確實是爲文姬追尋女性身份的心靈原鄉揮灑了寬闊的想像。

文姬在《青塚前的對話》中說出歸漢或離家的難以分辨，「漢」不等於「家」：

待到歸鄉日，竟是離家時。是歸？是離？竟難分辨，一樣的死生永隔。〔註98〕

又說出別子雖然令人感傷，但是歲月終究無情，諷刺了〈悲憤詩〉或歷代文本中對於別子橋段的矯飾：

〔註97〕參考王安祈，〈性別、表演、文本：京劇藝術研究的一個方向〉，《婦研縱橫》，72 期，2004 年 11 月，頁 1～8；以及王安祈，〈"乾旦"傳統、性別意識與台灣新編京劇〉，《文藝研究》，2007 卷 9 期，2007 年 9 月，頁 96～106。

〔註98〕王安祈，《青塚前的對話》劇本，收錄在《絳唇珠袖兩寂寞》，頁 286。

此生豈能無盼想？一生一世思慮長。

〔文姬進入昭君的錦帳，探看熟睡的兒女〕

分別一月後，兒思娘、斷肝腸；

分別六月後，兒起居漸如常；

三年五載後，忘卻娘模樣；

十年八年後，夢中已無娘。

匆匆逝水如流光，二十年後誰敢想、誰敢思量？

……

聚一堂、已鬢如霜，我這裡、鬢如霜，

他那裡、塵滿面，不再是青春少年郎。

塵滿面、鬢如霜，縱使相逢應不識，

母子不相識，擦身各過往；

人生空自忙，終不過、一場虛妄。〔註99〕

又道出了母親角色的人情之常，它長期以來被湮沒在修史大業的歸漢使命的敘述之下：

有了孩子，一顆心就像扎了根似的定了下來？是啊，定了下來。到北地多年，日夜悲啼，待等有了兒女，竟沒別的心思了。那夜，兒啼女哭、北風呼號，我與他一人懷抱一子，他哼著胡笳曲，一手搖著哄著兒子，一手環抱我母女入懷，讓我靠著他的肩頭，被他搖著哄著，我竟安然入睡。入胡之後，頭一回如此安然。醒來之後，遂自斷了還鄉之念，收起父親焦尾琴，隨夫學起吹胡笳，從此不覺北風寒，不嫌牛羊腥，甘在大漠，一生一世。誰知，竟只有一十二年。〔註100〕

若文姬歸於漢之文化正統是一種原鄉追尋的終點，則「靠著他的肩頭，被他搖著哄著，我竟安然入睡」的平凡感覺，何嘗不是文姬另類的心靈棲居？情感的想像在王安祈的劇作中掙脫了歷史的宏大敘事而貼近人世的可能事實。至於全劇結束的昭君文姬互罵較量，則是顛覆傳統之筆了，女性意識自由張揚的無邊想像自不在話下。

由於《蔡琰別傳》與正史所載內容並未詳述「與兒訣別」的場景，因此

〔註99〕同上註，頁 288～289。
〔註100〕同上註，頁 294。

相關劇作中的本事敷衍多是緣自蔡琰創作的五言體〈悲憤詩〉。〔註101〕在陳與郊、郭沫若、徐瑛與王安祈四人的劇作中，關於這一段母子傷別的描寫都流露了親情的真切，在整體的本事發展脈絡中，這是一段不受時代意識操控而免遭改寫命運的情節，在「離鄉、別子、歸漢」的敘事模子中，誇飾情感張力的闡釋風格應是追尋文姬歸漢歷史事件的真實意義過程中的一種掙脫歷史敘事話語權力的張揚舉措。

小　結

　　本章的討論是就文姬歸漢系列作品的創作現況來看，首先，追溯離散精神原型做爲華夏民族文化始態中的一種情結，它積澱在生命主體追尋原鄉的歷史場景之中。其次，這個離散精神原型給出創作者一個創作的心理藍圖，創作者依循離散精神原型的「離鄉、別子、歸漢」敘事模子及創作者凝視這個敘事模子時所產生的心理期待過程，憑藉藝術創作技巧填實了離散精神原型中歷史敘事和真實情感之間的縫隙，填實的過程是創作者對蔡琰情感世界的無限想像，這在晚唐劉商〈胡笳十八拍〉中得到具體的成果，從劉商詩作之後的文姬歸漢已經從一則歷史事件轉變爲家喻戶曉的民族故事，而蔡琰也從一個歷史人物轉型成爲讀書人依託心靈的藝術形象。一旦讀書人開始懂得借文姬歸漢之題以抒一己離散之懷，那麼，文姬歸漢歷史事件的意義也開始擁有眾聲化的機會，換言之，創作者在闡釋文姬歸漢歷史事件的意義時，闡釋的具體成果反映的正是創作者當下的意義。

　　文姬歸漢系列作品的創作者在「離鄉、別子、歸漢」的敘事模子中透過敘事話語權力和人性情感之間的齟齬，試圖追尋文姬歸漢歷史事件的真實意

〔註101〕正史的記載中，提及文姬「作詩二章」，並著錄這兩首詩歌的內容。第一首是五言體的古詩，首二句「漢季失權柄，董卓亂天常」，結束句「人生幾何時，懷憂終年歲」。全詩共計 108 句，540 字。以第一人稱詳述東漢末年的內亂外患、故鄉淪喪、被俘異邦、胡兵殘暴、邊荒思鄉、漢使來迎、與兒訣別、歸漢再嫁、悲憤以終的一生遭遇。其中占全詩三分之一的「與兒訣別」的描寫是廣被後人創作時所擷取鋪陳的關鍵情節。
至於在第二首騷體詩中，首二句「嗟薄〔祜〕兮遭世患，宗族殄兮門戶單」，結束句「還顧之兮破人情，心怛絕兮死復生。」全詩共計 38 句，266 字，約五分之四的內容是描寫流落胡地的悲慟，反而在第一首詩中占約三分之一比重的「與兒訣別」情節，在第二首詩中僅表現在最後八句的分量，簡單作結。

義，同時，面對離散精神原型的「離鄉、別子、歸漢」的情感張力所進行的心理期待的調整和完成，創作者藉由情感張力的理解和處理，爲文姬歸漢歷史事件的意義給出了多樣闡釋的機會。倫納德邁爾強調心理期待的調整和完成與文化脈絡有關，各個歷史階段的音樂形式和樂曲風格能夠逐漸建構這些心理期待的系統，因此，我們可以從檢視音樂本身來研究音樂喚起的情感結構的張力。換言之，通過文姬歸漢系列作品的組織結構的分析將可以考察離散精神原型的「離鄉、別子、歸漢」三段情感張力的存在，下一章將這項分析和考察的工作聚焦在作品組織和情感張力的同構關係上。

第三章　離散精神原型體證形式和內容的同構關係

　　在前一章的探討中，我們揭示文姬歸漢歷史事件中的離散精神原型，是風騷以來積澱在華夏文化心理底層的離散情結的一個自覺性發現，自覺性發現的說法，緣於文姬歸漢歷史事件的敘述結構具備「離鄉、別子、歸漢」的整體情節和文姬對於離開生存中心之後「回到自己」的存有（Being）思索，這些整體情節和存有思索成為歷代文姬歸漢系列作品創作者的一首心靈對位旋律，創作者對此旋律所進行的調整心理期待的過程，展演了文姬歸漢歷史事件的眾聲化意義。

　　離散精神原型的「型」指向一種不變的形式，同時，若有原型之名則有變形之實的情況之下，離散精神原型也含有可變的意圖。變與不變，發生在歷史和社會文化脈動的過程中，這些歷史的和社會文化的脈動是文姬歸漢系列作品的創作者無法迴避的處境（situation）。〔註1〕文姬歸漢歷史事件的眾聲化意義是文學與藝術的創作者在詮釋文姬歸漢這個歷史事件時所得到的當下意義，換言之，創作者的意識在處境的限制之下，針對文姬歸漢歷史事件進行詮釋時，詮釋的經驗發生在創作者意識中的兩個視域的融合（fusion of horizon）：創作者當下的歷史視域，以及文姬歸漢歷史事件當時（指東漢末年）

〔註1〕處境（Situation）是指，人的意識在某一觀點下限制它自己的視線（vision），再由此視線向外看，就是一個有限的視域（horizon），這個有限的視域成為人的處境。參見 Hans-Georg Gadamer. *Truth and Method*. London & New York: Continuum, 2004（1975），p. 301，以及陳榮華，《葛達瑪詮釋學與中國哲學的詮釋》，台北：明文書局，1998，頁128～130。

的視域，在視域融合中所進行的對話過程，使創作者得到一個關於文姬歸漢歷史事件的意義，這是一個能被現在與過去互相接納的共識，也是一個創作者當下能夠瞭解與接受的意義，而這個新的意義被納入歷史傳統中，繼續和後代的創作者展開對話，獲得另外一次新的詮釋經驗，也讓文姬歸漢系列作品的創作維持不輟。

　　然而，就文姬歸漢系列作品而言，人們通過理解這些作品的藝術創作經驗所獲得的關於文姬歸漢歷史事件的意義，是一個什麼樣的意義？該如何描述這個意義？爲什麼可以在不同的社會歷史條件之下描述這個意義？因此，首先我們將把思考的方向始於「離散精神原型是一個意義整體（meaningful whole）」這個命題。其次，離散精神原型是文姬歸漢系列作品的意義整體，不同時代和不同形式的創作都在作品的形式裡看到這個意義整體，高達美（Hans-Georg Gadamer, 1900～2002）稱之爲「轉型到結構去」（transformation into structure）。轉型是指詮釋經驗中把實質的形式結構轉變到理念的意義領域去，換言之，離散精神原型具有意義整體和形式結構互爲詮釋的可能性。日本音樂學者山口修在音樂學這一學科的定義裡，說：「這一學科，涉及到從人類的個體、小集體、共同體、地區、部族、民族、國家、人種直到整個人類的各種層次的文化中所存在的音樂表現乃至音樂文化及其周圍事項。它不僅要闡明其中心對象的內部結構（音樂結構），還要闡明其受到各自的社會、文化制約的外部結構（脈絡結構），並進而把握其內外兩種結構的相互關係。」〔註2〕山口修指出的音樂結構和脈絡結構二者，關涉音樂作品的結構形式和情感內容之間在辯證關係或同構關係方面的思考。依山口修的討論，社會文化的脈絡結構就像是積淤的水，積淤的水是混沌的時空，在裡面到處漂浮著事物的本質，而音樂結構是指有機地運用音高、音值、音的強度和色彩等音樂元素並且具體體現爲獨唱、多聲部合唱的歌唱形式或身體動作的模式，這樣的音樂結構可以使混沌時空裡的社會文化脈絡結構轉化爲音樂內容。

　　音樂結構和脈絡結構的對話關係實踐了音樂作品的創作，據此擴大思考：文姬歸漢系列作品中，音樂結構所指涉的藝文形式和脈絡結構所指涉的文化內容二者，如何獲致對話的平台？尤其，文姬歸漢系列作品中的藝文形

〔註 2〕 山口修（1924～），日本音樂學者，近作《出自積淤的水中——以貝勞音樂文化爲實例的音樂學新論》（1999）一書，試圖解構「民族音樂學」的概念並重新建立「音樂學」的定義。（朱家駿等譯，北京：中國社會科學出版社，頁4）

式和文化內容呈現為變動多樣的現象,那麼,如何取得形式和內容相互對話的基準呢?換言之,除了在方法論上討論形式和內容之間可能的同構對話之外,是否也可以從離散精神原型做為存有的可能性中給出一個足以說明離散精神原型在不同時空能夠重覆做為對話基準的解釋?

於是,本章將從存有學的觀點討論離散精神原型、創作者、欣賞者和文姬歸漢系列作品這四個面向之間的藝文關係,並且證得離散精神原型所承攬的「回到自己」的存有思索實踐在形式和內容二者的同構關係中。第一節,討論離散精神原型的存有性格,主要是從共時性(contemporaneity)的概念說明離散精神原型是一個意義整體。第二節,梳理離散精神原型做為文姬歸漢系列作品的意義整體,在獲取結構形式的同構關係上所能倚重的理論基礎。第三節和第四節,將以文姬歸漢系列作品中做為時間藝術的音樂作品和戲曲作品做為分析文本,體證作品在結構形式裡能夠承載離散情結和呈現「回到自己」的存有思索。

第一節　離散精神原型的存有性格

本節先從時間性(temporality)概念中的共時性(contemporaneity)現象說明離散精神原型是一個意義整體,再從怖慄現象論離散經驗中開顯的存有。

一、視域融合中的意義整體是一種「回到自己」的概念

理解是人們存在的一種方式,人們通過理解而與存有之間產生內在的關聯,若我們理解文姬歸漢系列作品中的離散精神原型是一個意義整體時,則離散精神原型必須是可以被置放在存有之中來討論的。無論過去、現在或未來的文姬歸漢系列作品之所以能夠被認出是文姬歸漢系列作品的原因,在於這些作品創作者在進行文姬歸漢歷史事件的詮釋過程時,總是不能離開文姬歸漢歷史事件的意義整體,否則就不成為文姬歸漢題材的創作了。所有藝術作品的本性是藝術作品的存有(Being),失去存有學上的思考,藝術作品只能是一些實質性的與料(giveness)而欠缺理念性的意義,只剩下技巧的展現而沒有意義的傳達。所謂藝術作品擁有文姬歸漢歷史事件的意義整體時,意思是說,離散精神原型在作品的存有中,離散精神原型是這些作品的同一性,依高達美(Hans-Georg Gadamer, 1900～2002)的說法,這個同一性是指作品

有一個相同的結構（structure），這個相同的結構是恒久的，創作者可以不斷重覆欣賞它和詮釋它。

關於這個在藝術作品中的同一結構，高達美指的是作品中的意義整體，這個意義整體是持久的，需要有一個固定的結構或組織來指稱它的固定性，所以高達美稱之爲結構。高達美曾經透過遊戲的概念來說明藝術作品和欣賞者之間共同詮釋作品意義的過程，並且稱此過程爲「轉型到結構去」（transformation into structure），藝術經驗過程中的轉型是指形式（form）的轉換，也就是從實質的與料（giveness）領域轉變到抽象的理念領域去，於是在高達美的論述中，藝術作品不僅是一件實際與料所完成的東西，藝術作品同時擁有某個理念性的結構，換言之，藝術作品具有理念性的意義。

離散精神原型是文姬歸漢系列作品中的理念性意義，離散精神原型不斷在歷代的文學作品和藝術作品中以不同的形式呈現自己，用高達美的話來說，就是離散精神原型在前後不同的歷史階段或不同的藝術形式中演出（play，也譯作遊戲）自己，「前後」是一種時間的概念，文姬歸漢系列作品雖然在前後不同的時間裡出現，但是，這些作品之所以能夠共有一個意義整體、一個相同的結構、一種同一性，甚至是一個原型，〔註3〕原因即在於藝術作品所出現的前後時間概念並非量化可數的時間，它們不是在客觀的時間之流中紛散地前後出現，而是，這些作品的時間概念是置放在共時性

〔註3〕 陳榮華在說明高達美「轉型到結構去」的內涵時，起用「原型」一詞指涉高達美所說的「結構」，並且指出這個結構做爲藝術作品的意義整體具有重覆性和變異性，陳榮華對此的解釋是從藝術的模仿這個觀點展開的，他說：「藝術的模仿不是單純外型上的類似（案：此說是高達美針對柏拉圖（Plato, 427 B.C. ～347 B.C.）的藝術模仿說而言的），而是知識的、意義的或真理的呈現。它的基本功能是呈現，而不是重印或抄襲。柏拉圖由類似性的觀點解釋模仿，故模仿的價值低於原型。葛達瑪（案：即高達美，陳榮華早期行文中採用葛達瑪的譯名，後來改用高達美的譯名）卻由呈現的觀點著手，故他提升了模仿的地位。模仿必需經過模仿者的處理，在處理中，他會強調或忽略原型的某些面相，因此，模仿品與原型必有一無法彌補的差距。所以，在外型上，模仿品只能類似原型。它只是抄本，而不是完全等於原型，故原型的地位總高於抄本。但葛達瑪卻由認知的觀點解釋模仿，模仿中的處理過程，乃是爲了排除原型的偶然性和特殊性，而讓其本性更明顯呈現出來，此所以人能在模仿中，將原型的本性更深入和更豐富地重認出來。那麼，模仿一物不是重印它的外型，而是揭露它的本性。在模仿中，原型反而更光明地呈現了它的真理或意義，而且由於它是真理或意義，所以它歷久不衰地呈現。」參見陳榮華，《葛達瑪詮釋學與中國哲學的詮釋》，台北：明文書局，1998，頁57。

（contemporaneity）的時間性概念中來加以理解的。

所謂時間性，在高達美之前，海德格（Martin Heidegger, 1889～1976）曾有論述。海德格討論存有的意義時，初期從「人的瞭解存有」這個前提做為思考存有意義的進路，並且以時間做為瞭解存有的視域，意即，海德格預設時間是詮釋存有意義時的前見。這個時間概念，海德格認為來自人的時間性，藉著時間性，我們可以深入瞭解人的存有，因為時間性是人的多種存有性格中最根本的一種存有性格，時間的觀點比存有的觀點更為原初。陳榮華研究指出，通過時間視域所瞭解的存有意義僅是人的存有意義，還不是海德格原初想要探索的萬事萬物最初始的存有意義，〔註4〕因為，依海德格對於詮釋現象的解釋：「讓那顯示自己者，正如從其自己顯示自己般地被看見」（to let what shows itself be seen from itself, just as it shows itself from itself），〔註5〕若存有是這個被詮釋的東西，則用來做為詮釋存有意義的視域——時間，必須來自存有自身，顯然矛盾在這裡產生了，因為海德格用來詮釋存有意義的時間視域是人的時間性，這個來自人的時間視域只能詮釋了人的存有，它無法詮釋其他萬事萬物的存有。

因此，海德格後期的思考捨棄了人的優先性，不再從「人的瞭解存有」這個觀點出發，而改以「存有呈現給人」的觀點做為討論存有意義的進路。

從「存有呈現給人」的觀點出發探討存有的意義，這是因為海德格認為存有是呈現性（presence）的，存有以其自己的呈現性，通過「使之呈現」（letting-presence）的方式，讓萬事萬物成為它們自己，存有主動呈現它自己在人的面前，讓人瞭解它。海德格同時說明呈現是一種延續（to last），延續即與時間有關。這個時間概念是從存有的呈現性來說明的，意即，存有的呈現是在延續之中向人呈現，這種時間上的延續，包含了「曾經」、「現在」和「將來」，在這樣的時間伸展中，構成了統一「曾經」、「現在」和「將來」的呈現性，這個呈現性是向人開放的領域。陳榮華的研究指出，〔註6〕從存有的呈現性來限定時間，再從這個被存有限定的時間來限定人的瞭解，這種從存有出

〔註4〕陳榮華，〈海德格與高達美的時間概念〉，《臺大哲學論評》，28 期，2004 年 10月，頁 1～38。

〔註5〕Martin Heidegger. *Being and Time*. trans. by Joan Stambaugh. New York: State University of New York Press, 1996, p. 30.

〔註6〕陳榮華，〈海德格與高達美的時間概念〉，《臺大哲學論評》，28 期，2004 年 10月，頁 1～38。

發的單向思考，和海德格初期從人的維度出發的思考一樣，都讓人和存有之間缺乏互動。基於此，陳榮華認為高達美從人和存有的互動關係適切地討論了時間概念。

高達美關於共時性的時間概念，允許離散精神原型遊走在不同時代的文姬歸漢系列作品中，而讓離散精神原型得以做為文姬歸漢系列作品的意義整體。

我們揭示離散精神原型是文姬歸漢歷史事件的意義整體，離散精神原型這個意義整體讓文姬歸漢系列作品能夠在歷史傳統的傳承意義中被視為藝術作品，正是因為離散精神原型是一種理念性的意義，〔註 7〕它向著創作者開放，觸動創作者，讓創作者在文學的語言和藝術的語言中說出他們所瞭解的文姬歸漢歷史事件的意義，說出意義即是詮釋。不同時代的文姬歸漢系列作品的創作者在詮釋文姬歸漢這個歷史事件的過程中，不能離開文姬歸漢歷史事件的意義整體，否則就不成為文姬歸漢題材的創作。

文姬歸漢系列作品呈現在不同的時代和不同的藝術形式，做為創作者和觀賞者的人，參與（participate）在這些作品的意義裡，當這些作品呈現在人的面前成為被詮釋的對象，而人以詮釋者的角色瞭解（understanding）這些作品，那麼，人和作品的關係從時間性的概念上來看是共時性的，意即人與作

〔註 7〕 這裡所說的理念性的意義，不是指主體主觀的想法或實際偶然的（occational）事物，而是，離散精神原型做為一種問題的答案，它不是相對於不同時代的創作者個人心中的問題，而是對應於不同時代的創作者當下傳統處境的問題，這個處境不屬於創作者本人的，而是屬於傳統的或屬於當時的時代的；離散精神原型做為一種問題的答案，它也不是相對於不同時代的傳統處境中的偶然事物，而是對應於不同時代的傳統處境中的意義問題。

「問題——答案」的表述是指一種對話（Dialog）的原則，也是詮釋經驗（experience）的一種模式，意指開放的文本觸動詮釋者（就文姬歸漢系列作品而言，詮釋者指的是不同時代的創作者們），詮釋者於是重建「問題」，詮釋者所重建的問題必須來自詮釋者的處境，而同時又能被文姬歸漢歷史事件的文獻傳統所接納，詮釋者的處境和文姬歸漢歷史事件的文獻傳統構成了兩個視域，文獻傳統試圖為詮釋者的問題說出答案，詮釋者再依此答案修正自己的成見（prejudice），詮釋者抱持蘇格拉底所說的「知道我不知道」的態度，不固執肯定自己的所知，對文獻傳統不斷發問，也不斷得到文獻傳統說出的意義，就在這樣的對話過程中，文姬歸漢歷史事件的意義得到了一種新的語言所說出的意義，那是符合傳統文獻和詮釋者當下歷史傳統的新的意義，這個新的意義是一種理念性的意義。參考 Hans-Georg Gadamer. *Truth and Method*. London & New York: Continuum, 2004（1975），pp. 335～382，以及陳榮華，《葛達瑪詮釋學與中國哲學的詮釋》，台北：明文書局，1998，頁 158～170。

品之間的相互關係是一種「共在」（Dabeisein）〔註8〕的狀態，意思是指，文姬歸漢系列作品的各式文本雖然在創作者賦予新義和文姬歸漢歷史事件原有的舊義之間存在著差異（即前文所謂的意義眾聲化），但是這些新義與舊義之間卻又是統一的，這是因爲這些文本各以不同的方式，說明著一個相同主題的意義整體，雖然這些不同的方式展演出創作者當下各自不同的新義，但是，這些作品實則統攝在一個相同的意義整體之中，而文姬歸漢這個題材之中用來統攝歷代相關作品的意義整體，即是離散精神原型。

　　以文姬歸漢系列作品中數量最多的戲曲作品爲例，創作者的創作經驗和觀戲者的看戲經驗都是詮釋的經驗。觀戲者從踏入劇場看戲的那一刻開始，即已參與戲劇文本意義的詮釋，這個看戲的詮釋過程爲觀戲者自己構築了一個瞭解文姬歸漢歷史事件的藝術的虛幻空間；而創作者以文姬歸漢做爲題材，通過各種不同的藝術語言完成了創作者對於文姬歸漢歷史事件的詮釋過程，同樣地，這個詮釋過程也爲創作者自己構築了一個瞭解文姬歸漢歷史事件的藝術的虛幻空間。離散精神原型這個意義整體在這個藝術的虛幻空間裡，不斷被詮釋和賦予新義，但是，離散精神原型所蘊涵的原鄉追尋則在這些不斷翻新的詮釋和新義裡，保持不變，無論何時何地的文姬歸漢系列作品的觀戲者，或是不同時空背景之下的創作者，都可以在這個不變的意義整體裡獲致某種心靈原鄉的尋索。這是高達美從時間性的觀點所謂的共在，創作者、文本和觀戲者以共在的狀態，一起凝視了離散精神原型這個意義整體。

〔註8〕　共在（Dabeisein）是高達美（Hans-Georg Gadamer, 1900～2002）討論時間概念的時候，主張人要成爲藝術作品的眞正觀賞者所處的一種狀態，陳榮華對「共在」曾有如下的譬喻和説明：「在藝術經驗中，眞正的時間性不是同時性，而是共時性（contemporaneity）。對於共時性，我們可藉由觀賞戲劇的經驗來説明。在觀賞戲劇時，戲劇不是詮釋者諸多內在感受的集合，亦即，詮釋者不是觀賞他內在經驗中的連串感受。高達美指出，要成爲一個眞正的觀賞者，人必須在一種狀態下——他稱之爲 Dabeisein。這個概念可譯作『共在』。Dabeisein 中的"Sein"是『存有』或『正在』，"dabei"是指『正在那裡與之遭逢』或『緊靠』，『一起在那裡』的意思。孔子曾說，『祭神如神在』。在祭典中，若神是在的，則神不是一個站在那邊，與我遙遙相對的冷漠事物，而是神與我共在——神與我相通感應。我接受神的啓示，由此瞭解祂，或者說，這是我開放我自己，讓神充塞在我的開放性中，由此我與祂共在。在共在中，人才能眞正瞭解當時的祭典及其中鬼神的意義。所以，與某物共在的意思是指，與它相通感應，接納它、讓它充滿我的意識，與之合一和瞭解它。」參見陳榮華，〈海德格與高達美的時間概念〉，《國立臺灣大學哲學論評》，28 期，2004年 10 月，頁 1～38。所引文字出自頁 27。

　　就文姬歸漢系列作品而言，高達美討論時間概念的思考進路，導出了以下三者之間的交集：一是創作者所呈現的文姬歸漢系列作品，二是欣賞者所接受的文姬歸漢系列作品，三是創作行為本身。時間概念的共時性指出文姬歸漢系列作品向著欣賞者開放離散精神原型這個意義整體，雖然這些作品在創作之初距離欣賞者有段遙遠的時間，但是這些作品卻在它們的藝術結構中贏得了自足完滿的現在性，這些作品在自足完滿的現在性中包容過去、現在和將來這三個時間維度，於是，作品和人在離散精神原型這個意義整體中得到深層的遇合。

　　至此，從作品和人這兩個面向，都藉由時間性概念確立了離散精神原型的存有性格。

　　離散精神原型呈現在新舊文本之中，新舊文本的各自意義同時出現，彼此並不互相區隔獨立，也不是彼此冷漠，〔註9〕它們互相融貫也互相詮釋，形成詮釋過程中的視域融合（horizontal fusion），藉此視域的融合更加充實了離散精神原型的意義，所以，歷代文姬歸漢系列作品在翻新中提出新義，但卻在視域融合的詮釋者互動之中，保有了離散精神原型這個意義整體，這是一種在變化中回到自己的概念。

　　回到自己，是指文姬歸漢系列作品雖然以不同的方式呈現出來，但是它

〔註 9〕　冷漠一詞，是高達美討論藝術美感時，用來批評康德（Immanuel Kant, 1724～1804）的美感經驗的用語。依高達美的看法，康德預設美感區分（aesthetic difference）用以說用美感之可能。在康德的美感區分概念中，感受者（人）必須從其社會和世界中抽象出來，讓美感意識刪除一切的具體內容，而被感受的對象（藝術作品）也必須澈底從藝術作品的世界中抽象出來，將藝術作品不與其他東西發生關連，藝術作品成為純粹的藝術作品。高達美把這兩種抽象稱作美感區分，也就是說，美感區分將人的意識和藝術作品從社會意義、道德意義或宗教意義中抽離開來，讓藝術作品只剩下空洞的美感性質（aesthetic qualities），而人的意識只剩下由空洞的美感性質所引起的各種空洞、孤立又疏離的感受。所以，康德認為美感是不需概念的，只要單純和直接的去感覺或感受對象即可，這種將一切可能的概念抽離出來的美感經驗，讓人和藝術作品擺在彼此疏離、互不相干的關係中，高達美稱這種關係是Gleich-Gueltigkeit，意指彼此冷漠、又自以為有效的，gleich 是「同時」的意思，Gueltigkeit 是「有效性」的意思，兩字構成的字義是指，彼此都同時有效，所以它們各自獨立，毫不相干，以致彼此冷漠。高達美反對用這樣的美感經驗來詮釋藝術作品。（專有名詞的翻譯與說明，參考陳榮華，〈海德格與高達美的時間概念〉，《國立臺灣大學哲學論評》，28 期，2004 年 10 月，頁 1～38，以及陳榮華著，《葛達瑪詮釋學與中國哲學的詮釋》，台北：明文，1998，頁32～33）。

們依然保有相同的本質，這個相同的本質是指「相同的重現」（repetition of the same），重現的是離散精神原型，而不是實際上詮釋經驗的重覆，詮釋手法總是翻新的，但在翻新之中重覆相同的離散精神原型，所以，在每個新的「現在」裡，保有了「過去」，並以這個保有過去的相同性又繼續邁向「未來」，在下一次的詮釋來臨時，得到另一個新的「現在」，以此循環不息，時間性在這裡確立了離散精神原型的本體論立場。陳榮華曾以中秋節爲例，以節慶（festival）具有不斷重覆的這種時間性格來說明本體論的時間結構，離散精神原型的意義整體即是在這樣的時間性概念中得到存有思索的基礎：

> 節慶有一種獨特的時間性格，它不斷重覆它自己，這是説，每隔一段時間，它會回來一次。例如中秋節，它每年都重覆來臨一次。並且，每次重覆時，它依然是一樣的中秋節。這似乎是説，它總是往前，但又回到過去的自己，再在現在中出現。然而，更奇怪的是，它的每次重覆都不是完全抄襲它的過去，而是總有改變的。正如每次的中秋節，都可用不同的方式來慶祝，但在不同的慶祝裡，卻依然是相同的中秋節。

> 節慶不是一個客觀的事件，正如一個事物的擺在手前。眞正的節慶是在慶祝（celebration）中呈現它自己。因此，要瞭解節慶的時間性，不能由客觀的反省或觀察，而是要在慶祝中，參與在節慶裡，與之互動。在慶祝時，人投入和參與在節慶裡，在互動中與之合一，由此瞭解它。在眞正的互動和合一中，不是僅有當下的瞬間，反而，節慶的過去和將來，通通呈現。正如在慶祝中秋節時，過去的嫦娥和后羿，歷代的中秋節慶，以及它在將來的再次來臨，都全部呈現於現在的慶祝裡。而現在的中秋節，雖然是在新的慶祝中，但它依舊是相同的中秋節；同理的，將來要慶祝的中秋節，雖然在另一個新的慶祝中，但它仍舊是相同的中秋節。節慶永遠在新的現在裡，保留了它的過去，維持它自己的相同性，繼續邁向將來，並且，再在下一次的來臨裡，得到另一個新的現在，由此循環不息，在翻新中保持相同，這也可以説，在變化中回到自己去。〔註10〕

「在變化中回到自己去」的存有概念適於說明文姬歸漢系列作品在不同的藝

〔註10〕　陳榮華，〈海德格與高達美的時間概念〉，《臺灣大學哲學論評》，第 28 期，2004年 10 月，頁 1～38，所引文字摘自頁 29～30。

術形式和創作者的不同處境之下，依然得以通過這些結構形式的變化和創作者理解的變化，得到開顯離散精神原型此一意義整體的事實。我們說作品結構形式和生命情感規律具有同構關係，這是因爲從欣賞者和創作者的角度來分析或領悟文姬歸漢系列作品的時候，審美的觀點只能立足於作品自身結構形式的美，這些具有音樂原始要素或戲劇基本元素的結構形式是創作者想像力的精神內容所棲身之處，也是欣賞者不設防的情感之所以被羈絆的枷鎖。所謂「回到自己」的存有思索，在美學上的意義即是體現在「離鄉、別子、歸漢」的敘事結構之中，換言之，回到作品的敘事結構中可以掌握離散精神原型這個意義整體。

二、從怖慄現象論離散經驗中開顯的存有

海德格（Martin Heidegger, 1889～1976）指出怖慄（anxiety）是人在抗拒日常生活中的誘惑之後，回過頭來面對自己的存有時的感受，透過怖慄現象的分析，海德格說明了人的存有。

海德格說，人的日常生活是一個熟悉的世界，人熟悉這個世界的行爲準則和價值標準，人無須對這個熟悉的世界感到憂慮和不安，人受到日常生活中他人的妥善照料，海德格稱這些「他人」爲「人人」（the they），這是指沒有特定對象的其他人。依海德格的說法，日常生活中決定我們存在的，不是我們自己，而是這個「人人」，「人人」主宰我們對人和世界的各種看法以致於使我們具有公眾性（publicness）。這個公眾性讓我們在日常生活中意圖泯滅我們和別人之間的差異，這個公眾性促使我們根據別人的看法來調整自己的存在，這個公眾性讓我們減低自己的獨特性以達到與「人人」一致的意見和想法。依海德格的存有學（ontology）觀點，一旦，人拒絕沈淪（falling）於人云亦云的日常生活世界時，人似乎被所在的日常生活世界摒棄，人將感受不到他人的照顧，那是一種類似失去了熟悉的家的感覺，人將會感到害怕、感受到怖慄，海德格用「無家感」（unheimlich, uncanny）〔註11〕一詞來形容怖慄的感受，所謂的無家感是一種「不在家裡的感受」，此時，怖慄使人面臨探索自己是否本眞存在（authentic existence）的問題，換言之，怖慄使人個人化，個人化就是「人人」的退縮而讓人回到自己的存有思考中。〔註12〕

〔註11〕 本文括弧裡的外文若有兩個，則第一個是德文，第二個是英文。
〔註12〕 Marin Heidegger. *Being and Time*, sec. 40. New York: State University of New

　　海德格所使用的「無家感」（unheimlich, uncanny）一詞，易鵬將它譯作「魂
駭離居」，這個中文的翻譯兼顧德文原詞的音與義。易鵬把 unheimlich 譯作「魂
駭離居」是藉佛洛伊德在 1919 年發表的 "Die Unheimlich（The Uncanny）" 一
文中對於「無家感」的成因和現象的討論而進一步指出猶太民族的離散經驗。
〔註13〕

　　佛洛伊德在這篇論文中，以精神分析的方法討論霍夫曼（Ernst Theodor
Wilhelm Hoffmann, 1776～1822, 筆名 E. T. A. Hoffmann）的短篇小說"Der
Sandmann（The Sandman）"中，烙印在主角納坦尼爾（Nathaniel）孩童時期心
理上的閹割情結（castration complex）。納坦尼爾小時候每到晚上九點鐘就被母
親驅趕就寢，如果不乖乖聽從，母親則警告沙人會在不乖的小孩眼睛裡撒上沙
子，讓眼睛流血之後，取下不乖孩子的雙眼以餵食他自己在月亮上的小孩。事
實上，納坦尼爾也的確在每天晚上聽到陌生人踏入家門的聲音，他以為這個陌
生的腳步聲就是沙人的聲音。一天晚上，納坦尼爾發現這個每天晚上前來的陌
生人並不是傳說中挖人眼睛的沙人，而是曾經在白天見過的父親的律師朋友
Cappalius，此人對納坦尼爾並不友善，喜歡捉弄小孩，長相怪異，他在夜裡前
來家中和父親一起進行化學實驗，是關於製造機器人的秘密實驗。不幸地，在
一次實驗爆炸的晚上，父親因而喪命，Cappalius 也從此消失無蹤。這個痛苦的
經驗讓納坦尼爾把沙人眼睛和 Cappalius 聯結在一起，從此長期生活在 Cappalius
形象的恐懼陰影之下，最終甚至通過眼睛的注視，步上了發狂和自我毀滅。這
個閹割情結成為一種心理上的被抑制物，在納坦尼爾成長的過程中，這個被抑
制物不斷地透過各種不同的現象被反覆激活，以致於在納坦尼爾心理上產生一
種怪異效應（uncanny effect），所謂的怪異效應是指從最熟悉的親人或環境裡產
生的一種神秘而陌生的感覺。由於霍夫曼在這篇小說中指出 Cappalius 形象的重
覆出現造成了發生在納坦尼爾身上的怪異效應，而 Cappalius 的形象又與父親之
死聯結在一起，怪異的背後隱藏著對於親人和孩童回憶的熟悉感，從這個角度
來看，佛洛伊德因此認為德文的 unheimlich（英文譯作 uncanny）一字中埋藏著
因「被抑制物的復返」所引發的怪異或陌生反應，這樣的理解也在佛洛伊德從

York Press, 1996（1953）；陳榮華，《海德格存有與時間闡釋》，台北：國立臺
　　灣大學出版中心，2006（2001），頁 132～137。
〔註13〕 Sigmund Freud, trans. by David McLintock. "The Uncanny.", *The Uncanny*. New
　　York: Penguin Books, 2003, pp. 121～162.

unheimlich 這個字的字源意義上得到肯定，意即，佛洛伊德考證 unheimlich 一字除了「不熟悉的」、「神秘怪異的」、「不在家的」等等做為形容詞的字義之外，其字義也建立在和「熟悉之物」的隱約關係上。易鵬於是在這些理解的基礎上，將 unheimlich 譯作「魂駭離居」，用以詮釋猶太民族的離散經驗，而陳榮華將海德格使用的 unheimlich 譯作「無家感」，用在詮釋存有的怖慄現象，藉此啟發我們思考「離散」和「熟悉之物」的關係。實則，從這些討論之中，我們無法忽視「重覆」的議題，就像納坦尼爾的成長經驗裡，不斷重覆出現對於眼睛的怪異感，因此，在文學批評的研究裡，重覆理論也涉及「怪異」（uncanny）的討論，主要論點在於文本中的「同質性重覆」（指重覆出現的人物、情節或意象）如何造就「異質性的怪異效果」進而開拓文本的賞析視野。本文提舉的離散精神原型依此重覆理論來討論文姬心理被抑制的離散情結，這個離散情結在不同時代的不同藝術形式作品中被反覆呈現時，實則張揚在「回到自己」的怖慄經驗與存在思考之中。

德文 Unheimlich 一字中埋藏著因「被抑制物的復返」所引發的矛盾反應，「被抑制物」是指故鄉的思念，或是歷史傳統的熟悉感，而這個被抑制物的復返所引發的矛盾反應是指：猶太民族在離散之後回到自己原初的土地時，在最熟悉的土地和居所（die Heimat，指家園祖國，熟悉之物）裡看到最陌生與令人不安的事物（das Geheimnis，指秘密），以致產生陌生與不安——離魂——的可能性。〔註14〕「魂駭離居」即是離開熟悉的居所而產生的心魂驚駭，這是一種無家感，人之所以感到驚駭而且會有無家的感受，因為人有存有，人的存有啟動了人對於生存方式的思索。

對於怖慄的感受，海德格從存有學的觀點指出怖慄的產生來自人的主動逃避，而人所逃避的對象是人自己的存有，由於人的存有會顯示他自己可能的生存方式，當人選擇逃避存有時才接受「人人」的誘惑，以致人沈迷於追逐世界中之物。在海德格，人之所以沈迷於日常生活的世界，是由於人逃避他的存有，而逃避之所以可能，是由於人早已瞭解他面對一個在他後面追著他的存有。文姬流落匈奴時，為了適應新的環境和建立能夠重新說服自己存在的價值觀，相對來說，文姬在某種程度上是選擇了對於中原故鄉的逃避和遺忘。十二年之後，文姬被贖回中原，重新面對故鄉時，同樣地，文姬又在

〔註14〕 Edward Said 著，易鵬譯，《佛洛伊德與非歐裔》，台北：行人出版，2004，頁61 註 4。

某種程度上選擇了對於漠北生涯的逃避和遺忘。然而，逃避和遺忘並不表示沒有這些遭遇，反而更加坐實這些遭遇。依海德格的說法，文姬越是逃避和遺忘她的生存方式，無論是在中原的生存方式，或是在漠北的生存方式，文姬終究面對了自身存有的思索，否則不會有詩作當中流露出來的悲憤之苦。人除了選擇逃避之外，海德格指出人也可以選擇面對存有所顯示的生存方式，從而接納和理解存有，人也因此體證存在的意義。正是由於存有顯示的生存方式可以讓人探索到人之所以存在的原初意義，因此，人若要逃避存有所顯示的生存方式，則是悖離了人自己的存在，怖慄因而產生。怖慄所逃避的對象是人自己，正由於人選擇了逃避這種生存方式，恰好可以看出人在怖慄當下的存有原初意義，所以海德格藉由分析怖慄而得到人的存有意義。

　　相對於海德格所謂的怖慄來自人的主動逃避自己的存有，佛洛伊德從心理學的觀點指出「魂駭離居」的無家感則是來自被動逃避，而人所逃避的對象是家園祖國和熟悉之物，這裡主要是指猶太民族被驅離所在的土地之後而又回到這塊土地時，在這塊最熟悉的土地和居所上，可能產生的陌生與不安是一種近似離魂的可能，這是在回到故鄉之後才產生的無家感。

　　海德格分析怖慄的產生來自人的主動逃避，逃避的對象是人自己的存有，但就在同時，人體證了自己的存有。佛洛伊德強調人的無家感，也就是海德格所說的怖慄，是人在面對原鄉時產生的陌生和不安，也可以說是人在面對自己的原初生存方式時所產生的感受。綜合海德格與佛洛伊德對於怖慄的主張，我們可以得到這樣的看法：若怖慄或無家感在人的存有之中，則人能在面對離鄉和返鄉的處境時開顯存有的思索，就文姬歸漢的歷史事件而言，離散精神原型這個意義整體所開顯的存有思索體證在身分認同上。

　　文姬自述生平的〈悲憤詩〉云：「且則號泣行，夜則悲吟坐。欲死不能得，欲生無一可。」「邊荒與華異，人俗少義理。處所多霜雪，胡風春夏起。」〔註15〕漠北的遭遇對文姬而言是「異」的，相較於華夏文化是「少義理」的，文姬要抗拒這樣的生活卻落得求生不得、求死不能，在拒絕異文化的生死不得其所之餘，依海德格的說法，這是思考自身存有問題的開始：身處大漠應該選擇什麼樣的生存方式？

　　當文姬選擇在「感時念父母，哀嘆無窮已」的思緒中渡日，以及扮演兒

〔註15〕蔡琰〈悲憤詩〉原文引自《後漢書・列女傳・董祀妻傳》，新校本後漢書并附編十三種，台北：鼎文，1975，頁2801～2802。下面引文同，不另出註。

子口中「阿母常仁惻」的慈母角色做爲一種在異域能夠繼續生存的方式時，却在曹操遣使來贖的當下，文姬面對了母子之間「存亡永乖隔，不忍與之辭」的事實，文姬「號泣手撫摩，當發復回疑」的拒絕親情被割裂，却也只能「去去割情戀，遄征日遐邁」，依海德格的說法，文姬對於「別子」的抗拒再次讓她回到自己的存有思考：歸漢之後的生存方式是什麼？

回到中原，文姬選擇再嫁，希望「託命於新人，竭心自勖厲」，迴避「登高遠眺望，魂神忽飛逝」的思子之苦，然而「流離成鄙賤，常恐復捐廢」，文姬只能慨嘆「人生幾何時，懷憂終年歲」。文姬所歸之漢，是一個讓她重新思索生存方式的原本熟悉如今却是陌生的世界。

文姬的拒絕異文化、拒絕親情被割裂、拒絕再度被人遺棄，這些拒絕讓文姬面對了自己的存有，這些拒絕導致海德格所說的怖慄，也是佛洛伊德強調的無家感，這是人在面對異鄉和原鄉時產生的陌生和不安。怖慄和無家感經由文姬〈悲憤詩〉的刻劃和正史中文姬歸漢此一歷史事件的敘述，怖慄和無家感已經內化在具有「離鄉、別子、歸漢」敘事結構的離散精神原型此一意義整體中。

綜合以上從時間性概念所獲得的關於離散精神原型的存有性格，以及怖慄所開顯的離散精神原型此一意義整體在存有思索中的存在，以下我們再從文姬歸漢系列作品的創作過程進一步體證離散精神原型在人們的存有之中。

離散精神原型在開顯的過程中向著人們言談，透過言談而觸動人心，並且讓人也透過言談的方式提出問題，人們所提出的問題是在歷史效應意識之下所形成的問題，這些問題的本質是人們在他自己的歷史時空中理解文姬歸漢歷史事件之後所滋生的不瞭解，人們把這些不瞭解回應給文姬歸漢歷史事件的敘述話語中（一般指向歷史文獻），歷史文獻試圖爲這些不瞭解給出答案，人們依據文獻所給出的答案來修正成見，在這樣往來於人們當下時空和文獻歷史傳統之間的對話，最終可以得到文姬歸漢歷史事件的一種合於人們當下時空的意義，而這一切的對話之所以能夠進行，實因離散精神原型在人的存有之中，因此所有的對話是在理念性的意義之中進行。依海德格的說法，離散精神原型的開顯，可以從存有的三個存在性徵（existentiale）〔註16〕得到

〔註16〕海德格在探討人的存在這個議題上，透過描述人的存在方式以追求人的存在意義，最終希望人能夠瞭解本眞的存在（authentic existence）。在闡述的過程中，海德格指出人的存在性徵是人之所以在世存有（Being-in-the-world）的開

說明，這三個存在性徵是：際遇性（state-of-mind）、瞭解（understanding）、言談（discourse）。開啓這三個存在性徵的機制是人的良知呼喚。

　　人透過良知（conscience）的呼喚讓人瞭解自己的存有。在海德格認爲，良知是一個能使我們體證自己存有的可能性，是一個驅使我們能實際參與本眞存在的機制，良知出現的時候，人能夠從當下際遇的感受中，藉由言談而得到對於本眞存在的瞭解。良知呼喚人們從人云亦云的誘惑世界中甦醒過來，良知呼喚人們往自己的存有中去。言談在這裡是指「整理出可瞭解性」（articulation of intelligibility），〔註17〕言談是一個整理的過程，整理人們對於際遇的感受以及對於本眞存在的瞭解所提供的東西。

　　離散精神原型扮演良知的角色而呼喚人們感受離散的際遇，對於文姬歸漢系列作品的創作者而言，離散精神原型呼喚他們離散際遇的感受，並且開顯了怖慄的經驗，創作者在聆聽離散精神原型對他們的呼喚之後，選擇回到自己對於心靈棲居的思索，也就是對於歸漢究竟歸於漢之何處的思索，而創作者所據以創作的文學與藝術技巧即是一種言談的方式，這種言談的方式讓觀賞這些作品的閱聽者瞭解創作者對於當下際遇的感受以及創作者自己對於他的本眞存在的瞭解，換言之，言談發生在不同時代和不同藝術形式的創作時空，這些文姬歸漢系列作品的創作讓文姬歸漢歷史事件的意義得到眾聲化的機會，也就是文姬歸漢系列作品在做爲離散精神原型的載體的同時，開顯出來的是不同時代的不同創作者們當下的藝術思維，以及他們對於自己心靈棲居何處的終極探索。我們爲文姬歸漢系列作品提出這樣能夠符合跨越時空的解釋，是因爲離散精神原型在人們的存有之中。

第二節　離散精神原型是結構形式和情感內容的同構

　　離散精神原型在人的存有之中，離散精神原型是一個具有「離鄉、別子、歸漢」結構的敘事模子，這個敘事模子開放自己給文姬歸漢系列作品的創作者，創作者在詮釋文姬歸漢歷史事件意義的同時恰恰開顯了自身面對離散際遇的存有。因此，從時間性的概念來看，文姬歸漢系列作品承載了離散精神原型這個存有的思索，時間性概念中所謂的「回到自己」，亦即回到離散精神原型這個意

　　　顯結構，存在性徵是人在原初所本有的，不是認識而來的。
〔註17〕陳榮華，《海德格存有與時間闡釋》，頁 114。Martin Heidegger. *Being and Time.* p. 150.

義整體之中。於是，我們將進一步從既存的文姬歸漢系列作品中的音樂作品和戲曲作品來觀察這個時間性概念中的「回到自己」的運作情形。

　　離散精神原型做為文姬歸漢系列作品的意義整體，其「離鄉、別子、歸漢」的敘事結構指出「回到自己」的事實，而此一事實被置放在創作過程的環節時，必然使創作者將作品的內容導向由離散情結凝鍊而來的原鄉追尋。情感內容存在於主題式的藝術作品中，本是毋庸置疑的，文姬歸漢系列作品是標題作品，這些作品的文學性標題已經具有文字敘述的功能，而音樂作品和戲曲作品中的唱詞也能夠幫助理解文姬歸漢歷史事件的意義，那麼，在音樂作品和戲曲作品中，文字之外的其他結構形式，如曲式、旋律、和聲、節奏、調性、穿關、排場、腳色行當、曲牌唱腔、宮調等，這些結構形式方面的處理也可以幫忙理解文姬歸漢歷史事件的意義，換言之，當離散情結的情感內容內化在結構形式時，這些結構形式也必然指向原鄉追尋的「回到自己」。離散精神原型提供了內容和形式二者在追尋原鄉這個意義整體上合而為一的機會，「原型」之名恰是體證離散精神原型這個意義整體在時間性中的複踏現象，複踏的不只是情感內容，也是「回到自己」的結構形式特色。於此，浮現出來的是情感內容和結構形式的同構問題。在探討情感內容和結構形式的同構關係之前，先論述內容和形式的辯證關係，而事實上，內容和形式之間的辯證論述早有預留內容和形式二者可以同構的空間。

　　關於內容和形式二者的辯證關係，本節首先擷取黑格爾（Georg Wilhelm Friedrich Hegel，1770～1831）關於情感內容的看法，以及漢斯利克（Eduard Hanslick, 1825～1904）關於形式即內容的主張，藉以揭示形式和內容二者在辯證過程中可能釋放出來的關於形式內容二者可以合一的思考。其次，從貝爾（Arthur Clive Heward Bell, 1881～1964）提出的假說「有意味的形式」和蘇珊朗格（Susanne Katherina Langer, 1895～1982）討論情感和形式之間的同構關係，以及費拉拉（Lawrence Ferrara）關於「指示性意義」（referential meaning）和「結構性意義」（syntactical meaning）的折衷主張，討論離散精神原型中結構形式和情感內容的同構現象。

一、結構形式和情感內容的關係從辯證走向同構

　　關於形式和內容的關係研究，黑格爾的「形式內容二元論」和漢斯利克的「形式即內容」的主張，在研究形式和內容關係的領域中，共同指出的思

考方向是：形式和內容的關係不是對立的問題，也不是孰為主體孰為客體的問題，而是形式所承載的內容是什麼的問題。

　　黑格爾在闡述音樂與造形藝術（雕刻和建築）以及音樂與繪畫之間的異同時，強調音樂做為一門聽覺的藝術，較之以視覺為主的造形藝術和繪畫更適於表達「內在的主體性」（inner subjectivity）〔註18〕或「觀念性的心靈活動」（ideal breath of the soul），黑格爾認為造形藝術和繪畫的作品展現為一種靜止的、物質的、占有空間的、獨立存在的實體，這類的藝術作品始終是主體的觀照對象，它們是在空間中持久存在的客觀事物，黑格爾認為它們和主體之間的關係「仍然是兩回事」。但是，聽覺所聽到的聲音蘊含「觀念性的心靈活動」，同時，聲音是一種「外在現象」而且「和內在的主體性相對應」。再者，內在的主體性是主體的內心生活，而主體的內心生活是流轉不停的，猶如後浪否定前浪，〔註19〕主體的內心生活藉由聲音的自由擺盪而存在。黑格爾在這裡所討論的「主體的內心生活」指向主體的情感，那麼，以聲音構築的音樂作品將以情感做為內容，情感是音樂所要據為己有的領域，黑格爾說：

> 在這個領域**裏**音樂擴充到能表現一切各不相同的特殊情感，靈魂中一切深淺程度不同的歡樂、喜悅、諧趣、輕浮任性和興高采烈，一切深淺程度不同的焦躁、煩惱、憂愁、哀傷、痛苦和悵惘等等，乃至敬畏崇拜和愛之類的情緒都屬于音樂表現所特有的領域。〔註20〕

> 音樂所表現的內容既然是內心生活本身，即主題和情感的內在意義，而它所用的聲音又是在藝術中最不便於造成空間形象的，在感性存在中是隨生隨滅的，所以音樂憑聲音的運動直接滲透到一切心靈運動的內在的發源地。所以音樂佔領住意識，使意識不再和一種對象對立著，意識既然這樣喪失了自由，就被捲到聲音的急流**裏**去，讓它捲著走。〔註21〕

〔註18〕　朱光潛的中譯本在此加註括弧說明內在的主體性是指主體的內心生活。參見黑格爾著，朱孟實譯，《美學》，第三卷上冊，台北：里仁，1982，頁344。

〔註19〕　「後浪推前浪」是朱光潛在中文翻譯時闡釋「音樂與主體內心相對應」之說所做的譬喻。參見黑格爾著，朱孟實譯，《美學》，第三卷上冊，頁422註解11。

〔註20〕　Georg Wilhelm Friedrich Hegel. *Aesthetics*. trans. by T. M. Knox, Vol. II. Oxford: Oxford UP, 1975, p. 903。黑格爾著，朱光潛譯，《美學》，第三卷上冊，北京：商務印書館，2006（1979），頁345。

〔註21〕　Georg Wilhelm Friedrich Hegel. *Aesthetics*. p. 906。黑格爾著，朱光潛譯，《美學》，第三卷上冊，頁349。

「音樂憑聲音的運動直接滲透到一切心靈運動的內在的發源地」，對此，黑格爾曾有妙喻，他說，斯巴達人（the Spartans）久戰不勝，但是他們在聽到圖爾特（Tyrtaeus）的戰歌時，能夠鼓起勇氣來戰勝麥色尼亞人（the Messenians）；蘇格蘭北方人（the Highlanders）的風笛（the pipes）足以鼓舞人民的勇氣；法國大革命中〈馬賽曲〉（Marseillaise）之類的歌曲能夠發揮凝聚人心的威力。但是黑格爾指出，真正鼓舞精神的根源卻是「充塞於一個民族（the nation）間的某種明確的理念（the specific Idea）和精神的旨趣（the true spiritual interest）」，而這種理念和旨趣通過音樂暫時成為一種活躍的情感。黑格爾更進一步指出，單憑號角或軍鼓還不足以鼓起勇氣，如果要讓號角聲吹倒一座像耶利哥城牆那樣的壁壘，那就不知道要用多少大喇叭了，因此，主體的思想和感情才是真正的槍炮和統帥之才，音樂只能在已經把心靈振奮起來的那些力量之外，加上一把助力。〔註22〕

做為音樂本質的聲音是一種感性的外顯形式，而且「和內在的主體性相對應」，這個「內在的主體性」即是「某種明確的理念（the specific Idea）和精神的旨趣（the true spiritual interest）」，在這裡，很清楚地看到黑格爾對於內容形式二元論以及情感內容居主宰地位的主張。

黑格爾的內容形式二元論以及內容決定形式的主張，是直接體證在文姬歸漢系列作品的理解中的。就文姬歸漢系列作品中的音樂相關作品而言，離散精神原型是音樂這門聲音的藝術所要表現的主體內心情感，並且以「離鄉、別子、歸漢」三段式的敘事模子在這些音樂作品的結構中取得黑格爾所謂的聲音和內在的主體性「相對應」，於是，外在的聲音運動和內在的主體情感運動互相合拍，同時，時間是外在聲音運動和內在主體情感之間的共同聯結，時間在音樂裡表現為節奏，聲音的節奏運動和主體情感的節奏運動之間之所以能夠產生一致的同構現象，理由是音樂所表現和打動的是情感，是主體的內心活動。

向來被視為與黑格爾形式內容二元論的主張完全相反的論點，是漢斯利克關於音樂美（musically beautiful）的說法。

漢斯利克在《論音樂美》（1854）一書中，主張「音樂的內容是樂音的運動形式」（Der Inhalt der Musik sind tönend bewegte Formen. The content of music

---

〔註22〕Georg Wilhelm Friedrich Hegel. *Aesthetics*. p. 908～909。黑格爾著，朱光潛譯，《美學》，第三卷上冊，頁 353。

is tonally moving forms.），這是漢斯利克討論音樂美這個議題時針對音樂的內容所提出來的看法。所謂樂音的運動形式是指旋律、和聲、節奏、調性、曲式、織體等各個音樂要素在運動著的過程中所結合而成的音樂形式。依漢斯利克的說法，音樂不像畫家和雕刻家一樣可以從自然界中得到藝術形體的範例，意思是說，畫家可以從草木蟲魚等的形體中得到繪畫構圖內容的範例；雕刻家也可以從人的實際形體中得到雕刻線條的實物範例（在十九世紀中葉漢斯利克的討論中，尚未觸及抽象概念的繪畫或雕刻），然而，音樂却沒有這些自然界中的實際形體可資利用，自然界中無法提供明確的可辨識的內容做為音樂創作的形體範例，自然界只提供了原始的物質材料供作加工利用以助益音樂，例如琴絃和木材，因此漢斯利克才會說「不是動物的聲音，而是牠們的腸子對我們有好處；音樂最要感謝的動物不是夜鶯，而是綿羊。」〔註23〕所以，缺乏自然界實際形體範例的音樂藝術，是無法具有外在形體的，音樂既然不能再現已知的、有名稱的形體內容，唯有在形式上，也就是從樂音在運動過程中的排列結構，尋求內容存在的可能性。

　　然而，在論證音樂美轉化成為樂音形式的討論過程中，漢斯利克提到了「精神性內容」與這些形式有著最密切的關係。

> 我們強調音樂美，卻不排除精神性內容（ideal content），反而視它為必要條件。我們認為，沒有精神的參與，便沒有美的存在。基本上，我們是把音樂美轉化至樂音形式裡，這便說明了音樂的精神內容與這些形式有著最密切的關係。……由樂音所組成的形式不是空洞的而是充實的，不是真空的輪廓，而是來自內在精神的形象。……樂音的組合，亦即音樂美所依附的關係，並非機械性地串聯著，而是經由想像力的自發性活動而產生，所以各個作曲家的想像力的精神活力和特質，也就造就出該作品的性格。既然音樂作品是由有思想和情感的心靈（a thinking and feeling mind）所創造，作品本身自然具有高度的思想和情感（ideality and feeling）潛能。我們要求每個音樂的藝術作品，皆要含有如此的精神內容，但此內容只能存在於樂音結構（tone-structure）本身，而非其他任何的形態（aspect）裡。〔註24〕

〔註23〕　Eduard Hanklick 著，陳慧珊譯，《論音樂美：音樂美學的修改芻議》，台北：世界文物，1997，頁 123。

〔註24〕　Eduard Hanslick, trans. by Geoffrey Payzant. *On the Musically Beautiful: A Contribution towards the Revision of the Aesthetics of Music*. Indiana: Hackett,

漢斯利克接著對此「精神性內容」有如下的表述：

> 對於各個獨立音樂要素的性質〔案：獨立音樂要素指旋律、和聲或
> 節奏等樂音形式〕，以及它們與特定印象之間的關係作研究（只是當
> 作事實而論，並非探索最終原則），最後再將各個觀察結果歸納為一
> 般定律：這正是許多作者所追尋期盼的音樂的哲學性基礎（the
> philosophical foundation of music）（雖然他們從未告訴我們，他們對
> 「哲學性基礎」的真正理解為何）。每個和弦、節奏、音程，在心理
> 上與生理上所產生的影響，絕不能被解釋成：這是紅、那是綠、這
> 是希望、那是不滿，那是解釋不清的；必須把音樂獨有的屬性，歸
> 在一般美學的範圍之下，然後再總結出一個至高原則（a supreme
> principle）。以這樣的態度將各個要素分開解釋後，接著便要表明各
> 個要素是如何以不同的方式結合，相互確定和調整。〔註25〕

「精神性內容」即是各個音樂要素所歸依的一個「至高原則」，這個原則用來
調整各個音樂要素的結合方式，所以，

> 精神內容的表現，來自所有要素的結合，任何一部分的殘缺，都會
> 阻礙了其他部分的表達。旋律、和聲或節奏都可以在樂曲中占有首
> 要地位，如此對整體而言是有益的。若把作品的優劣，歸因於和弦
> 的使用或缺乏，實在是很迂腐的淺見。盛開的茶花無香，百合無色，
> 玫瑰則芬芳艷麗。它們的內涵是不能被轉換的，而且每種都是美。
> 所以，「音樂的哲學性基礎」應首先著手於尋找出與各種音樂要素連
> 結的必然精神特性及之間的關係。〔註26〕

這一段關於音樂要素的討論，旨在說明音樂的內容是樂音的運動形式，所謂
樂音的運動形式是指旋律、和聲或節奏等各種音樂要素的結合狀況，而這些
音樂要素各有不能替代的地位，猶如百合的潔白不能拿玫瑰的豔麗來替代，
茶花的清淡和玫瑰的濃郁也是不能互換的，然而音樂要素的結合必須歸依某
種精神內容。在這裡，漢斯利克指出了精神內容的存在。漢斯利克所謂的精
神內容是通過音樂要素在形式結構方面的理解所得到的某種意涵。《論音樂

1986, p. 30～31。陳慧珊譯，《論音樂美：音樂美學的修改芻議》，頁66～67。
〔註25〕 Eduard Hanslick, trans. by Geoffrey Payzant. *On the Musically Beautiful: A
Contribution towards the Revision of the Aesthetics of Music*. p. 34。陳慧珊譯，《論
音樂美：音樂美學的修改芻議》，頁70～71。
〔註26〕 Ibid., p. 34～35。同上註，頁71～72。

美》一書的結語處，對此形式和內容關係的討論做了這樣的結語：

> 音樂有內容，……，然而，唯有堅決地否認任何其他在音樂裡的「內
> 容」，我們才能確保音樂的內涵。因為其他內容歸納起來，頂多得出
> 一些不明確的情感，而追溯不出精神上的意義（spiritual content）；
> 而這精神上的意義只能從明確的樂音形式（particular tonal structure）
> 中取得。那是人類精神（mind）在可與精神相容的材料上，自由塑
> 造的創作成果。〔註27〕

漢斯利克指出「可與精神相容的材料」即是樂音（tones），但是，在這段做為全書結語所揭櫫的立論裡，依然未能明確指出人類精神或精神上的意義究竟為何，同時，樂音形式與人類精神相容的情形也未有定論，倒是漢斯利克在肯定「音樂的內容是樂音的運動形式」的同時，無法擺脫情感內容的身影，即使漢斯利克認為所謂的情感只不過是一種不確定的情感。

　　漢斯利克在十九世紀的五〇年代以形式論抨擊情感論的動機極其明顯且論述犀利，但是，依上文所述，漢斯利克並不反對情感此一事實，在討論音樂作品的表演者和聆聽者的章節（《音樂美》第四節「音樂主觀印象的分析」），漢斯利克也提及情感的作用，只是所謂的情感該做何解釋，漢斯利克未有細論，這樣的情形應與漢斯利克寫作《音樂美》一書是為了駁斥當時情感論之泛濫有關。對於像文姬歸漢此類標題性的音樂相關作品而言，漢斯利克的立論倒是提醒我們審慎思考音樂相關作品的情感內容和結構形式二者合而為一的程度。換言之，漢斯利克的內容形式一元論在探討具有明確情感內容的標題音樂作品上，提醒我們重視結構形式所扮演的角色。

　　就文姬歸漢系列作品的音樂作品和戲曲作品而言，文學性的標題已經指出這些與音樂相關的作品必定承載了離散的情感內容，雖然漢斯利克關於音樂美的討論將標題音樂摒除在外，但是，文姬歸漢歷史敘述中的離散精神原型做為一個具有「離鄉、別子、歸漢」的敘事結構形式，離散的情感內容實已內化在這樣的結構形式之中，意即，離散精神原型是一個有內容的形式，就主題系列作品而言，情感做為作品的內容是毋庸置疑的，然而，漢斯利克的形式內容一元論的思考帶給主題系列作品的啟發在於：音樂要素中的曲式、旋律、和聲、節奏、調性、穿關、排場、腳色行當、曲牌唱腔等結構形式在互相結合的過程中，通過離散精神原型這個「人類精神」，可以填實音樂的內容。漢斯利克對於

〔註27〕Ibid., p. 34～35。同上註，頁140。

形式內容一元論的強調，讓我們從聲音結構的本質去考察情感內容的依歸，可以避免空泛式的情感分析，因爲藝術作品中的情感畢竟不等於現實世界中人們實際感受的情感，現實世界中所感受到的情感必須內化在藝術作品的結構中，讓情感內容轉化爲結構形式，以這樣的姿態才有可能解釋文姬歸漢這類的題材內容被展演成爲各種不同藝術形式的現象。

當我們的思考向著結構形式和情感內容合而爲一的方向時，回顧黑格爾在《小邏輯》（1817～1830）一書中的說法：

> 關於形式與內容的對立，主要地必須堅持一點：即內容並不是沒有
> 形式的，反之，內容既具有形式於自身內，同時形式又是一種外在
> 於內容的東西。於是就有了雙重的形式。有時作爲返回自身的東西，
> 形式即是內容。另時作爲不返回自身的東西，形式便是與內容不相
> 干的外在存在。我們在這裡看到了形式與內容的絕對關係的本來面
> 目，亦即形式與內容的相互轉化。所以，內容非他，即形式之轉化
> 爲內容；形式非他，即內容之轉化爲形式。〔註28〕

黑格爾所說的內容與形式相互轉化的原理，對於音樂相關作品而言，正是說明了人的心理情感內容向聲音形式發生轉化的一種可能，也就是一種內在無形的精神內容「物化」爲外在物質性的音高、旋律、節奏、音色和織體的可聽的聲音形式，因此，無形的心理現象和物質性的物理現象二者不同的性質和不同的現象之間，轉化的概念即是異質同構的邏輯基礎，也可以說，黑格爾轉化之說即是形式和內容的辯證延續在形式和內容的同構概念中。就文姬歸漢系列作品而言，情感內容與聲音形式的異質同構現象是指內容和形式「共同向著」離散精神原型這個結構。

二、離散精神原型體證形式內容同構的理論基礎

離散精神原型是一個向著人們開放的世界，不同時代的創作者和欣賞者凝視文姬歸漢系列作品中的這個離散精神原型時，可以在離散精神原型的「道出」（saying）中瞭解個人的或社會歷史的存在意義，而離散精神原型的「道出」方式是通過文學的語言和藝術的語言完成的，這些語言呈現在作品的結構形式中。若文姬歸漢系列作品中的離散精神原型具有情感內容的可辨性，

〔註28〕Georg Wilhelm Friedrich Hegel 原著，賀麟譯，《小邏輯》，台北：台灣商務印書館，2003（1998），133 節，頁285。

則作品的結構形式理應可以得到與情感內容相應的解釋。這裡所謂的結構形式和情感內容的相應，即是體證在離散精神原型中的形式和內容的同構關係。

　　就文姬歸漢系列作品中的音樂相關作品而言，我們藉由貝爾、蘇珊朗格和費拉拉三人的論述做爲討論結構形式和情感內容同構關係的理論基礎。

　　貝爾在《藝術》（1913）一書中啓用「有意味的形式」（significant form）〔註29〕一詞做爲研究視覺藝術的理論假說。貝爾在試圖找出視覺藝術的普遍共通的本質的研究思考上，認爲「有意味的形式」就是一切視覺藝術的共同性質。在各種不同的作品中，線條和色彩以某種特殊的方式所組合而成的形式，激起了我們的審美情感。這種線條和色彩的關係組合，貝爾稱之爲「有意味的形式」，它們是審美地感人的形式。這個能夠激起人們審美感情的形式是通過構圖手段將線條、色彩、空間等要素組織起來的形式。〔註30〕貝爾強調形式是可以被知覺到的，人們之所以感動於藝術作品，正是人們知覺到藝術作品的形式，但是，貝爾也承認一切與藝術有關的任何問題都必然涉及某種特殊的情感，而且這種特殊的情感是一種所謂的「終極實在的情感」，也是一種只能通過形式才能被知覺到的情感，這種終極實在的情感是一種精神上的情感，而不是物質生活中遭遇的情感。〔註31〕就貝爾的「有意味的形式」而言，情感和形式，實質上是同一的。藝術家觀看物體時產生的感情是對純形式的感情，藝術家的審美感情是通過對純形式的感受才被激發出來的。〔註32〕創作者對文姬歸漢題材所產生的審美情感是通過對離散精神原型的純形式的感受而被激發出來的，純形式的情感指的是對於「離鄉、別子、歸漢」的歷史敘述結構中所感受到的返回自身、追尋原鄉的某種凝視，凝視的那一片刻，所有關於生存的思考都被藝術的形式物化了。

　　貝爾的「有意味的形式」理論假說在蘇珊朗格（Susanne Katherina Langer, 1895～1982）的《情感與形式》（1953）一書中被置放在音樂藝術上來討論，

〔註29〕　"significant form"一詞譯作「有意味的形式」是根據周金環與馬鍾元的中譯，實則貝爾提出這個術語的時候，意在引導人們思考線條構圖等形式所能蘊含的意義，藉以拒斥情感內容做爲作品意義的主張，所以，貝爾所謂的 significant（有意義的）並非指涉具體的情感意義，但又不是全然的沒有意義，因此在80年代的術語中譯即譯作「有意味的形式」，指涉作品的意義是一種意韻且抽象的概念。

〔註30〕　Arthur Clive Heward Bell. *Art*. N.Y.: Oxford UP, 1987（1949），pp. 3～5.

〔註31〕　Ibid., p. 35.

〔註32〕　Ibid., p. 27.

朗格認為這個形式中所指的「有意味」是指音樂形式這種符號所象徵的人類情感，而這種情感並非音樂家自身實際經驗到的具體情感狀態，而是某種情感想像。音樂形式之所以能夠象徵人類情感，在於音樂形式結構（音調、節奏、力度、色彩）同人類情感形式之間，存在著某種同構關係。蘇珊朗格的說法如下：

> （藝術作品）首先要使形式離開現實，賦予它「他性」（otherness）、「自我豐足」（self-sufficiency）；這要靠創造一個虛幻的領域來完成，在這個領域裡，形式只是純粹的表象而無現實裡的功能。其次，要使形式具有可塑性，以便能夠在藝術家操作之下去表現什麼而非指明什麼。達到這一目的也要靠同樣的方法——使之與實際生活分離，使它抽象化而成為游離的概念上的虛幻之物。……藝術家的使命就是：提供並維持這種基本的幻象，使其明顯地脫離周圍的現實世界，並且明晰地表達出它的形式，直至使它準確無誤地與情感和生命形式相一致。〔註33〕

蘇珊朗格說明藝術作品的結構是自我豐足的、具有可塑性的，創作者的使命是提供並維持這個結構。在文姬歸漢系列作品中，創作者維持離散精神原型「離鄉、別子、歸漢」的敘事模子，使這個敘事模子在文姬歸漢系列作品中是自我豐足地存在，至於這個敘事模子的可塑性則表現在各種不同的藝術形式裡。離散精神原型是一個具有「離鄉、別子、歸漢」三段情感張力的敘事結構，借用蘇珊朗格的說法，這是一個「有意味的形式」。在蘇珊朗格那裡，音樂是一種有意味的形式，所表達的意義是隱含的，是不固定的。在音樂形式中隱含的意義，是指音樂家認知的人類的情感概念，這個情感概念帶有普遍性的結構模式並且和音樂的音響結構形式產生同構現象，蘇珊朗格的說法是：

> 我們叫做音樂的音調結構（the tonal structures），與人類的情感形式（the forms of human feeling）——增強與減弱、流動與休止、衝突與解決，以及加速、抑制、極度興奮、平緩和微妙的激發、夢的消失等等形式——在邏輯上有著驚人的一致。這種一致恐怕不是單純的喜悅和悲哀，而是與二者或其中一者在深刻程度上，在生命感受

〔註33〕Susanne Katherina Langer. *Feeling and Form*. N.Y.: Charles Scribner's Sons, 1953, pp. 45&68. 蘇珊朗格著，劉大基、傅志強、周發祥譯，《情感與形式》，台北：商鼎，1991，頁 71&80。

到一切事物的強度、簡潔和永恆流動中的一致。這是一種感覺的樣
式或邏輯形式。音樂的樣式正是用純粹的、準確的聲音和寂靜組成
的相同形式。音樂是情感生活的音調摹寫。〔註34〕

從音樂的思考擴大到其他藝術層面，蘇珊朗格又說：

藝術作品本身也是一種包含著張力和張力的消除、平衡和非平衡以
及節奏活動的結構模式，它是一種不穩定的然而又是連續不斷的統
一體，而用它所標示的生命活動本身也恰恰是這樣一個包含著張
力、平衡和節奏的自然過程。不管在我們平靜的時候，還是在我們
情緒激動的時候，我們所感受到的就是這樣一些具有生命的脈搏的
自然過程。〔註35〕

愈是深入地研究藝術作品的創作（artistic composition），就會愈加清
楚地發現藝術創作與生命生成（the composition of life itself）的相似
之處，……由於這兩者之間的相似性，才使得一幅畫、一支歌或一
首詩不同於一件普通的事物——它們看上去像是一種生命的形式
（living form）。〔註36〕

蘇珊朗格並置藝術作品的結構和生命的結構（包含人類情感的結構），強調藝
術作品的結構張力和生命的脈動一致，蘇珊朗格指出生命的活動形式含有四
個特徵：有機性（organization）、能動性（dynamism）、節奏性（rhythmic
continuity）和生長性（growth）。〔註37〕換言之，生命的活動形式承載了人類
普遍的情感經驗，而情感經驗既與藝術作品的形式產生同構現象，那麼，考
察藝術作品的形式應能體現生命的這四個特徵。離散精神原型做為一個具有
「離鄉、別子、歸漢」三段情感張力的表義形式，其表達的情感和張力做為
一種人類普遍的情感，它必也投射在生命的活動形式中。

從文姬歸漢系列作品中的音樂作品與戲曲作品，檢視「離鄉、別子、歸
漢」過程中追尋原鄉的生命情感，從有機性方面來看，作品是一個在「確定

〔註34〕 Susanne Katherina Langer. *Feeling and Form*. p. 27. 蘇珊朗格著，劉大基、傅志
強、周發祥譯，《情感與形式》，頁36。

〔註35〕 Susanne Katherina Langer. *Problems of Art-ten philosophical lectures*. New York:
Charles Scribner's Sons, 1957, p.8。蘇珊朗格著，滕守堯譯，《藝術問題》，南
京：南京出版社，2006，頁9～10。

〔註36〕 Ibid., p.58。同上註，頁70。

〔註37〕 Ibid., pp. 44～58。同上註，頁55～70。

的時間內的」具有合理結構的整體。當作品的時間長度被確定下來，創作者就可在這樣一個時間軸上進行合理的佈局與結構，包括旋律、和聲、對位、節奏、音色、力度與織體，以這樣的結構形式為聽眾創造出一種訴諸感受的時間幻象。從能動性方面來看，樂音在時間軸上流動，在這一運動的進程中，各種與人類的情感形式互相一致的感覺都可以找到，包括：增強與減弱、緊張與鬆弛、衝突與解決、加速與抑制等，它們表現在音樂中的氣息運用，如同呼吸之於生命，有短促、有悠長。從節奏性方面來看，音樂作品與戲曲作品中有節拍、情節發展的速度、感情變化的落差。從生長性方面來看，音樂的調性和聲包含主音中心的概念，具有音組織中「緊張——解除」的原則，曲中雖然轉調以求精彩變化，最終必定追尋主音回到主調性。又如雜劇的三段式結構，與唐宋大曲的三段結構有密切關係。唐宋大曲的「散序（器樂曲）——排遍（聲樂曲）——入破（舞曲）」三段結構，從第一段器樂序奏的慢板開始，到第二段多樂章的聲樂曲，再到第三段舞蹈加入的急板，以及最後漸慢作結，符合心理審美經驗中緊張趨向鬆弛的慣性。這些音樂上的回歸原點慣性，與「離鄉、別子、歸漢」過程中所呈現的追尋原鄉的傾向性，具有節奏上的同構關係，體現了生命的生長性。

　　蘇珊朗格關於藝術作品結構和生命情感結構並置的看法，在費拉拉（Lawrence Ferrara）的音樂美學觀點裡借助海德格對於藝術作品本源的探索而得到進一步的討論。費拉拉的討論主要見其《哲學與音樂分析》（*Philosophy and the Analysis of Music*, 1991）一書，具體的討論成果是指出藝術作品的「指示性意義」（referential meaning）和「結構性意義」（syntactical meaning）。海德格在有關藝術作品本源的討論中指出，〔註38〕藝術作品是由藝術家創造出來的，而藝術家之所以能被名為藝術家，則是因為他所創作的作品被視為藝術作品，因此海德格說：「藝術家是作品的本源，而作品也是藝術家的本源，兩者互相擁有彼此，都是彼此的心靈支柱（sole support）。」但是，海德格接著提問：是什麼樣的特質使得藝術作品和藝術家擁有彼此不能互缺的關係。海德格稱這個特質為「藝術」，於是以希臘神廟、康拉德（Conrad Ferdinand Meyer, 1825～1898）的詩歌〈羅馬之泉〉（La Fontaine Romaine）和梵谷（Vincent

---

〔註38〕 海德格關於藝術作品源起的討論，參見 Martin Heidegger. "On the Origin of the Work of Art.", *Off the Beaten Track*, ed. and trans. by Fulian Young. Cambridge: Cambridge UP, 2002, pp. 1～56.

van Gough, 1853～1890）畫作《鞋》（The Shoes）為例，說明藝術作品的材料（earth，又譯作大地）在它們的物性（thingliness）之外，還同時閉鎖著（concealing）藝術家的世界（world），費拉拉說這是「作品把創作者的世界轉成象徵的形式（symbolic form）」；〔註39〕同時，藝術家的世界爭脫物質材料的閉鎖而力圖開放（opening）自己，「顯現為一種本體的生命世界，這使得藝術作品的材料也有可能敞向它們自己的存有」，因此，以梵谷的畫作《鞋》為例，梵谷畫作中的鞋子比起真實的鞋子樣式有了更多內容上的含義，而整幅畫作也具有結構形式之外更多的內涵。

關於海德格詮釋梵谷畫作的論文〈論藝術之源起〉（"On the Origin of the Work of Art"）原是 1935 年到 1936 年間做為演講用的文章，這篇論文開啟後代學者熱烈討論梵谷畫作中的鞋子意義。梵谷畫的鞋子共有八幅，海德格所討論的是編號 255 的畫作。〔註40〕海德格關於此畫的說明廣為學者擷取和討論，茲先摘錄片段如下，以明海德格所謂的藝術作品中關於「大地」和「世界」之間的爭鬥：

> 農婦疲憊沉重的蹣跚，自鞋子破損內部的黑暗鞋口向外凝視。在鞋子沉甸甸的感覺裡，僵硬與粗糙感雜陳，在刺骨寒風呼嘯而過的田中，她滯緩跋涉過那遙遠綿延，永遠千篇一律的犁溝，鞋子有一股漸增積累起來的韌性。皮革上留著泥土的濕潤與肥沃，就像傍晚降臨，田中小徑的孤寂感不知不覺滑落在鞋底。土地靜止的呼喚，漸熟穀物的靜默獻禮，和寒冬中在休耕荒蕪的田地上那種無以名狀的排拒感，在鞋中迴盪共鳴。這個器具被一種焦慮所滲透，但沒有人抱怨這種焦慮，這些焦慮關係到確保有麵包可吃；這器具也被一種無言的喜悅所滲透：再次抵擋了匱乏、臨盆分娩之前的顫慄、死亡的惡意威脅環伺時的哆嗦。鞋子這個器具屬於『大地』（earth），在農婦的『世界』（world）裡受到愛惜守護。從這個受到守護的歸屬中，此器具昇華至『自身居於其中』（resting-within-itself）的狀態。〔註41〕

〔註39〕 Lawrence Ferrara. *Philosophy and the Analysis of Music*. New York: Excelsior Music Publishing Co., 1991, p. 132. 下面引文同。

〔註40〕 依 Jacob Baart de la Faille（1886～1959）的編號，de la Faille 從 1928 年開始首度將梵谷畫作編目整理。

〔註41〕 摘自劉藍玉和張淑君的中譯，譯自 Thomas E. Wartenberg. *The Natural of Arts: An Anthology*，第 14 冊，台北：五觀藝術，2003，頁 16。

根據海德格此段說明而展開的討論，包括梅耶・夏皮洛（Meyer Schapiro, 1904〜）認爲梵谷所畫的鞋子講述了梵谷自身生命中的一部份；德里達（Jacques Derrida, 1930〜2004）質問梵谷所畫的鞋子是「一雙」鞋子嗎？是誰的鞋子？甚至質疑「它」是鞋子嗎？德里達指出畫作只是一個漂浮的能指，畫作將自己的意義懸擱起來，畫作的意義是失落的、不確定的，唯一能被肯定存在的只是「這是一幅畫」而「這不是鞋子」。海德格和夏皮洛兩人的共同看法是想要爲畫作中的鞋子找到主人，然後在主人的精神世界裡爲藝術作品的眞理尋求棲身之處，反之，德里達根本否認鞋子必需有主人，一旦鞋子不必有主人，它便成爲一個漂浮的能指，它的意義有待填充，對此，德里達指出畫作中的鞋帶是焦點，這個敞開而鬆綁的鞋帶昭示著某種自由，鞋帶的鬆開狀態表示鞋子的大地經驗被擱置，也可以說，這個被擱置的經驗表示曾經有過一個主體能夠自由地支配著自己的腳，讓鞋帶最終處於鬆開的狀態，自由地支配意謂主體意識的流動，在這一點的理解上，德里達的詮釋貼近了從現象學的觀點所指出的藝術眞理在於「物之物性」自行在藝術作品中的顯現。〔註42〕就本文揭示的離散精神原型來說，離散精神原型敞開在文姬歸漢系列作品之中，這些作品的藝術結構如同「物之物性」一般顯現出來，通過對這些藝術結構的解析，我們可以透視離散精神原型出場的姿態，這個出場的姿態因著不同時代的創作者和欣賞者而有眾聲多元的現象，這也就是藝術作品所建構的原初世界交融在變化的理解世界中，海德格和夏皮羅、德里德等人想要探索的藝術眞理即是在這樣的動態發生過程中。

在這裡，海德格起用「材料」（earth）一詞指涉實有的物料，〔註43〕earth譯作「材料」，也譯作「大地」，可以理解爲做爲大地沃土中的材料是一種實質的、具體的用具，如繪畫所用的顏料、建築所用的木頭、雕塑所用的泥土、製作樂器所用的皮革或絲線等。同時，海德格起用「世界」（world）一詞指涉藝術創作者生活著的精神世界，而且，海德格認爲，觀賞者在欣賞畫作和希

〔註42〕 參見夏皮洛的文章"The Still Life as a Personal Object.", *The Reach of Mind: Essays in memory of Kurt Goldstein*. New York: Springer Publishing Company, 1968；德里達的論文 "Restitutions of the Truth in Pointing.", *The Truth in Painting*. trans. by Geoff Bennington and Ian McLeod. trans. from *La vérité en peinture*. Chicago: University of Chicago Press, 1987, pp. 255〜382.

〔註43〕 本段關於「世界」和「材料」的討論內容，參見 Martin Heidegger. *Off the Beaten Track*, ed. and trans. by Fulian Young. pp. 26-43.

臘神廟時，首先看到的是顏料和畫布，以及神廟的石塊建材，這是藝術作品都有的一種「東西式」的特質（thingly character），海德格把這種「東西式」的特質稱作 earth，也就是藝術作品所使用的物質材料，而藝術家的精神世界則稱作 world。「材料」的閉鎖性和「世界」的開放性之間形成一種張力，而做為藝術本質的眞理（truth）〔註44〕就生發（happening）在這種張力之後的存有解蔽（the unconcealment of beings）中。

　　所謂材料的閉鎖性（concealment），或稱為大地的閉鎖性，是指神廟的岩石材料、畫作的畫布和顏料，以及詩歌作品的語言，這些材料的物性以它們現在所是的樣貌臨現，而在臨現成為神廟、畫作和詩歌的藝術作品之前，

〔註44〕 「做為藝術本質的眞理（truth）」這句話是海德格探討藝術本源的結論式表述，就柏拉圖（Plato, 427 B.C. – 347 B.C.）確立的藝術本質來看，藝術作品只是萬事萬物的模仿，藝術無法與眞理的存有性質相提並論，但是，海德格從存有的觀點論證藝術的存有性，主張藝術除了與料組合的表象之外，還有理念性的意義，換言之，藝術是存有的開顯（art reveals the truth of Being）。開顯就是解蔽，瑞士學者英格博格・舒斯勒（Ingeborg Schüssler）曾撰寫〈藝術與眞理〉一文討論海德格對於藝術與存有開顯的看法，舒斯勒從「眞理」的希臘文 Aletheia 探討存有的解蔽，Aletheia 這個字由 a 與 letheia 兩個部分組成，其中，letheia 是「遺忘」、「遮蔽」、「退隱」的意思，前級 a，則有否定和強調兩種意涵，否定的意涵是指「去蔽」、「解蔽」，換言之，眞理是某個「去蔽」或「解蔽」之後存在的東西，它是開放著的，眞理沒有任何陰影的遮蔽。另外，a 做為強調之意，是指陰影或退隱的強調。綜合這兩種前級 a 的意涵，可以得出關於眞理的哲學思考進路：眞理的開顯奠基於退隱或遮蔽的加強。依海德格的說法，眞理的開顯所倚賴的退隱或遮蔽是存有的退隱或遮蔽，所謂存有的退隱或遮蔽是指存有先於萬事萬物存在，但是存有讓自己退隱遮蔽，不讓注意力導向自身，而是將注意力轉移到萬事萬物身上，讓萬事萬物被看見，如同萬事萬物具有優先性一般，所以，存有的開顯是萬事萬物之優先性的根源，這就是存有以開顯的方式退隱或遮蔽。在梵谷《鞋子》、希臘神廟和《羅馬之泉》三件作品中，都有某種存有的開顯，這種開顯通過這些作品具體可見的開放性而存在，然而，不只是一隻鞋子、石質的神廟或羅馬的噴泉被具體看見，而是，這些具體的作品愈是被看見，愈是表示某種存有的理念早就存在。所以，舒斯勒說：藝術作品是在實質的藝術材料中某種眞理的綻放。海德格關於眞理的理解，藉由舒斯勒的文字學解析，進一步地體證了材料結構和眞理開顯之間的同構關係，如劉悅笛所說：「海德格爾追溯古希臘詞 Aletheia "顯——隱" 同體發生之 "去蔽" 原意，並發現藝術的 "世界——大地" 或 "澄明——遮蔽" 的原始爭執與眞理具有同構性。」參見 Ingeborg Schüssler 著，錢翰譯，〈藝術與眞理——海德格爾對藝術的後形而上學闡釋〉，《理解與闡釋》，天津：百花文藝，2005，頁35～62；劉悅笛，〈游戲本體、觀者參與和存在擴充〉，《錦州師範學院學報》，第21卷第3期，1999年7月，頁55～60。

這些材料是閉鎖在它們的物性裡面，只有當藝術作品「形成」（arising）時，這些材料（大地）才被藝術作品中的藝術性加以開顯出來，因此，海德格說：

> 每個事物的『形成』是在大地之中，這個『形成』也回歸到大地之中並且受到大地的庇護。在形成的物體中，大地以庇護者的角色現身、在場。〔註45〕

「材料」的閉鎖性和「世界」的開放性之間形成的張力，據海德格說：

> 建立世界和敍述材料是屬於作品存有的兩個特質（案：原文作"The setting up of a world and the setting forth of earth are two essential traits belonging to the work-being of the work."）。敍述材料意指把做為自行閉鎖著的材料大地帶入敞開的領域之中。那麼，建立一個世界和敍述材料二者在作品本身顯示了什麼樣的關係呢？〔註46〕

海德格認為「建立世界」和「敍述材料」二者之間的關係是一種爭鬥（strife）的關係，而且，「建立世界」和「敍述材料」之間的爭鬥是以作品為舞台的，因為作品建立一個世界並且顯現了大地，藝術作品推動了這樣的爭鬥，但是，爭鬥的意義不是為了消除爭鬥，而是在於維持這種爭鬥的狀態，因為爭鬥意味著持續凝聚作品的騷動（the agitation of the work），然後作品在自身之中所安排的平靜和諧（repose），才得以在這樣的爭鬥過程中顯現。至於開顯作品存有中的世界和材料之間的爭鬥，也就是存有的解蔽，則有賴於這些爭鬥被固定在作品的「型」（Gestalt, figure）中，並且通過「型」而讓這些爭鬥變得明瞭（This strife is fixed in place within the work's figure and becomes manifest through this figure.）。〔註47〕海德格在這裡從「材料」和「世界」之間存在的張力現象引導出形式和內容這一對詞組從辯證關係朝向互相依存關係的思考。

　　作品的材料和創作者的世界二者之間的爭鬥，見證在台灣原住民族金樽意識部落的創作者以漂流木進行裝置藝術的創作過程中。漂流木是台灣東部海岸山脈高山上的樹木，經過土石鬆動和雨水沖刷，從山谷滾向海邊的木

〔註45〕 "Earth is that in which the arising of everything that arises is brought back-as, indeed, the very thing that it is – and sheltered. In the things that arise the earth presences as the protecting one."（Martin Heidegger. trans. by Fulian Young. "The Origine of the Work of Art." *Off the Beaten Track*. p. 21.）

〔註46〕 Ibid., p. 26.

〔註47〕 Ibid., p. 43.

頭。這些漂流而下的木頭堆積在海邊，透露出被遺忘的、被邊緣的、廢棄不用的材料訊息，阿美族女性創作家魯碧·司瓦娜（豆豆，漢名是石瑛媛）認為身為原住民族「對於這樣的漂流木必有特殊的感覺」，她指出漂流木存在的事實指向自然生態的人為破壞，而原住民族賴以生活的山林原野在水土生態遭受人為破壞之後，原住民族面臨了生計漂旅的現實，因此，目睹漂流木的場景不啻親撫自身的漂泊命運，魯碧·司瓦娜撿拾漂流木做為空間佈置的創作素材時，「撿拾的過程即是自我追尋的過程」，她在漂流木的材料裡看到了足以和她自己的存在世界進行對話的媒材。「這些漂流木是渾然天成的，經過山谷中的碰撞而成為獨一無二的形，它們是無法被雕塑的」，那麼，她接著指出，「創作時，如何把人的思維溶入漂流木的自然體態中？」對魯碧·司瓦娜而言，漂流木以「漂流四海、回歸土地」的特質，引導了她的裝置藝術創作，漂流木除了做為裝置藝術作品的媒材之外，它也喚起創作者自我的認同意識。另一位魯凱族的女性創作者峨冷（漢名是安聖惠）曾經感性的說：「對漂流木的感覺是既愛又恨，與漂流木相遇之後，是沒完沒了的，漂流木還有好多話要對我說。」峨冷指出材料自身的存有正等待創作者用心靈世界去加以發掘，有時她強烈感覺到應該為撿拾到的漂流木給出一個合適的佈置空間角落，但是一時找不到合適的位置時，峨冷會暫時擱置這個漂流木，她形容這樣的創作空檔像是「我和漂流木之間的拉扯」，峨冷所說的拉扯，意即海德格所謂的爭鬥，依她的創作經驗，最終都能為漂流木找到合適的空間佈置角落，問題只在於漂流木要被閒置多久，也就是拉扯或爭鬥的過程有多長，也就是魯碧·司瓦娜所指出的創作者的思維溶入漂流木的程度有多深的問題。〔註48〕

　　作品的材料和創作者的世界二者之間的爭鬥，循著海德格的思考方向，美國音樂學者費拉拉為材料形式和世界內容的關係提出了一種折衷式的結論。他認為，從作品材料的實例中瞭解人類歷史的生命世界，而且作品的材料和人類歷史的生命世界交融在作品的設計或結構的「型」（Gestalt, figure）。為此，費拉拉為音樂創作給出如下的定義：存在於作品材料與作曲家世界之

〔註48〕魯碧·司瓦娜和峨冷兩位原住民族女性創作者對於漂流木的觀點，錄自「邊緣文化／影像再現系列：漂流生態與台灣原住民女性藝術」研討會現場筆記，2008年6月13日，台北女書房。該場研討會中，魯碧·司瓦娜和峨冷兩人現身說法，配合漂流木的裝置照片說明創作理念。

間的爭執，交融在作品的構成也就是結構上的「型」（For Heidegger it means understanding（and thereby preserving）the historical life-world exemplified in the work materials（earth）and held together in its design or structural Gestalt.）。〔註49〕而費拉拉在《哲學與音樂分析》一書中所提出的藝術作品的「指示性意義」（referential meaning）和「結構性意義」（syntactical meaning）的概念，其「指示性意義」強調從作品外緣的研究，也就是從研究創作者的歷史的生活世界來求得作品的意義，而「結構性意義」則強調從作品材料的結構形式得到作品的意義，這是探討作品意義的兩個基本而不同的面相。文姬歸漢系列作品的結構性意義來自作品材料（如：聲音、節奏、曲式、穿關、曲牌、排場）在形式構成方面的分析，而其指示性意義則來自創作者自身和所屬世界（如：情感、存在的思考）在時代背景方面的研究。就文姬歸漢系列作品而言，離散精神原型是這些系列作品的存有，這個離散精神原型的開顯或解蔽端視結構形式和情感內容二者的交融同構。

第三節　音樂作品中的同構現象：黃友棣、李煥之和林品晶的作品

　　本節將通過分析文姬歸漢系列作品中的音樂作品，說明離散精神原型所體證的結構形式和情感內容的同構現象。這些音樂作品是：黃友棣譜曲的《聽董大彈胡笳弄》合唱曲，李煥之作曲的《胡笳吟》合唱曲、林品晶作曲的《文姬：胡笳十八拍》。〔註50〕就離散精神原型的「離鄉、別子、歸漢」敘事結構做為文姬歸漢系列作品的意義整體而言，下文的分析將揭示作品的結構形式交融在歸漢行動中對於原鄉追尋的存有思考。

一、結構形式中的音樂事件分析

　　（一）黃友棣《聽董大彈胡笳弄》

　　黃友棣譜曲的《聽董大彈胡笳弄》合唱曲，第1小節到13小節的引曲（譜例一），以鋼琴獨奏模仿古琴音色彈出「商、角、羽」三音構成的和絃，這個

〔註49〕 Lawrence Ferrara. *Philosophy and the Analysis of Music*. New York: Excelsior Music Publishing Co., 1991, p. 138.
〔註50〕 黃友棣、李煥之和林品晶的生平與創作，請分別參見附錄二、附錄三和附錄四。

和絃據作曲者黃友棣說：「我為此詩所作的引曲，取材於詩內一句『先拂商絃後角羽』；我就用『商、角、羽』三個音為樂曲的動機，把它移調，開展，裝飾，引伸，而成前段。」〔註51〕黃友棣所說的「此詩」是指唐代詩人李頎所作的〈聽董大彈胡笳弄〉一詩，黃友棣將「商、角、羽」三音的音程寫在此曲第 1 小節的第一拍、第 2 小節的第一拍和第 3 小節的第一拍，分別是 g 小調的 C，D 和 G 三個音，並以這三個音為根音展開 g 小調的一級（I）、二級（II）和五級（V）和絃，在引曲段落中，將這三個和弦展現為琶音和分解和弦，做為模仿撫琴時「拂」至各絃的散音。「商、角、羽」三音屬於五聲音階，這三個音構成的和絃帶出了屬於東方華夏文化的特質。〔註52〕

〔註51〕黃友棣，《琴臺碎語》，台北：東大，1977，頁 244。

〔註52〕為了尋找中國風格的和聲技術，黃友棣想到了古老的歐州音樂。西元四世紀的時候，義大利米蘭主教安布洛茲（Bishop Ambrose, 333～397）從土耳其的安第奧克（Antioch）蒐集到許多東方曲調，將這些曲調編為聖歌，後人稱為「安布洛茲聖歌」（Ambrosian Chant），這些聖歌有四個調式，後來加上了四個副調，擴充為八個，這八個調式一般稱為「教堂調式」（Church Mode）。雖然調式音樂在歐洲已經式微許久，取而代之的是大、小音階，但是黃友棣認為如果能到歐洲去留學，總該可以學到一些古老的調式音樂的和聲技術，這是黃友棣中年（1957～1963，45～51 歲）出國的原因，後來完成了《中國風格和聲與作曲》一書。依此中國風格的和聲概念，黃友棣歸納他的作曲方法和作品特性，有以下六項：1. 用調式曲調，明示東方音樂的色彩。2. 用調式和聲，表彰中國詩詞的美質。3. 用對位技術，開展藝術歌曲的內涵。4. 用民族樂語，增強器樂作品的韻味。5. 用朗誦敘述，發揚語言文字的特性。6. 用串珠成鍊，擴張民歌組曲的結構。參見沈冬，《黃友棣：不能遺忘的杜鵑花》，台北：時報文化，2002，頁 133。

【譜例一】

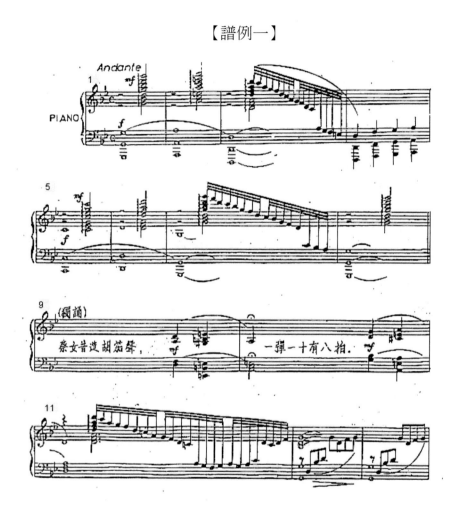

　　十三個小節的引曲部份，只在第 9、10 小節插入「蔡女昔造胡笳聲，一彈一十有八拍」兩句獨誦，獨誦之於鋼琴獨奏猶如幫腔，藉由人聲敘事的功能為鋼琴所承載的古琴情思點染時空場景。

　　第 14-23 小節是混聲四部合唱，鋼琴在這個樂段不是主奏的樂器，僅有調性和絃的伴奏功能。

　　第 24-82 小節，鋼琴獨奏第二次以模仿古琴音色和彈奏中國風格和聲出場，也就是再現由「商、角、羽」三個音構成的 g 小調一級（I）、二級（II）和五級（V）和絃，再次帶出中國文人傳統情感的特質，然而，這第二次的出場不同於引曲中的第一次出場，第二次更多地強調了琴聲的變幻莫測，這

可從獨誦（第 28, 29, 33 小節，穿插式的）和齊誦（第 46 至 53 小節，緊跟鋼琴節奏的）的說白內容得到確定（譜例二）。黃友棣此曲是根據唐代詩人李頎的詩作所譜的合唱曲，李頎創作此詩則又是根據聆聽當代琴家董庭蘭的古琴演奏所寫的琴詩，董庭蘭演奏的正是以文姬歸漢做爲題材的琴曲〈胡笳弄〉，因此，這個樂段的鋼琴所敷衍的琴聲變幻，雖爲比擬董庭蘭的琴藝非凡，實則撫琴這件事指向了文人對其主體生命存在的思索，在這裡，我們把鋼琴和人聲朗誦相結合的部份視作文人思索主體生命存在的兌現，這是以蔡文姬、董庭蘭、李頎以及黃友棣爲代表的中國文人們對主體生命存在的開顯。跨越時空的歷代文人們在樂曲結構之中得到視域融合中的對話。

【譜例二】

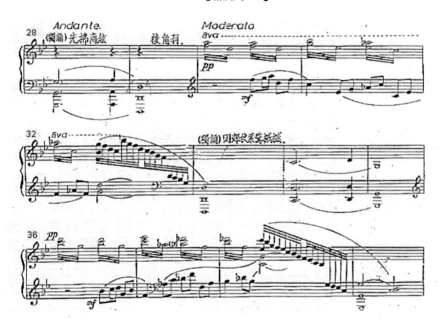

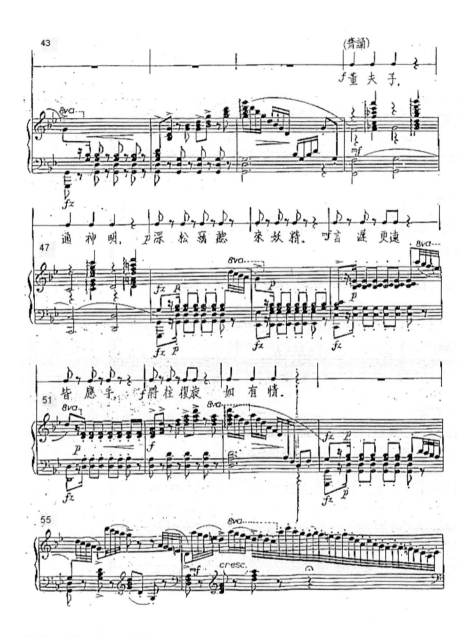

　　其間，第 63-82 小節安排的混聲四部合唱，「空山百鳥散還合，萬里浮雲陰且晴」，降 E 大調轉 G 大調，主旋律在四部之間遊走，旨在烘托董庭蘭琴藝之精彩藉以幫助古琴的聲情呈現，古琴聲情的呈現由鋼琴模仿古琴音色出場，如第 64 小節模仿古琴右手多音組合指法「撮」、第 65 小節模仿古琴右手不同節奏連續多音組合指法「拂」（譜例三）。

【譜例三】

　　第 83-111 小節，c 小調，以混聲四部合唱的方式唱出對於文姬歷史事件的追憶，鋼琴扮演伴奏的角色，隨著合唱的旋律奏出調性和絃（譜例四）。合唱烘托歷史場景的同時，鋼琴以模仿古琴音色所牽動的東方華夏民族文人情感特質在做為合唱伴奏的角色之下退場。這一段回顧文姬的歷史事件，以別子場面為主要訴求，鋼琴退出模仿古琴音色的立場，這是模糊文人撫琴時對主體生存思索的自我肯定，讓主體意識拋回荒遠的邊緣世界。

【譜例四】

　　第112-131小節，降G大調轉g小調，鋼琴獨奏再次以模仿古琴音色和彈奏中國風格和聲出場，也就是再現由「商、角、羽」三個音構成的 g 小調一級（I）、二級（II）和五級（V）和絃，東方華夏民族文人傳統情感的特質再一次獲得兌現，其間第114-118小節插入齊誦（譜例五）。

【譜例五】

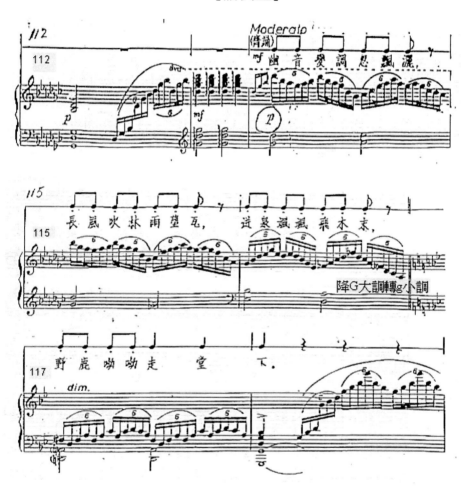

（116小節的細明體文字為筆者之說明）

　　第132-148小節是尾聲樂段，G大調，混聲四部合唱，鋼琴在一級（I）和絃的轉位之間做為伴奏。

　　李頎的詩中多處描寫古琴彈奏的技巧和音色，稱得上是「詩中有樂」，而黃友棣把李頎的詩譜成朗誦、獨奏、合唱三者融為一體的音樂，也可以說是「樂中有詩」。沈冬認為全曲的骨幹在朗誦與鋼琴獨奏，合唱則用來協助朗誦，敘事用朗誦，抒情用合唱，而中國語言的平仄聲調具有高度的音樂性，朗誦的語言旋律和歌唱的音樂旋律「形成兩條相互映襯的線條，既對比，又

互補」。〔註53〕黃友棣此曲運用合唱與朗誦的互補性和對比性，有的段落合唱先行，朗誦為之詮釋；有的地方朗誦先行，合唱為之抒情。先說後唱，或先唱後說，說與唱的內容多為重覆，這種情形在唐代變文的散韻夾雜文體中已見一斑。

（二）李煥之《胡笳吟》

李煥之譜曲的古琴弦歌合唱套曲《胡笳吟》，合唱部分完稿於 1984 年 1 月 5 日至 20 日，完成全部伴奏是在 1984 年的 4 月 18 日，並於 1986 年 8 月略加修訂，此曲是採擷琴歌〈胡笳十八拍〉中的九拍組合而成，這九拍是：第一拍、第四拍、第五拍、第八拍、第十一拍、第十二拍、第十五拍、第十六拍、和第十八拍。其中第十二拍和第十五拍是根據清代的《五知齋琴譜》的曲調自行配上歌詞的，歌詞的配法，第十二拍已有許健配過歌詞，李煥之只在編曲節拍的需要上予以整理，並且在個別音調上做些調整。第十五拍的歌詞則是根據琴家的演奏加以歌唱化地配上詩歌〈胡笳十八拍〉中第十五拍的原詞。除了第十二和第十五拍之外，其餘七拍則是改編自現代琴家陳長齡打譜的明代《琴適》的唱段。〔註54〕因此，李煥之此曲的曲調充滿古代琴歌〈胡笳十八拍〉的旋律線，例如此曲開始的女低音主旋律，即是琴歌〈胡笳十八拍〉第一拍的主旋律，如今這些古代琴歌中做為獨唱的旋律，遊走在李煥之《胡笳吟》此曲的混聲四部中。

古代琴歌〈胡笳十八拍〉的旋律除了遊走在混聲四部的各個聲部之外，李煥之為這些旋律搭配的和聲具有三個特色，一是小調調性的選擇，二是四度音程的使用，三是不和諧和絃的運用。全曲九段的調性如下：

> 第一拍：b 小調
> 第四拍：a 小調
> 第五拍：d 小調－g 小調－降 b 小調－g 小調
> 第八拍：c 小調－e 小調
> 第十一拍：e 小調
> 第十二拍：e 小調
> 第十五拍：C 大調

〔註53〕沈冬，《黃友棣：不能遺忘的杜鵑花》，台北：時報文化，2002，頁 138～142。
〔註54〕李煥之記譜、整理、編寫合唱、鋼琴伴奏，《古琴弦歌合唱套曲——胡笳吟》（鋼琴伴奏譜），北京：人民音樂出版社，1996。引用資料出自作者附記。

第十六拍：b 小調

第十八拍：e 小調

四度音程的使用主要見於鋼琴伴奏，例如第一拍鋼琴前奏的第 5 小節左手部份（譜例六），以及第四拍第 17 至 30 小節的鋼琴伴奏右手部份（譜例七）。

【譜例六】

（左手部份的細明體文字為筆者之說明）

【譜例七】

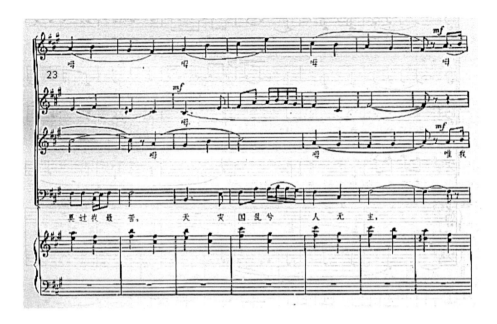

不和諧和絃的運用出現在情感跌宕的樂段，例如第五拍的鋼琴尾奏（譜例八），以及第十二拍的鋼琴前奏（譜例九）和第十五拍的鋼琴前奏（譜例十）。

【譜例八】

（細明體的文字為筆者之說明）

【譜例九】

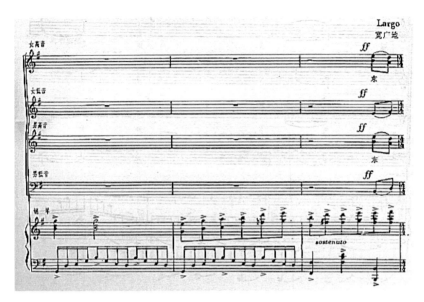

（第 4 小節的細明體文字為筆者之說明）

【譜例十】

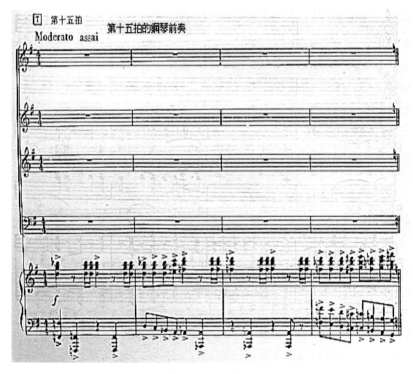

（細明體文字為筆者之說明）

（三）林品晶《文姬：胡笳十八拍》

林品晶譜曲的室內歌劇《文姬：胡笳十八拍》，最具特色的音樂事件是古琴樂器的出場，以及西方音樂語言和傳統戲曲唱腔的融合（這項特色將在本章第四節論述）。古琴樂器的配置直接讓古琴音色直指的文人特質出場（關於古琴的文人特質將在第四章論胡笳和古琴關係時討論），此曲在序幕（Prologue）的第 159 至 181 小節（序幕的最後樂段）首次讓古琴亮相，這裡的古琴伴隨說書人的戲曲唱腔，唱詞是「豈知重得兮入長安，嘆息欲絕兮淚難乾，去時懷土兮心無緒，來時別兒兮思漫漫」。

古琴的第二次登場在第三場（Scene 3，逃跑）的第 86 至 119 小節（第三場的最後樂段），這時的古琴為文姬獨唱伴奏，文姬的腳色以西方美聲唱法詮釋詩歌內容：「為天有眼兮何不見我獨飄流？為神有靈兮何事處我天南海北頭？我不負天兮天何配我殊匹？我不負神兮神何殛我越荒洲？」這是文姬感嘆離散的遭遇。

古琴的第三次出場在第五場（Scene 5，焚書）的第 95 至 151 小節（第五場的最後樂段），這裡的古琴做為文姬父親蔡邕的伴奏，蔡邕的腳色以傳統戲曲唱腔搬演這樣的詩歌情思：「聲如鐘磬，圓潤清純。臨淵透幽谷之寧靜，迎風傳韶樂之餘音。登高吐心中之塊壘，伴水發思古之幽情。望月念天地之悠悠，踏青采落英之紛紛。對雪思無污之養性，面壁追風塵之修身。仰天抒浩然之正氣，言懷唯焦尾之古琴。日月輝煌，天地長存。天地長存，音樂永恆。」這是蔡邕藉由頌讚古琴以況心志高潔。

古琴的第四次出場在第九場（Scene 9，搖籃曲）的第 112 至 134 小節（第九場的最後樂段），這裡的古琴為文姬獨唱伴奏，歌詞是「豈知重得兮入長安，嘆息欲絕兮淚難乾，去時懷土兮心無緒，來時別兒兮思漫漫」。這段歌詞內容是古琴第一次登場時由說書人所唱的唱詞，在這裡改由文姬以第一人稱敘事者的立場演唱。

古琴的第五次出現在第十二場（Scene 12，尾聲）的開始到全曲結束，共計 111 小節，這一場的古琴是為漢使和說書人兩個腳色的傳統戲曲唱腔伴奏，漢使的唱詞出自蔡邕的〈琴賦〉：「仲尼思歸，鹿鳴三章。梁甫悲吟，周公越裳。青雀西飛，別鶴東翔。飲馬長城，楚曲明光。楚姬遺嘆，雞鳴高桑。走獸率舞，飛鳥下翔。感激弦歌，一低一昂。」說書人的唱詞是「一步一遠兮足難移，魂消影絕兮恩愛遺。山高地濶兮見汝無期，更深夜闌兮夢汝來斯。

夢中執手，一喜一悲。覺後痛吾心無休歇時，思茫茫我與兒各一方。日東月西兮徒相望，不相隨兮空斷腸。對萱草兮憂難忘，彈鳴琴兮情何傷。今別子兮歸故鄉，舊怨平兮新怨長。泣血仰頭兮訴蒼蒼，胡爲生我兮獨罹此快？」說書人唱完之後，古琴以泛音獨奏六個小節結束全曲（譜例十一）。

【譜例十一】

（第 2 小節的細明體文字爲筆者之說明）

通過以上三首作品的音樂事件分析，看到作曲家在西方調性音樂的基礎上，試圖呈現文姬離散情結和原鄉追尋的情感內容時，古琴的出場是作曲家們不會忽略的選擇。古琴樂器所構成的音樂事件包括：古琴樂器的直接發聲（林品晶《文姬：胡笳十八拍》）、鋼琴模仿古琴（黃友棣《聽董大彈胡笳弄》），以及擷取琴歌的旋律（李煥之《胡笳吟》）。

二、音樂事件和原鄉追尋的同構：古琴聲情是離散情結的語言

中國新音樂時期以降的合唱曲，有以古詩做爲歌詞者，常見的譜曲方法是以西方的曲式和調性爲這些詩詞按上旋律，因此，歌詞和旋律的搭配是首要之事，對此，李抱忱特意倡導旋律高低和節奏快慢必須配合單詞的聲韻調，否則容易拗口倒音，造成演唱者咬字不清的情形。詩詞和旋律的配合做爲合

唱曲的主要表現部份，鋼琴伴奏則是陪襯的性質，多在前奏、間奏和尾奏部份扮演起興、過渡和收束的角色，鋼琴伴奏主要是幫助合唱音樂的流轉，若如黃友棣將《聽董大彈胡笳弄》譜成合唱、朗誦、鋼琴獨奏三者並列的結構，則明顯強調鋼琴成為主角之一的用意不言而喻，黃友棣說過：「此曲作成於1967年，目的是想例證中國風格和聲的應用，並且要把朗誦，合唱，獨奏，三者結成一體。」〔註55〕鋼琴是合唱曲慣用的伴奏樂器，以文姬歸漢歷史事件創作的合唱曲《聽董大彈胡笳弄》中，於是出現鋼琴模仿古琴的現象，藉以標誌東方華夏民族文人情感的色彩。

　　黃友棣以鋼琴代言古琴的做法，是通過音色模仿和結構安排的手法得到實現的。音色的模仿方面，鋼琴彈奏的下行分解和弦（如譜例一）模仿古琴的撥彈，鋼琴的跳音音群（如譜例三）模仿古琴彈奏時中指指肉向內「勾」的厚實和中指用背向外「剔」的輕亮。結構安排方面，鋼琴以模仿古琴音色和彈奏中國風格和聲出場，此結構上的安排宣示漢族文化語境之下的文人傳統，這個文人傳統正是文姬離鄉之時所熟悉的生存方式，也正是文姬被迫離開的一種生存方式，離開漢族中心的生存方式而進入胡族邊遠的生存方式，這是思索存在的開始。

　　檢視黃友棣《聽董大彈胡笳弄》此曲第14-131小節樂段所呈現的結構性意義，首先，鋼琴代言古琴出場（如譜例二），其次，鋼琴做為合唱的伴奏，其古琴角色退場（如譜例四），最後，鋼琴再度以模仿古琴出場（如譜例五），這個「出場－退場－出場」的結構形式開顯了文人士大夫思索生存方式時的徘徊心境，借用海德格的概念，存有的開顯遇上人們的怖慄經驗而使人們自己退回到「人人」的現實世界時，猶如人把自己拋回世界而遮閉了存有，但是良知促使人們面對存有，鋼琴的再度以代言古琴的角色出場，即是存有的開顯得到兌現。「兌現－遮蔽－兌現」的結構性意義呼應的是文姬離鄉與歸漢的敘事結構。同時，「兌現－遮蔽－兌現」的指示性意義指向作曲家個人的世界時，呈現的是黃友棣自文姬的離散遭遇所激活的對於己身存在方式的思考，這是做為一個文人或知識份子對於存在的思索。

　　文姬所屬的中國文人情感在黃友棣此曲中，以古琴的聲情做為代表，樂曲中的主角是獨奏的古琴，樂曲因而被定位在一個東方華夏文化傳統文人的情感基礎上。從古琴這項樂器的象徵性，以及古琴獨奏配合聲腔吟誦的結構，

〔註55〕黃友棣，《琴臺碎語》，台北：東大，1977，頁246。

足以說明文人或知識份子追尋心靈家園的情感特質。

　　古琴被稱爲文人琴，它和中國文人情感之間的心靈維繫關係，是文人士大夫的隱逸精神向生存手段轉型時的一種兌現，古琴也就成爲文人士大夫們在逃避於隱遁和高蹈之外的一種自覺的審美方式的選擇，〔註56〕古琴這項樂器本身被賦予東方華夏文化傳統文人思索心靈終極家園時的情感依託，

> 文人士大夫操琴，從來就不是爲了在世俗的享樂中接受一種快感式
> 的娛樂，他們操琴實質上是操一種高尚的人格，他們撫琴實質上是
> 在用心與琴完成一種交融和碰撞，是在一種理念的層面上完成一種
> 人格境界的鑄造，並且這種人格境界的鑄造被深化到哲學的層面
> 上，所以建構一琴風、琴德、琴道是那些撫琴的文人士大夫其最終
> 歸依的目的。〔註57〕

古琴的聲情在黃友棣譜曲的合唱曲《聽董大彈胡笳弄》和林品晶譜曲的室內歌劇《文姬：胡笳十八拍》兩首樂曲之中，各以不同的姿態出場。在合唱曲《聽董大彈胡笳弄》中的古琴聲情以鋼琴模仿古琴音色來表現，而室內歌劇《文姬：胡笳十八拍》中的古琴聲情則回歸古琴這項樂器的原色演出。林品晶的《文姬：胡笳十八拍》中，古琴一共出場五次，第一次是伴隨說書人的戲曲唱腔，爲文姬的別子和歸漢二者之間營造取捨之難的離散精神主軸；第二次是爲文姬獨唱伴奏，文姬以質問的詞情對著天神唱出離散遭遇的聲情；第三次是做爲蔡邕獨唱的伴奏，蔡邕的腳色以傳統戲曲唱腔頌讚古琴樂器內蘊的文人情操；第四次是再度爲文姬獨唱伴奏，文姬的這段歌詞內容是古琴第一次登場時由說書人所唱的唱詞，在這裡文姬以第一人稱的敘事者詮釋親身的離散情結；第五次是爲漢使和說書人兩個腳色的傳統戲曲唱腔伴奏，漢使的勸歸和說書人提點的母子親情終於在古琴一支樂器的獨奏聲中留下沒有解決的情感矛盾。古琴五次的出場都在該場的最後樂段，既扮演串場的功能，在離散情結方面也創造了餘音繞樑、離恨綿綿的效果。

　　不同於黃友棣《聽董大彈胡笳弄》曲中以鋼琴代言古琴聲情，也不同於林品晶《文姬：胡笳十八拍》曲中直接使用古琴演奏，李煥之譜曲的古琴弦歌合唱套曲《胡笳吟》則通過古代琴歌《胡笳十八拍》旋律的橫向移植，直接承攬

〔註56〕楊乃喬，〈文人：士大夫、文官、隱逸與琴棋書畫〉，《比較詩學與他者視域》，北京：學苑出版社，2002，頁319～371，引用的部份出自頁340～341。
〔註57〕同上註，頁342。

了積澱在古代琴歌系統中的離散情結。李煥之此曲九段中僅第十五拍選用大調，其餘八拍全用小調，小調本有的哀怨性格，加上曲中四度音程彰顯的中國和聲感覺，琴歌《胡笳十八拍》所傳承的離散情結內化在小調調性和中國風格的和聲之中。李煥之的合唱創作深具民族性，也把合唱創作視爲音樂教育的一環，因此創作合唱曲是在兼採民歌風格和時代精神的條件之下進行，這個創作上的風格特色具現在創作的實踐中：延安時期採風陝北民間音樂做爲革命歌曲的養分，爲冼星海的《黃河大合唱》一曲編配鋼琴伴奏譜和小型管弦樂總譜，隨著毛澤東發表〈在延安文藝座談會上的講話〉之後著手秧歌樂隊的伴奏和下鄉、下連隊，採用山西民歌《撿麥根》的音調譜寫新歌劇《白毛女》中的〈王大春心中似火燒〉一曲，採擷陝北民歌創作《東方紅》合唱曲，採用雲南花燈樂歌編寫合唱組曲《茶山謠》，採譜古琴名家查阜西彈奏琴歌《蘇武思君》創作古琴弦歌合唱《蘇武》，吸取湖南花鼓戲的音調寫成《祖國、祖國，多麼好》，用安徽盧劇的音調寫成女聲合唱《織網姑娘之歌》，根據豫劇與二夾弦的音調完成一部具有濃郁河南鄉音鄉情的合唱組歌《焦裕祿頌歌——蘭考人民多奇志、敢教日月換青天》，等等。李煥之從接觸風琴開始摸索西方和聲的原理，但是在創作上堅持傳統民族的特性，李煥之說：「意圖探尋著從民間音樂以及『五四』以來新音樂作品中總結出一點規律性的東西。」〔註 58〕他倡導「民族學派合唱藝術」，這種具有民族風情的合唱藝術，「不是按照美聲唱法而是眞正具有濃郁的民間或古代歌曲的韻味來進行編曲、創作和演唱」，因此，1980 年代之後的創作，李煥之經常回到傳統的題材中尋找作曲的資源，李煥之說：「『文革』結束後，我已經由『知天命』而進入『古稀之年』了，但我還想創作點東西。我是創作上的『民族中心論』者，當然，對藝術歌曲、群眾歌曲與合唱作品也有一定的想法，決不會放棄。在創作水平上要求扎實些，不能像 1958 年大躍進那樣寫了一大堆廢品。不管流行音樂如何泛濫，我則反其道而行之——寫古代的、傳統的東西。」古琴弦歌合唱套曲《胡笳吟》即在這樣的創作理念中於 1980 年代初期寫下，通過李煥之對於傳統古琴弦歌的西方調性改寫，離散情結內化在西方音樂的結構形式中。

　　綜合上述分析，離散情結通過古琴聲情而內化在西方音樂結構形式裡，其中揭示的音樂結構形式包括黃友棣《聽董大彈胡笳弄》曲中的鋼琴模仿古

〔註 58〕 李煥之，〈自序——我的六十年作曲生涯〉，《李煥之聲樂作品選集》），北京：大眾文藝，1996。以下引文同。

琴聲情的音色變化、林品晶《文姬：胡笳十八拍》曲中的古琴出場結構和李
煥之《胡笳吟》曲中對於古代琴歌〈胡笳十八拍〉旋律的西方調性和聲處理，
這些聲音美學和彈奏詮釋上的特色，還必須建基在古琴音樂的單音旋律思維
所蘊含的多層次空間感的思考上，離散情結才能夠落實在聲音藝術的音樂語
言中而得到開顯文人存有思維的機會。古琴音樂以其線狀單旋律的特徵，以
及彈者和聽者的聽知覺機制對於泛音、散音、按音與「應合」〔註59〕所產生
的聲音層次錯覺，在撥絃得「聲」之後的多樣餘「韻」，使得古琴音樂暗示了
一種多層次的、有距離感的、有深度感的虛擬空間，這個虛擬空間是真實地
被聽者所知覺到的，對於聽者來說，那是一個真實存在的虛擬空間知覺，所
有這些虛擬的豐富聲響實際上僅僅源自單一旋律的思維，所謂「一音一世
界」、「絃聲斷而意不斷」，這個既虛幻又真實的古琴音樂空間，是中國文人士
大夫寄託存有思維的空間，所對應的是空遠、虛無、幽微的情感世界，來自
文姬歸漢歷史事件的離散情結無可置疑地在這個空遠、虛無、幽微的情感世
界裡從古琴聲響中得著依歸。

第四節　戲曲作品中的同構現象：陳與郊、郭沫若和徐瑛的作品

戲曲作品的結構形式表現在程式中，所謂「程式」，據黃克保在《中國大
百科全書・戲曲曲藝卷》中的說明：〔註60〕

> 表演程式：戲曲中運用歌舞手段表現生活的一種獨特的表演技術格
> 式。戲曲表現手段的四個組成部分——唱、念、做、打皆有程式，
> 是戲曲塑造舞台形象的藝術語彙。

> 程式的本意是法式、規程。立一定之準式以為法，謂之程式。20 世
> 紀 20~30 年代，一些研究戲劇的學者如趙太侔、余上沅等用「程式

〔註59〕 古琴音樂中的「應合」是指音高在跳躍一至三個八度之外遙相呼應，也就是
　　　　同名音遊走在高低任何一個八度中。這種音高上的特色是通過「泛音」、「散
　　　　音」、「按音」的彈奏指法讓單旋律的古琴音樂可以產生音域寬廣、音色多樣
　　　　和音量變化的立體結構效果。參考黃瓊慧，〈古琴音樂中的多層次單音結構與
　　　　聽覺上的空間感〉，《「古琴、音樂美學與人文精神」跨領域、跨文化會議論文
　　　　集》，2007 年 4 月，頁 65～80。
〔註60〕 《中國大百科全書・戲曲曲藝卷》，台北：錦繡，1992，頁 21。

化」來概括戲曲演劇方法的特點，同寫實派話劇的演劇方法相對照，其後爲戲曲界沿用並不斷給予新的解釋，遂成爲戲曲的常用術語。戲曲表演藝術的程式有自己的含義，主要包含兩層意思：其一，指它的格律性。在戲曲表演中，一切生活的自然型態，都要按照美的原則予以提煉概括，使之成爲節奏鮮明、格律嚴整的技術格式：唱腔中的曲牌、板式，念白中的散白、韻白，做派中的身段、工架，武打中的各種套子，喜怒哀樂等感情的表現形式等等，無一不是生活中的語言聲調和心理、形體表現的格律化。其二，指它的規範性。每一種表演技術格式都是在創造具體形象的過程中形成的，當它形成以後，又可作爲旁人效法和進行形象再創造的出發點，並逐漸成爲可以泛用於同類劇目或同類人物的規範。

黃克保所謂的「程式」，著重唱念作打的規範建構。其實，戲曲以歌舞樂爲構成要素，從「多源並起」的小戲發展，及至「一源多派」的大戲階段，〔註61〕戲曲逐漸具備虛擬與象徵的特質。虛擬是以虛擬實，藉由戲曲演出的身段動作，模擬美化日常生活的種種舉止；象徵是以實喻虛，藉由戲曲演出中的腳色、妝扮、道具等具體的藝術妝點，比喻人生百態。虛擬與象徵在本質上具有共性，亦即都不是寫實的而是寫意的。這樣的寫意特質，如何在狹窄的舞台表演空間，透過歌舞樂並以代言的方式來體現本事？於是，累積歷代以來表演的經驗，從而提煉形成表演規律，用以制約寫意表演的無邊想像，使演員有所遵循並藉以發揮個人或流派的特色，觀眾也得以建立溝通與欣賞的標準。〔註62〕這個提煉形成的表演規律，稱爲戲曲的程式。可見「程式」除了唱念做打的規範之外，還應涉及觀眾與劇場生態等相關問題。

但是，程式並非一成不變，它的形成來自長時間的藝術琢磨與經驗沉澱，例如，以文姬歸漢做爲題材的戲曲作品，因爲具有歷史劇的特質，而與劇作家創作時的時代意識關係密切，在本事敷衍與人物塑造方面影響了戲曲程式的運用與表現。又，據此題材而創作的不同戲曲作品，同時提供了研究程式發展脈絡的比較機會，讓我們能夠以歷時性的視野掌握程式的演變。因此，

〔註61〕「小戲」與「大戲」的概念，參考曾永義，〈也談戲曲的淵源、形成與發展〉，收錄在《戲曲源流新論》，台北：立緒，2000，頁19～113。

〔註62〕虛擬象徵與戲曲程式之說，參考曾永義，〈中國戲曲之本質〉，2005年5月26日課堂講義初稿。

戲曲程式探討的面相除了唱念做打的美學與劇場生態之外，必然體現作品外緣的社會文化景觀。

文姬歸漢做爲戲曲題材，歷來被寫成各式劇種，本節擬以明代末年的陳與郊《文姬入塞》雜劇〔註63〕（以下簡稱《陳劇》）、1959年的郭沫若《蔡文姬》話劇〔註64〕（以下簡稱《郭劇》）與2002年的徐瑛《胡笳十八拍》室內歌劇〔註65〕（以下簡稱《徐劇》）三部作品做爲分析文本，討論戲曲程式和離散情結之間的同構現象。

一、陳與郊《文姬入塞》的穿關和曲牌

陳與郊的《文姬入塞》作於明代萬曆32年（西元1604年）之前，〔註66〕正是南北曲合流的階段。《陳劇》在體製上屬南雜劇，破除元雜劇正規的四折而僅有一折，並且顛覆元雜劇一折之中不換宮與只有獨唱的原則，用了南呂、正宮、越調與商調，歌唱形式則包括獨唱與合唱。劇本開始沒有題目正名，直接由生腳上場，全劇十七首曲子，穿插科白，尾聲之後有七言絕句作結。

明代雜劇中的歷史劇運用腳色時，將元雜劇中的第一男主角末腳降爲不太重要的腳色，也將次要男主角小生，分給了閒雜人物。《陳劇》由生腳上場，

〔註63〕本文引用的曲文依陳萬鼐《全明雜劇》選錄的〈文姬入塞〉（頁3923～3938），這個版本的著錄是依據《盛明雜劇》本，劇名之後有兩頁的版畫，明代末年版本刻畫的情形普遍，得力於私家刻書的精緻與發達，刻書的興盛也有助於劇本的流傳。劇本首頁著錄劇作家與閱評人的名字：「海昌玉陽陳與郊編，錢江無疆張亦臨評，西湖長吉黃嘉惠、林宗沈泰閱」。此劇只寫到蔡文姬歸至玉門關，據莊一拂《古典戲曲存目彙考》的說法：「此劇寫其將與操遣使者迎歸漢時《別子》之一場，至玉門關亦止筆，蓋欲以配《昭君出塞》成爲雙璧。」（頁440）最早著錄此劇的明末祁彪佳《遠山堂劇品》將此劇列入「雅品」，且評曰：「略具小境，以此入塞，配昭君出塞耳。」（頁156）因爲陳與郊另有《昭君出塞》一劇，寫到出玉門關即止，與文姬一劇寫到入玉門關即止，頗見劇作家的心思，故謂之「雙璧」。

〔註64〕本文採用的版本是1961年香港上海書局印行的《中國歷史劇選》。

〔註65〕2002年1月31日在紐約首演的《文姬：胡笳十八拍》，由北京的徐瑛根據文姬歸漢的題材編寫劇本，音樂是由澳門的作曲家林品晶作曲，導演是Rinde Eckert。在紐約首演，一共演出五場，隨後於同年3月在香港大會堂劇院演出三場。

〔註66〕依徐朔方的考證，陳與郊《文姬入塞》的寫作年代在明代萬曆32年（西元1604年）之前，見徐朔方，《晚明曲家年譜》，第二卷，浙江：浙江古籍出版社，1993，頁359。

生扮演迎歸文姬的漢使。其餘腳色爲：旦扮演文姬，貼扮演婢女，小旦扮演文姬之子。腳色的穿關妝扮有其定數，〔註67〕成爲人物性格的象徵。文姬換裝準備返回中原時，由番妝改爲漢妝，代表情境的轉移，戲曲服裝的象徵性在晚明雜劇中是很明顯的，或用一支翎子插在頭上，即表示入番，毋須繁縟的妝扮。至於宋明以來，因爲農村剩餘勞動力轉向副業發展，造就了江南的棉紡織工業與平織絲綢工業，新興市鎮應運而生，〔註68〕戲服是否因此受惠得以有所創新改良，透過布料的質地與色彩，幫助演員身段的流動，這是可以深入而有趣地研究的。

曲辭方面，陳與郊以仕宦文人於寫作傳奇之餘，染筆雜劇，陳師萬鼐曾經指出短劇曲詞特色：「元雜劇本以本色當行，富有蒼莽雄宕之氣，傳奇以文飾爲門戶，露才揚己，戲詞如辭賦；短劇曲詞作風，雖有本色，而折衷兩者之間者居多，雅俗共賞。」〔註69〕《陳劇》典雅白描兼而有之，誠爲「折衷」之作。

曲調方面，戲曲本事的敷衍與人物性格的塑造，有賴曲牌宮調的聲情。《陳劇》全用南曲，陳師萬鼐言：「傳奇時用北曲，務在裊捷，明清雜劇時用南曲，務在婉約。」《陳劇》的整體精神聚焦在文姬的離亂心情，南曲正是合其婉約的訴求。全劇的聯套形式、排場、用韻，分析如下：〔註70〕

第一場（引場），皆來韻，敘小黃門奉旨贖取文姬還朝。

　　南呂過曲　【紅衲襖】生獨唱
　　　　　　　【前腔】生獨唱

第二場，車遮韻，敘文姬改易漢裝。

　　正宮引子　【齊天樂】旦獨唱——貼接唱——旦貼合唱
　　　　　　　【浣溪紗】旦貼白、南呂過場（劇本版面低一格書寫，應
　　　　　　　　　　　　屬插曲）
　　南呂過曲　【紅衲襖】旦獨唱
　　　　　　　【前腔】貼獨唱

〔註67〕脈望館鈔校的《古今雜劇》本，大多附有穿關，文武、番漢、貴賤、老少，
　　　　各自有其類型化的穿戴。
〔註68〕趙岡，〈明清市鎮發展綜論〉，《漢學研究》，7:2，1989 年 12 月，頁 99～122。
　　　　趙岡此文詳細分析江南市鎮興起的原因，以及絲綿手工業的物流通路。
〔註69〕陳萬鼐，《元明清劇曲史》，台北：鼎文，1980，頁 703。
〔註70〕曾永義，《中國古典戲劇選注》，台北：國家，2004，頁 480。

第三場，車遮韻，敘文姬歸國之意。

越調引子　　【霜天曉角】生獨唱

南呂過曲　　【青衲祅】旦獨唱

　　　　　　【前腔】生獨唱

第四場（正場），車遮韻，寫入塞別子景況。

商調過曲　　【二郎兒慢】旦獨唱

　　　　　　【鶯集御林春】小旦獨唱

　　　　　　【前腔】生貼合唱

　　　　　　【前腔】旦獨唱

　　　　　　【前腔】小旦獨唱

　　　　　　【四犯黃鶯兒】旦獨唱

　　　　　　【前腔】生貼合唱

　　　　　　【尾聲】旦小旦合唱

下場詩：七言絕句

　　就表演的生態環境而言，晚明雜劇多以家院氍毹爲主要演出場合，劇本規模趨向精短，觀戲者多爲文人雅士，即使劇本不做演出，也可以讀譜討論，因此案頭清賞的色彩愈加濃厚。〔註71〕《陳劇》當日確有演出，並非僅供文人書齋，陳與郊是活躍在江南蘇州一帶的文士，《陳劇》在蘇州的演出，李日華曾經觀賞並有記載：「萬曆四十一年十一月初一日」，「赴項楚東別駕之招，與王稚方孝廉聯席。楚東命家樂演玉陽給諫所撰《蔡琰胡笳十八拍》與《王嬙琵琶出塞》，淒然悲壯，令人有黃蘆苦雪之感。」〔註72〕玉陽給諫即陳與郊，陳與郊曾號「玉陽仙史」，也曾擔任吏科給事中。當時陳與郊爲此劇取名《文姬入塞》，但是觀賞者却直呼爲《胡笳十八拍》。

　　觀眾看戲向來以宮調曲牌的聯綴爲欣賞焦點，據元人芝菴《唱論》所示的宮調聲情「南呂宮唱感嘆傷悲……正宮唱惆悵雄壯……商調唱悽愴怨慕……越週唱陶寫冷笑」，〔註73〕以及明代王驥德《曲律》所述的韻部聲情，

〔註71〕參見王安祈，〈明雜劇的演出場合與舞台藝術〉，《中外文學》，1988 年 8 月，17:3，頁 59～86。

〔註72〕（明）李日華，《味水軒日記》，卷五，北京圖書館古籍珍本叢刊，第 20 冊，北京：書目文獻出版社，1988，頁 237。

〔註73〕元人芝菴論宮調的聲情：「大凡聲音，各應於律呂，分於六宮十一調，共計十

指出「皆來」韻「響」，屬於「韻之最美聽者」，而「車遮之用雜入聲」從美聽的標準來看是「又次之」的。〔註74〕檢視《陳劇》的宮調與用韻，全劇單折四場，採用了南呂、正宮、越調和商調四個宮調，這些宮調的屬性偏向感傷悽愴，而韻腳採用皆來和車遮二韻，兼具「美聽」和哽咽收束的入聲色彩，稱得上是契合了離散的詞情，唯前三場用了相同的宮調（南呂），前兩場用了相同的曲牌（【紅衲襖】），就曲家規律來說，頗欠考究，〔註75〕這些瑕疵可以視爲元雜劇過渡到傳奇的一種體製規範上的衝撞與試探。

從【二郎兒慢】開始的商調八首曲子，全在描寫「別子」場景，占了全劇一半的份量，就文姬追尋原鄉的存有開顯而言，別子歸漢造成文姬必須離開已經熟悉的現實世界而面對存有思考時的怖慄，別子唱段愈長，愈是怖慄的張揚，也更加是存有開顯的遮蔽。離散精神原型中的存有開顯和存有遮蔽之間的張力在占據多數曲牌的結構上得到盡力鋪陳的機會，這樣的曲牌數量和演唱長度也有聲音美學上的意義，依巴倫波因（Daniel Barenboim, 1942～）的說法，這是關涉舞台表演時如何累積聲音能量的問題，「聲音如何累積；你如何創造幻覺，讓人以爲聲音比你想要的還要長？你如何創造出聲音從無而有的幻覺？……需要多少時間來製造張力？要消解其所製造的張力，又需要多長的時間？」〔註76〕曲牌唱腔在舞台表演上展現的時間持續力，也經常是

七宮調：仙呂調唱『清新綿邈』，南呂宮唱『感嘆傷悲』，中呂宮唱『高下閃賺』，黃鐘宮唱『富貴纏綿』，正宮唱『惆悵雄壯』，道宮唱『飄逸清幽』，大石唱『風流醞藉』，小石唱『旖旎嫵媚』，高平唱『條暢滉漾』，般涉唱『拾掇坑塹』，歇指唱『急併虛歇』，商角唱『悲傷宛轉』，雙調唱『健捷激裊』，商調唱『悽愴怨慕』，角調唱『鳴咽悠揚』，宮調唱『典雅沉重』，越調唱『陶寫冷笑』。」參見《唱論》，收在俞爲民、孫蓉蓉，《中國古典戲曲論著集成》第一冊，合肥：黃山書社，2005，頁 160～1。

〔註74〕明代王驥德論韻部的聲情：「凡曲之調，聲各不同……至各韻爲聲，亦各不同。如東鐘之洪，江陽、皆來、蕭豪之響，歌戈、家麻之和，韻之最美聽者。寒山、桓歡、先天之雅，庚青之清，尤侯之幽，次之。齊微之弱，魚模之混，眞文之緩，車遮之用雜入聲，又次之。支思之萎而不振，聽之令人不爽。至侵尋、監咸、廉纖，開之則非其字，閉之則不宜口吻，勿多用可也。」見《曲律》，收在《中國古典戲曲論著集成》，頁 153～154。

〔註75〕曾永義，《中國古典戲劇選注》，台北：國家，2004，頁 480。

〔註76〕薩依德與巴倫波因對談錄，《並行與弔詭：當知識分子遇上音樂家》，台北：麥田，2006，頁 62～63。巴倫波因（Daniel Barenboim），阿根廷出生的猶太鋼琴家和指揮家，於 2001 年在以色列指揮華格納的樂曲，此舉打破以色列自 1938 年以來的禁忌。巴倫波因也與巴勒斯坦裔美籍的薩依德合作組成 West-Eastern Divan Orchestra，擔任指揮，團員是年輕的阿拉伯和猶太音樂家。

吸引戲迷票戲的焦點，觀戲者在一段聲音時間張力的製造和消解過程中，通過對於文姬離散遭遇的同情，實則為自己捕捉到一段虛幻的藝術時間，在這個虛幻的藝術時間裡，觀戲者的心靈得到慰藉。

二、郭沫若《蔡文姬》的話劇民族化實踐

　　1959 年郭沫若編寫的歷史劇《蔡文姬》是話劇形式，郭沫若在劇名之下標示「五幕歷史喜劇」，將此劇的基調定為喜劇，雖然前三幕的氣氛是悲傷哀愁的，但是全劇結束在文姬與兒女團聚，文姬並且和董祀成婚，雙喜臨門，構成大團圓式的結局，郭沫若遂稱此劇為「喜劇」。劇情以漢使贖歸開始，發展到文姬母子別離、悲喜交集的矛盾心情，全劇大意可以概括為「歸國捨家」與「犧牲小我、完成大我」。實際上，這是一齣針對曹操所作的翻案劇。此劇在 1959 年 5 月 21 日於北京人民藝術劇院首演，導演是焦菊隱。

　　中國近代戲劇發展過程中，很重要的一個思考維度是如何整合「戲曲」與「話劇」的表演格局。戲曲以傳統的抒情寫意而神韻獨具，話劇則以轉化西方戲劇觀念所形成的一種「詩意的寫實」而顯示其現實關懷，並與時代同步。二者在中國現代戲劇發展的過程中，從齟齬到磨合，不在消減話劇與戲曲的個性品格差異，而是通過兩個類別相同卻品質相異的比較中，個自彰顯了本身的個性特質。其間促成磨合的關鍵是文化比較與互動，以及現代民族意識的覺醒，也就是從「民族性」的視野來建構戲曲與話劇的特徵，二者的關係也不至於只是一種簡單的「他者」與「自我」的對立關係。《郭劇》做為一齣民族話劇，形式上是完全西化的話劇結構，看似破解了傳統戲曲在穿關身段上的程式化表演方式，但是從內在美學上卻體現了戲曲程式和話劇表演的磨合。例如《郭劇》的舞台上，歌伎隊彈箏擊鼓（曲名是〈重睹芳華〉），彈者採坐姿，擊鼓者立於懸鼓之後，彈箏者與擊鼓者均邊彈邊唱，這是傳統戲曲文武場概念在話劇舞台上的實踐。

　　從《郭劇》的舞台表演檢視戲曲和話劇磨合的現象，是近來研究該劇的一種理性態度，過去由於強調郭沫若的創作意圖和時代精神的密合，讓我們忽略了程式美學方面的表現。所謂郭沫若的創作意圖密合於時代精神的說法，主要是就敷衍本事和重塑曹操角色性格來討論的。劇中的左賢王被重塑

巴倫波因和薩依德兩人是好友，一起竭力促進阿拉伯世界和猶太世界彼此之間的了解，試圖化解因歷史或宗教問題所積累的以阿仇恨。

為平定外患與內憂、尊重文才、勤儉治國、與民生息的聖君腳色。郭沫若對曹操的創意刻劃，多數學者認為是郭沫若將他自己愛戴毛澤東的主觀意識投射在戲劇腳色的美化上。郭沫若曾說「從蔡文姬的一生可以看出曹操的偉大。……他（案：指曹操）鋤豪強，抑兼并，濟貧弱，興屯田，費了三十多年的苦心經營，把漢末崩潰了的整個社會基本上重新秩序化了，使北部中國的農民千百年來要求土地的渴望基本上得到了一些調劑。……曹操對于民族的貢獻是應該作高度評價的，他應該被稱為一位民族英雄。」〔註77〕雖然《郭劇》意在為曹操翻案，但是文姬歸漢之前的矛盾掙扎：拋夫別子的不捨與思鄉修史的圓夢，依舊寫得令人動容，可以想見郭沫若的親身經歷滲透在劇作之中，〔註78〕這種有意或無意的移情影響了史實的敷衍。

　　褪去美化曹操這一層政治包裝，從回歸程式美學的角度來審視文姬的離散情結和歸漢的存有開顯，其中，「幕後伴唱」的程式安排和伴唱歌曲的歌詞取材，兌現了程式與離散情感之間的同構關係。《郭劇》採取〈胡笳十八拍〉一詩做為幕後伴唱歌曲的歌詞用來刻劃文姬的心理，幕後伴唱的手法源自川劇「幫腔」的概念。川劇在聲腔上屬於弋陽腔系的高腔，特點是使用打擊樂、不用絲竹樂伴奏，台上一人獨唱，台下眾人幫腔，音調高亢，富有朗誦意味。郭沫若曾經表示「採用幕後伴唱的手法，是為了免去文姬一人唱得太吃力，或是不唱時場上無人幫腔造成的冷場」，〔註79〕而其醞釀的舞台效果是寫意詩情的。幕後伴唱可以視作舞台上的敘事者，與人物扮演的敘事者形成多層次的敘事結構，這種多層次的敘事方法，造成舞台上「眾聲喧嘩」的複音效果，這是敘事主體（編劇或導演）有意識的敘事策略，也顯見西方敘事觀念對話劇舞台表演的影響。整齣話劇的音樂部分，由金紫光、傅雪漪與樊步義作曲，包括前奏曲一首及三十首歌曲與演奏曲，曲譜全以簡譜的形式附在劇本之後。其中做為幕後伴唱的五支歌曲，歌詞取自〈胡笳十八拍〉的第十二、十

〔註77〕郭沫若，〈談蔡文姬的《胡笳十八拍》〉，《胡笳十八拍討論集》，北京：中華書局，1959，頁1～10，所引文字見頁10。郭沫若此文發表在1959年元月7日。

〔註78〕郭沫若在1937年離開日本，返回中國，當時選擇在妻兒睡夢之中離開，拋妻離子的不捨與愛國抗日理想二者之間的抉擇，不啻文姬當年的處境。郭沫若在《蔡文姬》序中曾說：「蔡文姬拋兒別女，一心以國事為重。」與他自己「別婦拋雛斷藕絲」的感情是相通的。

〔註79〕參考黎荔〈論郭沫若對傳統戲曲藝術經驗的借鑒〉，《戲劇戲曲研究》，北京：中國人民大學書報資料中心，第7期，1999年7月。原刊《郭沫若學刊》，樂山，1999年1月，頁11～17。

四、十六、十七與十八拍，爲此郭沫若特在劇本最後著錄全首詩歌，並採輯各本加以校訂，同時聲明：

> 眞是好詩，百讀不厭。非親身經歷者不能作此。以不見「後漢書」或其他較古書籍，人多疑僞，余則堅信確爲琰作。詩中多七言句，東漢諺語及銅鏡銘文已多七言，正足見琰採取民間形式而成此巨作，足垂不朽。〔註80〕

郭沫若精通金石考據，此言誠矣。

《郭劇》保留川劇幫腔的風格、揉合西方敘事結構中的複音效果以及歌詞直接取材〈胡笳十八拍〉的做法，體現了 1950 至 1960 年代中共建國之後在戲劇藝術方面的「話劇民族化與舊劇現代化」的主張，〔註81〕意即，藉由文姬歸漢這個傳統題材延續華夏文化中離散情結的民族情感，試圖彰顯「話劇民族化」的色彩，同時，通過幕後伴唱和穿關身段的非程式化，力求完成「舊劇現代化」的改革。離散精神原型的情感內容在「話劇民族化」的大旗之下，被直接包裝在「舊劇現代化」的結構形式中。

三、徐瑛《胡笳十八拍》的歌唱語言和敘事結構

徐瑛是中國大陸晚近新一代的劇作家，〔註82〕於 2002 年與作曲家林品晶合作，以室內歌劇的形式詮釋文姬歸漢這個古老的題材。全劇十二場，前有序幕。本事如下：

> 序　幕：漢使帶著贖身錢前來匈奴，左賢王不屑這些金銀財寶，漢使建議由文姬自行決定去留，左賢王尊重文姬的決定，但是一雙兒女必須留在匈奴。
>
> 第一場：回顧文姬被俘的經過。特以古琴爲隱喻，舞台效果「一束白光打在一古琴上。琴弦已斷。」琴弦的斷裂代表漢室傾頹，也代

〔註80〕 參見郭沫若、田漢著，《中國歷史劇選》，香港：上海書局，1961，頁 423。
〔註81〕 二十世紀初，中國戲劇界提出舊戲改革的主張，經過創作實踐和理論準備之後，張庚提出的「話劇民族化與舊劇現代化」成爲建構戲劇理論的主要觀點，並且以此確立戲曲「現代劇」的概念，使現代劇和歷史劇共同成爲中國戲曲的基本形式。其中，擷取傳統題材裏以現代結構形式的外衣，是現代劇爲貫徹「話劇民族化與舊劇現代化」理論主張的常見手法。參考何玉人，〈中國戲曲的世紀命題──張庚"戲曲表現現代生活"的理論闡釋〉，《理解與闡釋》，天津：百花文藝，2005，頁 232～261。
〔註82〕 徐瑛的生平和創作請參閱附錄五。

表文姬的命運丕變。

第二場：描寫被俘前往匈奴的途中景象。合唱民歌〈敕勒川〉以烘托匈
　　　　奴草原背景。

第三場：文姬逃走失敗。

第四場：文姬葬琴。說書人帶出文姬對父親蔡邕的回憶。

第五場：回顧蔡邕感嘆「百無一用是書生」，並且塑造焦尾琴的永**恒**性。

第六場：左賢王感動於文姬的失琴之痛。

第七場：左賢王為求古琴而兵臨長城。

第八場：文姬開顏。通過伴唱的唱詞，為這對異國夫妻的際遇定調為緣
　　　　份：「天藍藍兮無邊，雲淡淡兮如烟。日高懸兮為鑒，心相近兮
　　　　是緣！」

第九場：天倫之樂與漢使來迎。

第十場：文姬決意返回中原，卻又憶起父親囑咐她逃離中原的往事。

第十一場：文姬反悔歸漢，決意留在匈奴。

第十二場：文姬又決意歸漢。漢使借用文姬的古琴，邊彈邊唱，表面上
　　　　　是高歌一曲以示道別，實際上仍不放棄勸回文姬，因此刻意
　　　　　在唱詞中援引蔡邕〈琴賦〉的內容試圖喚回深植文姬內心的
　　　　　漢族文化生命力量。終場雖然沒有清楚交待歸漢的情節，但
　　　　　是以文姬獨唱訣別愁緒總結全劇，再次決意歸漢的心志則不
　　　　　言而喻。

《徐劇》以中文和英文演唱，三位歌者分別飾演蔡文姬、左賢王與說書
人，說書人的腳色還同時分飾博物館裡觀畫的現代人、漢使、蔡邕、漢將和
左賢王的打手五個劇中人物。負責伴奏的樂隊由八人組成，涵蓋中、西樂器：
笛、簫、嗩吶、管、笙（以上一人吹奏）；雙簧管、英國號（以上一人吹奏）；
降 B 調豎笛、降 E 調豎笛、低音豎笛、倍低音豎笛（以上一人吹奏）；琵琶一
人；古琴一人；二胡、中胡、高胡（以上一人拉奏）；大提琴一人；打擊樂器
組一人。這八人同時也是合唱小隊。如此精簡的編制，據徐瑛表示，是限於
經費的關係。

徐瑛的編劇題材與史實相去不遠，但是對於人物性情的刻劃卻增添了濃
厚的個人色彩，左賢王的民族英雄與溫柔多情，文姬的愁思與抉擇，尤其異
域的北國風光美不勝收，這些本事上的濃淡取捨，皆緣於此劇的首演是在紐

約，觀眾群是與文姬有類似離散經驗的美國華人。對此，本文在第二章第三節討論過徐瑛的創作理念，歸納為三點：語言的安排、室內歌劇形式的嘗試、賦予文姬去留的選擇權。就這三方面的創作理念來看，通過戲曲程式來承載文姬離散情結的結構形式主要表現在語言的安排上，而語言的安排除了中英文夾雜的歌詞之外，就戲曲程式而言，最具特色的表演則是傳統戲曲唱腔的出場，傳統戲曲唱腔兌現了離散精神原型中的原鄉追尋。所謂唱腔兌現了原鄉的追尋，是指在西方室內歌劇的舞台表演空間裡，摻入傳統戲曲的唱腔，形成西方歌劇美聲唱法與傳統戲曲唱腔二者並置的舞台表演現象，由於《徐劇》創作的訴求對象是華僑，傳統戲曲的唱腔直接透過漢語歌詞的聲調勾起觀眾對於漢文化色彩的熟悉度和故鄉的想像，觀眾在聆賞的當下，容易在這樣的聽覺空間裡展開離鄉與歸鄉的思索，即使這份落葉歸根或落地生根的原鄉思索只有一剎那的矛盾，但是追尋心靈原鄉的念頭已在。

唱腔和語言之外，《徐劇》在舞台上展現的說故事方式（敘事的結構）也帶著觀眾領略「回到自己」這個內在於離散精神原型的存有概念（回到自己的存有概念，詳見本章第一節的論述）。戲曲是舞台表演藝術，無論是除地為場、戲棚、瓦舍、勾欄，或是氍毹、戲劇院，戲曲表演的空間是虛擬的、抽象的、寫意的，而且，每一次的表演是一次新的表演創作經驗，每一場觀眾看戲的經驗也是一次對於表演者新的回饋，以此表演與觀戲的流動經驗而言，《徐劇》在表演程式裡給出了一種鏡框式的敘事結構，這個說故事的結構形式帶領觀眾在觀戲過程中領略到「回到自己」的可能。

《徐劇》的敘事結構始於一位觀畫的現代人，也終於這位觀畫的現代人，始終之間的文姬歸漢歷史故事就像是在這位觀畫者看視的框架裡展開，座位上的觀眾也分享了這位舞台上的觀畫者所看視的經驗。看視之意，是指以第三者之姿在觀看一段歷史的始終過程中，看視者思索了己身的存有。若這位觀畫的現代人代表的是靜態的敘事，則被看視的文姬歸漢歷史故事的敘事是動態的，舞台上這番敘事的「靜─動─靜」結構，是在舞台表演的空間上「回到自己」──回到觀畫的現代人身上，也在觀眾的時間概念上「回到自己」──回到觀眾看戲的當下，然而，回到自己的過程卻已經歷一番跨越時空的洗禮，觀畫者的演員和觀眾都走過了文姬歸漢那一段東漢末年的時空，「回到自己」實則已經不是原來的自己了，其間的改變是：內化在敘事話語中的離散精神原型這個文姬歸漢系列作品的意義整體，喚起了觀畫的演員和現場觀

眾對於原鄉追尋的心靈漣漪。

　　而所觀之畫是文姬歸漢圖，在畫面的框架之內展演開來的是文姬歸漢的歷史故事。《徐劇》通過三位演員演繹文姬歸漢的歷史故事，其中兩位是歌劇演員，分別飾演左賢王和文姬，左賢王由一位美國的男中音歌唱家扮演，文姬由留美的華裔女高音劉秀英扮演，這兩位歌唱家以歌劇的美聲唱法詮釋左賢王和文姬的角色。第三位演員則是經常在美國進行傳統劇目和新創劇目交流演出的中國戲曲演員周龍，他以戲曲的演唱方式分別詮釋以下六個人物，他們的腳色行當是：

1. 在博物館看畫的現代觀眾：戴禮帽、穿風衣、拿雨傘
2. 說書人：身穿長袍馬褂、手持扇子充作說書的醒木
3. 漢使：身穿紅箭衣、頂戴盔帽，類似小生的行當
4. 蔡邕：穿戴紅衣和白髯口的老生
5. 漢將：花臉行當
6. 左賢王帳下的打手：丑腳

　　周龍飾演的這六個腳色將劇情（plot）串聯起來，周龍上場下場或直接在舞台上撿場的變換穿關行當過程，可以歸納出十五次的敘事功能：〔註83〕

1. 開場時，台上掛著一幅描繪文姬歸漢歷史故事的紗幕，周龍戴著禮帽、穿著風衣、拿著雨傘，站在紗幕前欣賞這幅畫作，代表一個長者領著觀眾一起在博物館裡欣賞古畫，同時把觀眾引入畫中的歷史故事情節。
2. 周龍摘下禮帽、脫掉風衣，露出裡面穿著的一套中國傳統樣式的長袍馬褂，並且拿起一把扇子，從博物館的觀畫者轉變為說書人，他將扇子在掌上一拍，代表說書人開講時以醒木拍擊桌案。透過說書人的唱、念和身段，周龍扼要地將文姬歸漢的歷史故事說講一遍。
3. 情節說講完畢，周龍立刻脫掉長衫，反過來穿，變成一身紅箭衣，順手忽地把紗幕扯落下來，現出原來在紗幕後面的文姬和左賢王。此時，周龍轉身戴上盔頭，變成曹操遣來與左賢王討論贖回文姬的漢使，紅箭衣和盔頭是類似小生的穿關。
4. 此時，採取倒敘手法，文姬演唱漢末故鄉戰亂的情景，周龍則把紅箭

〔註83〕以下的表演程式，摘錄整理自周龍，〈名副其實的中西合璧——談歌劇《文姬：胡笳十八拍》的創作演出〉，《中國戲曲學院學報》，第 27 卷第 4 期，2006 年 11 月，頁 31～34。

衣反過來繫在膀子上，變成醉醺醺的匈奴打手，手拿棍子追奪文姬，左賢王上前制止，卻擄文姬北去。

5. 文姬北去的路上，周龍轉換爲漢將，成爲驅車的軍卒，通過周龍的形體表現和說話的聲音，表示場景的轉換，也讓虛擬的舞台呈現出左賢王帶著文姬和大隊人馬浩蕩前行的場景。

6. 到了北國，文姬思念故鄉，追憶被抄家時父親焚書摔琴的情景，此時，周龍仍穿紅衣，但是戴上了白髯口，換上了巾，變成文姬的父親蔡邕。以古琴伴奏唱清板的咏嘆調，道出蔡邕對於心愛的焦尾琴的讚美。唱畢，周龍把帽子摘下放下，又跳出了戲外。

7. 文姬當年在逃難時曾抱著一把古琴，琴摔壞之後，悶悶不樂，此時，周龍扮起說書人的角色，把文姬的苦悶說與左賢王聽，這是「演繹左賢王自己的想像，是他內心思想的外化」。左賢王於是發兵攻漢、奪取古琴以慰文姬思琴之苦。

8. 左賢王發兵時，周龍拿著大旗舞出一套旗舞，表示出征。

9. 匈奴兵臨城下時，周龍扮一個小丑出場報信。

10. 待左賢王上場時，周龍下場，立刻戴著一字胡，手持寶劍，走台步出場，變成一個漢將，迎戰左賢王。周龍與左賢王兩人以抽象虛擬的身段，各站舞台一方，隔空開打，透過兩人的唱、念、做、打，表現戰爭場面。

11. 左賢王搶到一把古琴，回贈文姬，文姬深受感動，兩人展開一段抒情的咏嘆調，此時，周龍扮演提示時光推移的活道具，手捧一個裁剪的大圓月亮，從舞台的上場門起，走雲步到下場門，又走回來，表現漠北草原上月亮緩升緩落的夜色，代表時光的流逝，日復一日，年復一年，左賢王和文姬的恩愛也漸入圓融。

12. 周龍抱著一卷藍色絲綢上場，將它攤成一條不規則的斜線，周龍在旁做打水漂、洗臉、潑水和戲水等舞蹈動作，代表這是一條小溪，左賢王和文姬一起坐在溪邊石上唱著情歌。隨後，文姬唱起兒歌，一邊演唱，一邊收起地上的絲綢，將絲綢全部收到手中之後，將它扭成一個襁褓的形狀，表示文姬的生兒育女。

13. 漢使前來贖回文姬，周龍在台上突然用手把用亮捅破，「啪」的一聲代表左賢王和文姬的家庭生活發生變化和破裂。

14. 周龍變成漢使，手捧古琴與文姬對談，周龍撫琴演唱「仲尼思歸，鹿鳴三章」的蔡邕〈琴賦〉詞句，藉以打動文姬歸漢之心。文姬聽後，陷入別子與歸漢的內心矛盾，以感傷的歌聲道出難以取捨的心境。

15. 在文姬的歌聲中，周龍慢步回到舞台旁邊，重新戴上禮帽、穿上開場時的風衣、拿起雨傘，看著文姬演唱，就像開場時看畫一樣將文姬歸漢的歷史故事定格在舞台上，再次把觀眾引回開場時在博物館欣賞古畫時的情境。全劇在此靜默中落幕。

　　《徐劇》從博物館裡觀賞文姬歸漢畫作開場，也以博物館裡觀賞文姬歸漢畫作下場，開場和下場的時空場景雖然一致，形同「回到自己」，但是由周龍串場的文姬歸漢歷史故事，却已在舞台表演的時空流轉之中被演繹一回，觀眾的視線雖然回到開場時的博物館觀畫場景，但是心態上已經不是開場時的心態，透過「回到自己」的戲曲程式安排，觀眾領略了離散精神原型這個凝鍊在文姬歸漢歷史事件中的意義整體。高達美（Hans-Georg Gadamer）所謂的「轉型到結構去」，就《徐劇》而言，回到開場的場景、回到周龍這個角色身上、回到舞台表演的原點這些實質的形式結構被轉變到屬於離散精神原型的意義結構中去，這是理念的意義通過戲曲舞台的表演程式得到兌現。

小　結

　　文姬歸漢系列作品在不同時代所展演的眾聲化意義，實則統攝在離散精神原型這個意義整體之中。這個意義整體不因創作者的不同、時代的差異或藝術結構的選擇而變質，這是因為我們從時間性和怖慄現象的論述體證了離散精神原型的存有性格。離散精神原型在人的存有之中，離散精神原型是一個具有「離鄉、別子、歸漢」結構的敘事模子，這個敘事模子開放自己給文姬歸漢系列作品的創作者，創作者在詮釋文姬歸漢歷史事件意義的同時恰恰開顯了自身面對離散際遇的存有。

　　離散精神原型做為文姬歸漢系列作品的意義整體，這個意義整體以其「離鄉、別子、歸漢」的敘事模子內化在作品的結構形式之中，換言之，離鄉、別子和歸漢的生存歷程所給出的離散情結和原鄉追尋在作品的結構形式之中得到同構的節奏，而這種情感內容和結構形式同構的原理，體證在黑格爾、漢斯利克、貝爾、蘇珊朗格和費拉拉有關內容形式辯證關係的討論裡。同時，

這個情感內容和結構形式同構的理論，通過黃友棣的《聽董大彈胡笳弄》、李煥之的《胡笳吟》以及林品晶的《文姬：胡笳十八拍》三部音樂作品中的古琴配置、小調調性和語言選擇這些結構性意義兌現了離散情結和原鄉追尋而得到理論的實踐。這個情感內容和結構形式同構的理論，也在陳與郊的《文姬入塞》、郭沫若的《蔡文姬》以及徐瑛的《文姬：胡笳十八拍》三部戲曲作品的穿關、曲牌、話劇民族化理論和「回到自己」的敘事結構足以承載離散情結和原鄉追尋的現象中得到實踐。

　　文姬歸漢系列作品中，胡笳和古琴是兩個關係密切的意象，它們的聲情是離散精神原型的外顯，相對於內化在情感內容和結構形式的同構關係中的離散精神原型，我們將在下一章討論胡笳和古琴能夠外象化離散精神原型的緣由。

第四章　胡笳的離散聲情

　　日本音樂學者山口修曾經描述一次搭乘地鐵的感官經驗，認為感官經驗所接收的外界刺激做為人們無法迴避的處境，是以一種「形」的方式促成人們的內在記憶將文化內容理解為一種「型」。音樂的基本元素如音高、音值、音的強度和色彩等，能夠有機地組合成為某些「形」，然後透過聽覺方面的知覺被當作某種「信息」而積澱在人們的經驗中，這些「形」能與人們某個記憶角落的「型」相吻合，記憶中的「型」是從文化中產生的，至於一次一次的音樂演奏所產生的異形則又可以影響「型」，讓「形」和「型」之間通過音樂的展演而得到互相磨合的機會。山口修認為像這樣的「形」與「型」之間的來去離合過程，是「超越個人、取得社會共有體驗的過程，此時一定能產生文化」。〔註1〕

〔註1〕　山口修（1924～，日本音樂學者）描述搭乘地鐵的經驗，從大阪進站、買票、通過自動剪票機口、上車、入座、聽著熟悉的電車聲音而進入夢鄉、到站之前的意識開始甦醒、下車、自動剪票機快速收回車票、走出車站、踏上自動扶梯、穿過地下商店街、順著地下街各式商店的氣味讓五官無意識地確認著方向、走上地面的御堂筋大道、從御堂筋大道兩旁白果樹的新葉在街燈下閃爍的視覺印象，勾起了三天前聆賞《絲綢之路音樂之旅》音樂會的聽覺回憶，這場音樂會回憶中的波斯古典聲樂曲〈阿伏茲〉（avaz）又驅使腦海回到十五年前在德黑蘭初次接觸阿伏茲的體會和理解，這一連串「外界的各種各樣的刺激都是對我投來的信息，積澱在我純樸的身體中」，山口修的主張是，「訴諸感覺的刺激是對過去被置入的感覺刺激信息的喚起。於是，一種新信息又被加入。這種信息，在內心形成了"形"而這種與體驗相適應的"形"變得牢固並得到修正。經過這一過程的"形"後便向著"型"變換。這兒重要的是，像這樣築成的"型"往往再會受到"形"的影響。而這種"形"並不限於眼睛能看到的東西。從語言，音樂等的"形"中所取得的東西也是很多的。」

　　山口修的說法，適切地描述了「胡笳的形」和「華夏文化中的離散精神原型」二者之間的關係。

　　胡笳是外族傳入中原的樂器，在漢朝與匈奴胡族之間的異文化交流中，展演成爲一個意蘊豐富的符號。審視前後長達四百年的漢匈文化交流過程，主要以「和親政策」與「貢納制度」所建構的國際關係來展開異族之間的對話，基於漢朝與匈奴關係的非穩定性，漢朝爲了取得控制匈奴的主導權，發展出征服西域以「斷匈奴右臂」的配套政策，無論是反擊匈奴或是安撫西域，這些政治上的圖謀也成就了文化上的交流與融合。胡笳在文化交流之下傳入中原，成爲行軍狩獵與宮廷典禮中的響器，然而，隨著兩漢政局多變與藝術人文精神的自覺，文人士大夫關注主體自身的生命體驗，在社會氛圍與思想潮流的當下完成對己身存在的思考，其間胡笳扮演了維繫文人士大夫心靈的角色，轉型成爲一個能指的符號，指向笳聲悲涼的聲情。於是，胡笳在漢文化意識中，已不僅止於具體的樂器之形，其功用也不限於軍樂和宴會的吹奏樂器而已，隱含的所指意義已經超越了原始的樂器形象，在跳開實用價值的層次之後，更深化爲文人士大夫託附特殊情懷的抽象符號，尤其在文姬歸漢系列作品中，胡笳聲情被古琴樂器另類詮釋的現象，突顯了東漢以來文人士大夫撫琴操縵的存有凝思，也彰顯了古琴樂器在聲韻音色上表現爲多層次單音織度的美學品味，從胡笳到古琴，文姬歸漢系列作品中的離散精神原型在聲音的領域擁有了多樣的變形。

　　本章將試論漢文化中胡笳從功能樂器發展爲抽象符號的轉型過程，一併梳理古琴代言胡笳的現象對於開顯離散精神原型的意義。本章論述的內容包括五個面相：第一，從漢匈關係說明胡笳傳入中原的過程；第二，詳介胡笳樂器形制；第三，從兩漢政局的轉變與藝術人文精神的自覺來審視胡笳朝向抽象符號功能的過程；第四，梳理笳聲入琴的脈絡；第五，探討「荒遠」概念與「笳聲悲涼」聲情的關係。

　　「樂器的“形”是受到與身體構造相關連的音樂的“型”而形成的。於是，音在時間的流動中相繼而起或者說重疊時，“形”便得到了再生。並且，抓住這個感覺的“形”時，它能與人內心所俱備的記憶中一角的“型”相吻合。我認爲像這樣“形”與“型”之間的來去離合過程，是超越個人取得社會共有體驗的過程，此時一定能產生文化。」“型”是從文化中產生的，一次次的演奏都能產生異形。參考山口修撰，趙維平譯，〈從『形』到『型』——音的表象文化論〉，《文學雜誌》，岩波書店，57/10：109～116。

第一節　胡笳傳入中原的歷史場景：漢匈文化交流

戰國時代，匈奴逐漸發展成為中國歷史上第一個勢力強大的北方外族，西元前 209 年（秦二世元年）時，冒頓以殺死父親頭曼單于的方式自立為單于，開啟匈奴最強盛的時代，從此趁著中國楚漢相爭之機，東破東胡，西逐月氏，北服丁零，南取樓煩，控制了中國東北部、北部與西北部廣大地區，統治範圍東自今朝鮮邊界，橫跨蒙古高原，向西南伸入帕米爾山脈東西的西域諸國，南到今晉北、陝北一帶。漢朝建立之後，面對匈奴長期的寇擾，早期的高祖、文帝、景帝與武帝初期礙於天下百廢待興與藩國反叛，在經營漢匈關係時，採取了緩兵之計的「和親政策」，即便是如此，匈奴依然是伺機而動，發兵南下，刧掠漢朝的土地、人口和財產。自西元前 133 年武帝開始大規模的討伐匈奴，同時在外交使節的縱橫捭闔之下，蘇武、李陵、張騫、傅介子、衛青、霍去病、趙破奴、李廣利等人，一方面為西漢帝國開疆拓土，一方面推動中西文化的交流。漢匈關係就在這種和親與對抗的拉鋸戰中展開對話，一直持續到西元 89 年東漢和帝時的匈奴破滅、西走歐洲成為匈牙利民族（Huni）的主要族源之一為止。其間近四百年的漢匈相爭，西域絲路的控制權是決定雙方勢力消長的關鍵，絲路在東漢時期曾有三絕三通的情形，絕通之間正是反映了漢匈彼此之間的勢力消長。

絲路開通的文化意義遠遠大於政治上輸贏局面所代表的意義，就音樂文化的發展而言，沿途綠洲經濟繁榮促成部分王公貴族與商賈巨富出於宗教禮儀以及市場經濟的考慮，從民間招聘有才華的藝人進宮入宅，成為私人莊園的專屬樂師，連帶使民間音樂得到系統化的搜集、整理與加工。特別是在東漢時期，中央樂府凋零的情況之下，這些私人莊園的專屬樂師衣食無虞，精神上可以自由創作，從絲路體現的積極拓荒精神以及隨著與異族他者對話而來的嶄新視野，也激活了對樂制、樂器與曲調的思考。特別是經由絲路東來的佛教、摩尼教、祆教、景教，在宗教活動的禮儀方面為音樂文化的展演提供了新的載體。因此，就樂器與樂曲的傳入中原而言，絲路可以說是一條「音樂運河」。〔註 2〕

回溯漢武帝時期的博望侯張騫兩次出使西域（西元前 139 年與西元前 119 年），開啟絲路之旅，為漢朝帶回有關西域諸國地理、物產、政治、軍事等諸

<hr>

〔註 2〕　袁炳昌、馮光鈺主編，《中國少數民族音樂史》，上冊，北京：中央民族大學出版社，1998，頁 305。

方面情況的第一手資料。據《晉書‧樂志》記載，〔註3〕張騫曾從西域帶回〈摩訶兜勒〉樂曲，樂府協律都尉李延年據其改編爲軍樂曲二十八首，同時，羌笛、笳、角、箜篌、琵琶等樂器也隨之東傳。此外，綜觀和親政策與貢納制度之下存在良久的關市貿易，維繫著漢朝與匈奴胡族之間邊境人民的日常生活所需，尤其對匈奴胡族來說，他們需要大量漢族的糧食與布匹，尤其需要鐵器以做爲武器製造之用，異文化的交流與融合在絲路與關市貿易的歷史場景中成爲必然的事實。

第二節　胡笳的形制

　　胡笳在漢匈文化交流的歷史場景中，傳入中原，有關胡笳的文獻記載與出土的畫像石、畫像磚資料，條列並說明如下：

　　一、陳暘《樂書》載有與笳相關的資料三則：〔註4〕

　　　　胡笳：似篳篥而無孔，後世鹵簿用之，蓋伯陽避入西戎所作也。……

　　　　　　晉有大笳小笳，蓋其遺制也。

　　　　蘆笳：胡人卷蘆葉爲笳，吹之以作樂。

　　　　吹鞭：漢有吹鞭之號，笳之類也，其狀大類鞭馬者，今牧童多卷蘆

　　　　　　葉吹之。

這三種樂器均附圖例，胡笳分爲大胡笳與小胡笳圖例各一，三種樂器同屬笳類，吹奏的原理與捲葉吹聲相似，形制上並無按孔。

　　二、《太平御覽‧樂部十九》「笳」下引述六段文獻關於胡笳的形制、功能與聲情：〔註5〕

　　　1. 引杜贄《笳賦序》說明伯陽避亂入戎而製笳樂。

　　　2. 引曹嘉之《晉書》說明劉疇援笳吹之而卻群胡。

〔註3〕《晉書‧樂志》：「張博望入西域，傳其法於西京，惟得〈摩訶兜勒〉一曲，李延年因胡曲更造新聲二十八解，乘輿以爲武樂。後漢以給邊將，和帝時萬人將軍得用之。魏晉以來，二十八解不復具存，用者有〈黃鵠〉、〈隴頭〉、〈出關〉、〈入關〉、〈出塞〉、〈入塞〉、〈折楊柳〉、〈黃覃子〉、〈赤之楊〉、〈望行人〉十曲。」參見楊家駱主編，《晉書》，正史全文標校讀本，台北：鼎文，1980，頁188。

〔註4〕〔宋〕陳暘撰，《樂書》，卷130，景印文淵閣四庫全書，第211冊，頁579～581。

〔註5〕〔宋〕李昉編纂，夏劍欽校點，《太平御覽》，卷581，河北石家庄：河北教育出版社，1994，第五卷，頁581～582。

3. 引《蔡琰別傳》說明蔡文姬「春月登胡殿，感笳之音」。

4. 引晉《先蠶儀注》說明車駕出發時吹奏大菰，車駕停止時吹奏小菰，菰即笳，此即古人所謂「鳴笳啓路」中胡笳做爲響器用來發號施令的情形。又載：「胡笳，漢舊錄有其曲，不記所出本末。笳者，胡人卷蘆葉吹之以作樂也，故謂曰胡笳。」

5. 引《夏仲御別傳》說明笳聲能夠感天動地，「激南楚，吹胡笳，風雲爲之搖動，星辰爲之變度。」

6. 引《世說》說明劉越石在夜半吹奏胡笳，卒以潰散胡騎的圍城。

三、據《皇朝禮器圖式》記載：〔註6〕

> 謹按應劭風俗通，篍，吹鞭也。馬端臨文獻通考，漢有吹鞭之號，笳之類也，其狀大類鞭馬者。……胡笳，木管，三孔，兩端加角，末翹而上，口哆，管長二尺三寸九分六釐，內徑五分七釐。角哨，長三寸八分四釐，徑三分六釐，口徑一寸七分二釐，長八寸九釐，管以樺皮飾之。

書中並有附圖一幀（附圖一）。按清尺每尺合公制 32 公分，因此笳的管長約 77 公分，管徑約 1.8 公分，兩端各有角哨，長度大約各爲 12 公分，管身有三個按孔，《皇朝禮器圖式》將這個樂器歸在燕饗笳吹樂，用於宴會與典禮。

〔註6〕　〔清〕允祿等奉敕撰，福隆安等校補，《皇朝禮器圖式》卷九，《景印文淵閣四庫全書》，據故宮博物院藏本影印，第 656 冊，台北：商務，1983，頁 507。

附圖一：《皇朝禮器圖式》一書所載的胡笳形貌

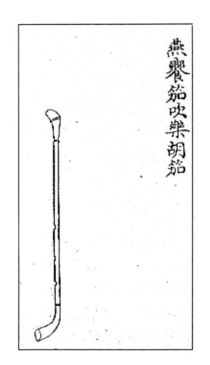

（影印自《景印文淵閣四庫全書》，據故宮博物院藏本影印，
第 656 冊，頁 507）

四、據《說文解字詁林》後編，「笳」的解說： 〔註7〕

　　《說文》無笳字，《文選李少卿答蘇武書》：胡笳互動，李善曰：《說
　　文》作葭。案，今《說文》葭下無胡葭語，《玉篇》葭下引〈李陵
　　答蘇武書〉：胡葭互動。謝靈運〈九口從宋公戲馬臺詩〉：鳴葭戾
　　朱宮。字皆作葭，蓋本卷葭葉吹之，故謂之葭，又謂之蘆管，後
　　更製笳字。

「笳」字是後來新創的字形，在東漢許慎撰寫《說文》的時代尚無「笳」字，
以「葭」字做為這個樂器的稱呼。

　　五、山東嘉祥武梁祠畫像石第九石，刻鹵簿從者二人，各執大小單管無

〔註7〕〔清〕丁福保編纂，《說文解字詁林》後編，第十冊，台北：商務，1959，頁
　　　6927。

孔豎吹樂器，疑即為篪，與「吹鞭」形象相符。

六、陳萬鼐據林謙三《東亞樂器考》想像笳的形制：〔註8〕

1. 僅是個卷起的蘆葉，相當於復簧樂器的簧；

2. 蘆葉卷成圓錐管狀，類似後世用鉋花製的笛；

3. 蘆葉或蘆莖做成復簧，裝在一個管端，這有兩類：

    a. 管有指孔——長管和短管；

    b. 管無指孔——長管和短管。

七、袁炳昌、馮光鈺主編的《中國少數民族音樂史》載：〔註9〕

> 笳，又稱胡笳，其他稱謂還有潮爾、冒頓潮爾、綽爾、蘇爾、楚兒、楚兀爾（以上蒙古語名稱）、斯布孜額、斯布勒（以上哈薩克語名稱）、籌（河南等地名稱）、覺黑（四川涼山彝語名稱）。它是一種邊棱音氣鳴樂器，屬於多泛音樂器，音域有兩個八度，吹奏時，兩手扶管按孔，喉部和笳管同時發音，喉音粗獷渾厚，笳管則是有旋律性的淒清悠遠。

八、《中國少數民族樂器誌》書中記載：〔註10〕

> 胡笳（Hujia），蒙古等族吹管樂器，民間又稱綽爾（Chaoer）。胡笳是漢、魏鼓吹樂中的主要樂器。……清代宮廷中有以胡笳為主的蒙古笳吹樂。……至民國初年，內蒙古各地王府樂隊中仍使用胡笳。管身木製，形如細長管喇叭，兩端置角，長約70厘米。管口上端裝角帽，下端承接向上彎曲的角制喇叭口。吹孔於管身上端左側，管身前開間距約15厘米的兩個按孔。演奏時，奏者盤腿席地而坐，管上端置於奏者右肩，下端斜放左側地面。頭部偏向右側，右嘴角對吹孔。右手托管身，左手拇指、食指按孔。吹奏時，壓低喉頭，與笳音同時發出聲音。音色深沉、渾厚。常用於吹奏蒙古族長調樂曲。胡笳是王府樂隊中主要的吹管樂器。可伴

〔註8〕陳萬鼐，〈試以漢代音樂文獻及出土文物資料研究漢代音樂史（五）——討論吹管樂器六種〉，《美育月刊》，第87期，1997年9月，台北：國立臺灣藝術教育館，頁11～28。

〔註9〕袁炳昌、馮光鈺主編，《中國少數民族音樂史》，上冊，北京：中央民族大學出版社，1998，前言頁3。

〔註10〕中央民族學院少數民族文學藝術研究所編，《中國少數民族樂器誌》，台北：音樂中國出版社，1991，頁39。

奏、合奏和獨奏。

書中所載的吹笳方式「吹奏時，壓低喉頭，與笳音同時發出聲音」，喉頭所發出的人聲稱作「吟」，笳管吹出來的聲音稱作「曲」，如附圖二所示：

附圖二

此圖內容是胡笳吹法的圖式，據莫爾吉胡描述的胡笳吹奏方式是「首先，將笳管的上端頂在上腭的牙齒上；其次，上下唇將管子包起來；吹奏前，人聲先發出主音的持續低音，然後，同時吹奏笳管旋律，構成二重結構的音樂織體。我將持續低音稱爲『吟』。」〔註11〕

　　九、吳葉關於琴曲《大胡笳》與《小胡笳》的研究，〔註12〕指出自東漢蔡文姬以降胡笳音調的歷史流變過程：東漢蔡文姬→西晉劉琨→隋代沈遼→唐代董庭蘭。首先，吳葉認爲胡笳音調所具有的一種「音樂文化基因」，在歷史流變過程中被片段或組合地保留在後代與其相融的民族的音樂文化之中——主要是蒙古族與回鶻（維吾爾族），尤其，蒙古族保留的宮廷音樂——林丹・虎墩兔（蒙古末代可汗）汗帳裡的宮廷音樂，其中有一個部分名爲《笳吹樂章》，是蒙古語宮廷歌曲，「笳吹」在蒙語中詞根爲「潮爾」，表演形式是合唱加上胡笳伴奏。其次，吳葉提到莫爾吉胡在 1985 年於阿爾泰金山山嶽罕達戈圖蒙古自治鄉考察所發現的樂器「潮爾」（附圖三和附圖四），管身 58.5 公分，木質，三孔，兩端開啓，管徑 1.8 公分，樂曲爲自然五聲調式，且爲大調性 Do 五聲調式。因此，吳葉質疑合唱的「潮爾」與樂器的「潮爾」的淵源關係，以及潮爾（Chor）與「笳」是一音之轉的可能性。

〔註11〕　圖式和引文摘自莫爾吉胡，《追尋胡笳的踪迹——蒙古音樂考察紀實文集》，上海：上海音樂學院出版社，2007，頁 48。

〔註12〕　吳葉，〈從琴曲《大胡笳》《小胡笳》試探漢唐時期北方少數民族音調〉，《中國音樂學季刊》，2004 年第 1 期，頁 32～42。

附圖三

（照片和引文摘自莫爾吉胡，《追尋胡笳的踪迹——蒙古音樂
考察紀實文集》，上海音樂學院出版社，2007 年，頁 42&48）

　　這張照片裡的樂器是莫爾吉胡在阿爾泰見到的胡笳，莫爾吉胡權且將它
命名為「阿爾泰胡笳」，這張照片是老人塔本泰吹奏胡笳的姿勢，持管的方法
很特別：「右手食指按第一孔，笳管夾在中指與無名指之間。左手從樂器的下
方反托管身，將笳管夾在食指與中指之間，拇指按第二孔，食指按第三孔。」

據塔本泰口述，製作胡笳的材料是紅柳或幼嫩的落葉松苗，有的也用一種像蘆葦似的很堅硬的空心植物。「比如用紅松條子，先把它從中間劈開，將木心挖空，然後合在一起，外面再用綿羊食道管的外層薄膜套上，這樣就不漏氣了。最後再挖音孔。」

附圖四

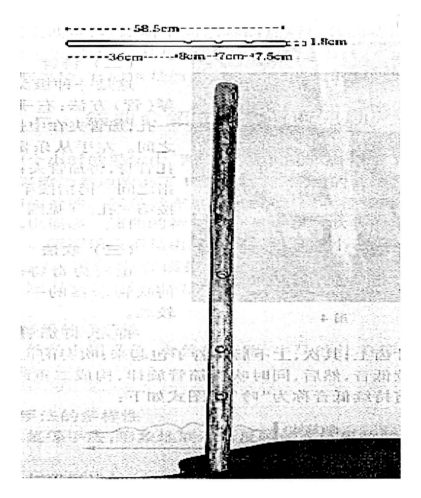

（此圖錄自莫爾吉胡，《追尋胡笳的踪迹──蒙古音樂考察紀實文集》，上海音樂學院出版社，2007 年，頁 47）

這張照片裡的樂器是老人瑪尼達爾吹奏的冒頓・潮爾（蒙古族對胡笳樂器的稱呼），管身長度爲 58.5 厘米，木質，3 孔，兩端開啓，管徑爲 1.8 厘米。

吹口到第一孔的距離是 36 公分，第一孔到第二孔的距離是 8 公分，第二孔到第三孔的距離是 7 公分，第三孔到管底的距離是 7.5 公分。據阿爾泰老人的說法，胡笳沒有竹製的，也沒見過兩孔的。

十、丁曉侖編著的《神秘的喀納斯》一書記載，〔註 13〕目前生活在新疆阿爾泰山西北部峽谷中的喀納斯湖邊的圖瓦族，流傳著一個關於楚兒，即胡笳的傳說。當地人稱作楚兒的吹奏樂器類似草笛，是用喀納斯湖畔的蒲葦主莖所做的，楚兒比拇指略粗，長有兩尺多，上下鑿有三孔，吹奏的方式像竹簫，是一種複調的混聲樂器，一隻楚兒能有一個樂隊的效果。從書中一幀額爾德什老人吹奏楚兒的照片，看到他將楚兒豎著吹，以右手扶管身，左手的大拇指與食指按孔吹奏。這個楚兒的傳說，是一段關於牧羊青年與部落公主因楚兒之聲而相戀的悲劇，楚兒的音色在這個傳說裡被描繪成「聲音像風、像喀納斯湖的波浪，像很多很多種聲音，憂鬱、曠遠，像穿越了很多世紀，傳到你的耳邊」，這個樂器所傳達的聲情是沉鬱悲哀的。

依據以上文獻與考古的內容所示，魏晉以前的「笳」、「葭」與「菰」都是沒有按孔的，是一種響器，還不是旋律樂器。至魏晉時期，胡笳已進步到旋律樂器，完全脫離無孔吹管的形制。曹魏杜摯《笳賦》：「乃命狄人操笳揚清，吹東角，動南徵，清羽發，濁商起，剛柔待用，五音迭進。」〔註 14〕晉代孫楚《笳賦》：「徐疾從宜，音引代起，叩角動商，鳴羽發徵。」〔註 15〕顯然胡笳已經具備五聲的表現了。吹奏將近 90 公分長的管身，其吹奏的方法異於一般吹奏樂器的姿態，如前引《中國少數民族樂器誌》與《神秘的喀納斯》書中所載以及照片所示，吹奏胡笳的姿勢是，將胡笳斜靠在右肩、管身下端接觸地面、側頭吹之、左手拇指與食指按孔。今天，胡笳經過考證與改良，依據陳暘《樂書》記載的圖例做成形狀像花瓶並且結合現代管樂的結構，在原有的基礎上擴大音域，同時，在與西方樂器合奏的嘗試中，尋求突破傳統音色聲情的詮釋。〔註 16〕

〔註 13〕丁曉侖編著，《神秘的喀納斯》，烏魯木齊：新疆美術攝影出版社，2006，頁 13～15。

〔註 14〕〔清〕陳夢雷編，欽定《古今圖書集成》，卷 124〈經濟彙編‧樂律典‧笳部彙考〉，台北：鼎文，第 72 冊，1977，頁 1186。

〔註 15〕同上註。

〔註 16〕吉他演奏家 John Williams 與作曲家 Richard Harvis 合作改編《胡笳十八拍》，於 2006 年 6 月在上海音樂廳演出。

　　胡笳不但如此五音俱全，而且還是音樂感性非常強烈的樂器，如《晉書・劉隗傳》有段記事：劉疇「曾避亂塢壁，賈胡百數欲害之。疇無懼色，援笳而吹之，為『出塞』『入塞』之聲，以動其游客之思，於是群胡皆垂泣而去之。」〔註17〕「出塞」「入塞」是漢代橫吹曲，宮廷音樂家李延年胡曲二十八解中的兩首。

　　漢李陵〈答蘇武書〉中，也有被胡笳音樂所感動的敘述：「舉目言笑，誰與為歡？胡地玄冰，邊土慘裂，但聞悲風蕭條之聲，涼秋九月，塞外草衰，夜不能寐，側耳遠聽，胡笳互動，牧馬悲鳴，吟嘯成群，邊聲四起，晨坐聽之，不覺淚下。」〔註18〕

　　魏文帝曹丕感嘆時光荏苒與人事無常，以笳聲起興：「清風夜起，悲笳微吟，樂往哀來，愴然傷懷。」〔註19〕

　　近代台灣詩人藉笳聲隱喻蒼茫淒清的意象，如，莊年〈安平晚渡〉：「笳聲互動日沈西，一片蒼茫暮靄低。」〔註20〕無名氏〈沙鯤漁火〉：「清笳落日歸漁笛，戰壘寒烟冷釣堤。」〔註21〕褚祿〈安平晚渡〉：「遠浦不須愁返棹，晚風無事動悲笳。寒潮乍退人歸後，明月孤舟漾淺沙。」〔註22〕

　　旋律化之後的胡笳成為文人士大夫寄託情思的對象，尤其東漢末年文姬歸漢歷史事件相關的詩作〈胡笳十八拍〉，更讓文人士大夫將己身尋思遁世高蹈的際遇暗合於文姬流離失所的時代悲劇氛圍，胡笳抽象為悲情的符號，指向了笳聲悲涼的概念。

　　據前述吳葉的考證，琴曲與琴歌中出現的胡笳音調可以上溯至東漢蔡琰的時代，由此推論胡笳抽象為特定悲情的符號之後，在演繹聲情的形象上容

〔註17〕（唐）房玄齡等撰，《晉書》，正史全文標校讀本，台北：鼎文，1980，卷69，頁495。

〔註18〕（梁）蕭統選輯，《文選》，卷41，〈李少卿答蘇武書〉，據同治8年潯陽萬氏據鄱陽胡氏重校刊本影印，台北：正中，1971，頁564。

〔註19〕（梁）蕭統選輯，《文選》，卷42〈魏文帝與朝歌令吳質書〉，據同治8年潯陽萬氏據鄱陽胡氏重校刊本影印，台北：正中，1971，頁582。

〔註20〕余文儀著，《續修臺灣府志》，卷二十五，藝文六，臺灣八景，台北：中華書局，1962，頁922。

〔註21〕余文儀著，《續修臺灣府志》，卷二十六，藝文七，臺陽八景，台北：中華書局，1962，頁965。

〔註22〕〔清〕六十七、范咸纂修，《重修臺灣府志》卷廿五，藝文六，台北：成文書局，清乾隆十二年刊本影印，1983，頁1578。

易貼近文人「不離於身」〔註23〕的古琴，古琴是文人士大夫抒情與言志的手段，古人以琴寫笳，諸如〈大胡笳〉、〈小胡笳〉與〈胡笳十八拍〉等琴曲琴歌，又如唐代詩人李頎〈聽董大彈胡笳弄〉詩中描寫董庭蘭演奏琴曲〈胡笳弄〉的出神入化，實因笳與琴在聲情的表現上，胡笳以其承載的悲涼情思成爲琴曲創作的想像，足見胡笳昇華爲抽象符號之後，與古琴合流，同樣成爲文人士大夫生存理念與生命意識的寄託。

第三節　兩漢政局轉變與藝術人文精神自覺中的胡笳

　　漢初，沿襲秦代中央集權與郡縣制度的政治結構，通過縮小郡縣與削藩的手段，弱化地方政府的實力，逐漸擺脫先秦時代以氏族傳統結構爲基礎的行政區域規劃，朝向中央集權的統一專制帝國發展。自戰國以來百家爭鳴的各家學說思想，至此出現了相互融合的新趨勢，爲新建的統一帝國提供合理存在的理論建樹基礎。此一整合先秦百家爭鳴哲學思想的工作，早在戰國時代的孟子、荀子以及韓非子評論當時各家思想的作爲上見出端倪，《孟子·梁惠王上》：「天下惡乎定？定於一。」《荀子·王制》：「四海之內若一家。」這不僅是尋求政治上的統一，也可視爲思想上整合的先機。而整合的努力，首在《呂氏春秋》與《淮南子》留下痕跡。

　　《呂氏春秋》自覺地嘗試以新儒家〔註24〕思維來綜合百家以求思想上的一統天下，提出「上揆之天，下驗之地，中審之人」〔註25〕的統一原則，建構一套從自然到社會的完整體系，完全納入「宇宙圖式」〔註26〕的思考之中。《淮南子》貌似道家、實質內涵則是重視人爲與積極入世的儒學，並以強調

〔註23〕　（東漢）應劭撰《風俗通義·琴》：「然君子所常御者，琴最親密，不離於身，非必陳設于宗廟鄉黨，非若鍾鼓羅列於虛懸也，雖在窮閭陋巷，深山幽谷，猶不失琴。以爲琴之大小得中而聲音和，大聲不譁人而流漫，小聲不湮滅而不聞。」參見《四部叢刊》初編子部，上海商務印書館縮印常熟瞿氏藏元本，第六卷，頁47。

〔註24〕　新儒家之「新」，在於本質上與先秦儒學的差異，李澤厚認爲「新」的含意是指在法家實際政治的長久實踐的經驗基礎上，在新的中央集權統一專制帝國的社會基礎和政治結構的需求上，對儒家血緣氏族體制和觀念的保留和改造。參見李澤厚，《中國古代思想史論》，天津：天津社科，2004，頁130。

〔註25〕　（戰國）呂不韋撰，陳奇猷校釋，《呂氏春秋》，〈季冬紀·序意〉，上海：上海古籍出版社，2002，上冊頁654。

〔註26〕　李澤厚，《中國古代思想史論》，天津：天津社科，2004，頁128。

「天人感應」而展開其「把天文、地理、氣象、季候、草木鳥獸、人事制度、法令政治以及形體精神等萬事萬物，都納入一個統一的、相互聯繫和彼此影響並遵循普遍規律的『類』別的宇宙圖式中」〔註27〕的企圖，此等企圖確實建構出成熟的宇宙論，也爲董仲舒「天人感應」思想體系鋪就坦途。

董仲舒「天人感應」的思想體系融合了儒家、法家、道家、陰陽五行等各派哲學思想，建構出一個嚴密的理論結構，舉凡「天體運行，四季遞換，人間倫理，政府組織，以致人身生理與心理，都是一個又一個嚴整的系統。」〔註28〕這些系統之間的和諧關係以陰陽與五行的均衡做爲觀測的平台。陰陽相對主要指涉人事之間的關係，如君臣、父子、上下、尊卑、男女等；五行相剋相生主要指涉自然界諸種力量之間的輪替與運行。在強調自然界與人事之間的互相制衡之下，「在這一有常有變的動態宇宙中，微小的局部變動，可以反映大系統的失衡。相對的，正如巫術的運作，人可以經由小小運作，影響宇宙的秩序。在如此井然有序的系統中，一切都是可以預知預見的；一切離開常態的變化，也是可以經過適當的安排，重新回歸正常。」〔註29〕董仲舒的宇宙觀爲漢武帝及後代帝王所採納，王權源自天命，如同大自然時序的更迭，王權也必有更替，王權更替之前的天災人禍被視爲朝代更迭的預兆，爲此，武帝以及之後的帝王們莫不以種種權宜措施，諸如更改年號、制定新的曆法，試圖以天命更新來確保皇位的永續。至於知識份子，受此理念的影響，則汲汲於全面掌握天地古今的知識，以求取解釋宇宙訊息或現象的主控權，在享受這些知識權力的同時，也生發出一股代聖人立言的使命感。儒家的今文學派在這樣的使命感之下，立儒家經書爲五經博士，更甚者，撰寫具有啓示性預言的「讖緯」以輔助經書，知識份子以此針砭時事，並且展現出自我肯定的豪氣，而所建構的龐大知識體系正與大一統的政治事實互相呼應。

但是，西漢中葉以後的皇權衰落與外戚宦官之禍，造成政治上的動盪不安，到了東漢時代的文人士大夫就再無這股豪氣了，他們喪失對大一統格局效忠的熱情與理想，只落得終極生命無處棲居的苦悶。檢視皇權一路衰落、政局江河日下的過程，從元帝開始。

〔註27〕同上註，頁 135。

〔註28〕許倬雲，《萬古江河：中國歷史文化的轉折與開展》，台北：漢聲，2006，頁 104。

〔註29〕許倬雲，《萬古江河：中國歷史文化的轉折與開展》，台北：漢聲，2006，頁 105。

　　元帝時代，重用儒生，委以政事，天子則喜好音樂甚於治理朝政，《漢書・元帝紀》贊曰：「元帝多材藝，善史書。鼓琴瑟，吹洞簫，自度曲，被歌聲，分刌節度，窮極幼眇。」〔註30〕同時，中書令石顯首開以宦官當政的先河，《漢書・佞幸列傳》：「是時，元帝被疾，不親政事，方隆好於音樂，以顯久典事，中人無外黨，精專可信任，遂委以政。事無大小，因顯自決，貴幸傾朝，百僚皆敬事顯。」〔註31〕從此出現皇權外移、天子威信下降的端倪。

　　成帝時代，外戚專權，王氏一門之中，十侯五大司馬，權傾當時，奢侈豪逸，百姓效之，《漢書・成帝紀》：「方今世俗奢僭罔極，靡有厭足。公卿列侯親屬近臣，四方所則，未聞修身遵禮，同心憂國者也。或乃奢侈逸豫，務廣第宅，治園池，多畜奴婢，被服綺穀，設鐘鼓，備女樂，車服嫁娶葬埋過制。吏民慕效，寖以成俗，而欲望百姓儉節，家給人足，豈不難哉！」〔註32〕物質生活的虛榮滿足，致使精神意志向下沈淪。

　　哀帝時，在罷歸宰相孔光的詔書中寫到當前的時局：「陰陽錯謬，歲比不登，天下空虛，百姓饑饉，父子分散，流離道路，以十萬數。而百官群職曠廢，姦軌放縱，盜賊並起，或攻官寺，殺長吏。」〔註33〕哀帝感慨宰相孔光坐視百姓流離失所而無所作爲，下詔罷歸。

　　東漢和帝之後的八個皇帝，皆以未成年即位：殤帝一百天，安帝十三歲，順帝十一歲，沖帝兩歲，質帝八歲，桓帝十五歲，靈帝十二歲，獻帝九歲。〔註34〕天子年幼即位的後果，直接成爲女后臨朝的藉口，一旦天子成年爲了奪回皇權，淪致與宦官同謀，國家大權與皇位繼承於是操縱在外戚與宦官的權謀鬥爭中，竇憲、鄧騭、閻顯、梁冀、竇武、何進六大外戚集團先後在這樣的權謀鬥爭中慘遭覆滅。

　　這些政治危機導致中央集權的權威式微，尤以甚者，文人士大夫的仕宦之途受到「竊名僞服」、「權門請託」的不正風氣影響，地方薦舉難以名實相符。此時根植於文官制度與察舉制度的地方宗族力量，以及隨之而起的地方意識，讓文人士大夫有了一方思考生命、回歸自我的空間。所謂地方宗族指

〔註30〕　（東漢）班固撰，〈元帝紀〉，《新校漢書集注》，台北：世界書局，1973，頁298。
〔註31〕　（東漢）班固撰，〈佞幸列傳〉，《新校漢書集注》，頁3726。
〔註32〕　（東漢）班固撰，〈成帝紀〉，《新校漢書集注》，頁324。
〔註33〕　（東漢）班固撰，〈匡張孔馬列傳〉，《新校漢書集注》，頁3358。
〔註34〕　據徐華統計，參考《兩漢藝術精神嬗變論》，上海：學林出版社，2003，頁156。

的是盛行於東漢時期以家族爲單位的莊園文化。莊園在農業、林業、牧業、手工與紡織副業、漁業等多種經營的經濟自主基礎上，成爲具有獨立意義的「社會細胞」。〔註35〕莊園主人的身份多爲官僚、商人、地主三位一體的階級，他們從事各種經營是爲了滿足自己的需要，不是爲了市場的供需，這種自給自足的獨立意識正是文人士大夫安頓家族與自我棲居的最好場所。考察莊園教育的內容，「入大學，學五經」，〔註36〕以儒家經學爲主要課程，這是做爲子弟們日後參政的必要準備，然而，黃老道家的精神也是教育年輕子弟的必修課，同時，莊園以其獨立自主的社會性，更多的是在教育成果上呈現出宗族本身的文化素養與積澱，也表現出它與當朝權威思潮不同調的文化風貌。東漢時期的文人士大夫在這樣的莊園環境裡，培養了獨立的人格，獲得了精神上的終極安頓，如徐華所言：

> （文人士大夫）由先秦及西漢時期無根的『遊士』的生存方式，進
> 入了一種相對穩定的代表著整個家族的全面的生活。這種新生活方
> 式的確立，對於士人能夠最終從物質利益的追求中解放出來，獲得
> 身份的相對自由，創造了非常必要的先決條件。培育了這一個時代
> 知識分子追求自由、個性獨立和精神解放的強烈要求，同時也孕育
> 了他們博洽通識、接納新知的學問修養。〔註37〕

於是，文人士大夫對自我生命的追尋與生存意識的自覺開始進入一個嶄新的局面，過去以從政爲自我實現、以儒家經學爲根本信仰的價值觀，開始轉向玄學佛理、山林野趣和文學藝術諸般足以張揚個人自覺性的追求，放空了文人士大夫在「精神淵藪深處最難割捨的名與利」。〔註38〕東漢時期皇權的衰落與新思想的產生，呼喚人們回到自我的省視，加以「鴻都門學」制度的具體運作，文學與藝術的創作也呈現與西漢時期明顯的變奏，分別在賦體、詩歌、繪畫、書法、音樂、工藝各方面具現了這樣的變奏：〔註39〕浪漫華麗、試圖

〔註35〕徐華，《兩漢藝術精神嬗變論》，頁263。
〔註36〕（漢）崔寔撰，《四民月令》，台北：藝文印書館，原刻景印《叢書集成續編・漢魏遺書鈔》，1970，頁二。
〔註37〕徐華，《兩漢藝術精神嬗變論》，頁269。
〔註38〕楊乃喬，〈文人：士大夫、文官、隱逸與琴棋書畫〉，《比較詩學與他者視域》，北京：學苑出版社，2002，頁339。
〔註39〕關於兩漢文學與藝術的變奏，據徐華的研究加以整理，徐華的研究成果見其專著《兩漢藝術精神嬗變論》。「鴻都門學」制度對藝術發展的具體影響，參考《劍橋中國史——秦漢篇》，頁384與589。

包羅天地的散體大賦發展爲小巧空靈的抒情小賦；詩歌由四言過渡到五言，由敘事過渡到抒情；繪畫從帛畫內容的靜止時態中呈顯的詭異象徵意味，轉變爲畫像石和畫像磚藝術趨於動態的眞實生命表現；書法由端正凝滯的隸書筆畫，朝向流動飛舞的章草發展；音樂由熱烈的「新聲變曲」以及大型的宮廷樂舞百戲，發展爲文人士大夫莊園內部家族所喜愛的小型家樂表演，尤其掙脫了與「禮」的密切結合，從體現樂教德化的原則演變爲個人心靈寄託的藝術形式；工藝創作由實用性很強的技術發展爲個體創作者發自內心的情感寄託，由群體性的活動變爲獨自賞玩的藝術表現，由壯夫不爲的雕蟲小技變爲士大夫才能和身分的象徵與精神的寄託。此外，出土的西漢陶俑表情溫和凝重，以端莊靜穆爲特徵，東漢陶俑則姿態各異、表情活潑生動。

　　這些西漢到東漢時期的藝文轉變，傳達的是社會內部湧動的思想解放，包括新興的民間道教、先秦老莊及漢初黃老道家思想的復興，也包括嚴重方術讖緯化的儒學思想，這些共同建構了文學與藝術開始走向獨立與自覺的時代場景。於是，人文精神在這樣的嬗變之下，表現爲「內向回歸」、「傳神寫意」、「時空伸延」、「氣脈貫通」、「蕩滌放情」的深刻自覺，〔註40〕經學中心主義之下的「儒家詩教之『鼎』」漸形坍塌。〔註41〕基於此，蔡琰自述生平的詩歌作品〈悲憤詩〉才有可能以強烈書寫個人的自覺性特色成爲長篇敘事詩的瑰寶，胡笳樂器也在這個張揚個人自覺性以及時局愈加紛亂的時代之後，從原來用在軍樂中的響器，開始生發出它特有的離散聲情。

　　在這裡，我們發現胡笳之名大多見於古琴曲的曲名，胡笳樂器生發出來的離散聲情在魏晉之後逐漸被轉移到古琴樂器上，因此，我們將梳理笳聲入琴的脈絡。

第四節　笳聲入琴的脈絡

　　討論笳聲入琴的脈絡，將以文姬歸漢系列作品中的琴曲做爲研究文本。歷來與文姬歸漢題材相關的琴曲有三首：《大胡笳》、《小胡笳》和《胡笳十八拍》。胡笳本是北方少數民族的吹奏樂器，漢代傳入中原之後，由於它的音量

〔註40〕徐華，《兩漢藝術精神嬗變論》，頁78～150；于迎春，《漢代文人與文學觀念的演進》，北京：東方出版社，1997，頁187～196。

〔註41〕楊乃喬，〈玄學誤讀的文化暴力與儒家詩教之“鼎”的坍塌〉，《悖立與整合》，北京：文化藝術出版社，1998，頁407～434。

宏大，被做爲軍樂中的響器，晉代儀式音樂中車駕出發時吹奏大胡笳，車駕
停止時吹奏小胡笳，南北朝時代的相和曲中有《大胡笳鳴》和《小胡笳鳴》
兩曲，已是使用琴、箏、笙、筑等樂器演奏，西晉的劉琨善吹胡笳，曾把胡
笳音調譜爲琴曲《胡笳五弄》，因此，有可能是在劉琨手裡將胡笳音調轉移至
琴曲裡的，此後初唐琴界盛行的沈家聲和祝家聲，其代表曲目即是琴曲《大
胡笳》和琴曲《小胡笳》，而且，由於唐代「唯彈琴家猶傳楚漢舊聲」，故而
這兩首琴曲可能保留了南北朝時代相和曲《大胡笳鳴》和《小胡笳鳴》的風
格。〔註42〕《大胡笳》和《小胡笳》兩曲經過沈、祝兩家的傳播，尤其盛唐
時期經過董庭蘭的整理潤飾，成爲唐代具有代表性的琴曲，常是琴家的必修
曲目，在唐代也被稱爲「胡笳聲」、「胡笳弄」或「胡笳曲」。這兩首琴曲是純
器樂的作品，雖然在現存的減字譜中逐拍引用劉商〈胡笳曲〉（即後世名爲〈胡
笳十八拍〉的七言詩）中的詩句做爲各段標題，而這些標題和蔡琰〈悲憤詩〉
一詩的內容一致，也讓音樂風格展現出敘事性的「離鄉、別子、歸漢」過程
裡的悲憤情懷，但是這些劉商詩句的標題只做爲彈奏古琴時用來理解音樂的
參考，並不是歌詞，所以《大胡笳》和《小胡笳》不是琴歌，劉商的詩作也
以整齊的七言不易於嵌入樂句長短自由的琴曲中做爲歌詞，因此被認爲只能
單獨做爲朗誦，不做爲配合琴曲來演唱的歌詞。〔註43〕此後，同一題材的琴

〔註42〕 《大胡笳》和《小胡笳》不是琴歌而是純器樂的作品，現存最早的《大胡笳》
和《小胡笳》的琴譜見於 1425 年出版由明代朱權所編纂的《神奇秘譜》。《大
胡笳》收在該書的「霞外神品」，《小胡笳》收在該書的「太古神品」，所謂霞
外神品是編者曾經親受過的曲目，太古神品則屬於久已無人彈奏的「昔人不
傳之秘」，就琴譜的內容觀之，《小胡笳》琴譜未見點句，譜式上留有文字譜
過渡到減字譜的痕迹，譜中在樂曲段落之處所標示的「前敘、正聲、後敘」
結構名稱和古曲《廣陵散》相似，有可能是相和曲的「豔、曲、亂」三段式
的遺風，《小胡笳》的旋律進行常見上行半音（Si→Do，#Fa→Sol），以及以
Si 和 Mi 做爲主音的情形，都和見存最早的琴曲《碣石調·幽蘭》相近，這種
種跡象顯示《小胡笳》琴譜較之《大胡笳》琴譜更爲原始。但是，就兩首琴
曲的旋律音型而言，相同旋律再現或重覆時，多爲原來音型的重覆，少有發
展或變奏，右手的指法也以撥奏爲主，左手按絃的走手音也不多見，這種具
有早期琴曲「聲多韻少」的特點，可以判斷《大胡笳》和《小胡笳》兩首琴
曲保留了早期琴曲的時代風貌。參考許健編著，《琴史》，北京：人民音樂出
版社，2001（1982），頁 62～64。

〔註43〕 關於琴曲《大胡笳》和《小胡笳》的發展簡史，參考許健編著，《琴史》，頁
59～61。至於劉商詩作〈胡笳曲〉不是配合琴曲所寫的歌詞，王小盾對此有
不同的討論，王小盾認爲劉商詩作是爲董庭蘭編的琴曲《大胡笳》所填寫的
七言古詩，見王小盾，〈琴曲歌辭《胡笳十八拍》新考〉，復旦學報（社會科

曲還有南唐蔡翼創作的《小胡笳十九拍》、北宋琴曲曲目中出現的《別胡兒》
和《憶胡兒》以及北宋吳良輔爲王安石的詩作《胡笳十八拍》譜的琴曲。

　　唐代的詩歌和琴曲在文姬歸漢這個題材上雖然尙未合譜（詞曲兼備的琴歌
《胡笳十八拍》要到南宋時代才出現），但都直指時代悲情。與文姬歸漢相關的
唐代詩歌作品主要有三首：李頎的〈聽董大彈胡笳弄〉〔註44〕、戎昱的〈聽杜
山人彈胡笳〉〔註45〕和劉商的〈胡笳曲〉。〔註46〕李頎在詩歌開始四句「蔡女
昔造胡笳聲，一彈一十有八拍。胡人落淚沾邊草，漢使斷腸對歸客」所描寫的
文姬漠北離情，因唐代安史亂後，朝廷以洛陽金帛和士女做爲代價換取回紇兵
力協助收復兩京，而在戎昱的詩句中被聯想成爲這樣椎心的場面：「南看漢月雙
眼明，却顧胡兒寸心死」、「回鶻數年收洛陽，洛陽士女皆驅將。豈無父母與兄
弟？聞此哀情皆斷腸」，文姬歸漢的歷史事件開始被借來諷刺時局的情形，也鑴
刻在劉商的詩句「平沙四顧自迷惑，遠近悠悠隨雁行。征途未盡馬蹄盡，不見
行人邊草黃」中，詩人借古喻今，控訴人民痛苦的遭遇，詩歌內容的反應時局
和大小《胡笳》琴曲的盛行正足以說明戰亂之苦，詩歌和琴曲的內容實爲借文
姬的悲憤，說的是民人離散和邊關戍卒的思鄉之苦。此後，北宋時代王安石（1021
～1086）的《胡笳十八拍》、兩宋之際李綱（1083～1140）的《胡笳十八拍》以
及南宋末年文天祥（1236～1283）的《胡笳曲（十八拍）》，這些同題詩的擬作
即是借文姬歸漢的傳統題材來抒發亂世的感慨。

　　至於被拿來做爲琴曲歌詞名爲《胡笳十八拍》的詩歌則初見於南宋朱熹
（1130～1200）所編的《楚辭後語》，這首詩中多次出現「弦欲絕」、「欲罷彈」、
「弦急調悲」等關於古琴的彈奏指法和聲情，加上王小盾的考證，〔註47〕此
詩是五代南唐時人爲琴曲《小胡笳》塡寫的騷體詩《胡笳十八拍》（此詩長久
以來傳爲蔡琰所作），王小盾也認爲此時的琴曲《小胡笳》是指南唐蔡翼所編
的琴曲《小胡笳十九拍》。六朝至唐宋時期以樂曲形式存在的《大胡笳》、《小

　　　學版），1987年第四期，頁23～29。
〔註44〕李頎〈聽董大彈胡笳弄〉的詩歌引文錄自陳鐵民、彭慶生主編，增訂注釋《全
　　　唐詩》，卷122，北京：文化藝術，2001，頁985。
〔註45〕戎昱〈聽杜山人彈胡笳〉的詩歌引文錄自陳鐵民、彭慶生主編，增訂注釋《全
　　　唐詩》，卷122，北京：文化藝術，2001。
〔註46〕劉商〈胡笳曲〉的詩歌引文錄自（北宋）郭茂倩《樂府詩集》卷五十九〈琴
　　　曲歌辭三〉，台北：里仁，1981，頁866～869。
〔註47〕王小盾，〈琴曲歌辭《胡笳十八拍》新考〉，復旦學報（社會科學版），1987
　　　年第四期，頁23～29。

胡笳》與《胡笳十八拍》，由於受到大曲化的影響，曲式結體龐大，為這樣曲式龐大的樂曲填入唱詞，將會直接影響唱詞內容在故事情節與人物塑造方面的加工與孳乳，顯見文姬歸漢內容的豐富化與音樂形式的發展有著密切的關係。

　　綜觀上述笳聲入琴的歷史脈絡，文姬歸漢系列作品中的標的物「胡笳」，源自北方外族的吹奏樂器，最初可能捲葉吹之，後來削木製成管狀發聲體，以其聲音宏遠而做為軍樂器，傳入中原之後，依其音調譜成胡笳樂曲，樂曲的聲情主要詮釋了文姬歸漢歷史事件的離散情結，自魏晉以後逐漸由古琴樂器代言胡笳的離散聲情，並且在南北朝時代的相和曲中出現了《大胡笳鳴》和《小胡笳鳴》兩首絃樂曲，漸漸地，以胡笳為曲名的琴曲和琴歌成為承載文姬離散情結的主要樂種，即使近代作曲家藉西方調性音樂的結構規範或鋼琴樂器重新詮釋文姬的離散情結，依然以再現古琴聲情為創作原則，顯見在彰顯文姬離散情結的相關創作上，古琴樂器的聲情已然成為創作者不能忽略的選擇。事實上，胡笳樂器做為文姬離散情結的載體，並不曾因為古琴的代言而中斷，在莫爾吉胡的田野工作中已經證實胡笳樂器依然在今天的阿爾泰留有遺響，〔註48〕吳葉的研究也對胡笳音調多有掌握，做了一些片段旋律的採風，〔註49〕因此，笳聲入琴之後，古琴能夠在離散情結的聲情表現上取代胡笳的地位，主要的原因還是在於以下兩點：一、文人士大夫在紛亂的時局中通過撫琴張揚了個人的自覺性；二、古琴樂器獨特的聲韻音色足以詮釋幽微細緻的悲情。

〔註48〕 莫爾吉胡的田野工作成果，見其專著《追尋胡笳的踪迹——蒙古音樂考察紀實文集》，上海：上海音樂學院出版社，2007。

〔註49〕 吳葉的研究，見其專文〈從琴曲《大胡笳》《小胡笳》試探漢唐時期北方少數民族音調〉，中國音樂學季刊，2004 年第 1 期，頁 32～42。吳葉從音樂的角度，追溯《大胡笳》和《小胡笳》兩首琴曲的原始音調形態，認為這兩首琴曲的音調可能源自西晉時代并州區域的南匈奴音樂，而不是多數學者向來所主張的來自隋唐時期少數民族的音樂。考證西晉時代的并州大約是今天的蒙古，因此吳葉從現存的蒙古說書音樂中試圖找到胡笳音調的「音樂文化基因」（吳葉使用這個術語來指涉一個已經消亡的民族的音樂及其包含的文化內涵，以類似基因的形式，片段或組合地保留在後繼的與其相融的民族的音樂文化之中），比對吳葉採風的蒙古說書音樂的旋律和琴曲《大胡笳》的旋律，基因傳承的痕迹至為明顯。其旋律改寫為簡譜如下：
烏蘭杰記譜的蒙古說書〈苦難調〉開始的音形： 3·5　66　6i　32
琴曲《大胡笳》第一段的開始音形： 3·5　66　6 —

　　就第一點文人士大夫的自覺性而言，如前一節（第三節）所述，西漢到東漢時期的藝文轉變所衍生的思想解放，包括經學中心主義之下的「儒家詩教之『鼎』」的漸形坍塌、儒學思想嚴重方術讖緯化、民間道教的出現、先秦老莊及漢初黃老道家思想的復興，這些思想解放的現象共同建構了文學與藝術開始走向獨立與自覺的時代場景，人文精神在這樣的嬗變之下，表現爲深刻的自覺，文人士大夫開始思索存有的意義，而文姬最終歸漢的抉擇爲這些文人士大夫們提點了思索心靈終極家園的閃光，離散情結之於這些文人士大夫的意義已昇華爲個人主體離開社會群體、不再把個人抛向世界，而是走回自己內心怖慄的世界去重新思索存有的開顯。在這一層自覺性的意義下，文人士大夫通過撫琴找到了心靈棲居的家園。

　　就第二點古琴樂器在聲韻音色上的幽微細緻而言，古琴傳譜中的文字譜和減字譜是一種描述性的樂譜，〔註50〕沒有音高旋律的標示，也沒有拍子節奏的時值符號，彈奏時，右手以泛音、散音和按音三種發出具有明確音高的單音基本指法，配合右手拇指、食指、中指和無名指四個指頭的不同撥絃力道，以及這四指朝內或向外撥絃時的指甲觸絃程度，除了單音之外，右手擊絃產生的複合音色，以及將單音組合成雙彈（指法：撮）或不同節奏連續性的多音組合（指法：拂），這些右手的指法和彈奏動作呈現古琴音樂在「聲」方面的多樣音色變化。至於左手，除了按絃決定音高之外，在右手撥絃得「聲」之後，變化左手按絃徽位和動作幅度，透過離絃、按絃、走絃或觸絃的吟、揉、綽、注等指法，做出音高上的變化，成音之後或有餘韻，或再起一音，這些左手的指法和彈奏動作呈現古琴音樂在「韻」方面的多層織度。〔註51〕古琴樂譜以其譜式特色提

〔註50〕文字譜是唐代以前的琴譜譜式，詳細記述絃序、徽位、彈奏指法，例如現存最古老的也是唯一的文字譜《碣石調・幽蘭》是唐人手抄卷子（現存日本東京國立博物館），其第一段第一句的譜式內容是：「耶握中指十上半寸許案商，食指中指雙牽宮商，中指急下，與構俱下十三下一寸許住末商起，食指散緩半扶宮商，食指挑商又半扶宮商，縱容下無名於十三外一寸許案商角、於商角即作兩半扶挾挑聲一句。」至於減字譜則是依據文字譜簡化、縮寫而成，每一個字塊由漢字縮減筆劃後組合成爲複合字，這個複合的方塊字是以數目和文字記載彈奏時的手指位置，左手手指按在第幾絃的第幾徽位，則以數字記錄在複合方塊字的右上角，使用左手的哪一隻指頭則以文字記錄在左上角，右手手指彈奏第幾絃和彈奏的方式，則以數目和文字記錄在複合方塊字的下半部。

〔註51〕參考張雅婷，〈美學的音樂：從〈大胡笳〉到古琴的樂譜與詮釋〉，《「古琴、音樂美學與人文精神」跨領域、跨文化會議論文集》，2007 年 4 月，頁 36～64。

供撫琴者自由想像的彈奏詮釋，撫琴者和聞琴者通過聽知覺上建構的聲音多層次空間感，〔註52〕藉由操縵過程中的心、耳、手三者在同一空間的聚合，文人士大夫們從古琴音樂的美學品味中完成生命價值的凝思。

第五節　「荒遠」的概念與「笳聲悲涼」的聲情

自西漢張騫出使西域帶回《摩訶兜勒》之後，胡笳為文人所重視，乃出自文姬歸漢的史實，胡笳音色的沉鬱曠遠成為文人士大夫遭逢亂世、功名不遂時的心靈依託，文姬離散的身世也成為知識份子藉以自況的情境。胡笳音調「笳聲悲涼」的聲情多被假借成了文人墨客的填詞和集句：唐代劉商擬董庭蘭《胡笳弄》作騷體詩《胡笳十八拍》、北宋王安石的集句詩《胡笳十八拍》、北宋李綱的集句詩《胡笳十八拍》、南宋文天祥的古體歌行《胡笳曲（十八拍）》、民國陳冠甫的櫽栝詩《新胡笳十八拍》。這些歷代文人墨客的詩文作品中，共構了「笳聲悲涼」的文學原型，共用了胡笳符號的能指，讓所有以胡笳起興的意象都指向這個原型，並且在讀者閱讀的過程中也起到相同的心理流程而把這些遇到的意象擴展延伸到「笳聲悲涼」這個原型中去，這種「把意象擴展到程式化的文學原型中的過程，是無意識地在我們所有的閱讀中發生的。」〔註53〕

從北方空間的荒遠概念，可以進一步演繹笳聲之悲。《尚書‧禹貢》把天下分為五個同心而具有階級性的地區，分別是甸服、侯服、綏服、要服、荒服。蠻夷屬於要服，他們需要中國的控制管理，每三個月貢賦一次。而戎狄則屬於荒服，相對於蠻夷而言，他們可以是自己的主人，只需一年貢賦一次。西元前53 年匈奴呼韓邪單于和郅支單于的領導權鬥爭，導致匈奴的南北分裂，當呼韓邪單于率領南匈奴投降漢朝時，蕭望之依據「五服理論」將南匈奴視為荒服，認為不可能期望他們完全向漢廷表示忠誠，於是向漢武帝建議授予單于「羈縻」這個刻意不以正規官僚體系控管的名號，視匈奴為敵國的首領，而非屬臣。「荒服」這個政治地理的觀念體現了王政教化征服邊遠異族的政治意圖，同時，「荒」字所構築的語義場也迴向中國文學傳統中對荒遠渺茫的想像經驗中去。追尋中國文學傳統在《山海經》的《荒經》中得到漢語文化有關非中國部分的遠方世界的想像圖景，無論是時間上的「荒古」，或是空間上的「荒遠」，都難免在儒

〔註52〕 參考黃瓊慧，〈古琴音樂中的多層次單音結構與聽覺上的空間感〉，《「古琴、音樂美學與人文精神」跨領域、跨文化會議論文集》，2007 年 4 月，頁 65～80。
〔註53〕 Northrop Frye. *Anatomy of Criticism*. New Jersey: Princeton UP, 1987, p. 100.

家理性的觀照之下呈現爲野蠻、怪異、「少禮儀」的一面，誠如司馬遷在《史記·大宛傳》後的太史公曰：「故言九州山川，《尙書》近之矣。至《禹本紀》《山海經》所有怪物，余不敢言之也。」〔註54〕但是，正是在儒家理性話語的權力傳統之中如此貶視「荒」字所構築的語義場，恰爲一切試圖反叛或挑戰中心價值的言論與行爲提供了空間背景上的舞台，葉舒憲認爲，荒遠與中央的空間對立具有某種文化蘊含，亦即：

> 以怪異荒誕來打破人們習以爲常的世俗秩序的合法性，爲超越和創新的思想提供契機。因爲對荒怪事物的關注必然會引發人們對熟悉的現存事物的反思，產生某種「陌生化」的效果。而這種空間轉換和價值轉換最有利于觀念上的去蔽和更新。〔註55〕

「觀念上的去蔽和更新」正是文學與藝術創作在東漢混亂時局的發展與變化，「荒」的語義場爲東漢時期的文人士大夫提供了心靈棲身的想像，也就是在時間與空間的極遠之處爲這些文人士大夫的思想創新、文學與藝術創作的自覺給出自我解釋的可能。胡笳源自北國荒地，文姬歸漢的史實發生在「荒服」匈奴，於是，笳聲悲涼的聲情與文姬歸漢的史實自洽地與「荒」的意象貼合，成爲知識份子心靈寄託的想像家園，在混亂時局或是宦海沈浮的邊緣際遇裡儼然是一方與權力中心抗衡的世外桃源，歷代以來歌詠胡笳以及文姬歸漢主題的各種創作即是此一想像家園與世外桃源的外顯。

漢文化建構的典章制度與藝術人文特質，爲華夏民族立下典範，無論朝代更迭與政權流轉，至今華夏民族仍以漢人、漢族自稱，漢文化成爲華夏子孫認同的生存價值已是不變的事實，胡笳做爲漢文化建構過程中的一個外族傳入樂器，見證異文化融合的同時，也生發出自身笳聲悲涼的聲情，不斷成爲藝術與文學創作時悲情想像的寄託。

小 結

東漢末年文姬歸漢的歷史事件是胡笳樂器能以承載「笳聲悲涼」的聲情而出場的關鍵時空點，在此之前，胡笳從原本做爲行軍狩獵與宮廷典禮的響

〔註54〕 （西漢）司馬遷撰，《史記·大宛列傳》，正史全文標校讀本，台北：鼎文，1980，頁861。

〔註55〕 葉舒憲，〈"大荒"意象的文化分析〉，《原型與跨文化闡釋》，廣州：暨南大學出版社，2002，頁267。

器，歷經兩漢文人士大夫藉以撫摩追尋心靈歸處時的苦澀疲憊，使積累在胡笳身上的離散能量，在《胡笳十八拍》詩作上迸發了千古悸動的餘韻。然而，這也只是胡笳文人化的開始，繼之而來的音樂作品屢唱不輟，悲涼的聲情在琴弦挑撚之間躍動，由笳入琴的脈絡正是胡笳延續生命力的足跡。胡笳傳入中原的緣由，是基於絲路開通與關市貿易所啓動的漢匈文化交流。從胡笳的形制和吹奏的方式，可以證明胡笳原本是沒有按孔的響器，至魏晉時期，才發展成爲具有聲情的旋律樂器。旋律化之後的胡笳成爲文人士大夫寄託情思的對象，文人士大夫將己身尋思遁世高蹈的際遇暗合於文姬流離失所的時代悲劇氛圍，笳聲悲涼的聲情從而將胡笳抽象爲悲情的符號，並與古琴合流，共同成爲文人士大夫生存理念與生命意識的寄託。在兩漢政局的轉變和藝術人文精神的自覺中，蔡琰自述生平的詩作《悲憤詩》才有可能以強烈書寫個人的自覺性特色成爲長篇敍事詩的瑰寶，胡笳也在這個張揚個人自覺性以及時局愈加紛亂的時代之後，從原來軍樂中的響器，生發出它特有的離散聲情，達到胡笳文人化的極致。

至於北方空間的荒遠概念，則進一步演繹了笳聲之悲，「荒」的語義場爲東漢時期的文人士大夫提供了心靈棲身的想像，也就是在時間與空間的極遠之處，這些文人士大夫的思想創新、文學與藝術創作的自覺才有給出自我解釋的可能。胡笳源自北國荒地，文姬歸漢的史實發生在「荒服」一地的匈奴，於是，笳聲悲涼的聲情與文姬歸漢的史實自然地與「荒」的意象貼合，成爲知識份子心靈寄託的想像家園，在混亂時局或是宦海沉浮的邊緣際遇裏，儼然是一方與權力中心抗衡的世外桃源，歷代歌詠胡笳以及文姬歸漢歷史事件的各種創作，即是此一想像家園與世外桃源的外顯。胡笳作爲漢文化建構過程中一個外族傳入的樂器，在見證異文化融合的同時，也生發出自身笳聲悲涼的聲情，通過古琴代言的另類詮釋，不斷成爲藝術與文學創作時悲情想像的寄託，演變爲一個意蘊豐富的符號。

第五章 結 論

　　文姬歸漢歷史事件發生在東漢末年（約西元 192 至 203 年），至今一千八百多年以來，文姬歸漢系列作品具現在不同的時代和多樣的藝術形式中，本文以相關的文學作品、音樂作品和戲曲作品所做的研究聚焦在兩個思考基礎上：一是探討文姬歸漢歷史事件的意義眾聲化，二是以文姬歸漢題材做為思考文學與音樂兩者藝術關係的介面，並且獲致以下三項結論：一，「離散精神原型」是文姬歸漢系列作品的意義整體，同時，歷代的文姬歸漢系列作品的創作者通過凝視這個意義整體在意圖闡釋文姬歸漢歷史事件的意義時，給出了創作者當下的意義，也就是文姬歸漢歷史事件的意義眾聲化。二，離散精神原型體證在文姬歸漢系列作品之中，體證的過程是通過作品在形式與內容二者的同構關係上進行的，亦即，就相關的文學作品和藝術作品而言，離散精神原型在內容上標舉的追尋原鄉情結可以在作品的結構形式中找到同構現象。三，胡笳做為文姬歸漢歷史事件的標的物，在文人化之後的古琴聲情裡覓得同調。

結論一：離散精神原型是文姬歸漢系列作品的意義整體，創作者凝視這個意
　　　　義整體時給出了文姬歸漢歷史事件的眾聲化意義。

　　　就第一項結論而言，本文揭示在文姬歸漢系列作品之中存在一個共同的基質，並將其命名爲離散精神原型，同時，通過文姬歸漢史實的正史敘述和相關系列作品的敘事話語分析，確立這個離散精神原型具備「離鄉、別子、歸漢」的敘事模子和內化在這個敘事模子之中的情感張力。就離散精神原型做爲文姬歸漢系列作品的共同基質而言，本文將離散精神原型論述爲相關作

品的意義整體，並且從存有學觀點的時間性概念體證確立了這個意義整體。從創作者凝視這個意義整體而進行文姬歸漢歷史事件的詮釋過程中，離散精神原型除了內化在各種不同的藝術形式裡，也讓創作者的詮釋過程開顯了創作者當下的生存意義，意即，文姬歸漢系列作品的創作者在詮釋這個歷史事件的過程中，給出了文姬歸漢歷史事件的眾聲化意義。

　　本文對此離散精神原型的提取和驗證過程，始自追溯離散精神原型是華夏民族文化始態中的一種情結，這個情結關乎生命主體對於原鄉追尋的存在思考，而在文姬歸漢歷史事件上，這個離散精神原型得到自覺性的發現和確立，此後的文姬歸漢系列作品隨即承載了離散精神原型。當離散精神原型沈澱在生命主體追尋原鄉的歷史場景時，這個離散精神原型被文人士大夫自覺地以歷史敘事的方式型塑在各式文本之中，型塑出來的離散精神原型是一個「離鄉、別子、歸漢」的敘事模子和內化在這個敘事模子之中的情感張力，這份情感張力指涉文姬在離鄉和歸漢的抉擇過程中關於「離」與「歸」的情感矛盾，這個情感矛盾指涉離開華夏中心文化或離開漠北邊緣文化的選擇，以及落葉歸根於華夏中心文化或落地生根於漠北邊緣文化的凝思。本文於是藉由弗雷澤（Sir James George Frazer）、榮格（Carl Gustav Jung）和弗萊（Northrop Frye）三人揭示原型具有重覆性和變異性以及原型是一種敘事程式的主張，為離散精神原型之命名取得理論基礎：離散精神原型是文姬歸漢系列作品的意義整體，這個意義整體反覆出現在作品之中，這是原型理論主張的重覆性；離散精神原型內化在作品的不同藝術形式之中，同時允許創作者開顯主體當下的意義，因此文姬歸漢歷史事件有了意義眾聲化的機會，這是原型理論主張的變異性；離散精神原型是一個「離鄉、別子、歸漢」的敘事模子和內化在這個敘事模子之中的情感張力，這是原型理論主張的敘述程式之說。

　　完成離散精神原型的名義考述之後，本文更進一步把離散精神原型論證到人們的存有之中。

　　首先，依高達美（Hans-Georg Gadamer）關於時間性的概念，人和作品的關係從時間性的概念上來看是共時性的。文姬歸漢系列作品的各式文本雖然在創作者賦予新義和文姬歸漢歷史事件原有的舊義之間存在著差異（此即造成文姬歸漢歷史事件意義眾聲化的原因），但是這些新義與舊義之間卻又是統一的，它們統一在離散精神原型這個意義整體之中。歷代的文姬歸漢系列作品雖然以不同的方式呈現出來，但是它們依然保有相同的本質，這個相同的

本質是指「相同的重現」（repetition of the same），重現的是離散精神原型，而不是實際上詮釋經驗的重覆，詮釋手法總是翻新的，但在翻新之中重覆相同的離散精神原型，所以，在每個新的「現在」裡，保有了「過去」，並以這個保有過去的相同性又繼續邁向「未來」，在下一次的詮釋來臨時，得到另一個新的「現在」，以此循環不息，離散精神原型這個意義整體總是在時間性概念的過去、現在和未來中重現，也就是在詮釋的變化中回到自己，這個回到自己的概念，猶如生命的存在：人的軀體從「無」而生，經歷生、老、病、死的時間流之後，回到自然塵土的「無」。人和作品之間的關係，在這個時間性的意義上取得存有立場的一致。

　　其次，依海德格（Martin Heidegger）關於怖慄現象是存有開顯的說法，文姬的拒絕異文化、拒絕親情被割裂、拒絕再度被人遺棄，這些拒絕導致海德格所說的怖慄，這是人在面對異鄉和原鄉時產生的陌生和不安，在這些怖慄現象之下，文姬面對了自己的存有。怖慄經由文姬〈悲憤詩〉的刻劃和正史中文姬歸漢此一歷史事件的敘述，怖慄是文姬歸漢題材中的一個必要現象，換言之，文姬歸漢系列作品中的離散精神原型此一意義整體蘊含了怖慄的存有思考。

　　本文通過高達美的時間性概念和海德格的怖慄之說論證了離散精神原型的存有性格。離散精神原型在人的存有之中，離散精神原型是一個具有「離鄉、別子、歸漢」結構的敘事模子，這個敘事模子開放自己給文姬歸漢系列作品的創作者，創作者在詮釋文姬歸漢歷史事件意義的同時恰恰開顯了自身面對離散際遇的存有，所以，離散精神原型是文姬歸漢系列作品的意義整體，歷代的創作者凝視這個意義整體並且在創作過程中開顯了個人主體對於存在思維的當下意義，這是本文所謂的文姬歸漢歷史事件的意義眾聲化。

　　本文揭示離散精神原型的存有性格，適足以確立文姬歸漢系列作品能夠承載存有的思索，也為相關作品的意義整體和文姬歸漢歷史事件意義的眾聲化，取得存有層次的理解。

　　在這個存有理解的基礎上，本文從創作者的角度說明離散精神原型作用於創作的情形。文姬歸漢系列作品中，南唐時期蔡翼編曲的琴歌〈胡笳十八拍〉，是一部內容敷衍受到藝術形式規範的代表作，蔡翼加工完成的附辭琴譜〈胡笳十八拍〉在唱辭方面呈現長篇十八段的完整具體故事內容，即是順應當時音樂形式大曲化的結果。反之，黃友棣譜曲的合唱曲《聽董大彈胡笳弄》，

是一首藝術形式受到主題內容影響的代表作，黃友棣以合唱曲的形式來述說文姬歸漢的故實，透過多聲對話的形式，讓形式上的每個因素（獨誦、齊誦、鋼琴獨奏、合唱等）都有了出場的機會。這些形式與內容的互倚現象呈現為一種變動追逐的姿態，每個以文姬歸漢做為題材所創作的文本，正是這些持續變動追逐的千姿百態所耕耘的繁花勝景。除了表象所見到的互為變動追逐的姿態之外，在這一片孕育繁花勝景的沃土裡，實則存在著一個有待發掘的、能夠做為不同文類進行對話的對象，這個對象具有不變的本質並且成為創作者和聆賞者審美的對象，在文姬歸漢系列作品中，這個被創作者和聆賞者審美的對象以擁有重覆性和變異性的基質模式存在，基質模式意味著在文姬歸漢系列作品中創造了一種凝聚力，並且實際建構了作品的統一性，這個基質成為創作者和聆賞者的凝視。

這個基質喚起創作者和聆賞者的信念（belief），透過形式選擇和內容敷衍的藝術創作行為來完成對於這個基質的「期待」（Expectation），完成期待的過程即是創作者凝視和開顯離散精神原型的成果，於是，離散精神原型是一個「藝術中的共通的對話領域」（common universe of discourse in art），它讓創作者和聆賞者之間在文姬歸漢歷史事件上面有了情感的共同依託，也讓文學和音樂的文本在這個領域有了對話的交集，文姬歸漢歷史事件的意義也在創作者和聆賞者成就他們各自「期待」的過程中得以彰顯，而因著創作者和聆賞者的時空差異衍生出主題的多樣意義，則是必然的結果和事實。

因此，歷代的從藝者依循離散精神原型的「離鄉、別子、歸漢」敘事模子創作文學作品和藝術作品時，藉由期待的心理過程，以及通過藝術創作的技巧，填實了離散精神原型中歷史敘事和真實情感之間的縫隙，填實的過程是創作者對蔡琰情感世界的無限想像，本文並且提舉晚唐劉商的詩作〈胡笳十八拍〉是這份想像的首開之作，從劉商詩作之後的文姬歸漢已經從一則歷史事件轉變為家喻戶曉的民族故事，而蔡琰也從一個歷史人物轉型成為讀書人依託心靈的藝術形象。一旦讀書人開始懂得借文姬歸漢之題以抒一己離散之懷，那麼，文姬歸漢歷史事件的意義也開始擁有眾聲化的機會，換言之，創作者在闡釋文姬歸漢歷史事件的意義時，闡釋的具體成果反映的正是創作者當下的意義。

本文從存有的視域為文姬歸漢歷史事件發現離散精神原型這個意義整體，也從歷代創作者的角度為文姬歸漢歷史事件揭示意義眾聲化的現象，意

義整體是一個不變的本質並且被歷代的創作者反覆地凝視，意義眾聲化則是在創作者凝視意義整體的基礎上所呈現出來的繽紛的闡釋成果，所以，本文起用離散精神原型之名以遵原型的反覆性和變異性之實。

結論二：離散精神原型體證在作品形式與內容的同構關係，這個體證的成果為文學作品和音樂作品的藝術形式找到敘事的一致性。

　　就第二項結論而言，本文通過作品形式與內容的同構關係體證了離散精神原型存在文姬歸漢系列作品之中，這項研究和探討的成果也為文學與音樂的跨藝術研究領域提供一種方法。

　　關於作品形式與內容的同構關係，本文藉由黑格爾（Georg Wilhelm Friedrich Hegel）、漢斯利克（Eduard Hanslick）、貝爾（Arthur Clive Heward Bell）、蘇珊朗格（Susanne Katherina Langer）和費拉拉（Lawrence Ferrara）有關內容形式辯證關係的討論為形式與內容的同構關係找到立足點，在這個立足點之上，本文分析了相關的文學作品和音樂作品。離散精神原型做為文姬歸漢系列作品的意義整體，這個意義整體以其「離鄉、別子、歸漢」的敘事模子內化在作品的結構形式之中，換言之，離鄉、別子和歸漢的生存歷程所給出的離散情結和原鄉追尋在作品的結構形式之中得到同構的節奏。本文通過黃友棣的《聽董大彈胡笳弄》、李煥之的《胡笳吟》以及林品晶的《文姬：胡笳十八拍》三部音樂作品中的古琴配置、小調調性和語言選擇這些結構形式的分析，闡明離散情結和原鄉追尋在結構形式中的同構現象。這個情感內容和結構形式同構的關係闡述，也在陳與郊的《文姬入塞》、郭沫若的《蔡文姬》以及徐瑛的《文姬：胡笳十八拍》三部戲曲作品的穿關、曲牌、話劇民族化理論和「回到自己」的敘事結構中，說明結構形式足以承載離散情結和原鄉追尋的現象。

　　在這些作品結構形式和離散情感內容同構的討論中，古琴聲情以直指知識份子追尋心靈家園的音響特質，無一例外地被安置在所有音樂相關作品的結構織體中，或以鋼琴模仿古琴音色（黃友棣〈聽董大彈胡笳弄〉），或直接擷取琴曲的旋律和唱詞（李煥之〈胡笳吟〉），或以古琴本色呈現（林品晶〈文姬：胡笳十八拍〉），離散情結通過古琴樂器在樂曲配器的結構形式中得到兌現。

　　此外，離散精神原型所指涉的原鄉追尋，也內化在「回到自己」的敘事結構中，文姬歸漢系列作品中「回到自己」的敘事結構，或表現在調性音樂的回歸主音概念（黃友棣〈聽董大彈胡笳弄〉和李煥之〈胡笳吟〉），或體現

在「話劇民族化」大旗之下對於傳統戲曲程式的充分利用（郭沫若〈蔡文姬〉），或呈現在舞台表演的時空流轉和歸位（徐瑛〈文姬：胡笳十八拍〉），而中英文語言的並置，以及西方美聲唱法和傳統戲曲唱腔的交融，在敘事語言的結構層面上，讓觀賞者回到自己內心的世界去激活了生存家園的終極思索，也是創作者通過結構形式爲離散情感內容提供可棲之枝。

　　文姬歸漢系列作品中的文學作品和音樂相關作品，是呈現文字與聲音競逐的藍本。當笳聲入琴之後，琴曲《大胡笳》、《小胡笳》與《胡笳十八拍》等作品，以琴音做爲第一人稱的敘述者，琴音摹寫笳聲之悲涼。而在唐代李頎的詩歌〈聽董大彈胡笳弄〉中，琴音變成被摹寫的對象，詩人以文述樂，琴音的幻化多變，已被文字符號同化。而當黃友棣的合唱曲《聽董大彈胡笳弄》以鋼琴重現古琴音韻的時候，聲音又取代文字成爲第一人稱的敘述者。文字與聲音在聲情與詞情方面的彼消我長，於戲曲的曲牌系格律中見到圓滿的融合，本文在文姬歸漢系列作品中的戲曲作品分析裡，清楚揭示這樣的聲情詞情融合現象。文姬歸漢系列作品中的音樂作品和戲曲作品，在標題音樂的屬性之下，唱詞在文字與聲音的消長關係之間所呈現的敘事功能，事實上直接彰顯了離散情感內容。

　　文姬歸漢是歷史上的一個實在事件，經由文學作品與音樂作品的敘事話語得到再現，文學作品的敘事性雖然異於音樂作品的敘事性，例如複調或多重角色同時說故事的技巧，在音樂作品中可以展現爲同一時值之下的優美和聲，在文學作品中則必須攤在意識流的不等時值之中，但是它們都在說故事的形式上取得一致，這個形式上的一致性具足在離散精神原型。海登懷特（Hayden White）對於這個一致性的概念曾經說過：這個形式上的一致性是一種「敘事化話語的文化功能，一種心理衝動暗示」，它隱匿在敘事的背後。海登懷特關於敘事話語和歷史再現的研究所指出的這個隱匿在敘事背後的一致性，就文姬歸漢的歷史實在而言，必須從文化脈絡和民族文化心理層面上尋求，本文關於離散精神原型的發現和論述，讓文姬歸漢歷史事件在文學作品和音樂作品的再現過程中依附於這種隱匿在敘事背後的一致性。

結論三：文姬歸漢系列作品中，離散精神原型外象在胡笳和古琴的聲情裡。

　　就第三項結論而言，本文論述笳聲入琴的脈絡，並且揭示古琴和胡笳能夠外象離散精神原型的緣由，本文並在以下的思考平台上論述這個緣由：胡

笳經由東漢文人士大夫自覺生存思考的過程，在漢匈文化交流的背景之下從一個外族的軍樂器蛻變成爲聲情悲涼的標的物；古琴則以其樂譜的譜式特色提供撫琴者自由想像的彈奏詮釋，撫琴者和聞琴者通過聽知覺上建構的聲音多層次空間感，藉由操縵過程中的心、耳、手三者在同一空間的聚合，文人士大夫們從古琴音樂的美學品味中完成生命價值的凝思。

關於胡笳，本文提取漢匈文化交流的背景做爲論述胡笳悲涼聲情的依據，論述的過程首先梳理胡笳樂器的形制和功用，進而揭示東漢末年文姬歸漢的史實是胡笳樂器能以承載「笳聲悲涼」的聲情而出場的關鍵時空點。胡笳是北方外族的吹奏樂器，胡笳傳入中原的緣由是基於絲路開通與關市貿易所啓動的漢匈文化交流。從胡笳的形制和吹奏的方式，可以證明胡笳原本是沒有按孔的響器，至魏晉時期，才發展成爲具有聲情的旋律樂器。旋律化之後的胡笳成爲文人士大夫寄託情思的對象，尤其在東漢末年，與文姬歸漢史實相關的音樂作品《胡笳聲》或《胡笳弄》，更讓文人士大夫將己身尋思遁世高蹈的際遇暗合於文姬流離失所的時代悲劇氛圍，笳聲悲涼的聲情從而將胡笳抽象爲悲情的標的物，在兩漢政局的轉變和藝術人文精神的自覺中，胡笳從原來軍樂中的響器，生發出它特有的離散聲情，達到胡笳文人化的極致。

關於古琴，本文提取兩漢政局轉變和思想解放的背景做爲論述古琴文人化的平台，論述的結果指向文人士大夫對於心靈終極家園的存有思索，這個論述讓胡笳和古琴在文人化的現象中獲得交集。西漢到東漢時期的藝文轉變所衍生的思想解放，包括經學中心主義之下的「儒家詩教之『鼎』」的漸形坍塌、儒學思想嚴重方術讖緯化、民間道教的出現、先秦老莊及漢初黃老道家思想的復興，這些思想解放的現象共同建構了文學與藝術開始走向獨立與自覺的時代場景，人文精神在這樣的嬗變之下，表現爲深刻的自覺，文人士大夫開始思索存有的意義，而文姬最終歸漢的抉擇爲這些文人士大夫們提點了思索心靈終極家園的閃光，離散情結之於這些文人士大夫的意義已昇華爲走回自己內心的世界去重新思索存有的開顯。在這一層自覺性的意義下，文人士大夫通過撫琴找到了心靈棲居的家園。

綜述以上三項結論，本文從文姬歸漢系列作品的敘事話語論證離散精神原型的存在，並且把離散精神原型帶入文學作品和音樂作品的形式內容同構關係中，爲文學和音樂二者不同的藝術形式找到敘事的一致性。就主題研究而言，傳統的主題研究關注主題內容流變的考察，較少顧及內容流變和文化

脈絡的契合關係，自 1993 年索羅斯（Werner Sollors）編輯《主題批評的回歸》（*The Return of Thematic Criticism*）一書，倡導主題研究跳脫「主題──形式」二元對立的思維，索羅斯認為毋須把主題視為內容的代名詞，因為這樣的思維容易陷入主題和形式對立的侷限思考，因此主張在主題之下另覓詮釋文本的焦點或方法，本文從華夏文化的脈絡中提取離散精神原型所進行的文姬歸漢主題研究，即是呼應索羅斯此項主張的一個實踐。原型在主題學研究中的重要性，誠如哈瑞李文（Harry Levin）所指明的，原型概括了「不變的本質」和「再現時的變形」兩大特色，原型的概念強調變形的過程所倚賴的不變本質，這樣的原型概念可以在幫助理解主題內容流變過程的變形現象之外，更在發掘主題隱含的不變本質上提供明確的思考方向，主題研究可以在原型的觀念基礎上開展更為貼近文化脈絡的思考。

餘　論

　　細探文姬歸漢系列作品以各種藝術形式存在的事實，有沒有可能為這些作品找到共同的核心價值？換言之，這些作品共同以文姬歸漢之名在被創作的過程中，不同的時代、不同的藝術形式和不同的創作者所考慮的文姬歸漢主題特質是什麼？本文在這樣的思考前題之下，進行離散精神原型的論述，把離散精神原型視為文姬歸漢歷史事件的特質，並且從本體的高度賦予這個離散精神原型一種能動性：能夠躍動在創作者的心靈和作品結構之中的特性。就此，本文提取的離散精神原型是內化在人和作品之中的。然而，原型被視為符號、隱喻或象徵的情形亦見於學者們的著述討論，那麼，我們可能從原型是符號、原型是隱喻或原型是象徵的角度進行文姬歸漢題材的研究嗎？符號、隱喻或象徵的本質，表現在它們能夠確定所要指涉的對象而完成能指的功能，一旦所指確定，做為能指的身分即被拋棄或漠視，就文姬歸漢系列作品而言，離散精神原型能從這樣的功能性被加以討論嗎？

　　又，本文採用離散一詞，著眼於文姬的處境和身分認同，文姬曾經離開華夏文化中心，也經歷離開骨肉親情，對文姬而言，無論是離開熟悉的環境，或是再回到熟悉的環境，都是某種程度的身分崩散，然後面臨身分的重新確認。我們以離散的概念來理解文姬的遭遇，是在華夷之辨的認識基礎上展開的，其中牽涉到華夏文化是中心而匈奴文化是邊緣的認定問題。然而，檢視

二十世紀下半葉以來的離散經驗給予我們的啓發，中心或邊緣的界定已不必然限定在文化的層面，更多的是政治獨裁或民主氛圍所造成的離散情形，所謂托多洛夫（Tzvetan Todorov）筆下的「流浪者之夢」，以及薩依德（Edward William Said）得自佛洛伊德（Sigmund Freud）「身分無解」的啓示，流放或歸屬經常成爲兩難的局面，當前的這些離散論述是通過身分放棄、差異性和去中心化的觀點，爲離散情結的論述找到故鄉和他鄉同等對話的立足點。基於此，文姬歸漢歷史事件的眞實已無從還原，而藉由正史的敘事話語只能看到華夏中心文化視域之中的文姬歸漢，欠缺了從匈奴文化視域所觀察的文姬歸漢，文姬的離散經驗無法從中原和匈奴雙方同等對話的姿態取得論述的機會，這是文姬歸漢主題研究的侷限。

附錄一　文姬歸漢系列作品

詩歌作品

〈悲憤詩〉五言、騷體各一首，〔東漢〕蔡琰，收在《後漢書・列女傳》

〈聽董大彈胡笳弄〉七言古詩，〔唐〕李頎，收在《全唐詩》

〈胡笳十八拍〉七言詩，〔唐〕劉商，收在《樂府詩集》

〈胡笳十八拍〉集句詩，〔宋〕王安石，收在《王安石詩集》

〈胡笳十八拍〉七言詩，〔宋〕李綱，收在《梁谿先生全集》

〈胡笳曲（十八拍）〉，〔宋〕文天祥，收在《文山先生全集》

〈胡笳十八拍〉騷體詩，〔五代？〕疑蔡琰作，收在《樂府詩集》

〈新胡笳十八拍〉，（民國）陳慶煌，收在《心月樓詩文集》

小說作品

《三國演義》第九回、第七十一回，〔明〕羅貫中著 *The Woman Warrior*（《女勇士》），1976 年，湯婷婷（Maxine Hong Kingston）著

戲曲與戲劇作品

《蔡琰還漢》雜劇，〔元〕金志甫，已佚

《胡笳記》傳奇，〔明〕黃粹吾，已佚

《中郎女》雜劇，〔明〕南山逸叟

《文姬入塞》雜劇，〔明〕陳與郊，收在《全明雜劇》

《吊琵琶》雜劇，〔清〕尤侗

〈鳴箏送馬入西關〉、〈重翻卷叶吹蘆調〉二齣，〔清〕內廷撰，收在《鼎峙春秋》

《文姬歸漢》京劇，1925 年，陳墨香編劇，程豔秋主演

《文姬歸漢》京劇，劉豁公編劇，趙君玉主演

《文姬歸漢》京劇，1954 年，金仲蓀編劇，程豔秋主演

《文姬歸漢》京劇，李世濟編劇，改編自程派

《蔡文姬》歷史話劇，1959 年，郭沫若，收在《中國歷史劇選》

《蔡文姬》，楊雨明、張胤德據郭沫若話劇改編，寶文堂刊本

《蔡文姬》崑曲，據郭沫若話劇改編

《蔡文姬》呂劇，劉梅村、張斌改編自郭沫若原作，郎咸芬主演

《胡笳》京劇，陳業仙編劇，遲小秋與馬永安主演

The Woman Warrior: A Girlhood Among Ghosts 話劇，1994 年，Deborah Rogin 據湯婷婷小說改編

《胡風漢月》評劇，2000 年，姜朝皋與張秀元編劇，劉秀榮與趙立華主演

《胡風漢月》京劇，王蓉蓉、李宏圖與杜鎮杰主演，移植評劇

《新文姬歸漢》，2001 年，北京京劇院

《文姬——胡笳十八拍》室內歌劇，2002 年，徐瑛編劇，林品晶作曲

《青塚前的對話》京劇實驗劇，2006 年，王安祈編劇，收在《絳唇珠袖兩寂寞》

《胡風漢月》電視劇，2007

《文姬歸漢》，李萬春藏本

音樂作品

《大胡笳》琴曲，收在《神奇秘譜》

《小胡笳》琴曲，收在《神奇秘譜》

《胡笳十八拍》琴曲，收在《澄鑒堂琴譜》

《胡笳十八拍》琴歌，王迪譯譜，收在《琴適》

《聽董大彈胡笳弄》合唱曲，1967 年，黃友棣作曲，收在《黃友棣作品專輯【樂譜】》

《胡笳吟》古琴弦歌合唱套曲，1980 初，李煥之作曲

繪畫作品

《文姬歸漢圖》，金代，張禹〔註1〕

《文姬歸漢》，南宋原本，波士頓美術館收藏（波士頓本）

《胡笳十八拍》，明初 14 世紀摹本紐約大都會美術館收藏（大都會本）

《文姬歸漢》，明後期摹本，奈良大和文華館收藏（大和本）

《文姬歸漢》，明摹本或南宋古本，台北故宮博物院收藏（台北李唐本）

《文姬歸漢》，台北故宮博物院（台北仇英卷）

《胡笳十八拍》，18 世紀清摹本，署名仇英，蘇黎世 Drenowat 氏收藏

《胡笳十八拍》，6 幅宋人原本，12 幅明人補繪，《藝林月刊》刊載（藝林本）

《胡笳十八拍》，明摹本，南京博物院收藏（南京甲本）

《胡笳十八拍》，明摹本，南京博物院收藏（南京乙本）

《胡笳圖》，15～17 世紀，弗利爾美術館收藏（弗利爾絹本）

《胡笳十八拍圖》，明末清初，高士奇經藏本（紙本卷）

〔註 1〕原畫左上方署款「祗應司張□畫」，「張」下一字漶漫不晰，郭沫若釋爲「禹」
　　　　字。

附錄二　黃友棣的生平與創作

　　黃友棣（1912～），廣東省高要縣人，作曲家兼音樂教育家，1949 年自廣東遷居香港，1987 年定居台灣高雄迄今。生平如下：

一、音樂的啟蒙

　　黃友棣七歲時就讀父親和鄉紳創設的「啟穎初級國民小學」，經常在學校的風琴前，以右手彈奏曲調，左手隨意配上和絃。

二、初中到大學的就學期間（1925～1934）

　　1925 年 13 歲，畢業於國立中山大學附屬小學，並考入國立中山大學附屬中學初中部。接觸國樂社團，開始認識揚琴、胡琴、月琴等各種絃樂器的彈奏方法，並且從美國音樂雜誌和提琴名家演奏法的書中尋找學習材料。師事李玉葉，專心練琴、研究樂理、學習作曲，於 1936 年 25 歲時由李玉葉擔任鋼琴伴奏，通過英國聖三一音樂學院高級提琴考試。

三、大學畢業與對日抗戰時期（1934～1937）

　　1934 年 22 歲，大學畢業，應聘至廣州南海縣佛山鎮，任教於縣立第一初級中學，並自願擔任「平民夜校」教職，在市立小學兼教國文，私立初中教英文，在市立師範教音樂與美術，這段平民教育的樂教過程中，體會到「大樂必易」的道理，經常為各個學校創作校歌和生活歌，也選取唐詩宋詞創作獨唱歌曲，同時投身愛國歌曲的創作，在《樂海無涯・黑水濠邊》一文中曾寫下對於當時時代背景的看法：「在這寂靜的黃昏，我獨自走出古鎮城外，沿著護城濠邊，漫步前行，盼能更冷靜的想出更有效的愛國宣傳方法。」這段期間，除了跟隨李玉葉學習鋼琴之外，並隨俄國提琴名師多諾夫學習小提琴。

1937 年 26 歲時，七七事變爆發，黃友棣將文學、詩詞、繪畫、音樂、學識，全部投入救國的行列。

四、政府內遷與戰後（1938～1949）

政府內遷期間，應聘廣東省行政幹部訓練團擔任音樂教官，負責培訓藝術幹部，又轉任兒童教養院，從事音樂教材的編寫。國立中山大學由雲南昆明遷返廣東樂昌縣砰石鎮時，應聘師範院校任教。1945 年 33 歲時，八月，抗戰結束，重返廣州，仍舊執教於中山大學師範學院，並執教於省立藝專音樂科。這段期間由於物質條件缺乏，創作多為無伴奏的合唱，用人聲代替鋼琴和絃，代表作有〈歸不得故鄉〉、〈杜鵑花〉、〈木蘭辭〉、〈我家在廣州〉、〈石榴花頂上的石榴花〉等。同時，參與教育性質的音樂講座，擷取民歌改編為提琴變奏曲，並撰成《中國歷代音樂思想的批判》一書。

五、遷居香港時期（1949～1957）

1949 年 37 歲，遷居香港，執教於私立德明中學、大同中學和珠海書院。1955 年 43 歲，在香港取得英國皇家音樂院海外聯考的提琴教師證書。這段時期的創作歌曲有〈黑霧〉、〈當晚霞滿天〉、〈秋夕〉、〈寒夜〉、〈我要歸故鄉〉、〈北風〉、〈紅燈〉、〈祖國戀〉、〈中華民國讚〉等。

六、赴歐進修期間（1957～1963）

經過長時間的音樂實踐工作，感受到建立屬於中國和聲體系的迫切需要，黃友棣發現西方大小音階和聲方法並不適用於中國民歌，中國民歌曲調乃是建基於古代調式。黃友棣認為我國古代的調式，由絲路之旅傳到土耳其，再經地中海傳到歐洲，被天主教的教會調式保存、運用和發展，為了重現這些中國古代的調式，於是前往義大利進修六年，先後追隨德寧諾教授（Alfredo De Ninno）、馬各拉教授（Franco Margola）、卡爾督祺教授（Edgardo Carducci），同時受教於德國的凱里神父（Abbe Kaelin）和英國的司徒拔教授（Harry Stubbs）。在羅馬的六年期間，創作的大合唱曲有〈金門頌〉、〈中華大合唱〉、〈琵琶行〉；藝術歌曲有〈秋花秋蝶〉、〈燕詩〉、〈離恨〉、〈陌上花〉，歌詞皆取自唐詩宋詞；舞劇有《採蓮女》、《大禹治水》、《黃帝戰蚩尤》。另有絃樂獨奏與合奏，皆特意突顯調式和聲的色彩。

七、由歐返港（1963～1987）

1963 年 52 歲，從歐洲回到香港，在香港定居 24 年。由歐返港後，繼續執

教、著述和作曲，將中國調式和聲應用在創作聯篇歌曲與合唱民歌組曲上，並且寫成《中國風格和聲與作曲》（1968）一書。此時期的代表作有：合唱曲〈歲寒三友〉、〈偉大的中華〉、〈雲山戀〉、〈迎春三部曲〉、〈碧海夜遊〉、〈思親曲〉、〈思我故鄉〉、〈遺忘〉、〈佳節頌〉等；所編民歌組曲爲數頗多，常被演唱的有《鳳陽歌舞》、《天山明月》、《彌度山歌》、《蒙古牧歌》、《錦城花絮》等。

除了中國調式和聲的應用實踐之外，黃友棣也開始構思歌曲形式的創新。他認爲透過精密的樂曲設計可以表現民族特色，於是廣泛蒐集民歌，創發聯章歌曲的可行性，黃友棣稱此蒐集民歌的工作是「將珍珠從泥土中挖出來串成項鍊的過程」。

此外，黃友棣將「寓詩於樂」的構思應用在樂曲創作，完成的作品有：鋼琴獨奏配以女高音朗誦與合唱的音詩《聽董大彈胡笳弄》和《琵琶行》、鋼琴獨奏曲《尋泉記》、以韋瀚章的詩作及黃自的音樂主題所創作的鋼琴與小提琴演繹曲《四時漁家樂》、鋼琴伴奏長笛與朗誦的《夜怨》，以及由四件樂器輔奏的獨唱組曲《愛物天心》等。

八、定居台灣高雄（1987年7月迄今）

1987年75歲，7月，遷居台灣高雄，爲高雄寫了〈高雄禮讚〉、〈詩畫港都〉、〈木棉花之歌〉、〈愛河月色〉等歌曲。定居高雄期間，編寫合唱曲、民歌組曲、鋼琴獨奏的民歌組曲、兒童舞劇、佛教歌曲，更爲禪學會編寫安祥歌曲，也爲社教團體編寫合唱曲，貫徹「音樂大眾化」的理念，實現「大樂必易」的道理。

綜觀黃友棣的一生，以音樂爲教育服務是畢生的職志和方向，所創作的音樂作品包括聲樂藝術歌曲、器樂曲、舞台音樂、合唱編曲和應用歌曲，總計超過兩千首，由於抗日戰爭期間爲抗日救亡歌詠隊所寫的曲子疏於整理，以致確實的作品數量無法確定。黃友棣的作品以聲樂曲居多，譜曲時所採用的歌詞涵蓋民歌、古典詩詞、當代文人填詞以及佛教經文，綜合整理其代表作品有：

　　一、以民歌做爲歌詞：雲南民歌組曲《彌度山歌：彌度山歌、十大姐、繡荷包、猜謎歌》（1974）、台灣歌謠《農村組曲：農村曲、望春風、丟丟銅仔》（1992）和《採茶組曲：採茶歌、菅芒花、卜卦調》（1992）、台灣山地民歌《馬蘭姑娘》（1974）。

　　二、以古典詩詞做爲歌詞：《琵琶行》（1966年，唐代白居易詩）、《聽董

大彈胡笳弄》（1967 年，唐代李頎詩）、《孔子紀念歌》（1952 年，以禮運大同篇做為歌詞）。

三、擷取當代文人作詞：〈杜鵑花〉（1953 年，方蕪軍作詞）、〈中秋怨〉（1954 年，李韶作詞）、〈黑霧〉（1953 年，許建吾作詞）、〈問鶯燕〉（？）、〈當晚霞滿天〉（1957 年，鍾梅音作詞）和〈遺忘〉（1968 年，鍾梅音作詞）。

四、以佛教經文做為歌詞：從《六祖壇經》內選出二十段經文譜成清唱劇《曹溪聖光》（1995）、根據《父母恩重難報經》編作的台語合唱組曲《恩重山丘》（2000）、《心經》（1993）等。

黃友棣以 75 歲高齡定居高雄，高雄的氣候較為乾燥，利於眼部發散水份，住在高雄兩個月眼壓便趨正常，高雄治癒了眼疾，因此黃友棣發心回饋高雄，高雄人也以「音樂菩薩」榮寵這位音樂大師。

（以上資料來源：沈冬，《黃友棣：不能遺忘的杜鵑花》；陳素英，〈雪融後的春泉——黃友棣教授〉，高雄市政府文化局官方網站（http://mim.khcc.gov.tw））

附錄三　李煥之的生平與創作

　　李煥之（1919.01.02～2000.03.19），生於香港，原籍福建晉江，母親是台北人。1936 年，就學上海音樂專科學院，師從蕭友梅學習和聲學。1938 年，赴延安，就學魯迅藝術學院，師從冼星海學習作曲和指揮，1939 年留校任教，並從事作曲、合唱指揮及主編音樂期刊。1945 年冬到 1949 年 9 月，先後任職華北聯大、華北大學音樂系主任。1949 年 10 月 1 日以後，任職中央音樂學院音樂工作團團長，並任教於作曲系。1952 年，中央歌舞團成立，任藝術指導。1960 年，創建中央民族樂團，任團長。畢生曾任第三屆全國人大代表及第五、第六、第七屆全國政協委員、中國音樂家協會主席、中國文聯全國委員、中國人民對外友協理事等職。

　　李煥之的音樂創作分成六個階段：作曲的初階段、延安時期、抗戰結束之後、中共建國之後、文革期間和 1977 年之後。

一、作曲的初階段

　　1935 年 16 歲，首次作曲，爲郭沫若的詩歌譜寫《牧羊哀歌》。

　　1937 年 18 歲，在廈門家中養病時，因七七事變，加入詩人蒲風與廈門各界人士共同發起組織的「廈門人民抗敵後援會」，主要爲蒲風的詩作譜寫抗戰歌曲。8 月初回到香港，繼續爲當代詩人的詩作譜寫抗戰歌曲，和聲語言及聲部對位手法趨向規範化。

二、延安時期

　　1938 年 19 歲，7 月，前赴延安，採風陝北民間音樂做爲革命歌曲的養分。

　　1939 年 20 歲，春，任職延安的魯迅藝術學院，教授普通樂學及合唱課，

同時師從冼星海學習作曲和指揮。《春耕謠》（佚名詞）是以陝北民歌調式創作的二部合唱。《中國工人進行曲》（天藍詞）融合商調式和羽調式，是一首閩南的音調與陝北的調式相互融合的合唱曲。《青年頌》（喬木詩）是對位式的合唱曲。主編《歌曲月刊》和《民族音樂》兩本音樂期刊，並撰寫音樂論文。《異國之秋》是張庚的獨幕歌劇，寫日本士兵厭戰想家的鬱悶之情，李煥之以日本民歌《櫻花》做為音樂主題。器樂作品《七‧七組曲》是小型民樂合奏，但是只有排練，沒有公演。

1940 年 21 歲，5 月 4 日，冼星海離開延安準備前往蘇聯，李煥之接下《黃河大合唱》一曲的排練、演出、編配鋼琴伴奏譜和小型管弦樂總譜的工作。

1942 年 23 歲，5 月，毛澤東發表〈在延安文藝座談會上的講話〉之後，新秧歌運動從 1943 年開始火熱發展，李煥之著手秧歌樂隊的伴奏、下鄉和下連隊。

1944 年 25 歲，秋後，新歌劇《白毛女》開始創作，因李煥之正在隴東從事群眾社火活動（即鬧秧歌），所以只參與《白毛女》音樂創作的最後階段部分，為王大春的角色譜寫〈王大春心中似火燒〉一曲，採用山西民歌《撿麥根》的音調加以發展，混用 3/8 拍子和 2/4 拍子以表達王大春的焦急激憤之情。

三、抗戰結束之後

1945 年 26 歲，冬，在晉察冀的新解放城市張家口的華北聯合大學文藝學院進行音樂教學和作曲的工作。為賀敬之所改編的《白毛女》劇本改寫喜兒在山洞生活的艱困悲憤之情，採用原來樂調中的河北梆子加以發揮。

1946 年 27 歲，5 月，創作二部合唱《民主建國進行曲》（賀敬之之詞，後改名為《勝利進行曲》），不考慮聲部的音域，僅把聲部做為相對應的對位旋律，李煥之自己說：「這是星海老師的模式」，此曲唱遍全國各地。7 月，華北聯合大學遷往冀中平原的束鹿縣小李庄，盡力於教學工作，講授「歌曲作法」課程，為此編寫了 20 萬字的教材《作曲教程》，李煥之說：「意圖探尋著從民間音樂以及「五四」以來新音樂作品中總結出一點規律性的東西。」適應冀中平原的生活之餘，也領略定縣秧歌折子戲和河北吹歌的風采，發掘定縣子位村「吹歌會」中的竹笛手王鐵錘和海笛手王小壽二人。

1947 年 28 歲，下半年，創作大型作品以鼓舞鬥志，《大反攻大合唱》是集體創作的多樂章合唱曲，伴奏樂器是中西合璧的十多人，特別讓定縣吹歌的王鐵錘和王小壽加入，王鐵錘吹管子，王小壽吹海笛，雖然這兩支樂器的

音律和其他樂器的不甚一致，「但很別緻，有特殊風味」，李煥之說：「這部大合唱的創作可以說是解放戰爭進行了三年贏得最後勝利的前奏曲。」

四、中共建國之後

1952 年 33 歲，探索管弦樂的創作，7 月，為中共國歌譜寫管弦樂合奏總譜和鋼琴伴奏譜，為民歌編寫合唱，倡導「民族學派合唱藝術」，這種具有民族風情的合唱藝術，「不是按照美聲唱法而是真正具有濃郁的民間或古代歌曲的韻味來進行編曲、創作和演唱」。

1954 年 35 歲，《東方紅》（李有源、公木詞）合唱曲定稿，採自陝北民歌，在十年之後的 1964 年大型音樂舞蹈史詩《東方紅》一劇中做為序幕大合唱。

1957 年 38 歲，為參加莫斯科舉行的「第六屆世界青年與學生和平友誼聯歡節」中的合唱比賽，編寫合唱組曲《茶山謠》（採用雲南花燈樂歌）、古琴弦歌合唱《蘇武》（採自古琴名家查阜西彈奏琴歌《蘇武思君》，又名《漢節操》）。

1956 年至 1966 年之間，37 歲到 47 歲之間，除了為民歌編寫合唱之外，創作具有地方風格的作品，例如：吸取湖南花鼓戲的音調寫成《祖國、祖國，多麼好》（放平詞）、用安徽廬劇的音調寫成女聲合唱《織網姑娘之歌》（張萬舒、姜聲濤詞）、根據豫劇與二夾弦的音調完成一部具有濃郁河南鄉音鄉情的合唱組歌《焦裕祿頌歌——蘭考人民多奇志、敢教日月換青天》（希揚詞）。另外，取材民間故事的舞劇《白娘子》，完成了鋼琴譜，北京舞蹈學校也已試排，但因故未能公演。

五、文革期間

1966 年至 1976 年之間，47 歲到 57 歲之間，下放到部隊農場去勞動。1971 年 10 月 1 日前夕，為天津南郊的農民排練演出一場民族音樂節目。解除監督之後，為民樂隊創作節目。從 1972 年到四人幫倒台之前，零星創作。

六、1977 年之後

四人幫倒台之後，文藝界萌發春天的氣息，在第四屆文代大會舉行之際，創作混聲合唱《沁園春·祝文藝春天》（茅盾詞）。李煥之說：「『文革』結束後，我已經由「知天命」而進入「古稀之年」了，但我還想創作點東西。我是創作上的「民族中心論」者，當然，對藝術歌曲、群眾歌曲與合唱作品也有一定的想法，決不會放棄。在創作水平上要求扎實些，不能像 1958 年大躍

進那樣寫了一大堆廢品。不管流行音樂如何泛濫,我則反其道而行之——寫古代的、傳統的東西。」

1985 年 66 歲,10 月,由中國音像出版社和香港寶麗金公司合作,錄製民族器樂作品 CD 專輯,包含《汨羅江幻想曲》(箏與民族樂隊協奏曲)、《鄉音寄懷》、《二泉映月》(民族弓弦樂合奏,是舊作新編)、《高山流水》(箜篌獨奏曲,把古琴曲的《流水》和《高山》二曲融合)、《春節序曲》(舊作)。

1980 年代的前四年,創作古琴弦歌合唱套曲《胡笳吟》,從琴歌《胡笳十八拍》選出九拍組合而成,和聲與聲部配置不受民歌調式的約束,比起五〇年代的古琴弦歌合唱《蘇武》在和聲上豐滿而多變。

(以上資料來源:李煥之,〈自序——我的六十年作曲生涯〉,《李煥之聲樂作品選集》)

附錄四　林品晶的生平與創作

　　林品晶（Bun-Ching Lam，1954～），生於澳門，七歲開始學習鋼琴，十五歲首次公開演奏。1976 年香港中文大學音樂系畢業。1981 年獲聖地牙哥加利福尼亞大學（University of California at San Diego）博士學位，至 1986 年間任教於西雅圖的 Cornish College of the Arts。曾獲羅馬獎（Rome Prize），也是古根漢獎學金（Guggenheim Fellowship）得主。

　　林品晶譜曲常以古詞入調，除了幼承庭訓，也受香港中文大學張世彬所授中國音樂的影響，張世彬好古琴，亦啓發林品晶撫琴多年。目前獨立發展，往來於紐約和巴黎之間，任多家院校客席教授及特約作曲家。2005 年回到澳門演出。創作包括管絃樂曲 11 首、室內樂 19 首、鋼琴曲 4 首、舞曲 1 首、器樂曲 11 首、聲樂曲 13 首、合唱曲 4 首，以及歌劇 2 部。主要作品有：

　　聲樂曲《元曲》（Three Songs from Yuan Dynasty, 1977）、

　　室內樂《春水》（Springwaters, 1980）、

　　室內樂《陽關三疊》（Yangguan Sandie, 1984）、

　　管絃樂曲《浪淘沙》（Lang Tao Sha, 1981）、

　　管絃樂曲《迅雷》（Sudden Thunder, 1994）、

　　管絃樂曲《琵琶之歌》（Song of the Pipa, 2001）、

　　管絃樂曲《澳門懷思》（Saudades de Macau, 1989 & 2005）、

　　歌劇《文姬——胡笳十八拍》（Wenji: Eighteen Songs of a Nomad Flute, 2001）。

（以上生平與作品內容，摘譯自香港中文大學訪談記錄，〈從澳門到紐約的作曲之旅——林品晶〉，Chinese University Alumni Magazine, June 2006, p.4-5，以及林品晶官方網站 www.bunchinglam.com）

附錄五　徐瑛的生平與創作

　　徐瑛畢業於中國戲曲學院編劇系，1991 年至今在中國歌舞劇院擔任專職編劇。曾於 1996 年至 1998 年以訪問學者的身份赴美交流，並應美國洛杉磯大學世界文化藝術系的邀請擔任該系客座教授，講授中國傳統戲曲創作。其戲劇作品在歐洲、美國、日本等國家以及香港等地區的劇院和國際性藝術節演出，為當今頗受國際戲劇界關注的中國劇作家。

　　徐瑛的代表作品有：花鼓戲《劊子手傳奇》、現代戲劇《巴凱》、室內歌劇《文姬：胡笳十八拍》、歌劇《茶》、京劇《兵聖孫武》、京劇連臺本《宰相劉羅鍋》下集、京劇連臺本《連升三級》、徽劇《蔡文姬》、現代戲劇《阿 Q》、歌舞劇《清明上河圖》、越劇《藏書人家》、改編電視連續劇《康定情歌》、歌劇《詩人李白》、舞劇《蘭陵王》、話劇《刺客豫讓》、小劇場話劇《趙氏孤兒》、三十集電視劇《舞臺姐妹》。

（以上資料來源：徐瑛提供給筆者的自述文字）

參考資料

一、中文專著

1. 《中國大百科全書》，台北：錦繡，1992 年。

2. 《中國戲曲劇種大辭典》，上海：辭書，1995 年。

3. 《古今雜劇》，續修四庫全書，集部，戲劇類，上海：上海古籍，2002 年。

4. 《周禮》，〔清〕阮元校，（重刊宋本）十三經注疏附校勘記，台北：藝文，1981 年。

5. 《尚書》，〔清〕阮元校，（重刊宋本）十三經注疏附校勘記，台北：藝文，1981 年。

6. 《律呂正義後編》，影印文淵閣四庫全書，台北：商務，1983～。

7. 丁福保編纂〔清〕，《說文解字詁林》，台北：商務，1959 年。

8. 丁福保編纂〔清〕，《說文解字詁林》後編，台北：商務，1959 年。

9. 丁曉侖編著，《神秘的喀納斯》，烏魯木齊：新疆美術攝影出版社，2006 年。

10. 于迎春，《漢代文人與文學觀念的演進》，北京：東方出版社，1997 年。

11. 山口修著，朱家駿等譯，《出自積淤的水中──以貝勞音樂文化為實例的音樂學新論》，北京：中國社會科學出版社，1999 年。

12. 中央民族學院少數民族文學藝術研究所編，《中國少數民族樂器誌》，台北：音樂中國出版社，1991 年。

13. 允祿等奉敕撰，福隆安等校補〔清〕，《皇朝禮器圖式》，《景印文淵閣四庫全書》，據故宮博物院藏本影印，台北：商務，1983 年。

14. 六十七、范咸纂修〔清〕，《重修臺灣府志》，台北：成文書局，清乾隆十

二年刊本影印，1983 年。

15. 文天祥〔宋〕，《文文山全集》，台北：世界，1962 年。

16. 文學遺產編輯部主編，《胡笳十八拍討論集》，北京：中華，1959 年。

17. 水晶，《張愛玲的小說藝術》，台北：大地，1974 年。

18. 王光祈，《中國音樂史》，台北：中華書局，1981 年。

19. 王安祈，《絳唇珠袖兩寂寞》，台北：印刻，2008 年。

20. 王安祈，《當代戲曲》，台北：三民，2002 年。

21. 王灼〔宋〕，《碧雞漫志》，叢書集成初編，北京：中華書局，1991 年。

22. 王建中，《漢代畫像石通論》，北京：紫禁城出版社，2001 年。

23. 王國維，《宋元戲曲史》，台北：河洛，1975 年。

24. 王惲撰〔元〕，《書畫目錄》，收在黃賓虹、鄧實編，《美術叢書》第 18，台北：藝文印書館，1975 年。

25. 王驥德〔明〕，《曲律》，收在俞為民、孫蓉蓉，《中國古典戲曲論著集成》，合肥：黃山書社，2005 年。

26. 司馬遷（西漢），《史記》，正史全文標校讀本，台北：鼎文，1980 年。

27. 左丘明（春秋），《國語》，台北：九思，1978 年。

28. 弗雷澤（Sir James George Frazer）原著，汪培基譯，《金枝》，譯自 *The Golden Bough*, abridged ed. ，台北：桂冠，2004（1991）。

29. 田邊尚雄著，陳清泉譯，《中國音樂史》，台北：台灣商務，1980 年。

30. 石雲濤，《早期中西交通與交流史稿》，北京：學苑出版社，2003 年。

31. 伍國棟，《中國古代音樂》，台北：臺灣商務印書館，2001 年。

32. 托多洛夫（Tzvetan Todorov）著，許鈞、侯永勝譯，《失卻家園的人》，譯自 *L'Homme Dépaysé*，台北：桂冠，2004 年。

33. 托多洛夫（Tzvetan Todorov）編選，《俄蘇形式主義文論選》，北京：中國社會科學出版，1989 年。

34. 朱光潛，《詩論》，三聯書店，1984 年。

35. 朱剛，《二十世紀西方文藝文化批評理論》，台北：揚智，2002 年。

36. 朱熹編次〔宋〕，《楚辭後語》，景印文淵閣四庫全書，台北：臺灣商務印書館，1983 年。

37. 朱謙之，《中國音樂文學史》，台北：學藝。

38. 佛洛伊德（Sigmund Freud）著，楊韶剛譯，《一個幻覺的未來》，譯自 *Die Zukunft einer Illusion*，台北：胡桃木文化，2006 年。

39. 余文儀著，《續修臺灣府志》，台北：中華書局，1962 年。

40. 余英時，《士與中國文化》，上海：人民出版社，2003 年。

41. 余英時，《漢代貿易與擴張》，上海：上海古籍出版社，2005 年。

42. 呂不韋撰（戰國），陳奇猷校釋，《呂氏春秋》，上海：上海古籍出版社，2002 年。

43. 李日華〔明〕，《味水軒日記》，北京圖書館古籍珍本叢刊，第 20 冊，北京：書目文獻出版社，1988 年。

44. 李抱忱，《李抱忱音樂論文集》，台北：樂友，1960 年。

45. 李昉〔宋〕，《太平御覽》，景印文淵閣四庫全書，台北：臺灣商務印書館，1983 年。

46. 李煥之，《李煥之聲樂作品選集》），北京：大眾文藝，1996 年。

47. 李澤厚，《中國古代思想史論》，天津：天津社科，2004 年。

48. 沈冬，《黃友棣：不能遺忘的杜鵑花》，台北：時報文化，2002 年。

49. 沈從文，《邊城》，台北：台灣商務，1998 年。

50. 沈德潛〔清〕，《說詩晬語》，中華書局聚珍倣宋版印《四部備要》集部，台北：臺灣中華書局，1970 年。

51. 沈德潛評選，王蒓父箋註〔清〕，《評選古詩源箋註》，台北：華正，1983 年。

52. 周貽白，《中國戲劇發展史》，台北：僶勉出版社，1978 年。

53. 周寧，《想象與權力：戲劇意識形態研究》，廈門：廈門大學出版社，2003 年。

54. 周學鷹，《解讀畫像磚石中的漢代文化》，北京：中華書局，2005 年。

55. 周蕾（Chow Rey），《寫在家國以外》，香港：牛津大學出版社，1995 年。

56. 孟昭毅，《比較文學通論》，天津：南開大學出版社，2003 年。

57. 孟瑤，《中國戲曲史》，台北：傳記文學，1979 年。

58. 房玄齡等撰〔唐〕，《晉書》，正史全文標校讀本，台北：鼎文，1980 年。

59. 祁彪佳〔明〕，《遠山堂劇品》，國學名著珍本彙刊，《歷代詩史長編二輯》第 6 冊，台北：中國學典館復館籌備處出版，1974 年。

60. 芝菴〔元〕，《唱論》，收在俞爲民、孫蓉蓉，《中國古典戲曲論著集成》，合肥：黃山書社，2005 年。

61. 信立祥，《漢代畫像石綜合研究》，北京：文物出版社，2000 年。

62. 侯外廬、趙紀彬、杜國庠、邱漢生著，《中國思想通史》，第二卷，兩漢思想，北京：人民出版社，1992（1957）。

63. 施議對，《詞與音樂關係研究》，北京：中國社會科學出版社，1985 年。

64. 胡士瑩，《話本小說概論》，北京：中華書局，1980 年。

65. 范曄（劉宋），《後漢書》，正史全文標校讀本，台北：鼎文書局，1975

年。

66. 香港中文大學聯合書院書館編印,《館藏中國現代戲劇圖書目錄》,香港:
香港中問大學聯合書院,1967 年。

67. 唐尼(Rrbert Angus Downie)撰,阮昌銳譯,《神祕世界的導遊:傅雷哲》,
譯自 *Frazer and The Golden Bough*,台北:允晨,1982 年。

68. 孫希旦撰〔清〕,《禮記集解》,台北:文史哲,1976 年。

69. 徐子方,《明雜劇研究》,台北:文津,1998 年。

70. 徐俊纂輯,《敦煌詩集殘卷輯考》,北京:中華書局,2000 年。

71. 徐朔方,《晚明曲家年譜》,浙江:浙江古籍出版社,1993 年。

72. 徐華,《兩漢藝術精神嬗變論》,上海:學林出版社,2003 年。

73. 格羅塞(Ernest Grosse)著,楊澤譯,《藝術的起源》,譯自 *The Beginnings of Art*,北京:中國社會出版社,1999 年。

74. 海若・亞當斯(Hazard Adams)原著,傅士珍譯,《西方文學理論四講》,
譯自 Four Lectures on the History of Criticism and Theory in the West,台
北:洪範書店,2000 年。

75. 班固〔東漢〕,《漢書》,正史全文標校讀本,台北:鼎文,1980 年。

76. 祝克懿,《語言學視野中的"樣板戲"》,開封:河南大學出版社,2004
年。

77. 袁炳昌、馮光鈺主編,《中國少數民族音樂史》,上冊,北京:中央民族
大學出版社,1998 年。

78. 袁珂,《山海經校注》,台北:里仁,1981 年。

79. 崔寔撰(漢),《四民月令》,台北:藝文印書館,原刻景印《叢書集成續
編・漢魏遺書鈔》,1970 年。

80. 崔瑞德、魯惟一(Denis Crispin Twitchett, Michael Loewe)編,韓復智主
譯,《劍橋中國史——秦漢篇》,譯自 *The Cambridge History of China, Vol. 1, the Ch'in and Han Empires*,台北:南天,1996 年。

81. 張世彬,《中國音樂史論述稿》,台北:友聯,1975 年。

82. 張彥遠撰〔唐〕,《法書要錄》,台北:藝文印書館,原刻景印百部叢書集
成,第 46 冊,1965 年。

83. 張雙英,《文學概論》,台北:文史哲,2002 年。

84. 曹淑娟,《詩歌》,台北:幼獅文化,1985 年。

85. 曹順慶,《比較文學論》,台北:揚智,2003 年。

86. 盛寧著,《二十世紀美國文論》,台北:淑馨,1994 年。

87. 莫爾吉胡,《追尋胡笳的踪迹——蒙古音樂考察紀實文集》,上海音樂學
院出版社,2007 年。

88. 莊一拂編，《古典戲曲存目彙考》，台北：木鐸，1986 年。

89. 許倬雲，《萬古江河：中國歷史文化的轉折與開展》，台北：漢聲，2006 年。

90. 許健編著，《琴史》，北京：人民音樂出版社，2001（1982）。

91. 許慎撰〔東漢〕，《說文解字》，經韻樓藏版，台北：蘭臺書局，1977 年。

92. 郭茂倩〔宋〕，《樂府詩集》，中華書局據汲古閣本校刊《四部備要》集部。台北：臺灣中華書局，1970 年。

92. 郭紹虞，《中國文學批評史》，台北：五南，1994 年。

94. 陳國棟主編，《漢文化與周邊民族》，台北：中央研究院歷史語言研究所，2003 年。

95. 陳暘撰〔宋〕，《樂書》，景印文淵閣四庫全書，據故宮博物院藏本影印。台北：商務，1983 年。

96. 陳萬鼐，《中國古代音樂研究》，台北：文史哲，2000 年。

97. 陳萬鼐，《中國古劇樂曲之研究》，台北：中山學術文化基金會，1978 年。

98. 陳萬鼐，《元明清劇曲史》，台北：鼎文，1980 年。

99. 陳萬鼐，《清史樂志之研究》，台北：故宮博物院，1978 年。

100. 陳萬鼐主編，《元明清劇曲史總目》，未刊稿。

101. 陳萬鼐主編，《全明雜劇》，台北：鼎文，1979 年。

102. 陳萬鼐主編，《全明雜劇提要》，台北：鼎文，1979 年。

103. 陳夢雷編〔清〕，欽定《古今圖書集成》，台北：鼎文，1977 年。

104. 陳榮華，《海德格存有與時間闡釋》，台北：國立臺灣大學出版中心，2006（2001）。

105. 陳榮華，《葛達瑪詮釋學與中國哲學的詮釋》，台北：明文書局，1998 年。

106. 陳鵬翔，《主題學研究論文集》，台北：東大，2004（1983）。

107. 陳鵬翔，《主題學理論與實踐》，台北：萬卷樓，2001 年。

108. 陳鐵民、彭慶生主編〔清〕，增訂注釋《全唐詩》，北京：文化藝術，2001 年。

109. 陸萼庭，《清代戲曲與崑劇》，台北：國家，2005 年。

110. 陸潤棠，《中西比較戲劇研究》，台北：駱駝，1998 年。

111. 傅謹，《二十世紀中國戲劇的現代性與本土化》，台北：國家，2005 年。

112. 單德興，《銘刻與再現——華裔美國文學與文化論集》，台北：麥田，2000 年。

113. 提格亨（Philippe van Tieghem）原著，戴望舒譯，《比較文學論》，譯自 *Litterature Comparee*，台北：臺灣商務印書館，1995（1937 年，原著 1931）。

114. 曾永義,《中國古典戲劇的認識與欣賞》,台北:正中,1991年。

115. 曾永義,《中國古典戲劇選注》,台北:國家,2004年。

116. 曾永義,《俗文學概論》,台北:三民,2003年。

117. 曾永義,《參軍戲與元雜劇》,台北:聯經,1992年。

118. 曾永義,《從腔調說到崑劇》,台北:聯經,2002年。

119. 曾永義,《詩歌與戲曲》,台北:聯經,1988年。

120. 曾永義,《說俗文學》,台北:聯經,1984(1980)。

121. 曾永義,《論說戲曲》,台北:聯經,1997年。

122. 曾永義,《戲曲源流新論》,台北:立緒,2000年。

123. 曾永義,《戲曲與歌劇》,台北:國家,2004年。

124. 曾毓芬,《從音樂美學觀點論音樂分析的可能性》,台北:揚智,2003年。

125. 曾白融主編,《京劇劇目辭典》,北京:中國戲劇出版社,1989年。

126. 游澤承,《楚辭論文集》,台北:九思,1977年。

127. 華騰伯格(Thomas E. Wartenberg)編著,劉藍玉、張淑君譯,《論藝術的本質:名家精選集》,譯自 *The Natural of Arts: An Anthology*,台北:五觀藝術,2003年。

128. 萊辛(Gotthold Ephraim Lessing)著,朱光潛譯,《詩與畫的界限》,譯自 *Laocoon: An Essay on the Limits of Painting and Poetry*,板橋:蒲公英,1985年。

129. 馮川,《重返精神家園——關於榮格》,台北:笙易,2001年。

130. 黃友棣,《中國風格和聲與作曲》,台北:正中,1969年。

131. 黃友棣,《琴臺碎語》,台北:東大,1977年。

132. 黃侯興,《郭沫若歷史劇研究》,湖北:長江文藝,1983年。

133. 黃漢華,《抽象與原型——音樂符號論》,上海:上海音樂學院出版社,2004年。

134. 黑格爾(Georg Wilhelm Friedrich Hegel)著,朱光潛譯,《美學》,譯自 *Ästhetik* published by Aufbau-Verlag, Berlin, 1955年,北京:商務印書館,2006(1979)。

135. 黑格爾(Georg Wilhelm Friedrich Hegel)著,賀麟譯,《小邏輯》,譯自 *System der Philosophie, ErsterTeil, Die Logik*,台北:台灣商務印書館,2003(1998)。

136. 楊乃喬,《比較文學概論》,北京:北京大學出版社,2002年。

137. 楊乃喬,《比較詩學與他者視域》,北京:學苑出版社,2002年。

138. 楊乃喬,《悖立與整合:東方儒道詩學與西方詩學的本體論、語言論比

較》，北京：文化藝術出版社，1998年。

139. 楊蔭瀏，《中國古代音樂史稿》，三版，台北：丹青，1987年。

140. 楊隱，《中國音樂史》，台北：學藝，1952年。

141. 葉舒憲，《原型與跨文化闡釋》，廣州：暨南大學出版社，2002年。

142. 葉舒憲，《神話──原型批評》，西安：陝西師範大學，1987年。

143. 葉舒憲，《探索非理性的世界》，成都：四川人民出版社，1988年。

144. 虞世南〔唐〕，《北堂書鈔》，卷一百一十一，董治安主編《唐代四大類書》，第一卷，北京：清華大學出版社，2003年。

145. 廖奔，《中國古代劇場史》，鄭州：中州古籍出版社，1997年。

146. 廖奔，《中國戲曲史》，上海：人民出版社，2004年。

147. 漢斯利克（Eduard Hanslick）原著，陳慧珊譯，《論音樂美：音樂美學的修改芻議》，譯自 On the Musically Beautiful: A Contribution otwardsthe Revision of the Aesthetics of Music，台北：世界文物，1997年。

148. 福比尼（Enrico Fubini）著，修子建譯，《西方音樂美學史》，譯自 *Estetica musicale dall'antichita al Settecento* 和 *History of Music Aesthetics* trans. by Michael Hatwell，長沙：湖南文藝出版社，2005年。

149. 劉大杰，《中國文學發展史》，台北：華正，1977年。

150. 劉子健著，趙冬梅譯，《中國轉向內在──兩宋之際的文化內向》，南京：江蘇人民出版社，2001年。

151. 劉紀蕙，《文學與藝術八論──互文·對位·文化詮釋》，台北：三民，1994年。

152. 劉紀蕙編，《框架內外：藝術、文類與符號疆界》，台北：立緒，1999年。

153. 劉振魯輯，《當前臺灣所見各省戲曲選集》，台北：臺灣省文獻委員會，1982年。

154. 劉堯民，《詞與音樂》，昆明：雲南人民出版社，1982年。

155. 歐陽詢〔唐〕，《藝文類聚》，董治安主編《唐代四大類書》，第二卷，北京：清華大學出版社，2003年。

156. 潘江東，《白蛇故事研究》，台北：學生，1981年。

157. 蕭統編纂（梁），《文選》，台北：華正，1980年。

158. 錢南揚，《戲文概論》，台北：里仁，2000年。

159. 錢鍾書，《談藝錄》，台北：書林，1999（1948）。

160. 應劭撰〔東漢〕，《風俗通義》，四部叢刊初編子部，上海：商務印書館，縮印常熟瞿氏藏元本，第六卷，民國？。

161. 謝弗雷（Yves Chevrel）原著，馮玉貞譯，《比較文學》，譯自 La literature

comparee，台北：遠流，1991 年。

162. 薩依德（Edward William Said）作，彭淮棟譯，《鄉關何處》，譯自 *Out of Place : A Memoir*，台北：立緒文化，2000 年。

163. 薩依德與巴倫波因對談錄，《並行與弔詭：當知識分子遇上音樂家》，台北：麥田，2006 年。

164. 羅基敏，《音樂與文學之文化場域——文話／文化音樂》，台北：高談，1999 年。

165. 羅錦堂編，《中國戲曲總目彙編》，台北：萬有，1966 年。

166. 蘇珊朗格（Susanne Katherina Langer）著，劉大基、傅志強、周發祥譯，《情感與形式》，台北：商鼎，1991 年。

167. 顧頡剛，《孟姜女故事研究》，臺北：東方文化供應社，1970 年。

二、中文專書／期刊／學位論文

1. 丁君君，〈瞳孔中的鏡像——論霍夫曼的小說《沙人》〉，《外國文學》，2006 年 9 月，2006 年第 5 期，頁 19～24。

2. 于潤洋，〈音樂形式問題的美學探討〉（下），《中央音樂學院學報》（季刊），1994 年第 2 期，頁 28～38。

3. 于潤洋，〈音樂形式問題的美學探討〉（上），《中央音樂學院學報》（季刊），1994 年第 1 期，頁 19～28。

4. 于潤洋，〈蘇珊·朗格藝術符號理論中的音樂哲學問題〉，《中央音樂學院學報》（季刊），1999 年第 1 期，頁 3～14。

5. 山口修撰，趙維平譯，〈從『形』到『型』——音的表象文化論〉，《文學雜誌》，岩波書店，57/10：109～116。

6. 王小盾，〈琴曲歌辭《胡笳十八拍》新考〉，復旦學報（社會科學版），1987 年第四期，頁 23～29。

7. 王安祈，〈"乾旦"傳統、性別意識與台灣新編京劇〉，《文藝研究》，2007 卷 9 期，2007 年 9 月，頁 96～106。

8. 王安祈，〈性別、表演、文本：京劇藝術研究的一個方向〉，《婦研縱橫》，72 期，2004 年 11 月，頁 1～8。

9. 王安祈，〈明雜劇的演出場合與舞台藝術〉，《中外文學》，17：3，1988 年 8 月，頁 59～86。

10. 王安祈，〈敘事文類與抒情精神——以牆頭馬上與牡丹亭為例〉，《中國文學新境界——反思與觀照》，台北：立緒，2005 年。

11. 王建國，〈原型與象徵：《楚辭·招魂》主旨新探〉，《洛陽師範學院學報》，2004 年第 3 期，頁 71～74。

12. 王美秀，〈論〈烏孫公主歌〉的文化意涵〉，《漢學論壇》，2002 年 6 月第一輯，頁 1～12。

13. 王美珠，〈音樂與語言〉，《音樂·文化·人生》，台北：美樂，2001 年，頁 171～184。

14. 王美珠，〈音樂語義學初探〉（上）（下），《美育月刊》，國立台灣藝術教育館編印，1994 年 2/3 月，頁 37～40/52～56。

15. 王海林，〈《天問》在中國文化思想史上的地位〉，《中國文化研究》，1995 年夏之卷（總第 8 期），頁 65～69。

16. 王勛成，〈從敦煌唐卷看劉商《胡笳十八拍》的寫作年代〉，《敦煌研究》，2003 年第 4 期，頁 61～63。

17. 王瓊玲，〈中研院文哲所與「明清戲曲」研究〉，《漢學研究通訊》，20：2（總 78 期），2001 年 5 月，頁 35～43。

18. 田耀農，〈民族音樂學的緣起、建構、解構與重構──兼評（日）山口修的新著《出自積淤的水中》〉，《南京藝術學院學報》（音樂及表演版），2003 年 1 月，頁 56～63。

19. 伍曉明，〈文學與音樂〉，《超學科比較文學研究》，樂黛雲、王寧主編，北京：中國社會科學出版社，1989 年，頁 194～221。

20. 朱默涵，〈琴曲打譜之美學探微〉，《樂府新聲》（瀋陽音樂學院學報），1995 年 1 月，頁 7～10。

21. 衣若芬，〈「出塞」或「歸漢」──王昭君與蔡文姬圖像的重疊與交錯〉，《婦研縱橫》，2005 年 4 月第 74 期，頁 1～16。

22. 何玉人，〈中國戲曲的世紀命題──張庚 "戲曲表現現代生活" 的理論闡釋〉，《理解與闡釋》，天津：百花文藝，2005 年，頁 232～261。

23. 何新華，〈「天下觀」：一種建構世界秩序的區域性經驗〉，《二十一世紀》網絡版（http://www.cuhk.edu.hk/ics/21c）第 32 期，香港中文大學，2004 年 11 月 30 日，取得日期 2006 年 10 月 17 日。

24. 吳小美、肖同慶，〈是復歸與認同還是告別與超越──對魯迅與屈原關係的思考〉，《蘭州大學學報》（社會科學版），29：5，2001 年，頁 1～10。

25. 吳葉，〈從琴曲《大胡笳》《小胡笳》試探漢唐時期北方少數民族音調〉，《中國音樂學季刊》，2004 年第 1 期，頁 32～42。

26. 李有成，〈重讀《拉奧孔》〉，《中外文學》，17：3，1988 年 8 月號，頁 44～58。

27. 李虹，〈對重復理論的再思考〉，《寧波大學學報》（人文科學版），20：3，2007 年 5 月，頁 17～21。

28. 李漢亭，〈台灣比較文學發展與西方理論的歷史觀察〉，《當代》，1998 年 9 月第 29 期，頁 48～59。

29. 李鳳亮，〈隱喻：修辭概念與詩性精神〉，《中國比較文學》，2004 年第 3 期（總第 56 期），頁 140～150。

30. 李德材，〈陶淵明「孤獨」之時間向度——一個海德格現象學式的解讀〉，《「古琴、音樂美學與人文精神」跨領域、跨文化會議論文集》，2007 年 4 月，頁 194～212。

31. 李德瑞（Dore Levy）作，吳伏生譯，〈蔡琰藝術原型在詩畫中的轉換〉，《中外文學》，22：11，1994 年 4 月，頁 108～124。

32. 李毅夫，〈由用韻看"胡笳十八拍"的寫作時代〉，《語文研究》，1985 年 3 月。

33. 肖翠云，〈文體形式與意義闡釋——趙憲章的"形式美學"批評〉，《東方叢刊》，2000 年 3 月，頁 255～265。

34. 周國安、王愛華，2000 年，〈蔡琰與琴歌《胡笳十八拍》〉，《長春師範學院學報》，第 19 卷，第 6 期，頁 82～83。

35. 周龍，〈名副其實的中西合璧——談歌劇《文姬：胡笳十八拍》的創作演出〉，《中國戲曲學院學報》，第 27 卷第 4 期，2006 年 11 月，頁 31～34。

36. 拉康（Jacques Lacan）作，李家沂譯，〈精神分析經驗所揭示形塑「我」之功能的鏡像階段〉，《中外文學》，27：2，1998 年 7 月，頁 34～42。

37. 拉康（Jacques Lacan）作，黃涵榆譯，〈自佛洛依德以來文字在潛意識或理性中的作用〉，《中外文學》，27：2，1998 年 7 月，頁 4～33。

38. 林鶴宜，〈晚明戲曲刊行概況〉，《漢學研究》，9：1，1991 年 6 月，頁 287～328。

39. 邵彥，〈《文姬歸漢》圖像新探〉，中央美術學院博士論文，2004。

40. 阿爾丁夫，〈蔡文姬在匈奴的身分是"奴隸"嗎？〉，《蒙古大學學報》，哲學社會科學版，1995 年第 3 期，頁 72～78。

41. 阿爾丁夫，〈蔡文姬是左賢王的"姬妾"嗎？〉，《黑龍江民族叢刊》，1995 年第 4 期，頁 47～53。

42. 侯健，〈三寶太監西洋記通俗演義——一個方法的實驗〉，《比較文學的墾拓在台灣》，台北：東大，頁 148～170。

43. 姚大力，〈追溯匈奴的前史——兼論司馬遷對"史道"的突破〉，復旦學報（社會科學版），2004 年第 4 期，頁 48～54。

44. 施旭升，〈民族化：悖論與抉擇〉，《戲劇藝術》，上海戲劇學院學報，2002 年第 3 期（總 107 期），頁 21～27。

45. 柯慶明，〈苦難與敘事詩的兩型——論蔡琰「悲憤詩」與古詩「為焦仲卿妻作」〉，《文學美綜論》，台北：大安，1983 年，頁 83～150。

46. 洪崇焜，〈從羅永暉與吳丁連的四首作品看傳統的綜攝與再造〉，第六屆中國新音樂史研討會，香港大學評議會廳，1999 年 11 月 25～27 日。

47. 胡志立,〈現代合唱藝術的若干流派與主要特徵〉,《音樂研究》(季刊), 2004 年 9 月第 3 期,頁 108～111。

48. 香港中文大學,〈從澳門到紐約的作曲之旅——林品晶〉, *Chinese University Alumni Magazine,* 訪談記錄,June 2006。

49. 唐翠蓉,〈琴歌《胡笳十八拍》音樂之研究〉,國立台北藝術大學傳統藝術研究所碩士論文,2003。

50. 孫佳賓,〈論心理知覺在音樂審美中的意義〉,《中國音樂季刊》,2006 年第 2 期,頁 185～188。

51. 徐正英,〈蔡琰作品研究的世紀回顧〉,《西北師大學報》,第 38 卷,第 2 期,2001 年,頁 6～11。

52. 徐坤,〈論尤侗的戲曲寄託觀念〉,《陽山學刊》,18：1,2005 年 2 月, 頁 29～33。

53. 殷企平,〈重复〉,《外國文學》,2003 年 3 月,2003 年第 2 期,頁 60～ 65。

54. 袁朝、馮偉莉,〈屈原流放新證〉,《中南民族學院學報》(人文社會科學版),20：4,2000 年 10 月,頁 57～61。

55. 高臻、韓樹峰,〈漢晉時期婦女的守節與再嫁〉,《中華女子學院學報》, 14：4,2002 年 8 月,頁 52～56。

56. 國立故宮博物院出版社,〈文姬歸漢〉,《故宮文物月刊》,第 68 期,1988 年 11 月,頁 32～43。

57. 崔明德,〈中國民族思想的概念及發展脈絡〉,《中國邊疆史地研究》,16： 4,2006 年 12 月,頁 21～32。

58. 康士林作,謝惠英譯,〈七十二變說原形——《猴行者：他的偽書》中的文化屬性〉,《文化屬性與華裔美國文學》,台北:中央研究院歐美研究所, 1994 年,頁 61～87。

59. 張中載,〈原型批評〉,《外國文學》,2003 年第 1 期,頁 69～74。

60. 張仁淑,〈明雜劇之歷史劇研究〉,國立政治大學中文所博士論文,1996。

61. 張旭冬,〈關于音樂形式與內容的思辨——兼談漢斯立克的音樂美學觀〉,《天津音樂學院學報》,1999 年第 3 期,頁 49～52。

62. 張沛,〈轉換生成:隱喻的辯證生命形態〉,《國外文學》(季刊),2003 年第 2 期(總第 90 期),頁 3～11。

63. 張茂桂,〈Diaspora 與「想往家」——關於「大陳人」生命經歷的研究〉, 2006 台灣社會學會年會暨國科會成果發表會,東海大學,2006.11.26～27。

64. 張雅婷,〈美學的音樂:從〈大胡笳〉到古琴的樂譜與詮釋〉,《「古琴、音樂美學與人文精神」跨領域、跨文化會議論文集》,2007 年 4 月,頁 36～64。

65. 張漢良，〈「楊林」故事系列的原型結構〉，《比較文學的墾拓在台灣》，臺北：東大，頁 216～234。

66. 張漢良，〈文學與藝術的關係研究〉，《比較文學理論與實踐》，台北：東大，1986 年，頁 291～304。

67. 張靜二，〈試論文學與其他藝術的關係〉，《中外文學》，16：12，1988 年 5 月，頁 87～105。

68. 許世瑛，〈蔡琰悲憤詩句法研究兼論其用韻〉（下），《故宮圖書季刊》，3：2，1972 年 10 月，頁 13～23。

69. 許世瑛，〈蔡琰悲憤詩句法研究兼論其用韻〉（上），《故宮圖書季刊》，3：1，1972 年 7 月，頁 1～10。

70. 陳力、陳先蕾，〈論中國邊疆思想之"華夷之辨"觀〉，《信陽師範學院學報》（哲學社會科學版），26：3，2006 年 6 月，頁 113～117。

71. 陳萬鼐，〈明雜劇中的曲藝〉，《漢學研究》，6：1，1988 年 6 月，頁 135～147。

72. 陳萬鼐，〈試以漢代音樂文獻及出土文物資料研究漢代音樂史（五）——討論吹管樂器六種〉，美育月刊，第 87 期，1997 年 9 月，台北：國立臺灣藝術教育館，頁 11～28。

73. 陳榮華，〈海德格與高達美的時間概念〉，《國立臺灣大學哲學論評》，28 期，2004 年 10 月，頁 1～38。

74. 單德興，〈誰是外邦人？：析論薩依德的《佛洛伊德與非歐裔》〉，《中外文學》，34：8，2006 年 1 月，頁 25～40。

75. 曾永義，〈中國戲曲之本質〉，2005 年 5 月 26 日課堂講義初稿。

76. 曾永義，〈說排場〉，《漢學研究》，6：1，1988 年 6 月，頁 105～133。

77. 曾毓芬，〈隱沒中的傳統與現代主義的交融——論朱踐耳第十號交響曲《江雪》〉，《藝術評論》，2005 年 3 月，頁 27～72。

78. 湯逸佩，〈敘事者的出場——試論中國當代話劇敘事觀念的演變〉，《戲劇藝術》，上海戲劇學院學報，2002 年第 3 期（總 107 期），頁 10～20。

79. 黃云，〈秦漢政權和匈奴的關係〉，《華東理工大學學報》（社科版），2001 年第 1 期（第 16 卷），頁 91～94。

80. 黃秀蘭，〈宮素然《明妃出塞圖》與張瑀《文姬歸漢圖》析辨——金元時期昭君故事畫研究〉，國立台灣大學碩士論文，1998。

81. 黃翔鵬，〈中國古代音樂歌舞伎樂時期的有關新材料、新問題〉，《文藝研究》，1999 年 4 月，頁 101～115。

82. 黃瑞云，〈"胡笳十八拍"的作者問題〉，《黃石師院學報》，1982 年 2 月。

83. 黃漢華，〈言之樂與無言之樂〉，《中國音樂》，2002 年 4 月，頁 4～10。

84. 黃瓊慧，〈古琴音樂中的多層次單音結構與聽覺上的空間感〉，《「古琴、音樂美學與人文精神」跨領域、跨文化會議論文集》，2007 年 4 月，頁 65～80。

85. 楊乃喬，〈中華民族最高文化血緣先祖的追尋〉，《四川師範大學學報》（社會科學版），22：2，1995 年 4 月，頁 12～16。

86. 楊乃喬，〈神話的本體反思──關于希臘神話和華夏神話審美形態悖立的比較研究〉，《社會科學戰線》，1994 年 5 期，頁 202～210。

87. 楊明敏，〈難以書寫的最後一本小說──佛洛依德的《摩西這個人與一神教》〉，《中外文學》，《中外文學》，27：2，1998 年 7 月，頁 43～72。

88. 楊麗娟，〈"原型"概念新釋〉，《外國文學研究》，2003 年第 6 期，頁 111～117。

89. 葉舒憲，〈"大荒"意象的文化分析〉，《原型與跨文化闡釋》，廣州：暨南大學出版社，2002 年，頁 259～275。

90. 葉慶炳，〈蔡琰悲憤詩兩首析論〉，《中外文學》，1972 年，第 1 卷第 2 期，頁 6～15。

91. 賈林華，〈"胡"一詞語義演變及當代活躍性的歷史考察〉，《華北電力大學學報》（社會科學版），2006 年 7 月第 3 期，頁 108～111。

92. 鄒躍飛，〈鋼琴伴琴在合唱中的功能與作用〉，《樂府新聲》（瀋陽音樂學院學報），2001 年第 3 期，頁 59～60。

93. 靳學東，〈李煥之和他的合唱套曲《胡笳吟》〉，《星海音樂學院學報》，1997 年第 4 期，頁 23～28。

94. 趙岡，〈明清市鎮發展綜論〉，《漢學研究》，7：2，1989 年 12 月，頁 99～122。

95. 趙紅，〈蔡琰《胡笳十八拍》與劉商《胡笳十八拍》藝術性之比較〉，《和田師範專科學校學報》（漢文綜合版），2004 年 7 月第 24 卷，頁 70～71。

96. 劉明瀾，〈琴歌《胡笳十八拍》的悲音美〉，《音樂藝術》，1997 年第 1 期，頁 9～14。

97. 劉悅笛，〈游戲本體、觀者參與和存在擴充〉，《錦州師範學院學報》，第 21 卷第 3 期，1999 年 7 月，頁 55～60。

98. 劉華民，〈文天祥《胡笳曲（十八拍）》初探〉，《鐵道師院學報》，15：3，1998 年 6 月，頁 55～59。

99. 蔡瑜，〈離亂經歷與身分認同──蔡琰的悲憤交響曲〉，《婦女與兩性學刊》，第 8 期，1997 年，頁 29～54。

100. 蔡際洲，〈傳統戲曲音樂與現代戲曲音樂的文化比較──關於"程式化"與 "非程式化"現象生成原因的探討〉，《音樂研究》，1994 年 2 期，頁 57～63。

101. 黎荔,〈論郭沫若對傳統戲曲藝術經驗的借鑒〉,《戲劇戲曲研究》,北京:中國人民大學書報資料中心,第 7 期,1999 年 7 月,原刊《郭沫若學刊》,樂山,1999 年 1 月,頁 11～17。

102. 樸月,〈一曲胡笳萬古愁蔡文姬「歸漢」的悲歌〉,《歷史月刊》,1998 年 1 月號,頁 119～129。

103. 謝冬冰,〈藝術中的直覺抽象——朗格、卡西爾的抽象論〉,《南京師大學報》(社會科學版),2004 年 3 月第 2 期,頁 102～107。

104. 轟欣晗,〈"瀟湘"情結的文化溯源及其審美意蘊〉,《船山學刊》,2005 年第 1 期(復總第 55 期),頁 79～82。

105. 顧農,〈重新討論蔡琰生平及其作品的真偽〉,《山東師大學報》,第 3 期,1995 年,頁 72～79。

三、曲譜和有聲資料

1. 〈胡笳十八拍〉琴歌,收在《千古離情》CD-Rom,林谷芳選輯監製《諦觀有情:中國音樂傳世經典》,台北:望月,1997 年。

2. 《九歌》,林懷民編舞,雲門舞集演出,DVD,中和市:金革唱片,2003 年。

3. 《文姬:胡笳十八拍》室內歌劇, Rinde Eckert 導演,林品晶作曲,徐瑛編劇,CD-Rom,2002 年 1 月 31 日紐約亞洲協會(Asia Society)首演錄音。

4. 《古琴弦歌合唱套曲——胡笳吟》(鋼琴伴奏譜),李煥之記譜、整理、編寫合唱、鋼琴伴奏,北京:人民音樂出版社,1996 年。

5. 《青塚前的對話》,李小平導演,王安祈編劇,國立國光劇團演出,DVD,2006 年 12 月 16 日國家劇院實驗劇場公演錄影。

6. 《青塚前的對話》,京劇實驗劇劇本,王安祈編劇,收在《絳唇珠袖兩寂寞》,台北:印刻,2008 年。

7. 《胡笳十八拍》,徐瑛編劇,2001 年,未刊,劇本傳真稿取得日期 2005 年 8 月 1 日。

8. 《黃友棣作品專輯【樂譜】》,香港:幸運樂譜謄印服務社,1993 年。

9. 《蔡文姬》話劇劇本,郭沫若編劇,收在郭沫若、田漢,《中國歷史劇選》,香港:上海書局,1961 年。

10. 《聽董大彈胡笳弄》錄音帶,政大校友合唱團演唱,黃友棣作曲,蔡明玲鋼琴獨奏,1980 年 3 月全國合唱比賽錄音。

11. *Wenji: Eighteen Songs of a Nomad Flute*, a Chamber Opera, 總譜,Bun-Ching Lam(林品晶)作曲,2001.

四、外文專著

1. Bassnett, Susan. *Comparative Literature*. Oxford UK & Cambridge USA: Blackwell, 1993.

2. Bell, Arthur Clive Heward. *Art*. N.Y.: Oxford University Press, 1987.

3. Brown, S. Calvin. *Music and Literature*. Athens: Georgia University Press, 1948.

4. Clements, Robert J. *Comparative Literature As Academic Discipline*. New York: Modern Language Association, 1978.

5. Ferenczi, Sándor, Otto Rank, trans. by Caroline Newton. *The Development of Psycho-Analysis*. New York: Dover, 1956.

6. Ferrara, Lawrence. *Philosophy and the Analysis of Music*. New York: Excelsior Music Publishing Co., 1991.

7. Frazer, James George. *The Golden Bough*. abridged ed. New York: Touchstone, 1996.

8. Frye, Northrop. *Anatomy of Criticism*. New Jersey: Princeton University Press, 1987.

9. Frye, Northrop. *The Critical Path: An Essay on the Social Context of Literary Criticism*. Bloomington and London: Indiana University Press, 1971.

10. Gadamer, Hans-Georg. *Truth and Method*. London & New York: Continuum, 2004.

11. Hanslick, Eduard, trans. by Geoffrey Payzant. *On the Musically Beautiful: A Contribution towards the Revision of the Aesthetics of Music*. Indiana: Hackett, 1986.

12. Harland, Richard. *Literary Theory from Plato to Barthes*. London: Palgrave MacMillan Ltd., 1999.

13. Hegel, Georg Wilhelm Friedrich. *Aesthetics*. trans. by T. M. Knox, Oxford: Oxford University Press, 1975.

14. Heidegger, Martin. *Being and Time*. trans. by Joan Stambaugh, NY: State University of New York Press, 1996.

15. Hopcke, Robert H.. *A Guided Tour of the Collected Works of C. G. Jung*. Boston & London: Shambhala, 1999.

16. Jackson, J.R. de J. Historical Criticism and the Meaning of Texts. London and New York: Routledge, 1989.

17. Jung, Carl Gustav. *Modern Man in Search of a Soul*. London: Ark Paperbacks, 1985.

18. Jung, Carl Gustav. *The Collected Work of C. G. Jung*. vol. 8&15, London: Routledge & K. Paul, 1973-79.

19. Jung, Carl Gustav. trans. by R. F. C. Hull, *The Archetypes and the*

Collective Unconscious. Collective Works, Vol. 9[1], Princeton University Press, 1990（1968[2nd]）.

20. Kingston, Maxine Hung. *The Woman Warrior*. N.Y.: Vintage International, 1989.

21. Langer, Susanne Katherina. *Feeling and Form*. N.Y.: Charles Scribner's Sons, 1953.

22. Langer, Susanne Katherina . *Philosophy in a New Key*. Cambridge: Harvard University Press, 1979 .

23. Langer, Susanne Katherina. *Problems of Art-Ten Philosophical Lectures*, New York: Charles Scribner's Sons, 1957.

24. Meyer, Leonard, *Emotion and Meaning in Music*, Chicago: The University of Chicago Press, 1956.

25. Said, Edward William. *Freud and Non-European*. London & N.Y.: Verso, 2003.

26. Sollors, Werner. *The Return of Thematic Criticism*. Cambridge: Harvard University Press, 1993.

27. Stallknecht, Newton Phelps and Horst Frenz, ed.. *Comparative Literature: Method and Perspective*. Carbondale & Gewardsville: Southern Illinois University Press, 1971.

28. *The New Encyclopædia Britannica*. Chicago: Encyclopædia Britannica, Inc., 15th ed., 1990.

29. Todorov, Tzvetan. *The Fantastic: A Structural Approach to a Literary Genre*. Ithaca, N.Y.: Cornell University Press, 1975.

30. Vickery, John B. *The Literary Impact of the Golden Bough*. Princeton: Princeton University Press, 1973.

31. Weisstein, Ulrich. *Comparative Literature and Literary Theory*.台北：書林，1988（德文原版 1968）。

32. Wellek, Rene, Austin Warren. *Theory of Literature*. New York: Harcourt Brace Jovanovich, 1977.

33. White, Hayden. *The Content of the Form: Narrative Discourse and Historical Representation*. Baltimore: John Hopkins University Press, 1987.

34. Wiener, Philip P. *Dictionary of the History of Ideas*. New York: Charles Scribner's Sons, 1973, Vol. III.

五、外文專書／期刊／學位論文

1. Bernheimer, Charles. "The Anxieties of Comparison." *Comparative Literature in the Age of Multiculturalism*, Baltimore and London: The Johns Hopkins University Press, 1995, pp. 1-17.

2. Bodkin, Maud. "Archetypal Pattern in Tragic Poetry."*Archetypal Patterns in Poery.* New York: Vintage Books, 1958, pp.1-24.

3. Castelnuovo-Tedesco, Mario. "Music and Poetry: Problems of a Song-writer." *Musical Quarterly*, 1944, XXX（1）:102-111.

4. Chow, Rey. "Writing Diaspora." *Writing Diaspora: Tactics of Intervention in Contemporary Cultural Studies*, Bloomington: Indiana University Press, 1993, pp. 1-26.

5. Derrida, Jacques, trans. by Geoff Bennington and Ian McLeod. "Restitutions of the truth in painting [pointure]." *The Truth in Painting*, Chicago: University of Chicago Press, 1987, pp. 255-382.

6. Freud, Sigmund, trans. by David McLintock."The Uncanny." *The Uncanny*, N.Y.: Penguin Books, 2003, pp. 121-162.

7. Gaither, Mary. "Literature and the Arts." *Comparative Literature: Method & Perspective*, ed. Newton Phelps Stallknecht and Horst Frenz, Carbondale: Southern Illinois University Press, 1973, pp. 183-200.

8. Gardner, Helen. "The Music of 'Four Quartets'." *The Art of T. S. Eliot.* London: Faber and Faber Ltd., 1949, pp. 36-56.

9. Guerin, Wilfred L. "Mythological and Archetypal Approaches." *A Handbook of Critical Approaches to Literature.* New York: Happer & Row, Publishers, 1979, pp. 153-192.

10. Hardin, Richard F. "Archetypal Criticism." *Contemporary Literary Theory*, G.. Douglas Atkins and Laura Morrow, ed., Amherst: University of Massachusetts Press, 1989.

11. Heidegger, Martin. "On the Origin of the Work of Art." *Off the Beaten Track*, ed. and trans. by Fulian Young and Kenneth Haynes, Cambridge: Cambridge University Press, 2002, pp. 1-56.

12. Midgette, Anne. "Opera Review; A Heartstrings Tug of War: Husband vs. Homeland." *The New York Times* on the web, Feb. 2, 2002.

13. Rorex, Robert. *Eighteen Songs of A Nomad Flute: The Story of Ts'ai Wen-chi.* Ph.D. Diss., Princeton University, 1975。

14. Scher, Steven Paul. "Literature and Music." *Interrelations of Literature.* New York: The Modern Language Association of America, 1982, pp.225-250.

15. Todorov, Tzvetan, trans. by Catherine Porter. "Knowledge and Conern: Northrop Frye." *Literature and its Theorists: A Personal View of Twentieth-Century Criticism*（translated from *Critique de la Critique*）. Ithaca, N.Y.: Cornell University Press, 1987, pp. 89-105.

16. Wimsatt, William K. and Cleanth Brooks. "Myth and Archetype."*Literary Criticism: A Short History.* New York: Alfred A. Knopf, Inc., 1957, pp. 699-720.